SANGUE ETERNO

Obras da autora publicadas pela Galera Record

Sangue dourado

Sangue cruel

Sangue eterno

NAMINA FORNA

SANGUE ETERNO

Imortais Vol. 3

Tradução
Gabriela Araújo

1ª edição

— Galera —
RIO DE JANEIRO
2025

PREPARAÇÃO
Leandro Tavares

REVISÃO
Paula Prata
Vitória Galindo

DIAGRAMAÇÃO
Abreu's System

CAPA
Ray Shappel

ILUSTRAÇÃO DE CAPA
Elena Masci
Tarajosu

TÍTULO ORIGINAL
The Eternal Ones

CIP-BRASIL. CATALOGAÇÃO NA PUBLICAÇÃO
SINDICATO NACIONAL DOS EDITORES DE LIVROS, RJ

F824s

Forna, Namina, 1987-
Sangue eterno / Namina Forna ; tradução Gabriela Araújo. – 1ª
ed. – Rio de Janeiro : Galera Record, 2025.   (Imortais ; 3)

Tradução de: The eternal ones
ISBN 978-65-5981-548-7

1. Ficção americana. I. Araújo, Gabriela. II. Título.
III. Série.

24-95665   CDD: 813
                                                  CDU: 82-3(73)

Gabriela Faray Ferreira Lopes – Bibliotecária – CRB-7/6643

Copyright © 2024 by Namina Forna

Todos os direitos reservados.
Proibida a reprodução, no todo ou em parte, através de quaisquer meios.
Os direitos morais da autora foram assegurados.

Texto revisado segundo o Acordo Ortográfico da Língua Portuguesa de 1990.

Direitos exclusivos de publicação em língua portuguesa somente para o Brasil
adquiridos pela
EDITORA GALERA RECORD LTDA.
Rua Argentina, 120 – Rio de Janeiro, RJ – 20921-380 – Tel.: (21) 2585-2000,
que se reserva a propriedade literária desta tradução.

Impresso no Brasil

ISBN 978-65-5981-548-7

Seja um leitor preferencial Record.
Cadastre-se e receba informações sobre nossos
lançamentos e nossas promoções.

Atendimento e venda direta ao leitor:
sac@record.com.br

Para Suma, Sinka, Satu e o Shekou.
Escrevo para que o mundo seja um lugar melhor para vocês.

O fim do mundo não começa com um grito, mas sim com uma névoa que expande seus tentáculos sinistros em meio à noite escura e iluminada pela lua.

Como estou bem fundo na mente de Ixa, nem percebo. São muitas sensações ao mesmo tempo. Consigo ver apenas alguns tons tênues de cor através dos olhos felinos e azuis de meu companheiro, mas, ainda assim, tudo o que vejo é deslumbrante. Bosques formados por árvores prateadas e imponentes brotam de colinas de pedra cor-de-rosa. A vegetação roxa e rasteira se agarra às raízes, lagartos minúsculos furta-cor passam por entre elas. O vidro se agita ao redor. Assim como as árvores prateadas e a grama arroxeada, os lagartos também são nativos somente de Gar Nasim, a ilha assombrosa e remota na qual estou no momento.

Enfim, depois de três meses correndo e nos escondendo, sempre com alguém em nosso encalço, estou na ilha que Anok, a única deusa que ainda é nossa aliada, nos mandou procurar. A ilha onde, segundo ela, eu conseguiria chegar até mamãe e, por meio dela, liberaria todo o meu poder para derrotar os deuses.

Só que não há nem sinal de mamãe. Nem mesmo um mísero vestígio.

Dou uma fungada em uma árvore próxima, inflando as narinas com irritação quando ela exala um odor nocivo em minha direção. Todas as árvores e plantas têm defesas invisíveis a olho nu... Depois de passar a maior parte do tempo das últimas semana na mente de Ixa, agora entendo isso. E essas árvores prateadas, em particular, não demoram a expressar seu descontentamento.

A árvore lança outro sopro nocivo em nossa direção, e Ixa torce nosso nariz, o gesto causa uma sensação de formigamento no restante de nosso corpo. *Que fedor*, reclama ele.

Ele também está aqui, a sombra logo atrás de minha consciência. Não sei ao certo como funciona, de que forma compartilhamos um só corpo, uma só mente. Só sei que funciona, e que, enquanto estou aqui, não preciso estar no meu corpo. Nas ruínas douradas e debilitadas que representam o que sobrou de mim depois do confronto com as Douradas, as deusas falsas que já acreditei serem minhas mães, muitas semanas atrás.

Britta chama o que faço com Ixa de "possessão". Ela diz que é como se eu fosse um dos demônios mencionados nas Sabedorias Infinitas, os pergaminhos sagrados falsos cujos ensinamentos deturpados já segui ao pé da letra. Só que ela não entente. Ixa gosta de me ter aqui, me acolhe em seu corpo. E eu, por minha vez, fico grata.

Sempre que resido o corpo de Ixa, me sinto livre. Livre da dor. Do suplício que me atormenta o tempo todo em que estou em meu corpo.

Pelos poucos momentos ou horas em que estou aqui, posso apenas ser.

Sigo para a próxima árvore, já inflando as narinas e captando os cheiros no ar. Tenho que seguir adiante, tenho que seguir em frente. Essa é a colina mais íngreme em Gar Nasim, o território da Cidade Antiga. Ao redor jazem as ruínas da cidade de pedra rosada abandonada muito tempo atrás, cujas construções derrubadas e os esqueletos dourados por baixo revelam uma história condenável: dos jatu, irmãos das imortais, alaki de sangue dourado, que trucidaram milhares de irmãs na mesma cidade onde já governaram; de gerações de uivantes mortais, as criaturas de aparência monstruosa que são formas ressuscitadas de alaki, uivando suas canções de luto ao vento.

Nenhum humano jamais pisaria aqui. Nenhum humano sequer ousaria.

Só que mamãe tem que estar escondida por aqui. Talvez não em meio às ruínas em si, mas em algum lugar na ilha. Sombras, os outrora espiões de Gezo, o antigo imperador, se escondem em locais abandonados quando querem evitar serem detectados. Foi isso que Mãos Brancas, minha antiga mentora e agora aliada mais estável, me ensinou.

Só tenho que continuar...

— Deka?

O calor queima minha pele e, com um arquejo, retorno ao meu corpo.

Agora Britta está agachada, o olhar na mesma altura que o meu, o porte corpulento bloqueando a porta da casa minúscula onde meu corpo esteve escondido o dia todo, a mão com a qual me encostou ainda tocando meu ombro.

— Não encoste em mim! — comando em um sibilo e me afasto, só que isso me faz dar com as costas na parede.

As feridas de crostas douradas em minhas costas se abrem, e sinto a dor me assolar por inteiro. Tenho que trincar os dentes para não gritar.

Eu já deveria estar acostumada com elas a esta altura.

Nos meses subsequentes ao confronto com as deusas, momento em que as primeiras feridas apareceram em minha pele, mais e mais delas foram se espalhando. Isso acontece sempre que uso qualquer uma de minhas habilidades ou quando me mexo com muita brusquidão, um lembrete constante de que meu tempo é limitado. Como Mãos Brancas deixou evidente, a cada momento em que não me reconecto com minha kelai, o nome antigo da substância que confere divindade aos deuses, fico mais perto de me desfazer em mil pedaços e ter meu corpo e minha consciência perdidos para sempre no universo. E, quando eu desaparecer, não vai haver mais ninguém para impedir as Douradas nem os Idugu, os irmãos delas, de dizimarem Otera em meio à competição voraz por poder.

Quando sinto o sangue escorrer por minha coluna de um jeito familiar, Britta se afasta, os olhos azuis arregalados em horror.

— Desculpe, Deka! Toquei em você sem querer. Juro que foi sem querer.

— Óbvio que foi. — Não consigo evitar a amargura no tom de voz.

Fiquei longe. Por quase um dia... Por um dia glorioso e abençoado, fiquei longe deste corpo. Desta dor. Eu estava livre.

E agora aqui estou eu de novo, com Britta, parada com a culpa marcando o corpo inteiro e intacto. O corpo dela, que se recupera de qualquer lesão em poucos instantes. O corpo dela, que está livre de feridas, chagas e cicatrizes.

Livre da dor.

A raiva dentro de mim ressoa mais alto. Eu a reprimo depressa. Hoje em dia ela está sempre presente... assim como a dor. Serpentes gêmeas e monstruosas que deslizam no meu subconsciente. Minhas novas companheiras constantes.

Nem mesmo Ixa já foi tão fiel.

Quase como se o invocasse, meu companheiro metamorfo adentra a praça em ruínas que cerca a casa. *Ixa aqui, Ixa chegando*, informa ele através da mente, o peito arfando devido à falta de fôlego, os olhos pretos líquidos arregalados pela preocupação enquanto ele pula por cima de pedras quebradas e estátuas derrubadas.

Ele deve ter começado a voltar assim que acordei.

Coloco a mão na testa dele e solto um suspiro trêmulo ao sentir o alívio me invadindo. Enfim consigo respirar outra vez.

Não sei por que, mas a presença de Ixa é a única coisa que faz a dor se dissipar. Quando toco nele, sinto como se estivesse fora do meu corpo, ainda que eu sinta sua presença, obedecendo aos meus comandos com fragilidade. A única coisa melhor que isso é quando estou na mente dele, longe de mim mesma por absoluto. Só então fico livre por completo da dor, da raiva e do vazio que me acompanham e ameaçam me consumir.

Respiro de novo, olhando para ele. *Obrigada*, digo na mente dele.

De nada, Deka, responde Ixa, aproximando-se enquanto me volto para Britta.

Expiro outra vez antes de me dirigir a ela.

— O que você quer? Eu estava ocupada.

Os olhos de Britta expressam mágoa, mas ela faz o possível para camuflá-la ao anunciar:

— Mãos Brancas enfim entrou em contato. Ela disse que seria bom que buscássemos por qualquer sinal que sua mãe possa ter deixado.

— E o que você acha que Ixa e eu estamos fazendo o dia todo, correndo para cima e para baixo pela ilha?

— Não precisa ser grossa, Deka.

A decepção, outra expressão que vi com frequência no rosto de Britta ao longo dos últimos meses, logo sobrepõe a mágoa.

Diante disso, a culpa logo começa a me atravessar.

É difícil imaginar, mas em algum momento no passado ela já foi sorridente e agradável. Se havia alguém capaz de ver o lado positivo de uma situação, esse alguém era Britta. Porém, agora ela anda sempre com a testa franzida e o cabelo loiro escorrido ao redor do rosto. É como se o esforço de correr tivesse exaurido toda a alegria dela.

Ou talvez seja eu e minha raiva, e os constantes rompantes que tenho. Eu me forço a relaxar os músculos tensos.

— Não estou sendo grossa. Só estou expondo os fatos.

— Então aqui vai mais um: Mãos Brancas quer nos guiar, nos ajudar a sermos mais eficazes.

— Se ela quisesse que fôssemos eficazes, estaria aqui pessoalmente em vez de só se projetar para cá. — Solto uma bufada. — Todas elas estariam.

Metade de nosso grupo foi para as províncias do Sul com Mãos Brancas uns dois meses atrás em busca de mais aliados para a causa. Foram as gêmeas Adwapa e Asha; Kweku, o uruni sulista, que costumava ser gordo, de Adwapa; Acalan, o uruni arrogante e ex-devoto de Belcalis; Katya, nossa irmã uivante mortal de espinhos vermelhos, e o respectivo prometido, Rian; e até outras uivantes mortais ainda leais a nós. Agora que todas as divindades de Otera (tanto as Douradas quanto os Idugu) mostraram quem são de verdade, o Reino Único está um caos, onde uma parte da população está determinada a sacrificar o máximo de pessoas que puderem para aplacar a fome dos deuses, enquanto a outra faz o possível para sobreviver em tempos tão traiçoeiros.

E é por isso que Mãos Brancas está montando um exército.

Enquanto permaneço aqui à procura de mamãe, a chave para encontrar minha kelai, minha antiga mentora está do outro lado do mundo reunindo sobreviventes. Reunindo soldados. Se ela conseguir unir as forças necessárias, pode deter os deuses, prendê-los outra vez antes que consumam sacrifícios o suficiente para recuperar o poder. Conseguiremos retomar Otera sem nem precisar usar minha kelai.

E, dada minha atual condição, ela precisa fazer isso o mais rápido possível.

Há algo se formando no Reino Único, algo devastador. Posso sentir isso no ar… um pressentimento… e sei que não sou a única.

Um formigamento percorre minha coluna. Eu me viro e vejo Mãos Brancas se aglutinar na praça, o corpo pequeno e escuro é uma imagem espectral tremeluzente em meio às estátuas depredadas no centro. Ela está com suas manoplas, as luvas de armaduras brancas como ossos que dão origem ao nome dela, para se projetar aqui.

Vê-la me deixa ainda mais irritada.

— Por que se dar ao trabalho de usar as manoplas se ela não pode fazer nada de onde quer que esteja? — resmungo, emburrada.

Saber o motivo da ausência de Mãos Brancas não significa que eu esteja feliz com a situação.

Em contrapartida, pouca coisa hoje em dia me deixa feliz.

— Beleza, vamos parando. — O tom de Britta agora é severo, e, quando a olho, sua expressão é de pura censura. — Já chega de sentir pena de si mesma, Deka.

— Eu não…

— Você está com dor, eu sei. Todo mundo sabe — esbraveja ela. — Isso não te dá o direito de virar um bicho rabugento toda vez que alguém sequer ousa olhar para você. Estamos aqui. Todos nós… até Keita, com quem você mal consegue falar…

Ela acena com a cabeça de maneira significativa, e, quando me viro, vejo meu namorado me observando de cima de um telhado próximo, como sempre com aquele fogo ardente nos olhos dourados. Entretanto, assim que ele me vê olhando, vira o rosto, uma sombra comprida e esbelta na escuridão. Ele começa a descer, indo em direção ao restante do grupo, que agora segue depressa para perto de Mãos Brancas.

Britta não é a única pessoa para quem venho grunhindo nas últimas semanas.

— Estamos todos aqui com você, mesmo que você ande preferindo rosnar em vez de falar.

Começo a balbuciar:

— Eu não...

— Não, Deka, me deixe terminar. — Britta se aproxima com uma expressão bem séria e determinada. — Eu sei o que está em jogo... todos sabemos. Mais ainda, sei que você não está com raiva de verdade.

Olho para ela, espantada, e sua expressão se suaviza. Ela solta um longo suspiro.

— Você está triste, Deka. Está enrolando.

Solto uma risada.

— Por quê? Por que eu faria isso?

— Porque quando encontrarmos sua mãe, vamos saber como você vai acessar a kelai, e aí você vai virar uma deusa. E aí você vai nos deixar.

E aqui está, o medo que vem me assombrando esse tempo todo: assim que me tornar deusa, vou perder todos os meus amigos, a família que passei os últimos dois anos formando com minúcia.

Serei inteira e ficarei livre da dor, mas vou estar sozinha de novo.

De repente, não consigo pensar nem respirar. Tenho que juntar as mãos para impedir a tremedeira.

— Como você...

— Sou sua melhor amiga, Deka. Conheço você. Todos nós conhecemos.

Ela aponta com a cabeça para meus amigos, que estão esperando junto do espectro projetado que é Mãos Brancas, a lua reluz bem lá no alto.

— Sei que está com medo, Deka, mas todo mundo está — continua Britta. — Otera está um caos: há pragas, dilúvios, monstruosidades por toda parte. Mas é justamente por isso que temos que seguir adiante. Porque se nós que somos mais fortes e mais rápidos estamos com medo, imagine como está sendo para a população de Otera. Imagine como as crianças, as meninas, estão. Temos que seguir adiante, Deka, custe o que custar.

— Só que é sempre às *minhas* custas. — As palavras amargas escapam antes que eu possa contê-las. — Sempre, sempre. Sempre sou eu que tenho que fazer sacrifícios. Até mesmo agora.

Olho para minhas mãos lesionadas, as feridas douradas se entrecruzando como relâmpagos.

— E quanto a mim? — retruca Britta, e vejo a mágoa em seus olhos outra vez. — Você acha que eu não sofro?

— Sofre como? — contraponho, bufando. — Não é você que está com dor. Está saudável. Ainda está…

— Inteira? — Britta se aproxima, os olhos arregalados e tomados pela dor. — Como posso estar inteira quando você se encolhe toda só de dar um passo? Quando qualquer movimento faz você perder o ar por causa da dor? Acha que eu não tenho consciência, Deka? Que eu não tenho empatia?

"Eu mal consigo respirar quando olho para você. O tempo todo, não consigo respirar. Pode ser você quem sente dor, mas sou eu quem observa. Já parou para pensar nisso… em como é ser a pessoa que não pode fazer nada além de olhar e prender a respiração? Esperando estar presente caso você… caso você…"

Britta faz uma pausa, sem conseguir dizer mais nada. Sua respiração está pesada e trêmula com a sobrecarga de todas as coisas que ela está desolada demais para expor.

— Desculpe — sussurro. — Eu não sabia.

— Lógico que não sabia. Porque em vez de contar com a gente, você se afastou, virou essa… casca toda furiosa.

— Porque eu estou com *dor*, Britta. — As palavras saem rasgando, uma confissão profunda e dolorosa. — Sinto dor a todo momento. Todo instante de cada dia, e não sei o que fazer. Quando eu estava no porão em Irfut, ao menos tive momentos em que esquecia, mas isso... é incessante. É como se meu corpo fosse uma prisão, e não consigo me soltar, não importa o quanto tente.

A essa altura, os olhos de Britta já estão marejados, e ela parece horrorizada.

— Eu sinto tanto, Deka. Queria poder poupar você da dor. Queria poder absorvê-la para mim, ou melhor, curar você. Só que não posso. Tudo o que sou capaz de fazer é apoiar você. E impulsioná-la adiante porque... você está se deteriorando... depressa. Então nós temos que continuar seguindo em frente. E rápido.

As palavras dela são como um peso pressionando meu peito, roubando o ar dos pulmões. É quase insuportável. Não tenho escolha a não ser fazer a única coisa que pode aliviar a tensão do momento: projeto o lábio inferior para a frente em um biquinho digno da performance de uma criança de seis anos prestes a dar chilique.

— Mas eu não quero — rebato, choramingando.

— Que pena, pois você não tem querer.

Pela primeira vez em semanas, um brilho comedido ilumina os olhos de Britta. Ela se aproxima ainda mais de mim... perto o bastante para me tocar, mas não a ponto de sua pele encostar na minha por acidente.

É o mais perto que chegamos de um abraço em quase um mês. O mais perto que cheguei de tocar alguém além de Ixa.

E a sensação é maravilhosa.

— Vamos andando — declara Britta, fungando por causa da emoção. — Temos que encontrar uma certa kelai.

— E uma certa mãe também. — Lanço um olhar a ela, incerta. — Acha que ela vai ficar surpresa quando vir como estou?

Continuo esguia e musculosa como nos últimos anos, mas agora feridas douradas marcam minha pele como raios.

Considerando as feridas e os juncos cintilantes que passei a trançar junto do cabelo preto cacheado, estou bem diferente da menina calada e tímida que a mamãe deixou em Irfut.

— Bem, e aí? — incito Britta quando ela não me responde.

— Acho mais fácil ficar horrorizada — contrapõe ela, e bufa quando solto um arquejo de indignação. — Quanto tempo faz que você não dá uma olhada em seu reflexo no rio? Está parecendo uma daquelas cerâmicas quebradas que tentam consertar com ouro.

— Sempre achei essas cerâmicas lindas.

— A beleza está nos olhos de quem vê, e segundo meus olhos...

Britta faz um ruído de escárnio bem grosseiro.

Desta vez sou eu quem bufa, ainda indignada.

— Achei que você fosse minha amiga.

— Amigos têm que falar a verdade. — Então ela abre um sorriso.

— E a verdade é que você está mais bonita do que nunca... de um jeito trágico e estropiado. Não é de se admirar que Keita tenha estado sonhando acordado nos últimos tempos.

Quando olho para meu uruni, ele já está com os outros, mas seus olhos ainda estão ardentes e desejosos à distância. Dou tudo de mim para não estremecer. As mãos de Keita podem não conseguir me tocar no momento, mas o olhar com certeza toca.

Britta murmura "humpf" ao testemunhar a cena.

— Ele deve estar querendo cuidar de você e tudo o mais — comenta ela baixinho. — Menino tem disso, sabe.

— Ah, tem, é? — questiono com sarcasmo.

Em resposta, Britta só murmura "humpf" outra vez.

Talvez seja a alegria por fazer gracinha com ela de novo. Ou talvez seja porque a dor constante entorpeceu meus sentidos. De todo modo, não percebo o calor estranho se espalhando pela clareira. Não percebo a imobilidade inquietante no ar.

Até perceber. Só que aí já é tarde demais.

Não só para mim, mas para todo mundo.

2

◈ ◈ ◈

A névoa serpenteia pelos telhados danificados como um predador silencioso, tentáculos fantasmagóricos que deslizam em silêncio de um edifício a outro. Britta e eu atravessamos quase metade da praça antes de eu enfim notar a coisa se aglomerando à margem da cidade. O único motivo de eu me dar conta é o formigamento que me assola de repente, a sensação ondulante bem profunda em meus braços e ombros. Já a senti vezes suficientes para ser capaz de identificar o que é: um aviso. Algo divino está em ação. E onde quer que haja divindade, há perigo.

Analiso a névoa, estreitando os olhos. As bordas têm uma cor preta arroxeada sinistra, e ela parece estar... em busca de algo. Os movimentos são deliberados, quase como se ela estivesse direcionada a um alvo específico.

Meus companheiros.

Eu me viro para eles e então hesito, espantada. Britta já quase alcançou o restante do grupo, poucos momentos antes estávamos andando lado a lado.

Como isso é possível?

É quase como se algo tivesse alterado a distância entre nós. Incitando-a a se aproximar dos demais.

— Britta — chamo, o medo faz meu coração martelar.

Não há resposta. Britta não parece me notar, muito menos a névoa. É como se ela não enxergasse, mesmo que a coisa esteja cada vez mais perto, os tentáculos pretos cada vez mais inflados à medida que deslizam pelas ruas antigas.

O pior é que ela não é a única que não percebeu. Todos os meus amigos estão tão focados no que Mãos Brancas está dizendo que nem piscam conforme o ar fica cada vez mais quente, sem dúvida uma consequência da névoa ondulando pela cidade devagar.

Eles não conseguem ver a coisa se aproximando?

Não me ouvem chamar?

— Britta! — berro de novo, avançando à frente. — Keita!

Quando ninguém me responde, começo a correr, ignorando a dor causada pelos movimentos a cada passo. Todas as terminações nervosas em meu corpo estão vivas, e todas as fibras de meu ser urram de medo. É um ataque divino. Só pode ser. Estamos aqui na ilha, enfim nos aproximando de mamãe, e os deuses, qualquer que seja o grupo que mandou a névoa, querem nos impedir de chegar até ela.

Mas como eles me encontraram de novo? Quando confrontei as Douradas, Ixa destruiu o colar ansetha, as algemas que tinham camuflado como um presente, e assim, por acidente, cortou a conexão escondida que tinham estabelecido com minha kelai. Também ajudei os outros a botar fogo na montanha delas, concedendo aos uivantes mortais masculinos, que estavam sofrendo embaixo da montanha, a inconsciência que desejaram com tanto desespero. Sem a fonte primária de comida e poder, as habilidades das Douradas deveriam estar limitadas agora... assim como as dos Idugu, que são ligados a elas.

Considerando a fraqueza descoberta pouco tempo atrás, não era para os deuses estarem conseguindo zanzar por Otera com a facilidade de antes, muito menos me rastrear até aqui.

E ainda assim, aqui está a névoa.

— BRITTA! — grito mais uma vez, agora correndo a toda velocidade.

As feridas se abrem em meu corpo, mas respiro fundo para suportar a dor. Não tenho escolha. Se os deuses capturarem minha mãe ou meus amigos, Otera já era. Porque eu sacrificaria qualquer coisa por minha família.

Qualquer coisa.

Uma sombra escamosa acompanha meus passos. *Deka quer ir com Ixa?*, pergunta Ixa com preocupação no olhar.

Quero, respondo em gratidão, subindo na garupa dele. A dor se dissipa de imediato... se torna um latejar fraco em vez da ardência violenta de antes.

Depressa, Ixa, incito.

Ixa se apressando é o resmungo em forma de resposta que Ixa me dá enquanto avança cada vez mais rápido até irrompermos pelo círculo de estátuas.

Assim que as garras de Ixa arranham a pedra, qualquer que fosse o casulo que estava abafando os sentidos de meus amigos parece se desfazer. Belcalis é a primeira a reagir, virando-se para nós, o luar formando uma sombra agressiva no rosto duro e angular.

— Deka — murmura ela, a pele, em geral marrom com subtom de cobre, já cinzenta por causa da preocupação. Todo o tempo que passou fugindo nas últimas semanas deixou as feições outrora orgulhosas de Belcalis mais ocas... gerou olheiras e moldou o corpo em uma magreza quase feroz.

— O que houve? — pergunta ela enquanto corre até mim.

— A névoa — respondo, virando-me para o breu das ruas.

Então paro, o aviso de repente vira um urro atordoante na mente. Entre o momento em que a vi pela primeira vez e agora, a névoa já se espalhou, os tentáculos se costuram em uma teia que se movimenta depressa pelas ruas ao redor. O medo me faz prender a respiração enquanto sinto o calor estranho aumentar, afugentando o frio do ar noturno de Gar Nasim.

A névoa está nos encurralando. Agrupando meus amigos e eu que nem rebanho.

Os grifos (gatos-do-deserto alados que meus amigos usam como montaria) soltam grunhidos baixos e guturais enquanto andam pelas margens da praça.

Só que quando Belcalis olha para onde aponto, a confusão toma conta de seu rosto.

— Que névoa? Só o que sinto é um calor do caramba.

Ela enxuga a nuca brilhante de suor.

— Está ali. — Aponto outra vez, inquieta. — Está nos cercando.

E ainda assim, percebo que não está se aproximando mais. Estreito os olhos e vejo que a névoa formou um círculo quase perfeito ao redor da praça, mas agora está inerte.

Por quê?

— O que foi? O que aconteceu?

A essa altura, Britta já notou a conversa e está se aproximando de nós, a preocupação estampada em seus olhos azuis. Suor escorre da testa dela em rastros estreitos.

— Tem algum tipo de névoa nos cercando — informa Belcalis. — Não consigo ver, mas Deka, sim.

— Então é divina... que nem o rio de estrelas na Câmara das Deusas. — Britta logo faz a conexão, varrendo o lugar com os olhos.

— Você também não vê? — questiona Belcalis, franzindo a testa.

— Não.

— Vocês têm que ir embora. Agora. — A declaração parte de Mãos Brancas, que também se aproximou, os outros logo atrás.

Ela está com uma expressão séria, que, como o restante do corpo, tremeluz de leve nas bordas... um sinal sutil de que ela não está aqui em carne e osso.

Cada fração de mim paralisa.

— Você sabe o que é.

Mãos Brancas confirma com a cabeça.

— Ouvi rumores de uma nova abominação dos deuses: uma névoa cintilante que ludibria as vítimas, as incita e então as captura.

— Então vamos logo embora — conclui Britta, puxando as rédeas do grifo, mas alguém estica a mão para impedi-la.

Lamin, o gigante silencioso e gentil uruni de Asha.

Ele veio para cá de maneira tão silenciosa que ninguém sequer o percebeu chegar... não que alguma vez percebamos. Apesar da altura, Lamin é o membro mais furtivo do grupo. Suspeitamos que ele era uma espécie de espião antes de chegar a Warthu Bera, o campo de treinamento em que todos aprendemos a ser guerreiros, mas ninguém tem certeza. Lamin nunca fala do passado.

Lamin nunca fala muito a respeito de nada, verdade seja dita.

Nem mesmo sabíamos que ele conhecia essa parte do império até ele se oferecer para nos acompanhar quando o grupo se dividiu em dois.

— E a mãe de Deka? — questiona ele, o corpo de pele negra com subtom avermelhado formando uma silhueta imponente em contraste com a noite.

Sinto o coração palpitar quando lembro.

— Talvez ela esteja se escondendo aqui por perto, ou mesmo dentro da cidade. — Foi a essa conclusão a que cheguei depois de passar o dia inteiro procurando por ela do outro lado da ilha. Ela não estava lá. O que significa que deve estar em algum lugar por aqui. — Mas ela não consegue ver a névoa!

Pensar nisso me faz ficar horrorizada. A maior parte das pessoas não vê ações divinas.

E, se ela tropeçar nos tentáculos, vai ser capturada, e a única chance que tenho de encontrar minha kelai vai junto, isso sem contar o reencontro com a única família que me resta.

Tento analisar a névoa de novo enquanto o medo me atravessa. Continua no mesmo lugar, os tentáculos se agrupando.

Está esperando o quê?

Não tenho tempo de ponderar a respeito. Viro-me para os outros.

— Temos que mandar um sinal a ela. Alertá-la.

— Mas talvez isso alerte quem está atrás de nós. — As palavras sombrias são proferidas por Li, o namorado em geral animado de Britta.

Ele está olhando para a escuridão, o luar destacando a pele clara e o cabelo preto comprido enquanto nos lembra: para onde quer que formos, os adoradores tanto das Douradas quanto dos Idugu vão atrás, ambos os grupos travam uma disputa desesperada para nos capturar e nos entregar aos respectivos deuses.

Suspiro.

— A essa altura, não temos escolha. É isso ou…

— Você poderia usar seu estado de combate — sugere Li, como se pensando em voz alta, mas então Britta lança um olhar a ele, sendo esse outro lembrete: embora eu ainda consiga entrar no estado de combate, não posso usá-lo em excesso sem que a dor assole cada parte de meu corpo e, assim, o deixe imobilizado.

Estou quase sem poderes agora, e esse é o padrão. Uma das verdades mais horríveis que descobri nos últimos meses é que meu corpo é um objeto arcano criado pelas Douradas com um único e exclusivo propósito: para que possam roubar meu poder. Desde o começo, meu corpo nunca foi meu de verdade.

Quando caí do cosmos e vim parar neste mundo séculos atrás, sob a forma de um deus chamado de Singular, as Douradas já tinham ciência de que seus irmãos, os Idugu, estavam conspirando contra elas. Tramando para dominá-las.

Então elas definiram um esquema para vencer a guerra infinita de uma vez por todas.

O esquema foi aprisionar parte de minha kelai em uma semente dourada, uma que em algum momento cresceria e se transformaria em um corpo similar ao humano, nas condições certas e em um período específico. A semente formaria uma conexão pequena, mas poderosa com o restante de meus poderes divinos e concederia a elas uma forma de se alimentar de tal conexão, absorvê-la para si mesmas.

Só que antes disso elas precisavam de um recipiente perfeito para dar à luz o deus-bebê, uma alaki que conseguiria nutrir a criatura no ventre sem ser destruída por ela.

Precisavam de minha mãe.

Ainda desconheço o porquê de ela ser a alaki perfeita. Mãos Brancas tentou plantar a semente em várias outras ao longo dos séculos, sem sucesso.

E então minha mãe apareceu, e enfim nasci. Uma garota que pareceria humana, então alaki, para não levantar suspeitas, enquanto o poder se desenvolvia. Enquanto se reconectava, devagar e sempre, com o restante de minha kelai. Enquanto permitia que as Douradas, minhas mães falsas, devagar e sempre, sugassem o máximo possível da conexão.

Contudo, tivemos o confronto, e Etzli fez o colar ansetha formar raízes dentro de meu corpo... raízes que Ixa quase de imediato arrancou. E ao fazer isso, sem querer cortou o fio tênue entre mim e minha kelai.

Como resultado, meu corpo está desfalecendo, e em breve estarei morta.

Sem minha kelai para conferir poder a meu corpo, qualquer habilidade que eu usar fora do estado de combate acelera a decomposição. Agora me restam poucos meses, talvez apenas *um* mês.

Já consigo sentir o vazio crescendo dentro de mim. O vazio que indica a diminuição da minha força vital.

O mero pensamento já faz o conhecido pânico tomar minha mente. E então Keita dá um passo à frente.

— E se eu criar uns rastros com fogo para guiá-la? — sugere ele.

Meu coração acelera.

— Fogo?

— Umas chamas pequeninhas. Na verdade, faíscas.

Keita soa acanhado. Ele vem treinando todo dia ao longo das últimas semanas e aprendendo a controlar a habilidade... o que é um progresso útil.

O dom de Keita está relacionado às emoções... em específico, à raiva. Toda vez que ele sente algo próximo da fúria, o calor emana dele, tão quente que chamusca as roupas e qualquer coisa por perto. É um grande inconveniente, levando em conta que tivemos que deixar para trás a armadura infernal, a armadura dourada feita do sangue alaki que usávamos no passado. Embora deixasse os movimentos mais lentos e fosse distinta demais para que passássemos despercebidos, ela também era à prova de calor, diferentemente do couro escuro que usamos agora, que está cheio de marcas de queimadura.

Observo quando ele gesticula e chamas aparecem no ar. E então outro gesto, e elas atravessam a cidade.

— Se ela estiver por aqui, isso vai fazê-la aparecer — declara ele.

— Mande as chamas para as colinas. A névoa não está lá — oriento, de olho nas chamas enquanto formam um arco na escuridão como estrelas cadentes.

Cada uma delas é um pedido: *Por favor, que elas guiem minha mãe a um lugar seguro. Por favor, que elas...*

As chamas se apagam.

Eu me viro para Keita, horrorizada, quando elas desaparecem por completo.

— O que aconteceu? Por que as chamas se apagaram?

Ele não responde. Nem parece mais me ouvir. Está com a atenção fixa em um ponto ao longe, com um olhar esquisito.

— Keita — chamo quando ele continua calado.

Enquanto o observo, confusa, um vulto claro passa por nós. Li. Seu olhar está vazio como o de Keita.

— Li. — Britta é quem parece preocupada agora.

Ela tenta segurá-lo, mas ele esquiva a mão.

— Tenho que ir. Ela está me chamando.

Ele continua em frente, pisando pesado nas estátuas cor-de-rosa quebradas em direção às ruas, para o ponto em que o calor se intensifica. A névoa voltou a se mexer, os tentáculos juntando-se uns aos outros.

Olho para Keita. Felizmente, ele ainda está parado, olhando ao longe. Li, entretanto, continua andando.

— Li — chama Britta. — Lı!

Ela tenta puxá-lo de volta, mas ele se esquiva como se ela fosse nada... Um feito impressionante, considerando a força de Britta.

— Li! — Ela se vira para mim. — O que está acontecendo com ele?

É Mãos Brancas quem responde depressa:

— É a névoa — responde ela depressa. — Está tentando levá-los!

O rosto de Britta é pura determinação.

— Não enquanto eu estiver aqui!

Um formigamento corre por mim quando ela gesticula e montes de pedra cor-de-rosa se formam em volta dos pés de Li. Por um momento, respiro em alívio. Britta o prendeu no lugar. Ela usou as habilidades dela para fincar os pés dele em pedra. Só que então ele gesticula, distraído, e a pedra vira areia, o que o permite continuar a andar.

Arregalo os olhos, sentindo mais formigamentos pelo corpo.

— Ele acabou de...?

— Acho que ficou nítido que Britta não é mais a única que consegue manejar a terra! — grita Belcalis enquanto se joga na direção de Li, os braços esticados.

Li a joga para trás, afastando-a como se fosse uma boneca. Arregalo os olhos. Só há uma explicação para a repentina explosão de poder e força: Li é um jatu completo agora. Um jatu de verdade, nascido do sangue divino, com a força e a velocidade condizentes.

Meu sangue divino.

Pensei que o processo tinha acabado, uma vez que estou separada de minha kelai, mas não parece ser o caso. Ou talvez Li sempre tenha tido esse poder e nunca tenha cogitado usá-lo.

— Não, Li, estamos tentando ajudar você! — berro, conduzindo Ixa para nos aproximar dele.

Li continua seguindo direto para a névoa, que agora pulsa em harmonia com os passos dele, os tentáculos se desenrolam, saliências furta-cor que se estendem na direção de nosso amigo.

— Estou indo — diz ele à coisa, com um olhar atordoado.

— Li, pare! — grito, ainda avançando, mas a distância entre nós de repente parece muito grande... muito, muito grande.

Então um vulto escuro e magro passa por mim.

Keita, com o olhar tão atordoado quanto o de Li.

Perco todo o fôlego.

— Keita, não... — sussurro, mas ele não escuta.

Ele nem me vê ao cambalear para o canto da sereia em forma de névoa cintilante.

— Tão bonita... — murmura ele, as chamas ardendo nos olhos dourados.

E não está sozinho.

Uma figura ainda mais alta segue atrás dele: Lamin, os olhos tão hipnotizados quanto, os passos ecoando na escuridão.

— Não — berro outra vez, guiando Ixa na direção deles.

Só que, como antes, estamos longe demais. Demais. Mais uma vez, a névoa altera meu senso de distância e o usa para me separar dos outros.

— Façam com que parem! — peço em meio ao choro a Britta e Belcalis, que estão bem mais próximas. — Façam os meninos pararem!

Só que já é tarde demais.

Assim que os garotos se aproximam o suficiente, os tentáculos da névoa atacam, tão rápido que nem dá tempo de se esquivar... não que eles tivessem sequer tentado, dado o nível da hipnose.

— Mãos Brancas! — chamo aos berros, virando-me para ela. — O que eu faço?

Só que minha antiga mentora de repente também parece estar a quilômetros de distância, seu corpo desaparecendo na escuridão. Quando volto a me virar para a frente, os tentáculos da névoa abocanham de novo. Só que estão me cercando, cordas abrasadoras que irradiam uma dor ardente que só me parece fraca porque ainda estou na garupa de Ixa. Dentro de instantes, meus amigos, eu, e até mesmo os grifos, que ficaram por perto o tempo todo, somos arremessados pelo ar para dentro de uma escuridão abafada e absoluta, o calor nos engolindo por todas as direções, cortando tanto a armadura de couro preta quanto a pele.

— Não! — esbravejo quando o vento puxa Ixa para longe de mim.

Assim que nos separamos, toda a dor que ele abafou explode por todo meu corpo. Lágrimas irrompem de meus olhos, mas não consigo senti-las diante da agonia absurda. Meu corpo todo está em chamas, relâmpagos se acendendo sob a pele.

— Ixa! — chamo aos berros. — Britta! Alguém! Qualquer um! Alguém me ajude!

Ninguém responde, e o fogo segue me chamuscando, o vento me lançando para todos os lados como uma boneca, até que, enfim, ouço um barulhão sibilante. Do nada, sou puxada para baixo com tanta força que perco todo o fôlego, e a dor começa a se espalhar por meu corpo em ondas.

Quando abro os olhos, vejo o brilho das estrelas.

Ainda estamos debaixo de um céu crepuscular de início de noite, mas não há mais ruínas rosadas nem árvores prateadas. Só o que permanece é o calor, que pressiona o meu peito como se a mão de alguém estivesse sobre ele, grudando meu cabelo na pele e minha armadura no corpo. Olho para as estrelas enquanto direciono o ar de volta aos pulmões. Tudo em mim lateja, meu corpo é uma massa tão vulnerável e inflamada que quase não consigo girar o pescoço quando ouço meus amigos e seus grifos caindo ao meu lado.

— Ai, minha barriga — murmura Britta com um grunhido, mas não viro o rosto para ela.

A dor... me cobre em ondas. Uma agonia me encurralando. E junto a isso há outra sensação, uma certeza que me revira as entranhas. Tem algo errado neste lugar. Um eco constante e sinistro parece vibrar toda vez que inspiro.

Algo se espreita ao longe. Alguma espécie de criatura. Só que ainda não está pronta para se mostrar. Contudo, tenho a sensação horrível de que esse momento logo chegará.

Então um corpo frio e escamado recai sobre mim. Ixa. *Ixa aqui*, diz ele em minha mente, como um conforto enquanto a dor diminui.

Entretanto, a sensação... aquela intuição inquietante de que algo está errado... permanece.

O lugar não é natural, mas ao mesmo tempo é. Foi criado pelos deuses embriagados por desespero e poder. Só consigo imaginar que tipos de abominação encontraremos.

Obrigada, respondo a Ixa antes de me sentar e olhar ao redor.

A primeira coisa que vejo é areia, vermelha como o sangue que confirmava a suposta pureza das meninas no ritual que todas enfrentávamos aos completar dezesseis anos. Dunas inteiras, a perder de vista. Para onde olho, areia, areia e mais areia vermelha. E, para completar, o novo céu estranho que, quando visto com mais atenção, não parece aquele que acabei de deixar para trás. Aqui, as estrelas estão mais perto, nebulosas girando tão perto que eu poderia esticar a mão e tocá-las se quisesse. E na borda há uma escuridão absoluta que dá a impressão estranha de que o lugar é uma bolha sem vida... apenas areia e céu, nada mais.

Só que há vida aqui. Sinto as criaturas, os movimentos como um agouro vibrando sob a pele.

— Deka, você está bem?

Keita corre até mim, mas então para de repente com uma expressão incerta.

Hesitante, me oferece a mão. Ele sabe tão bem quanto eu que o menor dos toques pode ser lancinante.

Quando não me mexo, Keita logo recolhe a mão e vira o rosto, mas não antes que eu note a mágoa no olhar. Uma coisa é saber que toque físico pode me machucar, outra bem diferente é ser confrontado com a realidade.

Desconforto, o estado horrível ao que estou me acostumando pouco a pouco, faz brotar os espinhos venenosos outra vez. Keita e eu tínhamos ritmo, certeza um no outro. Agora nos resumimos a silêncios renegados e mãos que não se tocam.

Eu me levanto com agilidade, tentando não estremecer ao sentir as ondas de dor.

— É melhor darmos uma checada por aí — murmuro enquanto analiso as dunas, que ondulam para fora em um mar infinito de vermelho.

Estreito os olhos para observar algo se elevando da duna logo depois da nossa. Não demora para que eu o identifique como um esqueleto: humano da cintura para cima; as mãos esticadas à frente em um clamor silencioso e eterno; as patas dianteiras equinas, cobertas por garras em vez de cascos, erguidas como se para proteger seu senhorio. É um equus, um híbrido inteligente que vaga pelos desertos das províncias do Sul. Mais esqueletos semelhantes estão espalhados na duna detrás, todos meio escondidos pela areia.

Meu estômago se revira, enjoado.

— Então os induzidos vêm para cá — comenta Britta, com um tom de voz sombrio, enquanto para perto de mim e Keita. — Apostam quantos otas que quase ninguém sobrevive a este lugar, se é que alguém sobrevive?

— Nenhum — respondo. Eu não apostaria dinheiro algum na possibilidade de haver sobreviventes. Viro-me para os outros. — Parece um tipo de cela que os deuses usam para coletar comida.

A comida, lógico, são os humanos e outros seres sencientes.

— Um mundo escondido dedicado ao sacrifício... — Belcalis balança a cabeça, a boca retorcida em repugnância enquanto monta no grifo de listras brancas e se aproxima ainda mais de nós.

— O sacrifício é sempre o desejo e a sustância mais profunda dos deuses — concordo.

É por isso que os Idugu mataram aquelas meninas na plataforma em Zhúshān, a cidade do Leste onde os encontramos pela primeira vez; é por isso que as Douradas mantiveram os uivantes mortais masculinos escondidos debaixo da câmara.

Os deuses de Otera podem proclamar o quanto quiserem que tudo o que desejam é a adoração, mas a forma mais pura de nutrição deles vem da morte de seus adeptos.

— Agora eles estão desesperados — afirma Britta, balançando a cabeça.

— Por isso eles empregaram todo o poder que têm para criar este lugar — respondo enquanto olho ao redor.

Este lugar... é como estar no fim dos tempos. Como vivenciar o que significará existir se minha premonição sobre a destruição de Otera se concretizar.

Estremeço. Só o que posso fazer é torcer para que não haja outros lugares como este...

— E isso sem contar os prepostos — adiciona Belcalis.

— Não dá para esquecer aqueles monstros — concorda Britta com um suspiro, referindo-se às novas criaturas estranhas criadas pelos deuses para ajudá-los a se alimentar da força vital de humanos. Ela se vira para nós. — Quase sinto pena dos deuses, sabe. Antes eles eram todo-poderosos, e agora sair por aí matando as pessoas é a única coisa que podem fazer para recuperar os poderes.

A menos, lógico, que descubram que estou aqui. Que a maior inimiga deles, e a chave para recuperarem os ditos poderes, já está ao seu alcance.

O simples pensamento me aterroriza.

Quando eu morrer, de alguma forma minha kelai vai me procurar mais uma vez... Foi basicamente o que Anok insinuou da última vez que falei com ela. E, se houver um deus ou um grupo de deuses aqui por perto, essa energia pode ser fisgada antes que chegue a mim, o poder bruto pode ser roubado o suficiente para que eles governem Otera por toda a eternidade.

— Mais um motivo para metermos o pé — conclui Belcalis e então incita o grifo à frente. — Temos que encontrar o caminho de volta a Gar Nasim. De preferência antes de sermos devorados por quaisquer que sejam os monstros à espreita nessas areias.

— Espere, tem alguma coisa aqui? — questiona Britta, parecendo assustada enquanto olha ao redor.

Suspiro. Britta pode ser a mais forte do grupo no quesito físico, mas seus sentidos nunca se desenvolveram no mesmo ritmo. Não foi preciso. Britta não vivenciou tanto trauma, tanta dor quanto o restante de nós. É por isso que ela não fica tão cautelosa em relação ao ambiente ao redor. Tal falta de consciência é uma bênção e uma maldição na mesma proporção. Ela não é tão capaz de prever ameaças quanto Belcalis, mas também não suspeita de imediato que tudo pode ser uma ameaça em potencial — um defeito que eu e Belcalis temos, assim como Keita, que desde os nove anos brande uma espada.

— Tem — respondo ao olhar para ela. — Mais prepostos. — Consigo senti-los mesmo agora, vibrando sob a areia desde que chegamos. — Se eles conseguirem devorar um de nós, isso vai dar aos deuses que criaram este pequeno covil de monstruosidades a habilidade de se materializarem.

— E capturar você — murmura Belcalis.

— E me capturar — confirmo.

— Quer dizer, é provável que eles nos torturem, mas você...

Belcalis estreita os olhos enquanto pensa na hipótese.

— É melhor irmos andando, então — comenta Li apressado. Ele enfim se livrou do torpor e se aproximou de Britta, como de costume. Desde que começaram a namorar, os dois não conseguem ficar muito tempo longe um do outro. — Provavelmente naquela direção.

Quando ele aponta para a direção contrária à de onde senti a presença, Belcalis concorda com a cabeça em aprovação.

— Seus sentidos de combate estão se expandindo, pelo que vejo.

— Sentidos de combate? — Li franze a testa para ela. — Que sentidos de combate?

Ele parece perplexo, e solto um suspiro. Talvez ele não esteja tão alerta quanto pensei.

Fecho os olhos, já mergulhando no estado de combate. O que estou prestes a fazer é arriscado, mas não vou ficar apenas esperando, impotente, enquanto meus companheiros e eu viramos presas de deuses. Tenho que agir. Agarro-me à determinação, vasculho fundo em meu interior, na tentativa de localizar o poder que me resta. Se eu conseguir criar uma porta para fora daqui, podemos voltar à segurança. Encontraremos minha mãe e depois a kelai.

Tudo que preciso fazer é uma porta e então passar por ela, e, embora eu nunca tenha feito isso muito bem antes, o conhecimento está em algum lugar dentro de mim.

Se há uma hora certa de liberá-lo, essa hora é agora. Minhas habilidades sempre floresceram quando mais precisei.

Só que, quando inspiro, a dor começa a se intensificar, uma agonia que brota das profundezas de minha barriga. A sensação me assola, o corpo todo sacoleja com a força. Nem a presença de Ixa é o bastante para absorver a sensação por completo.

Deka bem?, questiona ele, assustado.

Levo um tempo para responder porque estou ocupada demais tremendo.

Tudo bem, enfim respondo, os dentes trincados. *Estou bem.*

Há agora três linhas irregulares de feridas que sobem e descem por minhas costas, relâmpagos de dor se cravando mais fundo em meus músculos. Vão se juntar ao restante das lesões, tornar-se parte da cerâmica quebrada que é minha pele.

Recaio sobre Ixa, de repente sem conseguir me manter de pé.

— Deka! — Britta parece horrorizada ao se aproximar. Ela para bem perto de mim e me analisa. — O que houve? Desvio o olhar por um instante, e você se machuca!

— Eu estava tentando encontrar um jeito de sairmos daqui — retruco, já sentindo o cansaço —, de preferência antes de acabarmos mortos.

E isso agora parece mais provável do que nunca. Porque estou fraca. Sou um fardo. Não sou mais capaz de fazer nem mesmo as coisas mais simples.

O tom de derrota deve ter sido nítido em minha voz, porque Britta enrijece.

— Você não vai morrer, Deka — afirma ela baixinho.

— Não vou? — rebato, sem me dar ao trabalho de usar as evasões de sempre, enquanto a olho.

Já consigo sentir o vazio crescendo em minha barriga como resultado direto da tentativa de usar uma pequena fração de minhas habilidades.

Grande parte de minha kelai já se foi. Uma parte enorme. E quando acabar de vez...

Britta se aproxima ainda mais, o que me faz fixar a atenção nela de novo. Ela me olha bem nos olhos com uma expressão feroz.

— Posso não saber o que vamos encontrar aqui nesta paródia em forma de prisão, mas o que sei é que me recuso a deixar que isso acabe com a gente. Assim como me recuso a deixar você mergulhar nesse lugar escuro aí que você está querendo.

Ela continua me observando com olhar determinado.

— Vamos encontrar um jeito de sair daqui, Deka, e, assim que acontecer, vamos encontrar sua mãe, sua kelai e fazer de você uma deusa.

— Mas como? — Meu sussurro em resposta está tomado de dor e frustração. — Como a gente encontra um jeito de sair daqui? E, mesmo se conseguirmos, como me torno uma deusa? — É uma pergunta para a qual não tenho resposta, um problema que não estou nem perto de resolver. — Basta eu tocar a kelai? Tenho que fazer um ritual? Quais são as etapas básicas do processo?

— Vamos descobrir, Deka.

— *Como?* Estamos presas, Britta. Estamos presas aqui, e não há saída. E não consigo, não consigo...

Abaixo a cabeça, a sensação de fracasso deixando o corpo pesado.

— Não! — O súbito rosnado de Britta me faz erguer a cabeça. Ela guia o grifo à minha frente. — Você não vai cair no desespero. Eu não vou deixar! — Ela não para de falar, enquanto a observo em choque: — Estou aqui com você... todos nós estamos. Então vamos encontrar um jeito de sair daqui, e, quando encontrarmos, vamos dar um passo de cada vez e descobrir como unir você à kelai de novo, e então torná-la uma deusa. Entendeu? Vamos torná-la uma deusa!

Os olhos de Britta exibem uma crença absoluta, uma certeza que nem todas as minhas incertezas juntas são capazes de transpassar. Deixo que as palavras dela me cubram. Que me fortaleçam. Por fim, endireito a postura.

— Entendi.

— Que bom. Agora lembre-se, Deka, haja o que houver, não vou deixar você seguir para o infinito. Não vou deixar você morrer.

— Tudo bem — falo baixinho.

— Você acredita em mim?

Britta foca os olhos penetrantes nos meus enquanto aguarda a resposta.

Confirmo com a cabeça.

— Acredito em você.

Posso não acreditar em mim mesma, mas nela, sim.

Minhas palavras parecem deixar Britta satisfeita.

— Que bom. — Ela bufa. — Agora vamos encontrar um jeito de sair deste lugar maldito.

Ela conduz o grifo à frente, o rosto bem vermelho devido à emoção.

Estou prestes a engolir o nó na garganta quando outra pessoa paira ao meu lado, Keita, agora na garupa do grifo cinza-escuro corpulento.

Eu me viro para ele, assentindo.

— Você ouviu tudo.

Ele dá tapinhas nas orelhas.

— Audição apurada.

Quase tinha me esquecido disso, de que a maior parte dos garotos agora tem sentidos tão aguçados quanto as garotas.

Mantenho a atenção em Keita quando ele continua a falar:

— Além do mais, Britta fala bem alto quando está com as emoções afloradas — ele diz, de forma quase melancólica. — Sou o exato oposto.

O que, lógico, é um dos principais motivos para o desconforto que se formou entre nós. Não é apenas a ausência de toque, é a ausência de verdade, de dizer as coisas que precisamos dizer em voz alta.

Keita e eu sabemos que cedo ou tarde não estarei mais aqui (estarei morta e dispersa pelo universo de novo) se fracassar na missão ou que, caso consiga cumpri-la, vou me transformar em deusa, um ser tão fora de alcance que nunca mais ficaremos juntos de novo.

Só que nenhum dos dois disse isso. Nenhum de nós sequer abordou o assunto.

Então o silêncio continua crescendo, um fosso que não queremos fechar.

— Menos agora — prossegue Keita, e então volto a atenção para ele e me deparo com os olhos dourados reluzindo à luz fraca. — Britta tem razão: vamos conseguir superar isso, Deka. Vamos sair daqui. E você vai dar fim aos deuses. Não tenho dúvida quanto a isso.

Há tanta certeza nos olhos dele que meu coração martela. Tinha me esquecido de que Keita podia ser assim... tão firme nas convicções que não deixa espaço para a dúvida.

— Obrigada.

Só que Keita balança a cabeça, o movimento simples carregado de mil significados.

— Estou sempre aqui para você, Deka. Sempre.

E, simples assim, ele se vai... toma a frente do grupo, no momento em que Li e Belcalis estão de picuinha, como sempre.

Ixa e eu o observamos ir, Ixa ponderando, eu tentando conter as lágrimas que queimam nos cantos dos meus olhos.

Keita ama Deka, meu companheiro metamorfo comenta e olha para mim. *Os amigos amam também.*

Não estariam aqui se não amassem, respondo, pensando no quanto meus amigos sacrificaram só para estar comigo. Segurança. Família. O amor (ainda que condicional) das deusas.

Só que não posso ficar pensando nisso, no quanto sacrificaram... sobretudo não agora, com a vibração ficando cada vez mais alta.

Suspiro. *Eu os amo também... quase tanto quanto amo você.* Belisco as orelhas azuis escamadas de Ixa em uma tentativa de conferir um ar de leveza, mesmo em meio a esta situação desastrosa.

Quase o sinto abrir um sorriso... bem, abrir a versão Ixa de um sorriso, quando ele se remexe em satisfação. *Não morre, Deka*, é tudo o que ele diz.

Vou tentar, Ixa, retruco, e então continuamos em frente, a vibração se intensificando ao longe, ainda mais ameaçadora.

No fim das contas, o novo entorno é ainda mais isolado do que eu previa, as dunas vermelhas se espalham por quilômetros em todas as direções, o céu da meia-noite agourento pressionando lá de cima. As únicas coisas que rompem a monotonia são os esqueletos de equus e as montanhas que se projetam ao longe. Nunca vi montanhas desse tipo. São feitas de pedra preta e têm uma curvatura tão drástica que parecem luas crescentes brotando da areia. Dá para ouvir o som de asas próximo a elas, o movimento frenético de milhares de criaturas minúsculas em harmonia. Ainda não as vi, mas sei que estão por perto e devem ser ao menos em parte responsáveis por alguns dos esqueletos que avistamos pelas dunas.

Enquanto a maioria deles está comida pela metade, ossos e tudo, muitos continuam inteiros a não ser por faixas ausentes de pele.

São esses esqueletos que me preocupam quando ouço o bater de asas.

O que quer que sejam as criaturas voadoras, é só uma questão de tempo até que nos alcancem. Temos que encontrar uma saída antes que isso aconteça, só que não faço ideia de onde procurar.

Como exatamente vamos sair deste lugar?

Enquanto observo o entorno, tensa, Britta faz o mesmo, os olhos semicerrados contra a claridade proveniente das estrelas.

— Tem que haver uma rota de fuga — afirma ela. — Quer dizer, quem criaria uma armadilha sem uma?

— Literalmente todo mundo — responde Li, seco. — É o que significa *armadilha*.

— Falando nisso — intervém Belcalis, olhando para mim —, já faz ideia de qual grupo de deuses é responsável por este lugar abominável?

Balanço a cabeça em negação.

— Não faço a mínima ideia.

Antes eu conseguia distinguir qual deus estava por trás de qual criação, mas isso foi antes de meu corpo começar a parar de funcionar, antes que usar qualquer poder gerasse uma dor tão dilacerante que me fazia gritar só de pensar nela.

Britta volta o olhar às areias.

— Tem que haver um jeito de sair. Tem que haver.

— Concordo com você, coração de meus corações — concorda Li, usando um dos termos carinhosos irritantes destinados a Britta. — Eu me recuso a perder a esperança. Vamos encontrar uma saída, temos que encontrar.

Como se aproveitando a deixa, ele aperta o ombro dela de maneira tranquilizadora.

Quando Britta se inclina para perto, sorrindo para Li, a inveja me consome. Keita e eu éramos assim, estávamos sempre tocando um ao outro.

Afugento o pensamento deprimente.

— Também concordo — digo. — Tem que haver um jeito de sair. Sempre há um ponto fraco. Só precisamos encontrá-lo.

— E depressa. — A voz de Keita soa baixa ao meu lado, então olho para ele de imediato, alerta.

— Qual o problema?

— A luz está sumindo desde que chegamos aqui — responde Lamin, que está do meu outro lado, a silhueta escura em contraste com o céu crepuscular que está escurecendo rápido.

O estado de alarme faz arrepios correrem por minha espinha. O lugar se manteve tão claro durante todo o tempo que esqueci que estamos no meio da noite.

— Mas as estrelas...

— Estão esmaecendo. E estão surgindo mais pontos escuros. — Keita aponta para cima. — Olhe.

Olho na direção para a qual Keita apontou, e fico ainda mais alerta ao ver que ele tem razão. A margem do céu está escura, como antes, mas agora há também um ponto preto quase imperceptível no centro, como se uma sombra tivesse engolido todas as estrelas. Os sons agitados estão concentrados nesse ponto. Bem como a vibração, que vem trepidando até mim... um aviso.

— O que acontece quando escurecer de vez? — pergunto.

Lamin aponta para a próxima duna, na qual rotas largas ondulam pela areia vermelha, os esqueletos de equus em seu rastro.

— Presumo que seja quando o que quer que tenha feito aquelas marcas ali vai aparecer.

— Foi o que pensei.

Guio Ixa à frente, até o topo da duna onde Li aguarda. Só que, quando nos aproximamos, Li para de repente, o corpo todo enrijecendo.

— Hã... pessoal? — chama ele. — Ali.

— O que foi agora? — Britta parece irritada enquanto conduz o grifo à frente, mas então para também, focando a direção para a qual Li aponta.

Assim que os alcanço, faço o mesmo.

A uma curta distância está o que parece ser uma planície, contudo ela é feita do mesmo material preto lustroso das montanhas. Quase um chão de obsidiana, mas um que cobre quilômetros e quilômetros de areia. O chocante, porém, é o grupo de meninas ajoelhadas bem ali no meio, ao lado de sacerdotes vestidos em robes com capuz, todos eles munidos de adagas. Cada menina está com uma máscara dourada, do tipo que somente as esposas dos anciãos nas aldeias usam. Entretanto, a julgar pela postura desajeitada e pelo sobrepeso típico de corpos que ainda não passaram pela puberdade por completo, nenhuma dessas meninas tem idade para participar do Ritual de Pureza. Nenhuma delas tem idade para sequer sair da ala das crianças nos templos.

— Esses são os sacrifícios pelos quais estávamos esperando — comenta Li com seriedade, reconhecendo de imediato a cena adiante, como todos nós, depois de tê-la visto centenas de vezes antes.

Meus amigos desembainham as espadas e erguem os martelos de guerra, já se preparando para lutar contra os sacerdotes naquele piso de obsidiana. Uma coisa na qual sempre concordamos é em salvar quaisquer inocentes que encontrarmos pelo caminho. Só que, quando olho com mais atenção, percebo o que os sacerdotes estão fazendo.

Ergo a mão.

— Esperem, tem alguma coisa estranha.

Aponto para onde os sacerdotes parecem estar *entregando* as adagas às garotas e sussurrando umas últimas palavras de incentivo antes de eles mesmos se afastarem às pressas, os passos cambaleantes pela escuridão, na direção de várias colunas pretas que jazem, como guardas silenciosos, na margem do piso de pedra preta.

Percebo de imediato que todos os sacerdotes são humanos. Se um deles fosse jatu, teria a visão tão aguçada quanto a nossa à luz fraca, mas um deles segue cambaleando ao redor como se não enxergasse, o movimento atrapalhado exacerbado pelo fato de não carregar nenhuma tocha.

É evidente que eles também não querem perturbar as criaturas escondidas nas areias.

Assim que chegam às colunas, começam a tatear as pedras pretas como se buscassem por um ponto específico. É quase engraçado observá-los, só que está na cara que eles são vilões: deixaram as meninas ali naquele piso de obsidiana para morrer.

Britta estreita os olhos.

— O que eles estão fazendo? Por que estão tocando aquelas coisas?

Eu mesma arregalo bem os olhos ao compreender.

— É assim que eles vão sair! — respondo em um sibilo. — Estão usando as colunas!

Agora Britta sorri.

— Eu sabia que tinha uma saída!

Enquanto observamos, hipnotizados, um dos sacerdotes chega à última coluna e aperta algo ali. Assim que o faz, a mão dele desaparece, então o ombro todo. Prendo a respiração. É mesmo uma saída.

Guardo aquele ponto exato na memória enquanto o sacerdote gesticula para os outros, que o seguem enquanto ele atravessa a fenda na coluna, em um silêncio sepulcral.

Meus amigos seguem calados, como fizeram durante todo esse tempo, mas acontece que de nada valeram os esforços. Olho de novo para as montanhas estranhas, e lá o volume do som vibratório aumenta a cada momento. As criaturas sabem que estamos aqui, é provável que desde o instante em que pisamos no lugar. Os corpos já estão se desenrolando ao longe, preparando-se para caçar qualquer presa infeliz que tenha cruzado o caminho.

Precisamos nos apressar.

Volto a atenção aos outros.

— Eu vi o ponto que eles apertaram na coluna — informo. — Vamos levar as meninas e sair por ali antes que aquelas coisas saiam das montanhas.

— Então vamos logo.

Britta pega o martelo de guerra enquanto atravessamos pela areia.

Quando acabamos de descer a duna seguinte, o céu à direita de repente fica preto. Ouvimos arquejos aterrorizados vindos do piso de obsidiana, as meninas logo se agrupam, os olhos fitando a mesma direção para a qual olhamos. É como se todas as estrelas fossem velas, e alguém as tivesse apagado. Os grifos começam a grunhir baixinho.

Eu me viro para meus amigos.

— Depressa!

Então ouvimos um som de fissura, no ponto em que uma das montanhas pretas começa a estremecer. Enquanto olho para lá, outro som de fissura irrompe, dessa vez mais alto. Então outro, e outro, e outros em rápida sucessão até que... *bum!* Uma coluna de luz azul sinistra explode no ar do alto da montanha preta e liberta quatro figuras reptilianas pretas e imponentes, que disparam na direção do piso de obsidiana e das garotas que aguardavam, apavoradas.

Quando um grito sinistro corta o ar, a vibração horrível por baixo, olho para Ixa. *Vá!*, comando.

Então Ixa começa a correr para onde estão as garotas.

Enquanto ele se movimenta, um sentimento conhecido me assola, oleoso e ainda assim sufocante.

— Os Idugu — sussurro, rouca. Se eu não tinha certeza antes, agora tenho. Eu me viro para os outros. — O que quer que sejam aquelas coisas, estão conectadas aos Idugu.

— É por isso que a névoa pegou a gente primeiro, os garotos. — Keita xinga baixinho enquanto conduz o grifo adiante.

Os deuses vinham buscando vingança desde que escapamos do templo deles três meses atrás, e Keita é o alvo principal de sua ira. Afinal, foi ele quem incendiou o templo até reduzi-lo a cinzas.

— DEPRESSA! — grito, desistindo das tentativas de silêncio. — Levem as meninas para as colunas.

Metade delas se levantou e está arrancando as máscaras, os rostos horrorizados. Só que não são elas que me preocupam. São as outras. As que continuam ajoelhadas, os lábios se mexendo em uma oração fervorosa. Umas delas em específico, uma adolescente esguia com a mesma pele negra escura e o mesmo cabelo preto como a noite das outras, parece determinada a manter as companheiras quietas no lugar... inclusive aquelas que querem ir embora.

Suspiro. Há sempre garotas assim, que acreditam desesperadamente que obterão a vida prometida a elas se sacrificarem tudo o que são.

É assim que os detentores do poder conseguem o que querem: com promessas de que compartilharão parte do poder se uns poucos escolhidos obedecerem a quaisquer ordens dadas.

Guio Ixa à frente.

— Temos que tirá-las daqui!

— Deka. — É Lamin quem fala, varrendo a área com os olhos enquanto acompanha meu ritmo. — Talvez não dê tempo de resgatar todas elas...

Eu o interrompo, apontando em uma direção.

— O que quer que sejam aquelas coisas voadoras, são prepostos dos Idugu. E as garotas são sacrifícios designados. Então se qualquer uma morrer antes de chegarmos ao portal...

— Os Idugu vão conseguir se manifestar aqui — finaliza Lamin com um aceno de cabeça, e então conduz o grifo com mais velocidade.

Olho para as criaturas enquanto tento mensurar quanto tempo temos. Ainda não deixaram a região da montanha, aquela luz azul estranha ilumina as asas coriáceas enormes enquanto as criaturas voam em círculos agressivos ao redor.

— Por que não atacaram as meninas ainda? — A pergunta perplexa de Britta faz coro com meus pensamentos.

Semicerro os olhos para avaliar melhor as criaturas, em uma tentativa de responder à pergunta, até que enfim identifico o padrão.

— A escuridão... As criaturas não estão passando por ela!

— Mas as estrelas ali já estão sumindo — argumenta Keita e aponta para a região ao lado da montanha que se abriu, onde as estrelas estão tremeluzindo, como se fazendo o possível para se agarrar ao resquício de força.

O mesmo acontece com o monte de estrelas à frente dessas.

Assim que elas perdem o brilho, as criaturas avançam.

— Um caminho! — Solto um arquejo de pavor. — As estrelas que estão sumindo formam um caminho!

As criaturas se aproximam cada vez mais, os corpos pretos escorregadios brilhando na escuridão. Aquela luz azul estranha pulsa do que parecem ser escamas nas laterais do corpo, assim como um único círculo gigante que vibra e palpita na região central do peito. É o coração, sem dúvida. A única fraqueza que percebo. Elas não têm olhos que se possa arrancar nem bocas que se possa ver. Só que elas devem ter boca. O que mais explicaria aqueles esqueletos devorados pela metade na areia?

Mantenho os olhos fixos nas criaturas, identificando o progresso, enquanto Ixa segue para o piso de obsidiana, onde as meninas ainda discutem umas com as outras.

Isto é, até emergirmos da escuridão.

Quando param em choque a fim de nos observar, conduzo Ixa para mais perto.

— Temos que ir embora... agora! — acrescento com brusquidão.

Só que, em vez de correr aliviada até nós, a garota esguia que notei antes fica apenas me analisando. Então nota os meninos atrás de mim. Ela logo abaixa o olhar e mantém a cabeça inclinada em respeito. Eu me remexo irritada. Algo que não mudou em Otera: as mulheres estão sempre desesperadas para serem subservientes aos homens, mesmo aos que não conhecem.

Não é de se admirar que seja tão fácil tirar vantagem de muitas delas. Foram doutrinadas a vida toda não apenas para tolerar abusos como também para encará-los como o próprio destino.

— Saudações noturnas, viajantes — cumprimenta ela, a voz trêmula é o único indicativo do medo. — Quem seriam vocês?

Na verdade, é irônico. Mesmo em uma situação como esta, ela ainda se lembra de manter os bons modos.

— Não importa quem eu sou — retruco, conduzindo Ixa para ainda mais perto. — O que importa é que temos que ir embora antes que aquelas coisas cheguem aqui.

Aponto para as criaturas, que se movimentaram para o bloco de escuridão a alguns passos do piso de obsidiana.

— Que coisas? — pergunta outra garota, trêmula.

Ela parece ser a mais velha... uma menina gorda e assustada de uns treze anos.

Seus grandes olhos castanhos vasculham o espaço ao longe em sinal de preocupação, mas é nítido que elas não veem nada. Sendo humanas, não são capazes de ver as criaturas de tão longe, ainda que estejam se aproximando cada vez mais, com aquele som horrível ecoando do peito.

Mais alguns minutos e elas chegarão ao piso de obsidiana.

— São os fantasmas?

— Fantasmas? — repito, sentindo a tensão tomar os músculos quando outra porção do céu escurece, quase à margem do piso.

— Fantasmas do vale — responde a garota gorda. — São as únicas coisas que moram aqui nas sombras dos vales, mas não vimos nenhum.

— E ainda assim você parece conseguir ver — comenta a garota esguia, estreitando os olhos. O olhar dela é odioso e ponderado ao me encarar. — Você vê os fantasmas, consegue apontar para eles no escuro. — Então dá um passo para trás. — E tem dourado escorrendo de seu corpo... Você é uma alaki, um dos monstros. — Então ela olha para Ixa, arregala os olhos e completa em meio a um gritinho: — A Nuru!

A palavra me atravessa, cortante como uma lâmina. *Nuru*. É o nome que as Douradas me deram. O nome que elas me disseram significar "amada filha". O tempo todo que estivemos juntas, elas me garantiram que eu era a única filha com sangue apenas das deusas, nascida de suas lágrimas de ouro e vingança.

Só que era mentira. Nunca fui a filha; eu era a assassina delas, uma divindade que desceu a este reino para acabar com sua perversidade. Contudo, as Douradas me capturaram, mentiram para mim e consumiram minha kelai, tudo isso enquanto usavam meu poder para amplificar o delas. Enquanto isso, elas fingiam que eram as deusas todo-poderosas quando na verdade eram sanguessugas que me consumiam até o fim. *Fantoche*. É o que Nuru significa de verdade.

— Você é a Nuru — continua a garota em acusação. — Reconheço sua montaria imunda, o drakos azul.

Ixa funga, descontente com a descrição. *Garota grossa, garota grossa.*

Quando ele exibe os dentes para ela, a garota dá outro passo alarmado para trás.

— Eu não respondo mais a essa ofensa — retruco, lançando um olhar frio a ela. — Eu sou Angoro, a matadora de deuses... Foi esse o título que escolhi para mim mesma.

— Angoro ou Nuru, não vamos a lugar algum com você. — A garota esguia tensiona a mandíbula em teimosia e lança um olhar às outras meninas. Um lembrete severo a elas. — Somos as donzelas escolhidas de Gar Nasim. Daremos a vida ao grande deus Oyomo para garantir que Otera se reestabeleça. Vamos curar o que você danificou, Deka de Irfut, e ascenderemos às Terras Abençoadas, e lá no pós-vida reencontraremos nossas famílias.

Ela parece tão segura que vai para a área do Além reservada aos mais fiéis que é como se eu estivesse me olhando no espelho e enxergando meu "eu" antigo. Em outros tempos, eu era deste jeito: toda segura da infalibilidade dos deuses.

— Oyomo é uma mentira — contraponho, desistindo das tentativas de civilidade. — É a criação de um grupo de deuses vingativos chamados Idugu, que querem dizimar a humanidade. A única coisa que estão fazendo ao se sacrificarem é dar àqueles monstros a vida de vocês para que continuem destruindo Otera.

— A mentirosa é você! — esbraveja a garota. — Você está apenas nos tentando a desviar de nosso caminho!

A garota gorda lança um olhar nervoso à outra.

— Mas e se ela estiver falando a verdade, Palitz? Você viu como os sacerdotes estavam assustados…

— Você se deixa enganar tão fácil, Nevra — rebate a outra garota em um sibilo. — Esses demônios diriam qualquer coisa.

— Tá legal, não estamos com tempo para isso! — intervém Belcalis.

Enquanto Palitz balbucia, Belcalis a segura e a joga em cima de um grifo, então se vira para meus outros amigos.

— Peguem as meninas. De preferência antes que sejamos todos devorados.

— Vocês ouviram! — Britta pega outras duas meninas enquanto elas correm na direção de Palitz, então as segura firme à medida que chutam e berram em relutância, antes de pegar mais duas. — Cuidadinho aí. Vocês não vão querer que eu as esmague sem querer — censura ela e dá um apertão nas garotas em aviso.

É o suficiente para elas pararem de resistir, e é bem a tempo.

Enquanto meus amigos fisgam as garotas relutantes, as outras logo ficam quietas, e ouvimos um rugido alto seguido pela escuridão. As estrelas acima sumiram, apagadas pela mão invisível. Ficamos todos estáticos no lugar, um olhando para o outro.

E então o primeiro fantasma do vale passa voando.

O fantasma do vale tem um cheiro doce e enjoativo. É a primeira coisa que percebo quando ele pousa, o corpo colossal afundando o piso. O cheiro doce e almiscarado é sufocante, uma flor vil a ponto de apodrecer. Mistura-se ao odor acre das chamas de Keita. Ele lançou várias no ar para que todo mundo veja o que está acontecendo. Agora que o cenário se tornou uma situação de combate, as meninas precisam estar preparadas para se defender também... mesmo que seja apenas correndo para se salvar. De todo modo, o odor é insuportável. Uma mera fungada faz meu estômago se revirar todo e relembro da última noite na Câmara das Deusas.

As deusas tinham um cheiro doce assim também. Sempre doce e enjoativo. Só que aquilo provinha do fato de elas usarem as flores criadas por Etzli, a deusa maternal e de aparência inocente e enganosa, para alimentar uma presa em específico: os uivantes mortais masculinos que vinham mantendo presos debaixo da câmara durante tantos séculos. Talvez o cheiro doce seja a marca de todos os prepostos, um sinal de que os deuses, onde quer que estejam, estão se preparando para comer.

Logo entro no estado de combate, o mundo desaparecendo ao redor até só restarem as silhuetas brancas brilhantes de meus amigos, as garotas e os fantasmas do vale. Posso não ser capaz de lutar como meus amigos. Talvez nem mesmo seja capaz de usar as habilidades por completo, como minha voz. Contudo, o estado de combate é meu estado de ser mais verdadeiro e natural. Os deuses podem tirar todo o restante de mim, mas isto, não.

Eu me viro para observar o campo de batalha. Todos os corpos agora cintilam à frente, as forças e as fraquezas expostas ao poder de meu olhar. Sobretudo os fantasmas, considerando que os outros também já pousaram. Eu os mantenho em foco na tentativa de identificar alguma fraqueza, algum truque escondido. Entretanto, tudo o que vejo são os corações reluzindo, batendo no peito.

— Alguma informação, Deka? — indaga Britta, calma, enquanto brande o martelo de guerra.

Hoje em dia ela está acostumada a me ter orientando batalhas de longe. E está acostumada a criaturas como essas, por isso, no momento, ela está repleta de expectativa. Vejo na forma como ela tamborila os dedos no punho do martelo de guerra.

Ela está pronta para a batalha.

Britta empurra as garotas que segurava para mim, e elas logo correm, assim como as outras. Tendo em vista o caos que se forma, sou o ponto mais seguro de toda a área.

Cresça, Ixa, dou um comando silencioso quando elas se aproximam. Ele precisa ser grande o bastante para carregar todas elas e levá-las a um lugar seguro.

Quando ele se ajoelha em obediência, os ossos começando a se alongar, viro-me para Britta, que ainda aguarda.

— O coração — respondo enquanto aponto para os fantasmas do vale. — Mire no coração. E nas escamas brilhantes nas laterais do corpo. São os pontos vulneráveis. Só ganhe tempo para a gente! Vou levar as meninas para as colunas.

— Entendido! — retruca Britta e sinaliza para os outros.

O chão sob ela começa a se rachar, e pedaços de obsidiana rastejam sobre seus pés e sobem pela armadura para formar uma segunda pele. A habilidade de Britta é controlar todas as formas de terra, e o novo truque dela, aprendido com Belcalis, é usar os materiais disponíveis para moldar uma nova armadura. Ela nunca mais será surpreendida por uma flecha errante na barriga, como aconteceu quando se tornou uma alaki. Belcalis também se cobriu com a armadura... a dela feita do próprio sangue dourado, só que, diferentemente da armadura infernal, ainda está viva, ainda pulsa ao redor dela.

Britta e Belcalis não são as únicas a moldar escudos em volta de si. Li parece quase chocado enquanto gesticula e a areia começa a espiralar ao seu redor.

Ele se vira exasperado para Belcalis e exclama:

— Estou conseguindo! Estou mesmo conseguindo!

— Não use muita energia ou vai acabar esgotado — alerta Belcalis enquanto avança. — Foco, Li!

As únicas pessoas que não se cobrem de imediato com os dons são Keita e Lamin. Só que Lamin não parece ter um dom divino ainda, e o fogo de Keita sempre borbulha logo abaixo da superfície, à espera de inflamar. Os olhos dele já estão queimando, pequenas chamas laranja na escuridão.

O que significa que é hora de ir. Chamo as meninas, que ainda não subiram na garupa de Ixa.

— Depressa!

Todas começam a se mexer, exceto Palitz, que ainda encara o fantasma com uma expressão desesperada. Ela pode não conseguir ver a criatura por inteiro, devido à escuridão, mas vê as escamas brilhando nas laterais do corpo, o jeito deslizante e sombrio como se move à penumbra. É preciso que as amigas a arrastem até Ixa antes que ela enfim se movimente por conta própria. Aceno com a cabeça em sinal de compreensão. Uma coisa é acreditar nos deuses com todo o fervor, mas sem vê-los. Outra é estar diante da imagem plena e aterrorizante.

Enquanto ela sobe na garupa, algumas chamas pequenas iluminam os chifres de Ixa... um dom, cortesia de Keita.

— Obrigada! — grito enquanto aceno com a cabeça para ele.

Keita devolve o gesto e volta a atenção ao fantasma do vale mais próximo, o que se aproxima devagar, como se perseguindo a presa... o que, lógico, é o caso. Todo mundo aqui é presa para a criatura colossal com aparência de lagarto e pele preta que reluz na escuridão, o azul reverberando no peito.

Keita incita a criatura.

— Venha logo, então, fantasma. Manda ver.

Só que o fantasma fica parado onde está, e um som áspero preenche o ar. Observo, perplexa, até o azul brilhante no peito de repente se abrir e revelar uma bocarra escancarada e enorme, fileiras e fileiras de dentes pontiagudos cercando o que parecem ser... olhos?! Uma pupila foca em mim, e paro no lugar, olhando de volta, paralisada. Há uma inteligência naquele olhar. Uma ponderação.

E então um sentimento oleoso sufocante corre por mim.

— Idugu — cumprimento, séria. — Quanta gentileza nos honrar com a presença de vocês.

— Deka de Irfut. — A voz dos quatro deuses masculinos ecoa como se fosse uma, suave e sinistra, através da boca vil.

E, de súbito, estou no templo deles outra vez, descobrindo que os Idugu e as Douradas costumavam ser uma única entidade... quatro deuses que outrora descenderam para Otera a fim de levar paz e sabedoria à raça humana incipiente. Isto é, até tomarem a fatídica decisão de que cada um se dividisse em dois... os Idugu masculinos e as Douradas femininas.

Quando os deuses se moldam à imagem de seres inferiores (sobretudo usufruindo de uma compreensão falha de tais seres), o resultado sempre são consequências devastadoras.

— Que sorte encontrar você aqui — comentam os Idugu enquanto deslizam para mais perto, mas não olho para eles, e sim para Ixa, pressionando os calcanhares nas laterais do corpo dele com sutileza.

Vá, comando em silêncio, e Ixa avança, correndo pelo piso de obsidiana.

Agora que os fantasmas do vale estão aqui, temos que seguir pela rota mais comprida até os monólitos, uma vez que estão bloqueando o caminho direto. Mantenho a atenção nos fantasmas durante todo o tempo, a fim de captar qualquer movimento repentino.

— É quase como se você quisesse que a encontrássemos aqui no ninho de nossos amados filhos — zombam os Idugu através da boca do fantasma.

— Filhos? — Sinto a repulsa me atravessar enquanto observo os fantasmas do vale. — Esses são seus filhos?

— Os mais úteis de todos os que geramos nos últimos tempos — respondem os Idugu com uma risada cruel. — Prepostos, acho que vocês chamam assim. Eles amenizam nossa fome em todas as províncias de Otera. E assim que consumirem um de vocês, conseguiremos nos materializar neste reino.

Eles voltam o olhar às meninas que estão atrás de mim agarradas a Ixa com força.

— Não farão isso por nós, crianças? Não se sacrificarão por nós?

Não me dou ao trabalho de olhar para elas. Já consigo prever as expressões: desolação, traição. Não é todo dia que se vê o rosto do deus adorado em um monstro.

Conduzo Ixa à frente.

— Mais rápido!

O comando enfurece os Idugu.

— Prepare-se, Deka de Irfut. Sua morte é nossa por direito. Assim como sua divindade.

Então o fantasma se ergue, a boca-peito se abrindo de novo.

Uma coluna de fogo logo o atira para longe. Keita conduz os outros amigos enquanto partem para a batalha, espadas e habilidades a postos. Por instinto, eles se dividem em pares, dois guerreiros para cada fantasma, com exceção de Keita, que está sozinho. Só que ele tem o fogo e o usa sem restrições agora, lançando pilares de chama na direção do fantasma.

E, enquanto tudo isso acontece, Ixa continua a correr, as garras engolindo a distância entre as colunas e nós. Um dos fantasmas do vale avança nele, mas Ixa se esquiva com agilidade e desliza para o lado até estar fora do alcance das investidas da boca-peito. Não é primeira vez que ele tem que transportar um grupo em meio a uma situação letal.

Nem mesmo é a primeira vez nesta semana. Foi por meio do fantasma do vale que está abocanhando que os Idugu falaram, mas Keita lança fogo no pescoço dele antes que a criatura nos alcance.

— Obrigada, Keita! — berro, embora ele não consiga me ouvir.

Está concentrado na batalha agora, com os pensamentos compenetrados e precisos. Todos os meus amigos estão na mesma situação.

— Não deixem que elas escapem! — O comando dos Idugu emana de um fantasma do vale para o outro, mas meus amigos são mais do que páreos para eles.

De qualquer forma, percebo o esforço de Britta enquanto ela e Li lutam para derrubar um fantasma do vale que também investe em abocanhadas. Os dois podem ser lutadores formidáveis, mas estão famintos e sem dormir. Até os maiores campeões podem vacilar nessas condições.

— Só mais alguns minutos — prometo, virando-me para as colunas.

Elas estão a uma curta distância agora, mas as estrelas estão sumindo mais depressa ao redor. Agora que os Idugu sabem que os fantasmas do vale não vão derrotar meus amigos, estão determinados a acordar reforços: ouço aquele som do agitar de asas ficando mais alto ao longe.

Gesticulo para Nevra, a garota que parece a mais velha, para descer assim que paramos.

— A porta está naquela coluna — informo e aponto. — Leve as garotas mais velhas com você e encontre-a! — Enquanto falo, ouço um som alarmado de fissura em uma das montanhas e o som do agitar de asas se aproximando. — Depressa! Mais monstruosidades estão a caminho! Ainda piores!

— Pelo amor do Infinito!

Não sei quem fica mais chocada, Nevra ou eu, quando ela solta essa exasperação. E então ela faz um gesto para as outras se apressarem.

Dentro de instantes, as garotas correm para as colunas, e logo ouço um grito vitorioso. Uma delas agita a mão perto de uma das colunas enquanto desaparece e reaparece. Graças ao Infinito a visão noturna de crianças humanas é mais aguçada.

— O portal! — exclama ela, animada. — Encontrei!

Gesticulo de imediato para as outras meninas ainda na garupa de Ixa.

— Andem! — oriento elas, e, para meus amigos, berro: — AQUI! ENCONTRAMOS O PORTAL!

— ESTAMOS INDO! — berra Britta.

Ela e Li se afastam do fantasma do vale, assim como os outros, e todos vêm em minha direção o mais rápido possível.

Quando estão próximos o bastante, conduzo Ixa à frente. *Vamos.*

Deka, responde Ixa aliviado. Ele também não está gostando do lugar.

Ele segue à frente, na direção da menina que está com a mão atravessada pelo portal para marcar a posição. De repente, ouço um grito distante. Eu me viro, horrorizada ao ver Belcalis pulando do grifo, o qual um dos fantasmas do vale prendeu na bocarra. Sem muito esforço, Lamin a segura em pleno ar, e então o grifo dele segue até nós, junto dos outros.

O grifo de Belcalis desaparece para dentro da garganta do fantasma, e, momentos depois, um rugido furioso ressoa. Só criaturas capazes de adoração, como os humanos, equus, alaki e outros seres, fornecem a sustância que os Idugu precisam para se materializar. Todos os outros são nada mais que carne. O fantasma ruge de novo, mas não dou atenção ao me voltar para o portal, pelo qual a maior parte das meninas já fugiu. Só Nevra, Palitz e a garota que encontrou o portal seguem ali. Gesticulo para elas se apressarem assim que Ixa e eu nos aproximamos do círculo de ar cintilante.

— Pelo amor do Infinito, mexam-se! Nós todos temos que passar!

Assentindo, Nevra passa pelo portal, a garota que o encontrou indo logo atrás.

Eu me viro para meus amigos, mas Britta já está montada no grifo e avançando enquanto acena para que eu atravesse.

— Vá, Deka! — berra ela. — Estamos logo atrás!

Dou uma olhada para confirmar antes de passar pelo portal com Ixa, o ar cintilante se ajustando sem esforço para absorver o porte dele. Só que, quando o breu nos envolve, cercando-nos em um silêncio abafado e um calor extremo, Ixa se vira para mim, o olhar de repente em pânico.

Deka, diz ele, *a última garota! Ela não atravessou!*

Eu me viro para trás, horrorizada, mas o breu já me engoliu tão por completo que já não vejo mais nada. *Que garota, Ixa?*, questiono, o pavor me assolando. *Que garota?*

Ixa não responde, apenas solta um grunhido longo e infeliz enquanto o breu nos gira outra vez. Então a dor toma todo meu foco.

Quando abro os olhos de novo, estou caindo na direção de uma planície coberta por grama à margem de um penhasco, uma selva se estendendo abaixo. Ixa mal tem tempo de formar asas antes de tombarmos no mato, os corpos colidindo na grama na altura do tornozelo que corta minha pele sensível.

Nevra e as outras meninas estão espalhadas atrás de nós em um emaranhado feroz. Algumas chegam tão perto do penhasco que, se tivessem caído uns centímetros para a direita, teriam despencado.

— Saiam do caminho!

Mal tenho tempo de guiar Ixa para o lado antes de Britta e os outros caírem também, as asas dos grifos desacelerando a descida. Assim que pousam, corro até as crianças, sentindo-me mais apavorada à medida que faço uma contagem rápida delas. Todas ali. Menos uma.

Grunhindo, Keita desce do grifo e vem até mim.

— Foi a faladeira — diz ele, cansado, balançando a cabeça.

— A faladeira? — Nevra olha ao redor, entrando em pânico enquanto procura a amiga. — Palitz. Palitz!

Keita balança a cabeça.

— Ela pulou para longe logo antes de Ixa passar pelo portal.

— Quê? — Nevra fica sem reação, os olhos desolados. — Não... Não, não, não... — sussurra enquanto olha com perplexidade para Keita. — Por que não a impediu? Por que não fez nada?

Exausto, Keita balança a cabeça de novo.

— Sinto muito — responde ele gentilmente. — Nem todo mundo quer ser salvo.

— Mas ela era uma criança — rebato, o desalento me tomando. Como não percebi? Como não a vi? Eu me volto para Keita. — Crianças não sabem o que querem.

— Aquela lá sabia — argumenta alguém atrás de mim. Belcalis. — Dava para ver nos olhos dela...

— E foi por isso que a seguramos logo antes de passarmos pelo portal — informa Lamin sem rodeios, atirando Palitz, enfurecida, de cima do grifo.

Nevra volta a ficar de pé em um piscar de olhos.

— Palitz! Você está viva! — exclama ela, arfando. A garota corre e abraça a amiga com tanta força que mal sobra qualquer espaço entre as duas. Então a sacode. — Por que fez isso? Por que fez isso?

Palitz cai no choro.

— Eu só queria salvar todo mundo. Queria ser útil. Tudo o que eu tinha que fazer era me sacrificar. — Aos soluços, ela afasta Nevra e avança nas outras meninas, enfurecida. — Era só o que tínhamos que fazer... nos sacrificar, e todo mundo seria salvo. Nossa aldeia inteira. Os deuses nos concederiam a paz nas Terras Abençoadas, e tudo seria curado. Otera ficaria completa de novo.

Nevra balança a cabeça para a amiga.

— Você viu aquelas coisas, Palitz. Não eram deuses, eram demônios.

— Mas os sacerdotes prometeram. — A resposta da amiga é um sussurro trêmulo. — Eles me prometeram. Disseram que, se eu fosse fiel, todo mundo seria salvo.

As palavras são quase idênticas às mentiras que me enfiaram goela abaixo quando meu sangue saiu dourado. Eu me viro para Britta, que balança a cabeça em tristeza.

Ao lado dela, Belcalis está séria.

— Nunca acaba — murmura ela e suspira. — Toda vez que tentamos derrotá-los, eles criam uma nova mentira.

— E sempre mandam as garotas se sacrificarem por causa dela — acrescento, entristecida.

Estou tão cansada agora, tão tomada por emoções, que nem percebo o formigamento nos ombros. Os formigamentos sinalizam a chegada de um descendente dos deuses. Quando me viro para de onde estão vindo, ouço um som sinistro e agitado, como se uma grande criatura alada estivesse se erguendo no ar.

— Essa é a tradição dos deuses masculinos — afirma uma voz enervante de tão baixa.

Sinto o corpo gelar. Ali, logo após a beirada do penhasco, está uma figura alada conhecida… uma que eu tinha certeza de que tinha matado três meses atrás.

— Melanis — digo com a voz sombria.

Na última vez em que vi Melanis, ela estava caindo para o abismo que existia embaixo do Templo das Douradas, o brilho lendário sendo ofuscado pelas explosões de chamas ao redor, as asas de pontas douradas quebradas e rasgadas. Ela foi derrotada, em absoluto, por completo.

Isso foi naquela época.

Agora, Melanis está aqui de repente, e mudou de maneira tão drástica que mal parece a bela alaki brilhante que conheci. As asas dela, outrora exuberantes com as penas brancas puras e as pontas douradas, agora são coriáceas, umas monstruosidades que lembram asas de morcego. A pele dela empalideceu do preto com subtom dourado saudável para um cinza pálido doentio que evoca lugares sombrios e embolorados... lugares como cavernas, túneis e todos os outros reinos escondidos onde a luz se perdeu pelo caminho. O mais alarmante de tudo são os olhos, antes de um castanho aconchegante e acolhedor, agora quase que brancos por completo, com exceção do alfinete preto minúsculo que se tornaram as pupilas.

Melanis, a Luz, não existe mais, e no lugar está uma criatura assustadora que mal reconheço, uma monstruosidade dos deuses que não é bem uma alaki nem uma uivante mortal, e sim um meio-termo. É igual às mais ou menos vinte mulheres que a seguem e cercam o penhasco por completo, as asas batendo em harmonia na noite quente e escura. Certa vez, eu as teria chamado de alaki Primogênitas, as antigas filhas das Douradas, mas agora elas estão tão ressequidas quanto Melanis, os corpos coriáceos, magros e desbotados. Os olhos delas também ficaram brancos, e algumas tiveram uma transformação ainda mais extensa: os narizes, tão achatados que mal há narinas, e os ouvidos, grandes e pontiagudos.

Caçadoras, nomeio-as de imediato.

Guinchos estridentes ressoam entre elas, um som parecido com o de uivantes mortais, só que é mais alto e até quase inaudível em alguns momentos.

Enquanto as meninas se aglomeram para tentar conseguir força em números, continuo onde estou, mais uma vez me preparando mentalmente para uma batalha.

— Deka — cumprimenta Melanis com um tom de voz provocativo, que de algum modo consegue ser tanto baixo quanto estridente. — Como sou sortuda por encontrar você aqui hoje.

— *Sortuda*? — Uma risada amarga me escapa. — Eu nunca usaria essa palavra para descrever você. Sobretudo agora. *Corrompida*, talvez. *Cruel*? Com certeza. Mas *sortuda*...?

Faço um som de "tsc" com a boca enquanto olho para o lado, onde Belcalis e Keita continuam parados com um olhar atento.

Preparem-se para sair daqui, digo a eles em silêncio.

Nenhum dos dois me responde com objetividade, mas observo tanto Keita quanto Belcalis varrerem o penhasco com os olhos, analisando possíveis rotas de fuga, quaisquer fraquezas. Eles são os outros estrategistas do grupo, sempre em busca da melhor maneira de encarar uma batalha. Se eu não encontrar nada, eles vão. Só tenho que ter fé neles. Em nós.

Melanis não parece perceber nossa interação silenciosa, ou talvez esteja só fingindo. De qualquer modo, ela agita as asas para mais perto e parece achar graça.

— Aí está o seu estado de espírito do qual sempre gostei, Nuru.

Enrijeço. Fui golpeada por essa palavra duas vezes no mesmo dia.

Ergo as atikas e respiro fundo ao sentir o peso reconfortante da espada comprida em cada uma das mãos.

— Se tem amor à vida, nunca mais vai me chamar assim.

— Se tenho amor à vida? — Melanis ri enquanto pousa devagar na grama. — Como você é presunçosa, Portadora do Caos. — Ela se inclina para mais perto, como se em uma conspiração. — Sabia que é disso que os humanos estão chamando você agora, a Portadora do Caos? Eles a culpam por tudo o que está acontecendo. Bem, eles culpam os deuses também, mas ainda mais você.

Quando ela se aproxima de mim, o passo cambaleante e instável, observo as pernas dela, então ergo o olhar de novo. As pernas de Melanis agora estão arqueadas de um jeito estranho, e os dedos dos pés expostos, uma vez que ela não usa mais a sandália dourada de antes, mais parecem garras.

— Você mudou — comento, seca.

— Diz a garota que parece um mosaico mal montado.

— Ouvi dizer que algumas culturas acham bonito.

— Deka — sussurra Britta ao meu lado... Um alerta.

Melanis já está perto demais. Logo vai estar ao alcance de um golpe. A Primogênita foca os olhos nela.

— Você, cale a boca, Britta de Golma, ou vou cortar sua língua fora e fazer você engoli-la antes que seu crânio termine de sangrar.

Britta dá um passo para trás, intimidada contra a própria vontade. Mesmo quando Melanis era bela, ainda assim era assustadora. Mas agora, um frenesi estranho e cruel permeia todos os movimentos da Primogênita.

Respiro fundo para tentar acalmar o turbilhão de pensamentos, tranquilizar o estado mental. *Pense, Deka, pense*, comando a mim mesma.

Olho para Belcalis e Keita, mas os dois fazem que não com a cabeça: ainda não identificaram nada. Não há como escapar do penhasco, muito menos de Melanis e das escudeiras, que ainda nos cercam.

— Não há como fugir, Deka — confirma a Primogênita, agitando para mim o dedo esquelético com a garra na ponta quando olho para ela. — Sei que está tentando encontrar um jeito de fugir, mas não há nenhum. Minhas caçadoras estão espalhadas pela selva toda. Escute.

Ela abre a boca como se para guinchar, mas não emite qualquer som. Um formigamento me atravessa, ele cresce quando os guinchos de repente ressoam das árvores atrás de nós. Meu corpo fica ainda mais tenso: Melanis agora consegue emitir sons inaudíveis até mesmo para ouvidos alaki. Absorvo a informação depressa enquanto volto a atenção a ela.

— Há mais de nós escondidas nas árvores atrás do penhasco. Vocês estão cercados, assim como as humanas — explica ela, e abre um sorrisinho direcionado às meninas, que logo recuam, assustadas, diante dos novos dentes brancos e afiados feito agulhas de Melanis. — Uns sacrificiozinhos encantadores, todas vocês.

As meninas se encolhem ainda mais para perto uma da outra, já alcançando a margem das árvores.

Satisfeita, Melanis se vira para mim e meus amigos.

— Eu preferiria não matá-las agora, mas entenda, Deka: tudo o que precisam fazer é um movimento em falso, e todas elas morrem. E quanto a você... — Os olhos brancos leitosos brilham ao luar quando ela se refere a mim.

Estremeço.

Há uma ou mais das Douradas me observando através daqueles olhos. Sinto uma energia frenética no ar. Melanis sempre foi o instrumento de espionagem preferido delas.

— Você — continua a Primogênita, a voz sobreposta com o poder das deusas —, vou levá-la para as mães, assim elas podem drenar sua kelai gota por gota.

A essa altura, meu coração já está martelando forte como um tambor. Eu me forço a focar o olhar no dela.

— E como elas planejam fazer isso? — pergunto em uma tentativa desesperada de ganhar tempo. Não tenho nenhuma ideia de como escapar, mas Belcalis e Keita ainda estão ali, ainda pensando... — Não estou mais conectada à kelai. Agora sou só uma casca, um recipiente vazio.

— Ganhando tempo, Deka? — As deusas logo reconhecem o que estou fazendo, e soltam um "tsc". — Deve ser a presença das crianças. Humanos sempre fazem isso... fazem você se esquecer de si mesma.

— Foi isso que aconteceu com vocês todas? Esqueceram tudo o que são agora que se transformaram em caricaturas odiosas de si mesmas? — rebato, lançando um olhar furtivo aos outros. *Preparem-se*, peço em silêncio. Então me volto a Melanis e às deusas, o corpo já ativando o estado de combate. — Não se preocupem, vou fazer questão de relembrá-las de quem são e qual é o lugar de vocês.

— E como vai fazer isso?

Aperto o torso de Ixa com as coxas em resposta. *Certo, Ixa, vamos nessa...*

Tudo o que ouço é um som agitado, então Melanis está em cima de mim, as mãos em garras rasgando meu pescoço. O ouro escorre para fora... uma quantidade tão grande que encharca a mim e Ixa e deixa tudo líquido e escorregadio. Agora não consigo respirar nem gritar; é muita coisa. Minha garganta está pegando fogo, a ardência acentuada a cada movimento meu.

Quanto mais tento me afastar, mais Melanis crava as garras. A aura de poder desapareceu dela, as deusas recuaram para que ela consiga lutar comigo com toda a ferocidade bruta.

— Isso não vai te matar, Deka — diz ela em um rosnado. — Ainda não. Ainda resta vida em você.

Ixa se remexe para sair debaixo de mim e abocanhar Melanis, fincando os dentes no braço dela, mas é afastado com tanta força que colide com uma árvore e ouço o som de algo se quebrando.

Assim que ele fica distante de mim, a dor me acerta como um martelo, e todas as feridas que ganhei me assolam com força total. Estou com tanta dor agora que tudo vira um borrão. À distância, ouço gritos, o som de luta, mas não consigo me mexer, nem mesmo virar o pescoço, que segue sangrando demais.

Enquanto isso, Melanis paira em cima de mim, o rosto em pura fúria.

— Não faça joguinhos comigo, Nuru — brada ela em um sibilo. — Sei tudo sobre você, fantoche das deusas. Tudo o que as mães sabem, eu sei. Até o fato de que você e aquela criatura estão sempre conspirando um com o outro.

Não absorvo mais as palavras dela.

Já passei para o outro lado da dor, um lugar onde tudo é indistinto e se resume a pura e desesperada sobrevivência. De algum modo, consigo pegar uma das atikas, mas, quando golpeio para cima, Melanis está preparada e usa a ponta em garra das asas para proteger a barriga vulnerável. Minha espada colide com as asas, e Melanis a corta e a lança para longe. Mais dor em meus braços. Mais feridas se abrindo, o dourado já empoçando. Gorgolejo enquanto tento tirá-la de cima de mim, mas ela segura firme e crava ainda mais as garras.

Até que um corpo azul enorme tromba com ela.

Quando Melanis voa para longe, Ixa aproveita o choque momentâneo dela para rolar por meu sangue, as feridas dele se curando assim que entram em contato com ele. Meu sangue cura as feridas de Ixa da mesma forma que o toque dele faz minha dor sumir. É parte do entrelaçamento místico de nós dois, embora eu ainda não saiba o real motivo dele. Todas as explicações que as Douradas me deram eram mentiras.

Melanis voa para perto outra vez, e só consigo observar, com o corpo tremendo, enquanto ela pega Ixa e o atira para longe antes de partir para cima de mim de novo.

Ela me segura pelo pescoço outra vez, os olhos brancos ardendo em fúria.

— Esta batalha não é igual à de três meses atrás, Nuru — declara ela com um rugido, puxando-me para o ar junto de si.

As outras caçadoras logo se juntam a Melanis, os corpos em volta dela como uma nuvem malévola, os guinchos perfurando meus ouvidos.

Então uma coluna de fogo as atravessa. Keita está tentando abrir espaço ao nosso redor, mas já é tarde demais... tarde demais... Melanis me segura firme, e já estamos tão no alto que um vento constante e cortante passa por meus ouvidos.

Enquanto isso, Melanis me encara, os olhos brancos e maliciosos.

— Estou mais forte agora. Invencível. E você, mais fraca. Debilitada. — Ela me puxa para tão, tão perto que estamos quase nariz com nariz. Então ela continua em um rosnado: — Você me jogou no abismo uma vez, me atirou lá, mas não acabou comigo. Agora vou retribuir a gentileza.

— E as mães? — consigo perguntar, apesar do sangue gorgolejando em minha garganta. — Eu achei que me levaria até elas.

— As mães podem esperar. Afinal, vai ser preciso muito mais do que isso para matar você.

Ela abre a mão.

Caio com tanta brusquidão que não consigo nem mesmo gritar. Só sou capaz de tensionar o corpo. Fico irada pela injustiça da situação. Depois de tudo o que fiz, todas as batalhas e tribulações que suportei, é assim que sou derrotada? Lançada ao chão por uma atrocidade antiga que um dia se intitulou minha irmã? A fúria é um grito infinito preso em minha garganta arrebentada. Vai se prolongando até que, enfim, aterrisso.

Só que não estou destroçada. O solo não quebra meus ossos. Melhor dizendo, sequer chego ao solo. Estou pairando um centímetro acima, flutuando no que parece ser uma almofada de ar.

Abaixo estão os resquícios de uma ruína de pedra similar à da cidade abandonada onde estivemos, só que, em vez de cor-de-rosa, essa pedra é preta, e luzes das cores do arco-íris reluzem de suas profundezas. Fraca, tento sair de cima dela, ficar de pé, mas sinto um formigamento. Um bem familiar. Energia divina.

O que quer que tenha me segurado e impedido que eu me quebrasse toda... foi obra dos deuses.

Só que não parece coisa das Douradas nem dos Idugu. Tem algo estranho aqui, algo... *novo*.

E quando cambaleio para ficar de pé, ainda em um torpor, fico chocada ao ver que a pedra preta com tons de arco-íris de algum modo está crescendo depressa e se moldando ao meu redor, um templo se erguendo das ruínas.

— Uma traição! — Melanis guincha enquanto desce, o templo tomando forma ao redor dela também. — Uma traição está em andamento aqui! — Ela aponta para mim e meus companheiros. Então comanda às caçadoras: — Acabem com eles!

Elas disparam em nossa direção, os olhos brancos cintilam no escuro com perversidade.

Só que, quando se aproximam, com as garras estendidas, outro formigamento me atravessa, seguido quase de imediato por um sopro baixo. Pela visão periférica, vejo o contorno de um martelo de guerra gigante em movimento; é tudo o que vislumbro antes de as caçadoras de Melanis serem içadas para trás de repente. Observo, admirada, os corpos dela colidirem com as árvores e mais além, floresta adentro. A própria Melanis é jogada tão fundo na escuridão que nem a sinto mais, só ouço o impacto conforme ela é lançada pela floresta.

Em contrapartida, meus amigos e eu seguimos estranhamente ilesos. Intocados por seja lá o que for que atacou Melanis e as caçadoras.

Nós nos entreolhamos em choque. Então uma voz ressoa no ar.

— Curvem-se, mortais! — ordena a voz, rompendo o silêncio aturdido. — Bala chegou.

Uma pessoa enorme trajando uma armadura feita da pedra preta de arco-íris pousa no chão do templo, e o baque é tão poderoso que o piso recém-construído estremece.

E, ainda assim, não se desfaz.

Em vez disso, a pedra preta se ergue e se molda em uma plataforma para sustentar a pessoa dentro da armadura esquisita. Colossal. É a primeira palavra que me vem à mente quando vejo quem nos salvou, alguém com o dobro da altura de Lamin, o mais alto do grupo, e um porte tão corpulento que até os músculos de Britta parecem inferiores em comparação. O mais estranho é que a pessoa quase parece parte do templo que agora nos cerca. A pedra preta com tons de arco-íris que compõe a armadura é a mesma que adorna a estrutura triangular extensa que de alguma forma se construiu ao redor de todo o meu grupo e das árvores circundantes em questão de minutos.

Fico tão chocada que só consigo fazer uma pergunta:

— Quem é você?

É só o que dou conta de fazer antes que a dor assole meu corpo, as lesões voltando a tomar minha atenção agora que não estou mais em um perigo ativo.

Deka!, exclama Ixa com um arquejo, correndo para perto quando caio de joelhos, o corpo todo tremendo.

Estive tão fixada no choque pelo que acabou de acontecer que me esqueci de como estou machucada, de quanto sangue perdi. E agora estou pagando por isso.

Ixa logo envolve meu corpo com o dele e afugenta a dor, mas não importa… Estou ficando gelada, ainda gorgolejando em busca de ar. Todas as minhas extremidades ficam dormentes, um aviso. Se eu perder mais sangue, vou morrer.

Observo, distraída, Britta e os outros correrem para perto de mim, esquecendo a pessoa desconhecida.

— O que fazemos? — Ela arfa ao se ajoelhar ao meu lado. — Ela ainda está sangrando!

— Saia da frente — pede Keita e logo enrola um tecido em meu pescoço, pressionando com firmeza. — Aguente firme, Deka. Aguente firme!

Mas estou me esvaindo, a dor diminuindo enquanto uma paz estranha começa a me invadir. Uma imobilidade. As estrelas estão tão brilhantes, tão brilhantes… E a noite parece maravilhosa, tudo em harmonia, tudo conectado. Eu poderia só me unir a tudo isso, desaparecer para sempre.

Contudo, um baque rítmico traz minha atenção de volta ao presente. A pessoa que nos resgatou está vindo até mim.

— Deka de Irfut? — pergunta aquela voz retumbante e ainda assim estranhamente indiscernível. Quando não respondo, a pessoa solta um suspiro impaciente. — Ora, isto é insustentável. — Então estende a mão coberta pela armadura para mim e fecha os olhos, murmurando algumas palavras bem baixinho em uma língua que não compreendo. — Que as bênçãos de Entimon recaiam sobre você, filha de

Otera — finaliza em hemairano, o idioma da capital, e então faz gestos sobre mim.

Um espasmo acomete todo o meu corpo enquanto um calor estranho me atravessa. Então as lesões em minha pele começam a se costurar... e não só elas; as feridas constantes estão se costurando depressa como se nunca houvessem existido. Em poucos instantes, meu corpo fica todo uniforme, tão imaculado quanto antes da primeira ferida se abrir.

Tudo está como antes, tudo com exceção do vazio. Ainda o sinto em meu interior, só que agora está abafado, uma vez que meu corpo está inteiro outra vez.

É como se o cronômetro responsável por meu corpo tivesse recomeçado, adicionando mais tempo à equação.

— Deka, você está curada!

Quando Keita se ajoelha diante de mim, seus olhos estão arregalados em choque, e de imediato o abraço. Por um momento, ele fica imóvel, então retribui o gesto. Solto um arquejo, os olhos ardendo de lágrimas. O toque dele é quente... e indolor.

— Eu consigo tocar você — sussurro. — E você consegue me tocar!

Aperto-o mais forte em uma tentativa de abraçá-lo ainda mais, mas então o sangue corre todo para minha cabeça. Cambaleio, apoiando-me em Keita para evitar cair. Ao fazer isso, sinto o cheiro dele, aquele odor forte e maravilhoso de fogo e aço.

Alguém emite um "humpf" sonoro atrás de mim.

— A cura não reverte a perda de sangue — explica a pessoa que me salvou com um tom de voz seco, e, quando olho para seu rosto, ela está revirando os olhos verdes brilhantes por trás do capacete.

A imagem me deixa balançada. Quem quer que seja a pessoa, seus olhos não parecem naturais de tão grandes, como se seguissem crescendo.

Com certeza não se trata de um humano nem nada parecido; se eu não estava certa disso antes, agora estou.

— Você precisa comer alguma coisa, Angoro, de preferência em breve, ou vai ficar tonta outra vez — recomenda a pessoa enquanto permaneço apenas observando.

— Aqui.

Britta basicamente enfia um pedaço de charque em minha mão.

Pego a mão dela, feliz em sentir os calos e a aspereza de novo.

Enquanto isso, continuo agarrada a Keita com meu outro braço, e, mesmo com ele me segurando com força, ainda sinto que estou prestes a desmaiar.

— Cuidado, cuidado — digo. — É temporário. Ainda não me reconectei à kelai.

— Ah.

Keita se afasta. Só que então ele olha para baixo, a incerteza brilhando nos olhos. Uma incerteza que, eu sei, é um pedido silencioso por autorização.

Mas ele deveria saber que não precisa pedir autorização agora. Não quando o estou olhando como agora.

— Me beija logo — falo, impaciente.

Ele abre um sorriso e obedece, o calor de sua boca na minha é tão maravilhoso que meus joelhos fraquejam de tanta alegria. Envolvo o pescoço dele com as mãos, apertando-o ainda mais contra mim.

— Deka — sussurra ele, os lábios nos meus.

Não uma reclamação, mas um pedido para continuar.

— Rã-rãm. RÃ-RÃM! — A pessoa que me salvou pigarreia, e Keita e eu encerramos o beijo com relutância. — Se já acabaram com as carícias...

Suspiro em hesitação, mas me afasto de Keita. Não estou preocupada com um possível ataque de quem nos salvou. Se quisesse fazer isso, já teria feito.

— Já acabamos — respondo enfim, olhando para quem nos interrompeu. — Mas quem é você? Nunca me respondeu.

— E, acima de tudo, como você tem o poder para curá-la?

Com sutileza, Keita se coloca à minha frente.

Se há algo que todos nós aprendemos é a suspeitar de qualquer um que demonstre habilidades novas e aterrorizantes. E essa pessoa, seja lá quem for, tem uma abundância delas.

— *Eu* não tenho o poder — retruca quem me salvou, fungando, o tom de voz mudando de modo abrupto.

De repente não é o som retumbante e tempestuoso de alguém guerreiro e imponente, e sim um som agudo e juvenil, como o das meninas que acabamos de resgatar que ainda estão encolhidas no canto, sob o olhar atento de Li e Belcalis.

— Entimon, deus da cura, é quem tem — continua a pessoa. — Entimon me emprestou o poder, embora eu não seja uma jurada divina delu, e sim de Bala.

— Entimon, deus da cura? Jurada divina? — repito. Todos os meus sentidos estão em alerta agora. Nunca ouvi falar de um deus chamado Entimon, muito menos de jurada divina, seja lá o que isso signifique. Quem é essa pessoa, essa... garota? E por que ela está falando de uma divindade da qual nunca ouvi falar? — Quem é você? Por que me curou?

— Você é Deka de Irfut, certo? — rebate. Quando confirmo com a cabeça, desconfiada, a pessoa se aproxima, toda cheia das ordens prepotentes: — Mostre a chave como prova.

— Chave? Que chave?

Quando ainda assim não me mexo, a figura solta um grunhido baixinho.

— A chave, Deka... a que sua mãe lhe deu.

Meu coração vai parar na boca.

— Minha mãe? Minha mãe que mandou você?

— Lógico que mandou. — A garota bufa, agora irritada. — Tem um mês que estou esperando. Tudo o que tinha que fazer era apresentar a chave, e eu teria sido chamada. Graças aos deuses que ouvi vocês lutando, ou não teria encontrado você a tempo. E aí Umu teria me trucidado.

Umu. Fico imóvel. É o nome da minha mãe, o nome do qual apenas os amigos mais próximos e a família têm conhecimento.

Tateio depressa por debaixo da armadura e saco o colar que esteve escondido o tempo todo, o que minha mãe me deu muitos anos atrás.

É uma correntinha de ouro, a orbe pendurada nele tem um entalhe de sol eclipsado cujos raios se curvaram e formaram adagas perversas de tão afiadas. É o umbra, o símbolo dos Sombras, o grupo secreto de assassinos do qual tanto minha mãe quanto Mãos Brancas fizeram parte.

— Está falando disso aqui? — Ergo o colar. Assim que o luar ilumina a peça, um raio de luz emana do objeto, um que logo se fragmenta em um arco-íris. O choque me faz arfar. — O que é isso?

— O sinal pelo qual estive esperando — responde a garota, bufando outra vez. — Passei um mês esperando neste reino bárbaro. Um mês *inteiro*, e você só tinha que ter exposto o colar à luz!

A essa altura, meus amigos e eu estamos nos entreolhando. Era só isso? Era assim que chamaríamos minha mãe? Todo aquele tempo que passamos procurando, e poderíamos apenas ter feito isso?

A ironia é quase insuportável, então me volto à garota.

— Quem é você? — pergunto pela terceira vez.

Para minha surpresa, a garota na armadura se ajoelha, relutante, então responde:

— Saudações honrosas, Angoro Deka de Otera. Sou Myter, jurada divina de Bala, divindade das rotas. Os deuses de Maiwuri humildemente aguardam sua presença. E sua mãe também.

7

— Divindade?

É a única palavra que consigo mais ou menos formular depois da declaração chocante da garota.

O penhasco está em completo silêncio, todos se entreolhando, perplexos assim como eu. Myter acabou de se proclamar jurada divina... seja lá o que isso seja... de uma divindade de quem nunca ouvi falar. E, considerando que Otera só tem oito deuses (quatro Douradas e quatro Idugu), isso é impossível. Não há outros deuses no Reino Único nem outras criaturas que sequer ousariam se considerar divindades. Eu diria que Myter é perturbada se não fosse pelas coisas que acabei de testemunhar: a facilidade com a qual derrotou Melanis e as caçadoras, o templo que agora nos cerca, até mesmo o fato de ela saber o nome verdadeiro de minha mãe.

E ainda teve o formigamento estranho que me percorreu, o que pareceu diferente de todos os que já senti. Sem contar o fato de ela ter me curado, de todos os meus sentidos terem retornado, mais aguçados do que nunca. Por certo, com exceção do vazio dentro de mim, que indica a diminuição de força vital, e a dor de cabeça latejante que deve ser um efeito colateral do sangue que perdi, estou firme e forte de novo, algo que não pensei que pudesse ser possível.

Ainda que eu queira desconsiderar o que Myter disse com todo o meu ser, não posso. Ela é diferente de todos que já conheci. Se tem algo que aprendi ao longo dos anos é que criaturas como ela não aparecem simplesmente do éter. Tem que haver ao menos uma centelha de verdade no que diz. Ou isso, ou ela é uma mentirosa bem convincente. Afinal, já fui enganada antes. Muitas, muitas vezes. Myter poderia muito bem ter acesso a objetos arcanos poderosos o bastante para curar meu corpo e possibilitar que minha mente fosse lida ao mesmo tempo.

Dou uma olhada suspeita para a armadura dela e o martelo enquanto me aproximo.

— Você disse *divindade*? Das *rotas*? E o que exatamente são essas rotas?

— E Maiwuri? — adiciona Belcalis, a expressão neutra que sempre exibe ao enfrentar um inimigo desconhecido. — Você falou alguma coisa sobre *deuses* de um Maiwuri.

— Nunca ouvi falar de um Maiwuri — murmura Britta.

Do grupo todo, apenas Lamin não parece surpreso, mas a expressão dele é sempre estoica e não deixa transparecer qualquer emoção.

Myter olha de mim para meus amigos, o auge da despreocupação. Ao menos é o que presumo, considerando que os olhos dela ainda são a única parte visível.

— Isso mesmo. O panteão inteiro está à espera.

E, de súbito, Li chega ao limite.

— Beleza, o que é isso? — questiona ele, exigente. — É um truque? Você é uma criatura que os Idugu mandaram?

— Se fosse, acha mesmo que eu confirmaria?

Li pisca enquanto pondera.

— Bem, não, mas não faz mal perguntar.

Myter apenas o observa, então suspira.

— Que irritante. E inútil. Vamos, Deka. — Ela se vira para mim. — Sua mãe está esperando.

— Só tenho mais umas perguntinhas — rebato. — Você disse "deuses", no plural, de Maiwuri?

— Isso mesmo.

— E de quantos deuses estamos falando exatamente?

Myter parece pensar por um momento, então dá de ombros.

— O panteão maiwuriano é vasto em comparação ao de Otera. Oitenta deuses, e mais cinco esperando para emergirem.

— Oitenta? — repete Keita, chocado.

— E mais cinco esperando para emergirem, então oitenta e cinco demônios... — sussurra Belcalis, como se tentando assimilar a ideia.

Myter vira a cabeça para Belcalis.

— Dá para ouvir você, sabe — murmura a desconhecida com deboche, então se volta a mim. — Você pode não acreditar em mim neste momento, mas juro, Deka, que Maiwuri e os deuses não são ameaça a você nem aos seus. Na verdade, somos seus aliados mais sólidos contra a escória oterana. Considere o fato de eu ter defendido você daquelas... criaturas. — Ela se refere a Melanis e às caçadoras. — Isso e eu ter curado suas feridas foram ofertas de paz. Uma demonstração da boa-fé de Maiwuri.

Depois de uma pausa, finaliza:

— Agora... Vai vir ou não? Não posso ficar aqui por muito mais tempo. Minha presença desestabilizou o equilíbrio das coisas.

— Mas ir com você para onde? — Franzo as sobrancelhas. — E que equilíbrio?

— Não ouviu o que eu falei antes? — Agora a irritação de Myter está evidente. — Para Maiwuri. Para onde os deuses e sua mãe aguardam. E quanto ao equilíbrio mencionado, é o que existe entre o panteão de lá e os daqui. Há regras a serem respeitadas, e consequências se alguma delas for infringida.

— Mas onde fica Maiwuri? — insiste Keita enquanto segura a atika com mais força. Ainda está muito desconfiado, assim como Britta e Li. — Nunca ouvi falar.

— Nem eu — complementa Belcalis com a expressão séria.

— Lógico que não. — Myter dá uma bufada. — Os deuses oteranos, se ainda se pode chamá-los assim, fizeram de vocês todos uns ignorantes. — Ela balança a cabeça e se vira para mim. — Acho que vocês ainda o chamam de Terras Desconhecidas.

— Os continentes ao sul das províncias do Sul... essas Terras Desconhecidas? — Li voltou a ficar cético. — O lugar onde há uma quantidade incalculável de riqueza e glória caso se consiga chegar lá? Essas Terras Desconhecidas?

— Isso mesmo.

Myter inclina a cabeça.

— Ninguém que já tenha ido para lá retornou — comento, seca, pensando nas muitas histórias dedicadas a exploradores famosos que tentaram e sobre os quais nunca mais se ouviu falar.

— E ainda assim aqui estou eu, uma criatura que com certeza não é nem humana, nem alaki, respondendo ao colar que sua mãe deixou para você. Sua mãe, que é a mera razão de você estar nesta ilha, afinal. De novo — incita Myter com um tom sofrido —, podemos ir ou preferem morrer aqui em um penhasco desconhecido e abandonado para que os supostos deuses de Otera devorem os restos de sua kelai que nem abutres?

Quando permaneço calada, pensando, ouço um sussurro hesitante:

— E quanto a nós?

Para minha surpresa, Nevra, que esteve encolhida em um canto do templo durante todo o tempo, agora está olhando para Myter, assim como todas as outras crianças.

— O que acontece com a gente? — pergunta a garota naquele tom de voz baixo e incerto.

Myter se vira para ela e suspira.

— Dou a vocês duas opções: levar só vocês e suas amigas para Maiwuri com a gente, ou levar vocês e seus pais também.

Além de Nevra, Palitz, de olhos arregalados, questiona:

— Então quer dizer que a gente não pode...

— Depois de tudo o que viram, não posso deixar que voltem às aldeias — responde Myter e balança a cabeça —, e, mesmo se pudesse, duvido muito de que ficariam seguras lá.

Quando dou um passo à frente, assustada com a declaração, Myter ergue a mão antes de seguir falando com as meninas:

— Não se preocupem, vocês serão acolhidas em Maiwuri. Mais acolhidas do que são aqui.

— E você não vai machucá-las? — Entro no estado de combate enquanto faço a pergunta a Myter, atenta ao som do batimento cardíaco dela, uma vez que não consigo ver nada do corpo sob a armadura.

Algo na peça interfere no estado de combate, impede que eu veja a verdade completa do que é Myter. Tudo o que consigo fazer é ouvir.

— Lógico que não!

Enquanto ela responde, o coração de Myter... bem, os corações... não se descompassam nem um tico, não aceleram nadinha, como descobri que os corações de todos os mentirosos fazem.

— Por quê? — Ao me aproximar, ignoro o fato de ela ter dois corações, inclinando a cabeça em curiosidade. — Por que você faria isso por crianças que nem conhece?

Myter observa Nevra e as outras antes de se voltar a mim.

— Porque são crianças — responde com simplicidade. — Crianças não merecem acabar envolvidas nas guerras dos deuses. Eu, com certeza, não merecia.

Há um tom pesaroso em sua voz, uma profundeza sentimental que me informa que, apesar da aparência, de como sua voz soa, Myter com certeza não é uma criança, e já faz muito tempo.

Ela se volta a Nevra:

— Bem, o que você escolhe?

Nevra pensa. Por fim, diz:

— Eu não sei o que as outras querem, mas eu quero que meus pais vão junto, por favor.

— Os meus também. — Para minha surpresa, a resposta vem de Palitz, o tom de voz bem baixinho.

Então outra menina:

— Também tem espaço para minha família?

— E a minha?

Logo o grupo inteiro está reunido atrás de Myter, que confirma com a cabeça e se ajoelha em frente às crianças.

— Lógico que tem. Todos são bem-vindos em Maiwuri. O lorde Bala cria rotas para todos.

Ela se vira e aponta.

Arregalo os olhos.

Um homem apareceu bem no meio do templo, o corpo parecendo ter se aglutinado das sombras. Ele flutua um pouco acima do chão, as vestes se derramando atrás de si. Quase de imediato, sei que ele é um deus. Sinto o poder que emana bem do fundo dele, embora de início pareça modesto, talvez até simples. A pele é bem escura, como a de Anok, mas, se olhar por um ângulo específico, arco-íris parecem brilhar no subcutâneo.

Rotas. A palavra surge, sem ser convidada, bem no fundo de minha mente.

Os arco-íris se entremeiam pelo cabelo preto organizado em mil twists tão compridos que quase chegam às pontas das vestes. Parecem cobras, sobretudo pela forma como se mexem e ondulam, como apêndices separados, espalhando-se atrás de Bala. Não estou com medo dos twists, assim como não estou de Bala, cujos olhos castanhos irradiam uma bondade profunda por debaixo das sobrancelhas delicadas quase pesarosas.

Então esse é o deus das rotas.

É estranha a tamanha facilidade com a qual aceito o fato, mas é o que acontece. É inegável, a divindade que o cobre. Só que as Douradas e os Idugu também eram cobertos pela divindade. E também eram monstros.

Ao meu lado, Britta solta um arquejo.

— Deka, esse é…

— É — confirmo em voz alta e com um aceno de cabeça.

Sem dúvida, ele é um deus.

Mesmo se não fosse pelo poder que emana dele, sinto o infinito nas rotas que se emaranham pelos cabelos do deus, o movimento em harmonia ao redor de si, sussurrando em um idioma próprio.

Não queremos fazer mal a você, as rotas parecem dizer. *Venham conosco, e vai ficar tudo bem. Nós prometemos que ficarão seguros.*

A mensagem é, ao que parece, tanto para Nevra e as amigas quanto para mim, porque as crianças logo começam a seguir, devagar e com reverência, até Bala, que abre os braços em acolhimento. Observo, fascinada e ainda assim inquieta, os twists do deus se esticarem e tocarem Nevra. Simples assim, ela é sugada em pleno ar, o corpo desaparecendo como se nunca tivesse estado ali.

Dou um passo à frente, assustada, mas Myter logo balança a cabeça.

— Meu lorde Bala vai levá-la pessoalmente até lá — entoa a garota com imponência, a voz mais respeitosa do que esteve em qualquer momento desde que a conhecemos. — Ele vai levá-las aos locais de destino.

— E ele não vai machucá-las? — A suspeita é distinta em minha voz.

— Meu lorde Bala nunca machucaria uma criança! Nunca! — Há tanta convicção na voz de Myter que parte de minha tensão se esvai. — Ele vai garantir que elas fiquem em segurança, isso ele jura a você.

Quando confirmo com a cabeça, apaziguada, Bala abre os braços de novo, e as crianças continuam seguindo até ele. Quando a última desaparece, Myter se vira para mim.

— Agora é sua vez. Você escolhe ir?

Uma resposta em afirmativo de imediato brota dentro de mim, mas logo abafo o ímpeto. Parece fácil demais.

— Por quê? — questiono, os olhos fixos em Bala. — Por que quer que eu vá? O que exatamente os deuses de Maiwuri querem comigo?

— Querem ajudá-la, é óbvio — responde Myter, como se as palavras expressassem o bom senso. — Você é a Angoro, a Singular, que desceu para matar os deuses oteranos. Os deuses de Maiwuri querem ajudá-la com esse propósito.

— Ajudar? — A resposta desdenhosa vem de Belcalis, como se lesse meus pensamentos. — Eles são deuses, não são? Um panteão de oitenta, mais ou menos, segundo você. Por que eles só não acabam com as Douradas e os Idugu por conta própria?

— Porque eles não sabem os verdadeiros nomes dos oteranos. — É Myter quem fala, mas há uma reverberação na voz agora, uma que quase sinto vindo de Bala.

Parece que ele a usa para falar, como as Douradas fizeram com Melanis.

O que meio que faz sentido. Nos primórdios de Otera, as vozes dos deuses levariam os adoradores à insanidade.

Talvez Bala tenha tanto poder que precise fazer o mesmo.

Eu me viro para Myter quando ela continua, a voz normal outra vez:

— Os deuses precisam dos nomes verdadeiros dos oteranos para entoar as canções da destruição deles. Só que eles esconderam a informação, e para descobri-la os deuses de Maiwuri precisariam entrar em contato com eles, o que não conseguem fazer graças à corrupção que infectou o panteão oterano. — Após uma pausa, adiciona: — E mesmo que não fosse o caso, as alianças divinas proíbem que um grupo de deuses interfira diretamente sobre outro.

— Mas você não acabou de interferir com Melanis? — Britta agora parece intrigada.

— Eu não sou uma deusa, e ela também não. As regras são diferentes para nós, imortais, mas vocês vão descobrir mais sobre isso se vierem comigo. — Ela olha bem para mim, a voz assumindo a reverberação de novo. — Então, agora, Angoro Deka... o que você escolhe? Ficar ou ir?

A pergunta ressoa em meus ouvidos enquanto me viro para meus amigos, todos eles tensos enquanto aguardam minha resposta... ou meu comando para atacar. Afinal, Bala e Myter ainda são desconhecidos. Ainda são ameaças em potencial. Só que, quando olho para Bala, meu medo e minha desconfiança evaporam. Durante todo esse tempo, ele não tentou me convencer nem me influenciar de maneira sutil. E fui influenciada por deuses tantas vezes que desenvolvi um sexto sentido para qualquer tentativa. Eu sentiria se fosse o caso, o puxão sutil da energia divina. Contudo, não senti nada disso.

O mais importante é que tenho a sensação de que ele aceitaria minha escolha sem tentar mudá-la para a que ele busca.

Isso, mais do que qualquer coisa, é o que me convence. Embainho as atikas, então me viro para os outros.

— Eu quero ir — declaro. — Só que não quero tomar decisões sem o grupo.

Afinal, não sou eu quem enfrentará o grosso da luta caso as coisas deem errado. Posso até estar curada, mas o vazio segue dentro de mim, o que significa que em algum momento mais feridas e lesões aparecerão. A cura que recebi foi só uma trégua temporária.

Entretanto, vou aproveitar enquanto a tenho.

Por um momento, só tenho o silêncio como resposta. Então Britta dá um passo à frente. Ela suspira.

— Se tem uma coisa que sei, Deka — comenta —, é que o mundo está uma merda aonde quer que a gente vá. Se há uma chance de salvarmos você, ou mesmo de ver um paraíso antes que tudo acabe, eu quero.

Ao lado dela, Belcalis confirma com a cabeça.

— É para isso que viemos aqui — concorda. Então adiciona baixinho: — Novos deuses. Por que é que sempre tem que haver mais deuses?

— Eu ainda consigo ouvir você — lembra Myter.

Enquanto Belcalis revira os olhos, Keita se vira para mim, o olhar atento. Esse tempo todo ele vem me tocando: a mão em minhas costas, os dedos roçando de modo maravilhoso. Não acho que ele sequer perceba há quanto tempo vem fazendo isso.

Ele assente para mim.

— Haja o que houver, estou aqui. Você sabe disso, não sabe, Deka?

Tudo o que posso fazer é abraçá-lo, encostar a testa na dele.

— Eu sei — sussurro.

Então volto a atenção a Myter.

— Certo, então — concordo. — Vamos encontrar minha mãe.

— Até que enfim. — Myter bufa, então se vira para Bala e faz uma reverência. — Meu lorde, as rotas.

Bala se ergue no ar, a escuridão se fundindo a mil arco-íris. Os twists explodem pelo templo, cintilando e reluzindo, até que uma luz forte e fragmentada se acende.

E então estamos nas rotas.

As rotas estão tomadas pela névoa, mas ainda assim as vejo com perfeição: aparecem como uma estrada preta, as luzes de arco-íris cintilando com intensidade no interior das pedras. Há uma floresta ao longe, ou melhor, o indício de uma. A névoa circunda as silhuetas das árvores, que, assim como a estrada, brilham com a luz de mil arco-íris... assim como a própria névoa. É estranhíssimo: embora esteja escuro, tudo está vivo com luz e cor. O próprio espaço é uma contradição. E isso nem é o mais estranho nas rotas: com exceção da névoa, tudo parece ser feito de mechas de cabelo. Cabelo de Bala. Olho com mais atenção para uma mecha em uma das pedras, mas o ato me deixa com dor de cabeça. Quanto mais observo, mais as luzes de arco-íris brilham e rodopiam. Estico a mão para segurar Ixa e Keita com mais firmeza, e então descubro que não estão mais aqui.

Eles viraram duas silhuetas ao longe, cada um na própria estrada de pedra, envoltos em névoa. Fico em alerta de imediato.

— Keita! Ixa! — chamo.

— Eles andam pelos próprios caminhos.

Quando me viro, Myter está ao meu lado. Ou, melhor, está parada, e o caminho abaixo dela que está se movimentando. É evidente que ela é parte disso, uma criatura deste reino assim como as pedras e as árvores.

— Cada indivíduo deve seguir o próprio caminho na primeira vez em que passa pelas rotas — explica ela. — Até mesmo você, Angoro Deka.

O tom dela me irrita.

— Traga meus amigos de volta! — exijo, enfurecida.

— Por quê? Você não sabe mais andar sozinha? — Ela parece curiosa de verdade, então paro, respiro e lembro a mim mesma:

Nem tudo é uma ameaça, mesmo as coisas que às vezes parecem ser.

— Sei andar sozinha — respondo enfim.

— Eu tinha começado a me questionar. — Ela olha para mim, os olhos verdes brilhantes sem piscar por trás da armadura. — Há pessoas que se agarram à companhia até o fim, atrelando a si as pessoas de que gostam como desespero e toda a força dignos de uma algema. Percebo que essas pessoas tendem a ser o tipo mais ardiloso de vilões, prendendo as vítimas nas correntes a que chamam de amor.

Com a acusação não tão sutil, fico eriçada. Meus músculos, tensos.

— Não sou assim — respondo entre dentes. — Não sou como as Douradas.

— Bom saber — comenta Myter e remove o capacete.

Então todos os meus pensamentos se calam.

Myter é enorme. Eu tinha esperado isso, considerando o tamanho da armadura, mas esperar e testemunhar são coisas bem diferentes. Os olhos verdes felinos têm o triplo do tamanho dos meus, e o restante das feições é imenso na mesma medida, embora ao mesmo tempo seja delicado e de aparência humana. A pele dela é negra com um subtom dourado, o nariz, achatado e arrebitado, e os olhos têm as extremidades elevadas. Enquanto o cabelo cacheado é quase tão preto quanto o de Belcalis, cada cacho que bate na bochecha tem o tamanho do bracelete de um sacerdote. Cada mão tem o tamanho de meu rosto, e as pernas, quase a extensão de todo o meu corpo.

— O que é você? — consigo perguntar, apesar de boquiaberta.

— Sou uma jurada divina, como já falei.

— Uma jurada divina?

Myter me lança um olhar de puro desdém. Eu estava tão maravilhada com ela que me esqueci de que ela poderia ser assim, esnobe e condescendente.

— Você não sabe o que é uma jurada divina?

Dou de ombros.

— Não sei por que achou que eu saberia.

A resposta parece chocar Myter. Ela lança um olhar significativo para a esquerda, para o ponto onde Lamin de repente fica visível, o caminho dele em paralelo ao meu. Todos os meus amigos ficam visíveis, todos com o olhar fixo em Myter em admiração... com exceção de Lamin. Ele apenas a observa, e ela faz o mesmo, enquanto mensagens silenciosas parecem flutuar entre eles.

Franzo a testa, olhando de um para o outro.

É como se Myter conhecesse Lamin. Ou melhor, como se ela esperasse algo dele. Só que não pode ser isso, porque Lamin quase não fala, e, quando fala, é só com nosso grupo. Além disso, ele com certeza nunca esteve nas Terras Desconhecidas, muito menos conheceu uma criatura como Myter, o que quer que ela seja.

Eu me viro para ele.

— Lamin?

Para minha surpresa, meu amigo desvia o olhar.

— Lamin, o que está acontecendo?

Quando ele não responde, Myter volta a olhar para mim e solta um suspiro irritado.

— Toda vez que penso que este dia não pode ficar pior, fica — comenta ela, quase como se falando consigo mesma. Então acena com a cabeça. — Beleza, preste bastante atenção, Deka. Uma jurada divina é alguém mortal que se une a um deus...

— Em sacrifício? — pergunta Belcalis, toda desconfiada.

— ... em parceria, para garantir que as divindades compreendam aqueles aos seus cuidados. Os jurados divinos agem como intermediários, permitindo que os deuses escolhidos vivenciem a amplitude e a brevidade da mortalidade por meio deles, enquanto, em contrapartida, eles podem passar um tempo contemplando a Divindade Superior.

Belcalis faz uma careta e torce o lábio superior.

— Então são o único caminho para compreender os deuses. Onde será que já ouvi isso antes...

— Não — contrapõe Myter com firmeza. — Não existe apenas um caminho para a Divindade Superior, nem um único método que seja melhor ou mais justo. Tornar-se um jurado divino é apenas uma dentre inúmeras possibilidades. Toda criatura em todo reino deve encontrar a sua.

— A Divindade Superior? — Ainda não entendo ao certo o que o termo significa.

— O cosmos a que todos servimos — explica Myter.

— É a ordem natural e divina. — Para minha surpresa, a explicação suave vem de Lamin, que agora me observa com uma expressão culpada.

O que exatamente está acontecendo?

A expressão de Myter é pura exasperação agora.

— Você não sabe nada, Deka? — brada ela.

— Bem, não — respondo, sem conseguir mais conter a irritação. — Passei os últimos 18 anos com os deuses oteranos me enganando, me sugando e se aproveitando de mim. Então não, não sei nada dessa Divindade Superior nem dessa ordem natural e divina, nem de nada mais do que você ficou aí tagarelando.

Myter abre a boca, sem dúvida para soltar outra resposta brusca, mas então o solo de repente começa a estremecer, um som baixo de alerta. Os olhos de Myter se acendem, como se visse algo bem além de nós. Fico imóvel por de pronto reconhecer o olhar. Myter está falando com Bala... Mesmo agora, sinto a paz que associei a ele irradiar pela névoa da travessia.

Quando os dois terminam de conversar, Myter logo se vira para mim e faz uma reverência com uma expressão de quem foi repreendida.

— Peço desculpas, Angoro Deka. Esqueci-me da dificuldade de suas circunstâncias.

— Seu pedido de desculpas só será aceito se me contar mais a respeito dos jurados divinos — respondo com rigidez.

Myter assente.

— Os jurados divinos são representantes dos deuses. Às vezes até os protetores, como o ebiki que segue você, por exemplo. — Ela aponta para Ixa, que gorjeia em obediência, e meu queixo vai parar no chão.

— Você sabe o que Ixa é? — pergunto, pasma.

As Douradas me disseram que o tinham criado como um presente para mim, mas essa foi outra mentira. Elas não criaram Ixa... nem mesmo sabiam de onde tinha vindo, porque ele, ao contrário da maior parte dos seres, conseguira ver a verdade sobre elas desde o primeiro instante.

— Ele é um ebiki — retruca Myter. — Há vários deles na capital nesta época do ano.

Penso em mil perguntas que quero fazer, mas me forço a continuar focada.

— Você disse que ele era meu jurado divino? Como isso é possível? Não sou uma deusa.

— Não agora — corrige Myter —, mas você já foi, e, se for da vontade da Divindade Superior, você será de novo. Agora, Ixa... é assim que o chama, né?

Confirmo com a cabeça.

— Presumo que ele seja seu primário no momento.

— Dá para ter mais de um? — questiona Britta, que a essa altura já está fascinada.

Quando Britta se vira para nós, o caminho dela chega mais perto, assim como os dos outros. Pensei que meus amigos ficariam em meio à névoa durante toda a jornada, mas parece que eles conseguem controlar as próprias estradas se assim quiserem... do mesmo modo que consigo controlar a minha.

Eu me volto para Myter, e meu caminho se aproxima do dela.

— Dá para ter inúmeros — garante Myter. — Jurados divinos podem servir como condutores vivos do poder do deus.

— Como? — questiono.

— A pergunta mais adequada é por quê — corrige Myter, a voz assumindo a reverberação que ouvi antes. Eu me pergunto se é de fato ela ou Bala conversando comigo este tempo todo. — É danoso para todos os envolvidos quando os deuses passam tempo demais no plano físico, como com certeza você testemunhou com os oteranos.

O que é o motivo de eles se ligarem a jurados divinos. No geral, cada deus começa com ao menos quatro ligações, mas pode haver centenas, até milhares.

Os dois se viram para Ixa, os seres tão misturados agora que não consigo mais discernir onde Myter termina e Bala começa.

— Entretanto, como Ixa parece ser sua única ligação — ressoam os dois —, ele não consegue curá-la completamente como você faz com ele.

Fico sem reação enquanto absorvo as palavras.

— Espere aí, Ixa pode me curar?

Eu sabia que ele conseguia amenizar minha dor, mas isso... isso pode mudar tudo. Vim temendo que as feridas se abrissem, mas, se eu conseguir descobrir como fazer Ixa me curar, talvez tenha mais tempo, mais força enquanto continuo a jornada.

Quando eles confirmam com a cabeça, logo questiono:

— E a razão para eu conseguir curá-lo com o sangue é por ele ser meu jurado divino?

Eles confirmam outra vez.

— Isso mesmo, mas você precisa de pelo menos quatro para ficar curada por completo, e duvido de que consiga essa quantidade de jurados divinos em seu estado atual. Ixa, no entanto, pode amenizar sua dor, como você já percebeu. É parte da função dele: todos os jurados divinos mantêm espaços dentro de si para os deuses; cada um é um templo vivo para a própria divindade.

— É por isso que você consegue entrar na mente dele! — Britta solta um arquejo, então continua, toda triunfal: — Eu sabia que não era uma possessão!

— Não foi o que você falou da última vez — murmura Li.

— Ei, caladinho — rebate ela em um sibilo, dando uma cotovelada nele.

Enquanto observo Ixa, Myter aponta com o queixo, a voz perdendo a reverberação de Bala ao dizer:

— Estamos quase lá. Sei que você está acostumada a Otera, então tente se conter quando vir a maravilha que é nossa capital. Não vai pegar bem ficar com cara de boba e tal.

Faço de tudo para não revirar os olhos, mas, quando olho para Britta, ela já está fazendo isso por mim.

— Vou tentar — respondo com um tom de voz seco. — Sei que vai ser difícil, mas vou tentar.

Quanto mais nos aproximamos do fim das rotas, mais as luzes do arco-íris vão se apagando. Nos pontos em que antes havia coisas brilhantes, agora há apenas um vestígio de brilho. O poder, ou o que quer que tenha sido, que nos guiou até aqui está acabando. Estamos quase lá.

O mero pensamento me deixa ansiosa.

— Então a minha mãe está me esperando? — pergunto, contorcendo os dedos enquanto a preocupação retorna.

A última vez em que falei com a minha mãe foi quando presumi que ela estivesse no leito de morte. O que ela vai pensar da pessoa que me tornei? Das coisas que fiz?

— Imagino que sim. — A resposta despreocupada de Myter é como um balde de água fria ensopando minhas esperanças.

— Você não tem certeza? — A declaração fria e quase acusatória vem de Belcalis, que agora está saindo da névoa e vindo até mim, assim como meus outros amigos.

Ao nosso redor, as rotas desaparecem devagar, a névoa e as florestas sumindo enquanto a luminosidade e o som de ondas quebrando tomam o lugar.

As crianças ainda não apareceram, mas isso, presumo, deve ser porque estão com Bala, em suas próprias rotas.

— Não. — Myter dá de ombros. — Bala e eu não estamos envolvidos nos funcionamentos internos dos panteões. Só cuidamos das rotas.

— E as defendem quando necessário? — adiciona Belcalis. Quando Myter apenas pisca, minha amiga continua, sem rodeios: — Eu estava pensando: até onde sei, nenhum oterano jamais esteve nas Terras Desconhecidas e voltou para contar a história. Nem sequer sabíamos se elas de fato existiam. Presumo que haja um motivo para isso.

— E tem mesmo — confirma Myter e agita o martelo com alegria. — Bala e eu somos o motivo. Enquanto os deuses de Otera continuarem existindo, nenhum oterano vivo pode cruzar as rotas uma segunda vez. Qualquer um que tente se depara com... bem... comigo.

— Então o que isso significa para nós? — questiono, ficando toda tensa.

— Deuses e jurados divinos são diferentes.

— Não somos jurados divinos — contrapõe Britta.

— Ainda não — responde Myter de maneira significativa e lança um olhar para mim.

Meu corpo enrijece quando a sugestão ressoa em minha mente. Seria possível? Se eu conseguir a kelai de volta e virar uma deusa de verdade, Britta e os outros poderiam mesmo se tornar meus jurados divinos? E o mais essencial, eles iriam querer isso... se tornar ajudantes glorificados? Meus templos vivos?

Considero a relação com Ixa, o modo como sou capaz de entrar na mente dele com tanta facilidade, e estremeço. Não acho que um dia poderia desejar isso para meus amigos. Para Britta. Para Keita.

Só que estou me adiantando demais. Há uma pergunta bem mais importante em questão.

— Se a minha mãe está aqui, isso significa que minha kelai também está?

Não sinto nada nesse sentido, o que não significa que seja impossível.

— Não sei nada a respeito disso — informa Myter, impaciente. — E, mais importante, por que está me enchendo dessas perguntas? Você tem o jurado divino de Sarla com você, a personificação viva do deus da sabedoria. Por que não pergunta a ele?

Franzo a testa. *O jurado divino de Sarla?* Do que ela está falando?

Enquanto espio a escuridão que marca o fim da rota, um suspiro pesado responde à pergunta. Eu me viro e vejo Lamin dar um passo à frente e segurar algo debaixo do queixo. Observo, confusa, quando ele puxa algo que parece quase uma membrana gelatinosa fina do rosto, e, simples assim, a pessoa que eu achava ser Lamin não existe mais. No lugar está uma criatura brilhante e não humana, pálida e com as mesmas feições de Lamin, só que o cabelo de cachos leves agora brilha na cor branca, assim como os olhos, que mal possuem uma pupila no centro em vez de expressarem o castanho acolhedor a que estou acostumada.

— Mas o que, em nome do Infinito, é isso? — pergunta Li, recuando quando Lamin se vira para nós, hesitante, as mãos agitadas como nas raras ocasiões em que ele está nervoso.

De repente, sinto um zumbido em meus ouvidos. Dou tudo de mim para permanecer de pé. Nunca suspeitei, nem uma vez sequer. Dois anos o acompanhando de perto, e essa pessoa, essa *criatura* diante de nós, é o verdadeiro Lamin. E nunca suspeitei. Nem em meus sonhos.

Estou tão perdida que fico apenas parada, os pensamentos a toda.

Por sorte, não sou a única nesse estado perto da saída das rotas. Keita está aqui também, e ele sabe bem o que fazer. Ele se aproxima do amigo, tendo o cuidado de manter a expressão neutra mesmo que esteja fechando as mãos com uma força que nunca vi.

— Explicações. Agora — exige ele.

Lamin suspira outra vez, o remorso tomando os olhos enervantes de tão brancos.

— Sei que isso é ruim, mas antes de tudo quero dizer que não sou nem nunca fui inimigo de vocês.

— E só de você dizer isso torna tudo verdade — responde Belcalis entre dentes, tocando as adagas.

Ela também está furiosa, assim como o restante do grupo.

Lamin percebe e faz uma careta.

— Eu não tive escolha a não ser esconder a verdade. Era meu pacto. Sarla me mandou para Otera.

— Por qual razão? — questiona Keita, exigente, os olhos agora estreitos.

— Para garantir que Deka fosse levada a descobrir a traição dos deuses oteranos.

Quando ele se vira para mim, os últimos dois anos me vêm à mente, lembranças de todo o tempo que passei com ele. A amizade que os outros e eu cultivamos com ele. A amizade que, agora é evidente, foi pautada em mentiras. Toda vez que estive com Keita e com o outro uruni, Lamin esteve lá... sempre caladão, sempre atento, moderado à exatidão. Assim como todo mundo, só presumi que fosse a natureza dele. Agora sei a verdade.

— Então você estava me manipulando? — Não consigo esconder a mágoa que se embrenha na minha voz. — Este tempo todo, estava me manipulando?

Lamin logo balança a cabeça.

— Eu não podia contar nem escrever a respeito de meu real propósito. Era proibido, então me mantive calado até enfim poder fazer o contrário.

— Garantir que Deka descobrisse a traição dos deuses oteranos? E sua traição? — Keita adota uma expressão sombria e agourenta ao fazer a pergunta... o mesmo olhar pacato de quando está decidindo se vai ou não matar alguém.

Até mesmo agora, as chamas se inflamam nas profundezas douradas dos olhos de meu namorado, o dom se erguendo para atender ao chamado.

Lamin deve ter percebido, porque logo responde:

— Nunca traí ninguém! No geral, eu servia de testemunha, possibilitando que os deuses vissem o que estava acontecendo em Otera, sobretudo quando o assunto era Deka e todos vocês. — A essa altura, a voz dele já é um murmúrio.

— Então eles estavam nos espionando através de seus olhos — elucida Belcalis.

— Isso. — Lamin assente, infeliz.

— Todos nós, não só Deka — elucida Belcalis de novo.

Outro aceno de cabeça.

— Por quê?

— A suposição era de que, como os companheiros mais próximos de Deka, vocês seriam os primeiros a demonstrar os dons quando ela começasse a ganhar mais poder. Foi assim que souberam que ela estava pronta para a verdade.

— Só que eles não pediram que você apenas observasse — prossegue Belcalis com uma expressão enojada. — Você se infiltrou em nosso grupo.

— Fingiu ser nosso amigo. — Há uma expressão que nunca vi no rosto de Li ao dizer isso, uma fúria silenciosa quando pergunta: — Como exatamente conseguiu fazer isso?

É a exata mesma pergunta que me ocorreu. Nossos uruni foram escolhidos de modo aleatório. Ficou a cargo da sorte. E ainda assim Lamin acabou em nosso grupo. E, agora que penso a respeito, eu nem era amiga das gêmeas quando ele foi ligado a Asha. Eu não gostava de Asha nem de Adwapa quando as conheci, e era recíproco, ao que pareceu. Só que eram espiãs de Mãos Brancas, enviadas para me observar e proteger, e foi assim que todas acabamos colocadas na carroça juntas...

Arregalo os olhos ao me dar conta: alguém devia saber quem elas eram, saber que em algum momento elas seriam alocadas para perto de mim, que foi como Lamin foi designado uruni de Asha.

Alguém sabia que eram espiãs e alocou outro espião para perto delas.

A conclusão faz meus pensamentos se chocarem uns nos outros.

Durante todo este tempo eu tinha achado estranho que Lamin tivesse escolhido vir para cá em vez de continuar com Adwapa e Asha enquanto viajavam com Mãos Brancas. Só que ele sempre conseguiu ficar perto de mim. Calado, moderado... Meus pensamentos voltam a ficar a toda conforme continuo a analisar todas as interações que já tive com ele... cada batalha, cada missão.

— Como? — pergunto, ecoando a pergunta de Li, embora agora eu tenha uma suspeita. — Como conseguiu?

— Com a ajuda de outros jurados divinos leais aos deuses maiwurianos — conta Lamin.

— Então havia outros? — Britta parece chocada.

— Por toda a Otera — confirma Lamin. — É o caso desde os tempos imemoriais.

— Outros tipo quem?

Lamin abaixa a cabeça.

— Não posso dizer.

— Não pode ou não quer? — indaga Keita.

Lamin não responde. Então tento outra tática.

— Por que agora? Depois de passar esse tempo todo com a gente, por que só está falando disso agora?

— Porque é o único momento em que ele pode falar. — A interferência vem de Myter, que coloca a mão no ombro de Lamin, em solidariedade. — Com exceção de mim e alguns outros que sempre permanecem com o próprio deus, os jurados divinos que saem de Maiwuri ficam sujeitos às convenções.

— Convenções?

Franzo a testa.

— Impedem que falem, escrevam ou até que deem dicas de coisas que não se deve.

Lamin assente.

— Eu não poderia falar a verdade sobre minha origem nem minha missão, não importava o quanto quisesse.

— Motivo número 2.800 para eu não manter relações com os deuses — murmura Belcalis, então aponta para mim com a cabeça. — Excluindo a presente.

Aceno com a cabeça de volta antes de me virar para Lamin.

— Então por que agora? O que mudou?

— Agora — responde ele, andando à frente, para onde as rotas desembocam para uma luz branca intensa, e fala como se estivesse aliviado —, voltei para Maiwuri. A convenção não se aplica aqui. O que significa que posso mostrar a vocês a verdade do mundo em que Otera reside. De Kamabai.

Ele aponta, então passo por ele e atravesso a luz, adentrando o paraíso.

O azul brilhante da água jaz à frente e cintila com tanta intensidade que tenho que proteger os olhos contra a luz. Estamos parados em um penhasco com vista para um oceano vasto, uma brisa quente nos envolvendo. O céu é de um tom cristalino de azul-celeste, e um resplendor de arco-íris o atravessa. Só que não se trata, de fato, de um arco-íris. Quando estreito os olhos, confusa, a coisa tremeluz, quase como uma bolha que cobre o céu inteiro. O que é aquilo, na verdade? Tento olhar com mais atenção, mas um formigamento repentino me impede. Eu me viro e me dou conta de que as rotas desapareceram (sumiram pela mesma direção pelas quais apareceram), e no lugar está Bala, Myter ao seu lado, assim como as crianças junto a um grupo de pessoas que presumo serem os pais e as mães, todos olhando ao redor, boquiabertos e maravilhados. Os olhos de Bala, porém, permanecem fixos nos meus, sua presença calma e gentil como sempre.

— É aqui que nos separamos, Angoro Deka — anuncia Myter, a voz sobreposta outra vez. — Vamos seguir e levar o grupo aos seus respectivos novos lares.

Foi uma grande honra trazê-la até aqui, continua uma voz profunda e acolhedora em minha mente. Sei, sem a mínima dúvida, que é a de Bala, que ele está projetando seus pensamentos nos meus de modo ativo. O deus faz uma reverência suave para mim. *Que nos encontremos outra vez nas rotas.*

É o que também espero, respondo, pasma ao perceber que falo sério.

Apesar dos sentimentos conflitantes a respeito de Lamin e a traição, de algum modo não guardo qualquer rancor de Bala, embora ele seja parte do mesmo panteão que enviou Lamin. Todos os outros deuses que encontrei me causaram um senso de maravilhamento. Sempre acompanhado do desejo de adorá-los e me humilhar diante deles. Contudo, Bala parece ter apenas gentileza e compaixão em sua essência. Não parece querer que eu o adore ou o sirva. Nem mesmo parece ter qualquer motivação própria. Apenas é. Como o sol, o vento ou qualquer outro elemento. Ele só existe.

Ixa parece sentir o mesmo, porque assente enquanto vem até mim. *Ixa também*, acrescenta ele com alegria. *Ixa quer encontrar de novo*.

Quando o deus faz outra reverência silenciosa, um pensamento me ocorre.

— Espere, é aqui que encontro os outros deuses?

— Não — responde Myter e aponta para cima. — O jurado divino de Sarla vai levá-los pelo restante do caminho.

Franzo a testa enquanto olho ao redor. Só vejo o céu azul e a água cintilando lá embaixo.

— Não entendo. Onde estão as...

Mas Myter já sumiu, junto de Bala, das crianças, dos pais e das mães. Estamos sozinhos no penhasco agora. Então Lamin aponta.

— Olhem. Lá vêm eles.

Olho para onde ele aponta e fico de queixo caído. O céu está tremeluzindo outra vez. Ou melhor, algo está tremeluzindo em meio a ele. Uma cidade. Quanto mais observo, mais minha mente estupefata tem confirmação. Lá, suspensa no céu, noto uma cidade... a mais majestosa que já vi. Edifícios cintilantes da cor de pedras preciosas se erguem de montanhas verdejantes cujas bases estão envoltas por nuvens. Cachoeiras caem em cascatas no oceano abaixo, pássaros graciosos com asas furta-cor flutuando por entre elas. Árvores da largura de ruas inteiras brotam, assim como apartamentos elegantes entalhados nos troncos cristalinos. É como se tudo estivesse interconectado, tudo parte do mesmo organismo enorme.

— Essas são as Terras Abençoadas? — questiona Britta, maravilhada ao observar a cidade.

Lamin nega com um aceno de cabeça.

— Não — responde, um sorriso afoito amenizando a tensão nas feições. — Aquela é Laba, o Centro dos Deuses e a capital de Maiwuri. Venham. — Ele gesticula com a mão para que a gente se aproxime da beira do penhasco. — Os condutores de Sarla vão chegar logo.

E, na mesma hora em que ele faz essa afirmação, dois portões com um material similar a vidro que eu não tinha notado se abrem abaixo de uma das cachoeiras no centro da cidade, e um grupo de criaturas cinzentas gigantes sai voando de lá, com condutores na garupa. Cada criatura é achatada, com um corpo triangular e lustroso dominado por asas reluzentes que ondulam nas correntes de ar. Olhos minúsculos e quase imperceptíveis tomam cada lado da cara das criaturas, e o nariz é arrebitado; e quanto à boca, não vejo sinal de que tenham, embora as criaturas ostentem chifres prateados e curvados e pontinhos ou tiras na pele. Com exceção da semelhança com as criaturas dançando nas águas que cercam Hemaira, nunca vi algo como elas.

Não fico surpresa ao ver que os condutores têm a mesma pele pálida e tremeluzente de Lamin. Eu me viro para ele.

— Nossa conversa não acabou. Você me enganou quando nos conhecemos, enganou a todos nós.

— Nunca foi com más intenções — responde Lamin com pressa, preocupado de novo. — Tanto é que nunca machuquei nenhum de vocês.

— Isso ainda vamos ver — contrapõe Keita, a expressão ameaçadora. Ele também não perdoou Lamin ainda.

Só que não podemos nos concentrar nisso agora.

— Está bem — afirmo. — Vamos conhecer esses novos jurados divinos.

— Deka... — Lamin está hesitante ao se virar para mim. — Eles também não querem machucar você.

Lanço a ele o olhar mais gélido que sou capaz.

— É o que todos dizem.

Lamin assente, a expressão de nítida infelicidade agora, mas, quando as criaturas começam a descer até nós, as asas deslizando sem pressa pelas correntes, ele logo se ajoelha, a testa franzida dando lugar a um sorriso aliviado. Ele cruza os braços na altura do peito em cumprimento quando a condutora da frente, uma mulher alta com o rosto severo de uns 60 anos, desce da criatura e se aproxima.

— Alta sacerdotisa — cumprimenta ele em respeito. — Retornei.

A mulher apenas emite um "humpf".

— Lamin Chernor Bah. É assim que cumprimenta sua tia depois de todo esse tempo?

Tia?, Britta pronuncia silenciosamente mexendo a boca quando olho para os outros em choque.

Um sorriso de canto surge no rosto de Lamin. Ele se levanta e envolve a mulher em um abraço apertado.

— Tia Kadeh, voltei para casa.

A mulher abre um sorriso luminoso, todos os vestígios de severidade sumindo da expressão enquanto começa a distribuir um monte de beijos na testa e nas bochechas dele.

— Ah, meu garoto, meu amado menino. Enfim você voltou.

— Essa é a tia de Lamin? — O sussurro de Li é tão alto que todo mundo ouve.

Inclusive a mulher. Ela se vira para nós.

— A única que ele tem. Eu o criei desde que ele era criança junto de minha prole. — Então ela olha para Lamin de novo e bagunça seu cabelo. — Então, enfim você voltou.

Com um pigarro, Lamin confirma com a cabeça, então lança um olhar significativo para mim.

— E trouxe a Angoro.

A mulher logo se ajoelha e se curva toda.

— Sua eminência — declara ela em respeito. — Sou Nenneh Kadeh. Estou honrada em recebê-la. Espero que meu sobrinho a tenha tratado bem.

Ela lança um olhar afiado a Lamin.

— Isso ainda vamos ver — murmura Belcalis, mas logo dou um passo à frente.

— Até o momento, ele foi um de nossos companheiros mais próximos — respondo, algo que é tanto verdade quanto mentira.

Ainda não decidi o que fazer em relação a Lamin.

Eu me viro para os outros condutores. Há uns dez deles, em maioria mulheres, todos usando vestes brancas esvoaçantes com capuz prateado comprido cujas estampas combinam com os desenhos nas criaturas que servem de montaria.

— Então — murmuro com educação —, devo presumir que vocês são nossas escoltas para Maiwuri?

— Isso mesmo — confirma Nenneh Kadeh. — Sarla, divindade da sabedoria, nos enviou.

As palavras parecem ser um sinal, porque, assim que as profere, é como se algo tomasse conta. Ela se endireita de modo brusco, o olhar parecendo distante. Quando me encara de novo, de repente parece outra pessoa, uma cujos movimentos são fluidos e graciosos ao mesmo tempo em que o olhar é incisivo.

Um tremor me atravessa enquanto aceno com a cabeça para a divindade me encarando através dos olhos de Nenneh Kadeh.

— Saudações vespertinas — cumprimento com calma. — Você deve ser Sarla.

É quase surreal. Poucas horas atrás, eu só tinha que me preocupar com oito deuses, e agora há todo um novo panteão com sabe-se lá quais ambições para eu lidar.

— É um prazer, Angoro — retruca Sarla por meio da boca de Nenneh Kadeh, o tom de voz baixo e melodioso. — Ficamos gratos por ver que chegaram bem. Nossas ligações vão garantir uma condução segura a Maiwuri.

Com um aceno de cabeça, faço uma breve reverência. Abaixo o suficiente para ser respeitosa, mas não a ponto de ser subserviente. Nunca vou me prostrar diante de um deus outra vez.

— Obrigada.

Sarla assente de novo, então o corpo de Nenneh Kadeh murcha. A divindade foi embora e a mulher está de volta.

Nenneh Kadeh se vira para mim com um sorriso.

— Ora, então, Angoro, podemos? — Ela aponta para a criatura, as tiras prateadas enormes cobrindo as costas de um cinza arroxeado. — Você pode ir comigo na garupa de Maida.

— Contanto que Ixa possa voar ao lado — respondo automaticamente.

Nenneh Kadeh inclina a cabeça.

— Seu jurado divino é bem-vindo, lógico. Bem como os grifos de vocês — declara ela com o olhar voltado aos outros. — Eles podem usar as correntes de ar atrás das arraias de chifres para deslizar. Presumo que vão gostar do descanso.

— Vão, sim — concordo e me aproximo. Não somos os únicos exaustos depois dos acontecimentos dos últimos dias. Os grifos e Ixa também estão. Ergo a cabeça para olhar para Nenneh Kadeh, que é quase tão alta quanto o sobrinho. — Como eu faço para subir?

A sacerdotisa demonstra ao caminhar direto para uma das asas da criatura, que está se agitando, molhada, na grama. Pela umidade e pelo brilho, tenho a sensação repentina de que a criatura é tanto aquática quanto aérea.

— É só vir andando. E não se preocupe: as asas das arraias de chifres não são sensíveis.

Estreito os olhos para a arraia, que ondula com suavidade ao piscar os olhos pretos gentis para mim.

— Certo, Maida — sussurro —, agora somos eu e você.

Só que, quando me preparo para subir, a mão de alguém me impede. Britta. Ela está com uma expressão séria ao me puxar para o lado, bem longe do alcance da tia de Lamin. Ao menos, assim se espera. Levando em conta que sabemos bem pouco sobre os jurados divinos, não temos certeza da natureza e extensão das habilidades deles.

Afinal, até Lamin arrancar a máscara, não havíamos percebido que os tipos de jurados divinos para cada deus pareciam bem diferentes uns dos outros.

— Deka — começa Britta, mas ergo a mão, tanto para ela quanto para Keita, que também se aproximou.

Sei que é uma possível armadilha, admito na linguagem da batalha, me valendo dos gestos manuais que usamos para nos comunicar com uivantes mortais ou em situações em que falar não é uma opção. Ao longo dos anos, a técnica se expandiu para uma linguagem completa. *Que a minha mãe talvez não esteja lá. Ou que talvez ainda estejamos presos nos vales das sombras e isso seja um tipo de ilusão. De qualquer forma, vamos descobrir. Sempre descobrimos. Mas Myter me curou, Britta. E ela parece diferente, ela, Bala, até Sarla. Todos parecem diferentes dos oteranos. Sei que é doloroso ter esperança de novo, mas vamos ao menos tentar. Se estiverem dizendo a verdade, então estamos perto da kelai e de acabar com as Douradas e os Idugu de uma vez por todas.*

E se estiverem mentindo? É a vez de Keita gesticular agora, e seu rosto está tomado por uma expressão específica: determinação.

Igual a mim.

Aí tacamos fogo em tudo e reduzimos a cidade bela e flutuante a cinzas. Adiciono um lirismo extra aos gestos manuais ao dizer isso.

Um sorrisinho surge na boca de Keita.

— Você é encantadora sendo assustadora — comenta ele em voz alta, o fogo brilhando nos olhos ao acariciar minha bochecha.

Britta revira os olhos.

— E essa é a deixa para eu me mandar — murmura, se afastando quando Keita me dá um beijo na bochecha e deixa rastros de fogo para trás.

Sinto um quentinho pelo corpo e olho para baixo, tomada pela emoção. Faz tanto tempo que tive esse nível de contato, tanto tempo desde que senti alguma pele além da de Ixa na minha. E o fato de que são as mãos de Keita, o toque dele...

Dou tudo de mim para não me embrenhar todinha em meu namorado.

— Eu sei — consigo falar apesar do calor subindo por meu corpo.

— Digo o mesmo de você.

Adiciono a última parte na linguagem de batalha: *Você é tão lindo sendo ardiloso.*

— É porque estou sempre tentando me equiparar a você.

Ele me dá um último beijo, então suspira e se afasta, deixando o mundo exterior entrar de novo.

Assim que minha pulsação se estabiliza, viro-me para Nenneh Kadeh com um sorriso luminoso, ainda que nitidamente falso.

— Podemos?

A anciã abre um sorriso.

— O que estamos esperando, então? Adiante, para Maiwuri!

10

O trajeto para Maiwuri é ainda mais tranquilo do que imaginei. As asas de Maida deslizam com gentileza pelas correntes de ar enquanto o oceano espalha a umidade embaixo de nós com suavidade. Com toda a certeza, Nenneh Kadeh é apta a guiar a arraia de chifres, então fico só de boa, aproveitando a experiência: o sol iluminando meu rosto com gentileza, o frescor revigorante da água azul... É tão límpida que vejo os peixes dançando logo abaixo da superfície. Observo fascinada um cardume de peixes prateados minúsculos saltarem para fora da água, as barbatanas nas laterais se espalhando e formando as asas, que eles usam para afugentar os peixes roxos maiores que saltam em seu encalço. Sei que deveria ficar tensa e na defensiva, que deveria usar o tempo do trajeto para esquematizar planos de contingência, mas a combinação do sol quente e com o oceano frio me embala em um contentamento distrativo que não sinto há meses... talvez até anos.

Posso entrar em pânico ou ficar apreensiva depois. Por ora, quero apenas ser.

Quando fecho os olhos, noto algo estranho: uma vibração baixa e reconfortante que parece chegar mais perto a cada momento. Eu confundiria a coisa com a vibração que ouvi nos vales, só que ela é mais profunda. Mais densa.

Acolhedora.

Aqui!, chama Ixa de repente ao meu lado, onde está voando sob a forma de um passarinho azul, a forma de pássaro noturno. Só que ele não está falando comigo. *Deka e eu aqui*, responde ele a quem quer que tenha misteriosamente perguntado.

Quando volto a abrir os olhos, assustada, vejo Ixa logo se transformar em uma criatura que nunca vi: um ser minúsculo e escamado que quase parece o disfarce de filhote de antes, só que dessa vez as escamas percorrem o corpo todo e as asas são aveludadas, como as de um morcego, e de um azul brilhante feito uma joia.

— Ixa — chamo quando ele descende para as ondas.

Só que ele não parece mais estar me dando atenção.

Ixa aqui!, afirma ele feliz, falando algo para as ondas, algo que é tão grandioso que a água ao nosso redor escurece enquanto a coisa se aproxima e afugenta os peixes roxos para as profundezas.

Eu me inclino sobre a lateral de Maida para ter uma visão melhor, e é quando solto um arquejo intenso.

Ali, bem embaixo de nós, nada um grupo de criaturas ao mesmo tempo familiares e desconhecidas: répteis enormes com escamas azuis reluzentes margeadas com dourado, chifres dourados acima das sobrancelhas e ainda se protuberando das costas. Parecem drakos do mar, aqueles répteis nadadores colossais que antes pensei serem os ancestrais de Ixa, só que drakos do mar não possuem olhos pretos aquosos que brilham com inteligência e compaixão.

Mas Ixa tem.

Então arfo de novo. Esses devem ser os ebiki, a espécie de Ixa.

Não tinha imaginado que os encontraria assim... muito menos assim tão rápido.

Ixa agita as asas até o ebiki à frente do grupo, um leviatã escarpado cujas escamas têm mais dourado do que azul e que tem a maior cabeça de todos... na verdade, é tão imensa que quase parece uma ilha, um oásis tremeluzente debaixo da água.

Vejo Ixa pousar na cabeça enorme, que, quando roça a superfície para me olhar, forma ondas ao nosso redor. Os olhos que focam os meus são abundantes da mesma gentileza e inteligência de Ixa, e o olhar, tão cativante que fico boquiaberta, sem conseguir desviar a atenção. Então esse é um ebiki maduro.

Até as arraias de chifres param de avançar e, em vez disso, começam a fazer círculos baixos nas correntes de ar.

— Deka — chama Britta, arfando e olhando para a criatura. — Aquela é...?

Mãe, informa Ixa com alegria. *Deka, mãe de Ixa aqui.*

Fico ainda mais boquiaberta.

— *Sua* mãe?

A mera magnitude dela... é quase mais do que sou capaz de compreender.

Até Li está sem palavras, o que é incomum.

— Essa é uma mãe e tanto — sussurra ele.

Enquanto meus amigos e eu ficamos apenas de queixo caído, Nenneh Kadeh e os outros jurados divinos de Sarla se erguem do poleiro acima das arraias de chifres, o movimento tão fluido que sei que já o executaram inúmeras vezes antes. Eles fazem uma reverência profunda para a mãe de Ixa.

— Rainha Ayo — declara Nenneh Kadeh —, ficamos honrados com sua escolta.

Os olhos pretos gigantes, cada um do tamanho de uma única arraia de chifres, não desviam de meu rosto. Apenas seguem encarando. E então, por fim, aquela boca colossal se abre.

O som que emana é um zumbido que vibra por todo o meu ser. Mesmo desconhecido, é compreensível de imediato.

— Deka — profere a rainha Ayo de um jeito tão poderoso que meu corpo parece leve... mais do que já esteve antes.

Então ouço de novo, desta vez de outro ebiki:

— Deka.

E meu corpo fica leve mais uma vez, e por um momento o vazio em meu interior quase parece desaparecer, eliminado pela sensação de leveza, de conexão.

— Deka — chama outra criatura.

E outra. E então outra.

Uma a uma, as criaturas me chamam pelo nome, cada vocalização tão poderosa que faz meu corpo inteiro tremer.

— Deka! — Britta solta um arquejo enquanto conduz a arraia de chifres adiante. — Olhe sua pele!

Ela aponta para minha mão, no ponto em que, devagar, mas sem dúvida, o dourado proveniente do ataque de Melanis que ainda a marcava está recuando... ou melhor, sendo absorvido para dentro de mim outra vez. E não é a única coisa que está mudando. O vazio em minha barriga, a sensação de oco que sinto há tanto tempo, foi embora, substituído por um sentimento estranho e contente... como se eu estivesse inteira de novo.

Tudo por causa dos ebiki. Vejo nos olhos deles, nas expressões. Cada elocução de meu nome é uma oração, uma invocação à Divindade Superior de que Myter falou, em meu benefício. E está me curando. Não apenas as poucas manchas externas como também todo o dano interno, que nem Myter, mesmo usando o poder pleno de um deus maiwuriano, foi capaz de desfazer.

Lágrimas escorrem por minhas bochechas. Todas estas semanas de dor, de um pânico bruto e incessante. Todo dia um sofrimento, um desespero. E agora estou aqui, banhada em luz, maravilhamento e tudo o que é bom.

É como se cada enunciação me acertasse direto no âmago e me livrasse de toda dor e preocupação. E enquanto isso, a mãe de Ixa me observa, os olhos pretos sem nunca piscar.

Nem mesmo quando começo a soluçar, lutando para respirar em meio às lágrimas desesperadas.

— Obrigada... obrigada — sussurro para a rainha Ayo.

Estive com tanto medo nas últimas horas. Medo de que as feridas logo se reabrissem, de que minha mãe não estivesse aqui, ou, pior, que ela me rejeitasse e eu nunca encontrasse minha divindade.

Só que agora aqui estou, assim como os ebiki, e estou inteira de novo. Inteira de verdade, não apenas no lado de fora como também no de dentro.

Sinto o olhar perplexo de todo mundo sobre mim, mas não me importo. Só quero existir nesta felicidade pelo tempo que for possível. Pelo tempo em que estiver aqui em cima de Maida, com os ebiki ao redor, quero me deliciar na sensação de estar inteiramente segura.

E os ebiki parecem compreender, porque me circundam e entoam meu nome ao vento em reverência até minhas lágrimas enfim secarem. A emoção chegar ao fim. E haver somente a paz.

Só a brisa do oceano soprando no lugar dos soluços.

Quando as canções cessam, Ixa voa até mim, satisfeito. *Deka bem melhor*, diz ele, aninhando-se em meu peito. Envolve-me com as asas, tão aveludadas e quentinhas quanto imaginei, se não mais. *Mãe diz que Deka agora tem duas semanas antes de ficar fraca de novo, talvez mais. Ixa feliz.*

Duas semanas... é o tempo que tenho antes de a força vital voltar a minar, antes de as feridas voltarem a se abrir. Não fico nem mesmo desanimada com o pensamento. É bem mais tempo do que esperava ter. Vou valorizar cada dia, cada momento que passar sem sentir dor.

Olho para Ixa, a criatura milagrosa que vem sendo tão essencial para meu bem-estar, para quase qualquer movimento que fiz desde que meu sangue saiu dourado, e o aperto com força.

— Obrigada, Ixa. Obrigada por tudo. — Então olho para os outros ebiki, que estão aguardando com paciência embaixo de Maida, os olhos gentis sem piscar. — Obrigada a todos vocês.

A resposta, quando surge, é um som profundo e reverberante.

— De nada — responde a rainha Ayo naquele ressoar interminável, e então volta a se movimentar, as outras criaturas a seguindo e deixando ondas pelo caminho.

O grupo observa a partida deles, todos tão maravilhados quanto eu por terem testemunhado uma cena sem dúvida digna de uma mitologia profunda e assombrosa.

É só quando os ebiki estão a uma distância considerável que todo mundo volta a recobrar os sentidos.

Nenneh Kadeh se volta para mim com olhos maravilhados.

— Você é muito felizarda, Angoro, por ter a lealdade dos ebiki. Nem todo deus tem essa sorte, sobretudo os jovens. É uma grande honra.

Balanço a cabeça em concordância.

— É, sim.

Eu me atenho ao sentimento enquanto prosseguimos, deixando que me guie até a cidade e a quaisquer vitórias e traições que lá me esperam.

Se Maiwuri parecia linda de longe, de perto é estonteante. Os edifícios que se assemelham a pedras preciosas reluzem no calor do sol poente e fazem com que toda a ilha pareça iluminada de dentro para fora. A base de nuvens que percebi antes está descendendo ao oceano quando chegamos à cidade, as nuvens se espalhando na areia branca cintilante assim que tocam a água. O poder formiga por meu corpo no momento em que as árvores colossais da ilha começam a se distender ainda mais alto, as folhas matizadas de um jeito encantador e umedecidas pelas cachoeiras que se curvam pelas colinas flutuantes, cada uma dividindo a cidade em diferentes distritos.

Na direção oeste, fica um distrito composto por jardins: plantas e cogumelos de todas as cores e formatos crescem ao léu voluptuoso enquanto videiras cobrem todos os edifícios e monumentos, cada estátua e portão. A leste, fica um distrito mais austero composto por edifícios brancos ameaçadores que denotam a aura intimidadora comum a instituições legais. É ladeado, quase de um jeito irônico, por um distrito do prazer, logo aparente pelas hordas de pessoas bêbadas que saem de casas bem coloridas empunhando cálices e chifres cheios de vinho, os corpos de todas as cores do arco-íris. Há ainda outro distrito que parece repleto de bibliotecas e gente estudiosa trajando roupas diversas, a maioria com uma engenhoca de vidro estranha fixada a cada olho, e todos, todinhos mesmo, têm a pele pálida e tremeluzente como Lamin e a tia.

Devem ser os jurados divinos de Sarla, o deus da sabedoria. Galera mais acadêmica e mais pálida, impossível. Não consigo parar de pensar que Acalan, o mais estudioso entre nossos uruni, se daria bem ali.

Mal posso esperar para contar a ele assim que o vir.

Então me lembro: é provável que eu nunca mais veja Acalan. Nem Adwapa e Asha, nem Katya e Rian. Nem qualquer um de meus outros amigos. Não sob esta forma, ao menos.

Se o que Anok e Mãos Brancas disseram for verdade, quando eu encontrar minha mãe, ela vai me conduzir à kelai, e então vou ascender à divindade e abater os deuses, e assim destinar Otera a uma era de paz, livre da interferência divina e da agressividade celestial.

O pensamento me provoca sentimentos conflitantes: alívio por enfim conseguir libertar Otera dos opressores divinos, tristeza por deixar meus amigos... Reflito a respeito enquanto Maida começa a pousar nas águas logo à frente da cidade. Quando eu me tornar deusa, Otera enfim terá paz. Todo mundo vai levar a vida como quiser. Com exceção de mim. Sim, vou ficar feliz pelos deuses terem desaparecido, feliz por Otera estar segura, mas vou me separar de todos que amo... meus amigos, minha mãe.

Durante todo esse tempo, só quis abraçá-la de novo. Sentir seu cheiro. Ouvir sua voz. Mas só poderei fazer isso por uns instantes, algumas horas.

Quando as lágrimas ardem em meus olhos, uma sombra surge ao meu lado: Keita, estendendo a mão para me ajudar a descer de Maida enquanto Nenneh Kadeh remove a sela da arraia de chifres enormes.

A expressão de desolação no rosto dele enquanto desço do animal cinza e cintilante é uma exata réplica da minha, mas ele tenta esconder com um sorriso triste.

— Está nervosa, Deka? — questiona ele, e lança um olhar significativo para a ilha, as árvores de tons de pedra preciosa se erguendo diante de nós.

— Apavorada.

— Encontrar sua mãe vai ser o primeiro passo para a divindade...

— Eu sei. — Não consigo evitar expressar a infelicidade no tom de voz ao pensar nisso.

Keita entrelaça meu braço ao dele e aperta com firmeza, o toque simples me causa tantas sensações que levo um tempo para perceber que ele está falando de novo.

— Sabe... você está curada, e seu corpo não está em perigo iminente de se despedaçar outra vez. Otera não vai acabar amanhã se você esperar um dia ou dois até retomar a ligação com a kelai.

— Mas vai, sim. — Suspiro. — A cada segundo que adio...

— O Reino Único fica pior. — Keita suspira também, a exaustão parece pesar toda a extensão de seu corpo. — Às vezes me pergunto como deve ser não ter o destino de um império nos ombros.

— Sereno, imagino.

Enquanto pensamos na ideia, Nenneh Kadeh se aproxima. Logo me viro para ela.

— Então, onde encontro minha mãe?

— No Salão dos Deuses — responde a mulher mais velha, e então balança a cabeça. — Mas receio não ser possível encontrá-la agora.

Entro em alerta no mesmo instante.

— Como assim?

— Sua mãe é jurada divina não só de Sarla como também de Baduri, a divindade da lareira e do lar e guardiã dos templos de Maiwuri.

— Mas eu achei que vocês só pudessem ser jurados divinos de um deus. — A expressão confusa de Britta quando se aproxima é um reflexo da minha. — Quero dizer, foi o que todas as explicações deram a entender.

Nenneh Kadeh inclina a cabeça.

— É o que costuma ser, no geral. Há exceções, no entanto...

— Que acontecem nas circunstâncias mais graves. — Lamin está todo tenso quando se vira para Nenneh Kadeh. — Aconteceu alguma coisa? Algo com a mãe de Deka?

Mil preocupações atingem minha mente em um turbilhão. Então Nenneh Kadeh nega com a cabeça.

— Até onde sei, foi uma precaução, considerando as origens de Umu. Baduri não pode sair do templo, o que significa que os jurados divinos dela também não.

— Então minha mãe é uma prisioneira.

Sou tomada pela raiva quando compreendo o que ela diz.

— É mais uma convidada de honra — corrige Nenneh Kadeh depressa. — Uma que escolhe as circunstâncias, como fazem todos os jurados divinos. Então, como Umu não pode vir a você, você deve ir até ela.

— Então vamos logo — respondo, seguindo à frente, embora não faça ideia de onde fique o templo.

Nenneh Kadeh balança a cabeça outra vez.

— Infelizmente, não posso levá-la agora. O caminho para o Salão dos Deuses só abre em determinados horários. O mais cedo que pode encontrá-la é no início da noite.

Minha raiva se intensifica.

— Três meses — digo, partindo para cima dela de maneira ameaçadora. — Passei três meses correndo por Otera, lutando contra todos os tipos de monstro, para encontrar minha mãe, e agora você me diz que tenho que esperar até anoitecer?

Nenneh Kadeh aparenta tanta infelicidade agora, como se quisesse se liquefazer por inteiro e sumir. Então balança a cabeça.

— Peço muitíssimas desculpas, Angoro Deka. Eu não controlo as rotas.

— Bem, talvez *você* não controle, mas eu…

— … entende que é totalmente compreensível. — Keita se coloca em minha frente antes que eu conclua a frase, então assente para Kadeh. — Assim como nós todos. Entendemos e vamos nos ajustar de acordo.

Eu me viro para ele.

— Não, eu…

— Deka — interrompe Keita depressa. — Você pode estar curada, mas também está com fome, exausta e ainda perdeu sangue. E vai encontrar novos deuses. Deuses que nunca viu. — Ele abaixa a voz com intenção ao dizer isso. — É melhor que esteja na melhor das condições quando isso acontecer.

— Eu *estou* na melhor das condições!

— E quanto ao restante de nós?

Quando ele olha para os outros, sigo o olhar. É quando percebo como meus amigos parecem abatidos e exaustos. O mesmo tipo de exaustão que senti antes de os ebiki me chamarem. Embora estejam ali, incentivando-me com acenos de cabeça, parecem acometidos pela fadiga extrema.

Keita abaixa a voz de novo:

— Precisamos estar todos preparados para o que podemos encontrar.

Como minha mãe no cativeiro... Em silêncio, complemento as palavras que ele não diz em voz alta.

— O que significa...

— Que precisamos descansar. — Completo a frase de Keita e concordo com a cabeça.

Um dos primeiros princípios que aprendemos em Warthu Bera: aproveitar qualquer oportunidade possível para descansar. Nunca se sabe quando se precisará da energia.

— E comer — acrescenta Li enquanto se aproxima.

Tenho que ranger os dentes.

— Imagino que uma boquinha não vá fazer mal — concordo de mau humor.

— E um banho também? — Li parece esperançoso.

— Não abuse da sorte — respondo com um grunhido.

Então percebo como Belcalis se anima sutilmente com a sugestão. Mais culpa me assola. Estive tão focada em minhas necessidades que me esqueci de que não sou a única pessoa nesta jornada. Não sou a única pessoa que carece de cuidados.

Por sorte, meus amigos me perdoaram pelo egoísmo.

Suspiro.

— E um banho também. — Então me viro para Nenneh Kadeh. — Leve-nos para jantar. E depois vou encontrar minha mãe.

Nenneh Kadeh assente com satisfação.

— E depois você vai encontrar sua mãe.

11

Depois que as arraias de chifres voam para longe, Nenneh Kadeh e o restante dos jurados divinos conduzem a nós e os grifos para o distrito acadêmico em que reparei antes, onde um dos edifícios de pedra preciosa se desenrola como uma flor elegante no meio de um bosque de árvores com folhas azuis. É austero de certa forma, se comparado à grandiosidade do restante da ilha, uma estrutura amarela apagada e ainda alegre, mas no centro fica um pátio com um jardim pequeno e cheiroso. Em uma extremidade, bandejas de comida estão empilhadas em uma mesa bem amarela que parece brotar do próprio solo.

— Para vocês, nossos convidados de honra — anuncia Nenneh Kadeh, gesticulando.

Não precisamos de um segundo convite.

Avançamos na mesa mais depressa do que um ninho de moscas-ferrão em uma carcaça em decomposição. Dentro do que parecem ser minutos, tudo que há na mesa é devorado até a última porção, e estamos lambendo os lábios e arrotando, com educação, atrás dos panos úmidos que nos entregam.

— Obrigada — digo quando acabamos.

Nenneh Kadeh inclina a cabeça.

— O prazer é nosso. Agora, por favor, seus aposentos os aguardam.

Li ergue o dedo.

— Com banhos quentes, espero? — questiona. Quando nos viramos e franzimos a testa para ele, Li torce o nariz. — Que foi??? Estou imundo.

— Se fizerem o favor de me seguir.

Nenneh Kadeh gesticula para o grupo e nos conduz por um corredor iluminado com paredes de vidro límpidas que dão vista para jardins menores e mais bonitos.

Não é nosso destino final, no entanto. Cada jurado divino nos leva para um quarto individual, dentro do qual há uma sala de banho pequena, mas luxuosa, revestida pelas mesmas pedras amarelas do exterior.

Quaisquer suspeitas que eu ainda nutria sobre Nenneh Kadeh, a jurada divina, e a ilha no geral se desfazem assim que vejo a banheira embutida transbordando com água quente. Li estava certo: um banho era exatamente do que precisávamos. Todas as preocupações podem ficar para depois. Por ora, vou imergir o corpo cansado pela primeira vez em um mês e enfim me livrar do fedor constante de ouro e sangue.

— Obrigada. Não preciso de mais nada — afirmo, enxotando a jurada divina com um aceno de mão.

Em circunstâncias normais, eu seria mais educada, mas o cansaço não permite.

Assim que ela sai, removo a armadura de couro imunda e usufruo da banheira por um tempo longo e generoso. Depois, coloco as vestes de dormir brancas que deixaram na cama com dossel enorme, me afundo no colchão de tecido, tão macio que poderia até ser uma nuvem, e caio em um sono pesado.

Quando acordo, assistentes em vestes cor-de-rosa diáfanas estão aguardando à porta, com extensões de tecido azul nas mãos. Sei de imediato que são jurados divinos porque, embora pareçam humanos em maior parte, são todos suaves de um jeito agradável e se movimentam de forma fluida, como se fossem sair flutuando para longe se eu desviasse o olhar por um único momento.

— Dormi por muito tempo? — pergunto, bocejando, grogue.

— Só um dia, Angoro — responde o assistente que está na frente, um homem baixo e gordo com tinta dourada nos olhos e nas bochechas, uma voz que parece tanto estridente quanto melodiosa, como se cantasse toda vez que fala.

— Um dia?

Pulo da cama, indo direto para a extremidade mais distante do quarto, onde deixei a armadura. Só que, quando chego ali, Ixa está esparramado na forma adolescente, o corpo magro e serpentino, a cauda esticada na direção da porta.

Cutuco-o com o pé. *Anda, Ixa!*, chamo.

Mas Ixa dormindo, resmunga ele enquanto outre assistente vem à frente, parecendo tanto masculino quanto feminino em tamanha harmonia que sei de imediato que é yandau... que não são nem um nem outro.

— Nossas mais profundas desculpas. Recebemos ordens para não lhe incomodar, Angoro — fala na voz cantarolante.

Como todos os assistentes, usa uma meia máscara dourada, que cobre o nariz e a boca, assim como extensões de unha douradas que cobrem a ponta dos dedos.

— Bem, receberam as ordens erradas — rebato, empurrando Ixa para o lado enquanto procuro a armadura. Só que ela sumiu, assim como minhas roupas de antes. Eu me viro para os assistentes, furiosa.

— Cadê minhas coisas?

— Foram descartadas — responde ê assistente da frente com um tom de voz lamentoso, balançando a cabeça. — Eram... irrecuperáveis, Angoro.

— Eram minhas!

— Trouxemos peças substitutas. — Elu gesticula, e os outros assistentes se apressam à frente com o tecido azul, que acaba sendo um vestido muito longo. — Para você. Eu mesmo supervisionei a confecção. Posso? — pede elu com respeito e com um olhar tão esperançoso que minha raiva some.

Olho para o vestido, que é tão comprido que são necessárias quatro pessoas para carregá-lo, então olho para elu de novo e suspiro.

— Pois bem.

Estico os braços enquanto ê jurade divine se aproxima com o vestido.

Leva quase meia hora para que eu consiga colocar o vestido, mas, uma vez que terminam de fixar a peça em mim, olho meu reflexo na parede de água em cascata que separa meu quarto da sala de banho atrás. Nunca vi algo assim. O colarinho é bordado com ouro e pedras preciosas, e o restante se molda e se ajusta ao meu corpo como uma segunda pele. O tecido tremeluz à luz fraca da noite quase como escamas, e uma espécie de insígnia está bordada na capa que se estende pelo quarto. Apenas quando olho para meu reflexo na parede de água é que noto se tratar da insígnia de um ebiki, uma que parece muito com a rainha Ayo.

O toque final é uma coroa de corais dourados e azuis que reveste minha testa e se entrelaça em meus cabelos. Para minha surpresa, o ornamento começa a crescer assim que os assistentes o encaixam em minha cabeça, quatro chifres dourados brotando em cima.

Parecem tanto com os de Ixa que meu companheiro reptiliano gorjeia, satisfeito. *Deka bonita*, elogia ele enquanto me observa. *Deka bonita com chifres*.

Confirmo com a cabeça. *Você também está maravilhoso.*

E está mesmo. Enquanto me vestiam, os assistentes também deram bastante atenção a Ixa. As garras e os bigodes foram mergulhados em ouro, e uma alma destemida fez o mesmo até com a ponta da cauda dele. Só o que falta é uma coroa, mas até onde sei ele já parece realeza.

— Ah, Deeeeka… — chama Britta com alegria enquanto passa pela porta que os assistentes abriram para ela e Belcalis.

Então vê meu vestido.

Ela corre até mim, admirada.

— Você parece uma rainha! Uma rainha dos ebiki — exclama, boquiaberta ao olhar os chifres.

— Uma que passou o dia todo dormindo — resmungo.

— Eu também, mas não dá para negar que precisávamos — contrapõe Britta.

— Verdade — confirmo de mau humor.

Por mais que odeie admitir, faz meses que não me sinto tão compenetrada. Minha mente está límpida, e meu corpo, relaxado, e quase sinto alegria, se é que é possível. Estou prestes a ver minha mãe, reencontrá-la depois de dois anos longe.

Volto a atenção a Britta, que agora está dando uma voltinha para eu conferir.

— Você está linda — elogio quando ela para, o que não é exagero.

Britta está com um vestido vermelho estonteante, com coraçõezinhos dourados no colarinho e na bainha. Ela sempre amou vermelho. Como os assistentes sabiam disso, não faço ideia. Uma pequena tiara adorna sua testa, com pedras preciosas vermelhas brilhando, e mais pedras adornam as orelhas e o pescoço. Ela toca o novo colar, tímida.

— Não sei como eles sabiam que gosto de vermelho e de corações, mas é como se tivessem lido minha mente.

— É provável que tenham lido — comenta Belcalis, emitindo um "humpf" e se aproximando.

Em contraste com Britta, ela usa uma camisa roxa escura e calça pantalona da mesma cor, o que molda bem as pernas dela, e parece quase escandaloso ficar olhando para as peças. O tecido é furta-cor como o meu, então tremeluz conforme a luz incide, parecendo escamas. Ela não usa joias, apenas uma tiara dourada pequena que destaca o cabelo preto comprido que cascateia pelas costas.

Quando Britta se vira para ela, confusa com as palavras, Belcalis explica:

— São jurados divinos de Nian, divindade do amor e da beleza. Têm um sexto sentido quando o assunto são roupas e adornos.

Britta torce o nariz.

— E como é que você sabe disso?

— Porque, ao contrário do restante de vocês, saí por aí vendo as coisas em vez de dormir o dia todo.

Lógico que saiu. Belcalis suspeita de tudo e todos. Ela nunca dormiria em um lugar que não tivesse averiguado com minúcia. É uma das coisas que mais admiro nela.

Se eu não estivesse tão cansada, de corpo e alma, teria feito o mesmo. Olho para ela.

— Então, o que encontrou?

Belcalis dá de ombros.

— Tudo parece benigno. Por ora. — Com um alerta lúgubre, ela se aproxima de mim enquanto analisa meus novos ornamentos. — É muito bonito mesmo — comenta, gentil só por um momento.

Sinto as bochechas esquentarem.

— Obrigada — respondo, lançando um olhar tímido à parede de água.

Em toda a vida, nunca usei algo tão sofisticado assim, nem sonhei que usaria. Mesmo quando eu era a Nuru, o animal de estimação leal das deusas, ninguém nunca havia me oferecido uma roupa tão bela. Eu estava sempre de armadura, sempre discreta ao lado das deusas. Uma assistente em vez de uma companheira. Uma subordinada em vez de uma igual. Só que este... não é um vestido que possibilita que se fique de lado. É um vestido que exige que se seja o centro das atenções.

Por que os deuses de Maiwuri me concederiam tal coisa, não sei, mas fico grata. Pelo menos quando minha mãe enfim me vir, verá uma filha que está inteira e relativamente saudável, em vez da pessoa ferida e cheia de cicatrizes que eu era horas atrás.

O lembrete faz com que me vire para a porta, pronta para seguir para o Salão dos Deuses. Quando começo a andar, porém, Belcalis entra em minha frente e dá tapinhas na própria boca.

— Só está faltando uma coisa — pondera.

Franzo as sobrancelhas.

— Como assim?

Em vez de responder, ela remove a adaga da lateral do corpo e a usa para cortar a palma da própria mão.

— Agora que você gosta de máscaras de novo...

— Quer dizer, agora que as *ressignifiquei* — corrijo, lembrando-a.

Para a maior parte de Otera, máscaras são um símbolo de opressão: mulheres precisam usá-las para mostrar que são não apenas propriedades de homens, como também devotas e obedientes. Só que gosto de usar máscara sempre que saio em missão, como o símbolo principal de meu status como guerreira. Para mim, máscaras de guerra são um símbolo de autoexpressão, sinalizando que não só protejo a mim, como também aos outros.

Belcalis assente e segura a mão que sangra.

— Agora que as ressignificou — repete ela, seca —, tenho um presente para você.

Observo, maravilhada, o sangue dela se erguer no ar e girar como fios para formar uma máscara dourada delicada e quase invisível que fica transparente na pele, dando a impressão de que meu rosto está coberto por escamas douradas assim como o vestido. É mais um brilhinho que uma máscara.

— Belcalis... — sussurro, estupefata.

Eu tinha me esquecido disso, que os dons divinos de meus amigos podem ser usados não só para proteção, mas também para entreter, divertir e até criar coisas.

E criar foi o que ela fez. Em todos os anos desde que comecei a usar máscaras, a *ver* máscaras, nunca me deparei com algo assim.

— É linda — comenta Britta. — Onde aprendeu a fazer isso?

— Não aprendi. — Belcalis dá de ombros. — Só pensei que conseguia fazer, então fiz. — Ela volta a atenção a mim, os olhos escuros focados nos meus. — Não importa o que aconteça na reunião, não importa o que encontremos, quero que você saiba que carrega meu amor e força junto de si.

— Que carrega o amor e força de todos nós — afirma Britta.

Desvio o olhar dela para Belcalis com lágrimas queimando nos olhos.

— Ah, vocês duas — murmuro, já soluçando.

Envolvo Britta em um abraço apertado, então gesticulo para Belcalis, esperando que ela se junte a nós.

Belcalis passou por tanta coisa, sofreu tantas atrocidades, que mal se permite tocar em alguém ou ser tocada. É preciso pedir permissão, esperar que ela se sinta confortável.

Então é o que faço, respirando em sintonia por alguns segundos até que o corpo dela relaxe.

— Obrigada — sussurro para Belcalis. — Obrigada.

Ela assente e entrelaça o braço no meu.

— Agora podemos ir.

Britta logo faz o mesmo com meu outro braço, e, assim, saímos porta afora para o corredor iluminado, no qual Keita, Lamin e Li aguardam. Todos receberam roupas novas.

Lamin está trajando a mesma roupa dos outros jurados divinos de Sarla, vestes brancas tranquilas com uma capa cujo capuz ele deixa cobrir apenas parte do rosto.

— Saudações noturnas, Deka — cumprimenta ele, abaixando a cabeça com timidez.

Consigo acenar com a cabeça apesar da fúria que ainda sinto após a revelação dos delitos dele.

— Saudações noturnas, Lamin — respondo com frieza.

Então volto a atenção a Keita e Li, que usam vestes um tanto similares, a fúria ainda borbulhando bem dentro de mim. Não decidi como lidar com a traição de Lamin. No caso de Adwapa e Asha, elas foram mandadas para Warthu Bera, o campo de treinamento em que todos nós aprendemos a ser guerreiros, com o intuito específico de garantir minha segurança. Sempre estiveram ao meu lado. Lamin, no entanto... O mero pensamento me deixa chateada, então foco a atenção em Keita. As novas vestes são azul-escuro, a cor favorita dele, então parecemos estar combinando, embora a roupa dele não tenha os detalhes da minha. Keita sempre se vestiu com simplicidade.

A decoração mais elaborada que permitiu foi uma tiara simples, mas, como a minha, a dele tem um coral azul entremeado com ouro.

Li, por outro lado, é mais espalhafatoso. As vestes dele são de um verde e um roxo furta-cor, como os pássaros-cintila que exibem as caudas nas árvores amarul quando cumprimentam o nascer do sol. Há bordados de ouro no colarinho e nas pontas, e ainda mais ouro respinga no cabelo preto comprido, que foi penteado até ficar sedoso e brilhoso, com uma tiara dourada na testa.

Li se empertiga todo quando nos aproximamos e exibe os longos brincos dourados presos nas orelhas.

— Combinam totalmente comigo, não?

— Lógico que sim, ó pássaro-cintila — responde Britta em deboche, embora fique evidente nos olhos dela que aprecia a imagem diante de si; há ali também outro sentimento mais primitivo que não sei muito bem se quero ficar observando.

Parece particular demais, íntimo demais para expectadores.

Li a puxa para perto.

— Você gostou, que eu sei — sussurra no ouvido dela.

Eu os ignoro e mantenho a atenção fixa em Keita, que ainda não reparou em mim, pois está concentrado em varrer o local com os olhos em busca de ameaças. Só de observá-lo, fico sem fôlego. Nunca o vi tão elegante, tão bonito. Os assistentes deram uma atenção especial ao seu cabelo, fazendo um degradê e ainda deixando os cachinhos fechados que cresceram nos últimos meses aparecerem no topo da cabeça.

O efeito todo destaca os olhos dele, que brilham à luz fraca.

De repente me sinto quente e corada.

Dou um aceno discreto e hesitante, o coração martelando mais do que segundos atrás.

— Saudações noturnas, Keita — cumprimento com suavidade, atraindo a atenção dele.

Ele não responde, mas me olha de cima a baixo com um olhar um tanto aturdido, como se o tivessem acertado na cabeça com o martelo de guerra de Britta.

— Deka — sussurra ele, a voz rouca de repente. — Você está... — Ele se aproxima e segura minhas mãos. Pigarreia como se tentasse controlar o timbre. — Você parece uma deusa. *Minha* deusa.

Sinto um calor no peito, e olho nos olhos dele. O fogo queima ali com intensidade. Um sentimento parecido inflama meu corpo, e de repente tenho que lutar para não me remexer. As mãos dele estão quentes... Ah, tão quentes...

— Obrigada — consigo responder. — Você também está incrível. Como um príncipe. *Meu* príncipe.

— Sempre vou ser seu. Você sabe disso, Deka.

Eu sei. Soube desde que ele me carregou aos pedaços até o lago dois anos atrás para que Mãos Brancas e as outras Primogênitas me curassem depois do antigo imperador ter ordenado que me desmembrassem.

Antes disso, eu nunca havia conhecido um homem, muito menos um garoto, que colocaria uma mulher à frente de sua própria segurança. Keita fez isso, no entanto. Ele me ajudou quando ninguém mais ousou. Defendeu-me quando nenhum outro homem o fez.

Ele encosta a testa na minha, e me recosto toda nele, aproveitando a sensação. O calor. Desde que Keita recebeu o fogo, virou uma espécie de fornalha, sempre borbulhando. Isso deixa os outros inquietos, mas não a mim. Nunca a mim.

Gosto do calor.

— Angoro Deka... — Passam-se alguns instantes antes que uma voz hesitante interrompa o encanto.

Hesitando, afasto-me de Keita, então me viro e vejo Nenneh Kadeh perto da porta, trajando o que parecem ser vestes mais sofisticadas, o branco tão lustroso que se assemelha à uma corrente de tecido fluindo atrás de si.

— Chegou a hora — anuncia ela baixinho.

Confirmo com a cabeça, então olho para Keita. Ele sorri para mim e aperta minha mão.

— Não importa o que aconteça, estou aqui.

— Todos estamos — acrescenta Britta, com uma veemência que se reflete em meus amigos, que acenam com a cabeça em encorajamento.

Olho para eles, a gratidão brilhando nos olhos.

Então dou outro aceno de cabeça para Nenneh Kadeh.

— Agora estou pronta.

— Maravilha. — Ela gesticula para a porta aberta. — Chegou a hora de conhecer os deuses de Maiwuri.

12

❖ ❖ ❖

Eu esperava encontrar minha mãe em um templo de um distrito administrativo, mas Nenneh Kadeh e Lamin me conduzem para as montanhas que pairam no centro da ilha. Lamin se recuperou do incômodo de antes e está ficando mais mandão ao longo do caminho, como se se lembrasse do tempo que passou aqui, da pessoa que era antes de ser enviado para Otera e forçado a virar um membro de meu grupo. Observo, mal-humorada, quando ele dá um tapinha em um tronco de árvore verde-esmeralda, e uma escadaria surge do nada, os degraus tipo vidro límpidos formando uma espiral que parece ir até o céu noturno.

Britta torce o nariz em desconfiança.

— Você quer que a gente suba nisso aí?

— Isso. — Lamin assente. — É o único jeito de subir.

— Nessa coisa? — É evidente que Britta continua cética. — Que não tem nem corrimão e que vai subindo para todo o sempre?

— Não vou deixar vocês caírem. Olhem. — Lamin demonstra ao subir os degraus no ar e então logo tropeçar para o lado. De maneira mágica, mais degraus aparecem, e isso acontece não importa o quanto os passos dele fiquem desajeitados. Ele volta a falar, satisfeito: — Viram?

— Mais demonstrações de poder dos deuses de Maiwuri. Que maravilha — comenta Belcalis com um suspiro cansado, e então começa a subir.

Enquanto isso, Keita se vira para mim e estende a mão.

— Deka?

— Obrigada — digo ao segurar a mão dele, mais uma vez maravilhada com o calor de seus dedos.

Não importa o quanto eu me ressinta dos novos deuses que se enfiaram à força em minha vida, continuo grata a eles por este corpo, que pode, no momento, andar e se mexer sem sentir dor e aceitar o toque dos outros, livre do medo de se machucar ou sofrer.

Continuo de mãos dadas com Keita enquanto subimos, deixando as árvores bem lá para baixo, as cachoeiras agitadas e os jardins silenciosos cheios de sombras cujas flores crescem sob a luz fraca. Já é noite, e a lua ondula no horizonte, um orbe amarelo reluzente. As chamas se acendem nas lamparinas, os insetos brilhantes que as iluminam entoando uma melodia reconfortante. Ixa, que já se metamorfoseou em pássaro noturno, canta junto, deixando os insetos desnorteados. É tudo tão mágico que por um momento me distraio do pânico e da apreensão que se intensificam dentro de mim.

Estou a caminho de encontrar os deuses de Maiwuri. De encontrar minha mãe. Minha jornada pode finalmente, até que enfim, terminar.

Mil emoções conflitantes irrompem em meu interior enquanto a subida contínua começa a desacelerar. Então, por fim, de maneira inesperada, estamos na beira da água de novo... só que não na praia onde chegamos; é uma praia em algum lugar *em meio* ao céu. Uma obra de divindade que eu nunca teria alcançado se a escada não tivesse nos trazido até aqui. Não me admira Nenneh Kadeh ter dito que minha mãe estava inalcançável ontem quando eu queria ir ao encontro dela. Mesmo com Ixa e os grifos, nem eu nem meus amigos conseguiríamos ter vindo.

Quando nossos pés tocam a areia, Nenneh Kadeh e Lamin param de repente, assim como o cortejo de jurados divinos que está atrás deles como patinhos em vestes brancas seguindo o pai e a mãe.

— É aqui que nós todos nos separamos de você, Angoro Deka — anuncia Nenneh Kadeh. — Você tem que seguir o restante do caminho sozinha.

Quando suspiro, Belcalis emite um "humpf" ao meu lado.

— Ora, não é que isso soa familiar...

Enquanto isso, Britta vira para ela com brusquidão e estreita os olhos em suspeita.

— Como assim "nós todos"? Vamos com ela.

Nenneh Kadeh balança a cabeça em negação.

— Embora eu admire muito a lealdade de vocês, jovens alaki, há lugares aos quais nem vocês podem ir. Vão ter que se separar de Deka, como todos nós.

— Vamos? — resmunga Keita, as chamas brilhando no canto dos olhos. Ele está pronto para lutar, como esteve desde o momento em que entramos em Maiwuri. — Porque isso com certeza não vai acontecer.

Nenneh Kadeh suspira.

— Acho que não estou explicando muito bem. É melhor eu mostrar.

Ela aponta para a água.

Um rugido baixo ressoa quando o mar se divide de repente, a água virando duas e expondo um solo arenoso coberto de corais cintilantes, esponjas enlameadas, caranguejos ágeis e, o mais estranho de tudo, o que parece ser um caminho de madrepérola, que se envereda da costa arenosa até a inclinação íngreme abaixo.

Britta fica boquiaberta.

— Aquele é...

— O caminho para o Salão dos Deuses — informa Nenneh Kadeh com suavidade. — Sarla o abriu para você, Deka, mas, assim que entrar, vai se fechar logo atrás.

Eu me viro para ela.

— Espere aí, então quer dizer que a água vai...

— Cair ao redor de você? Vai.

— Mas isso vai matá-la! — contrapõe Britta. — Você sabe que isso vai matá-la!

Ao ouvir as palavras, Nenneh Kadeh se vira para ela com bastante seriedade.

— É a Angoro. O caminho é feito para ela em especial. Ela ficará segura, assim como o jurado divino dela. — Nenneh Kadeh lança um olhar significativo para Ixa ao dizer isso. — No entanto, o mesmo não vale para nós. E é por isso que não podemos ir com ela.

Desvio o olhar da água para observá-la, ponderando a informação.

— Você garante que ficarei segura?

Com a pergunta, Nenneh Kadeh fica sem reação, os olhos de repente distantes. Por fim, retruca:

— Sarla me disse que não vai ser sua primeira vez encontrando deuses debaixo da água.

Estremeço, me lembrando de quase seis meses atrás, quando encontrei Anok, a deusa mais sábia de todos os oteranos e minha única aliada entre eles, debaixo da água. O encontro me conduziu pelo caminho para descobrir a verdade sobre os deuses oteranos e a depravação deles.

E foi uma a qual Anok e eu tivemos acesso.

Franzo a testa para Nenneh Kadeh.

— Como sabe disso?

Ninguém mais deveria ter conseguido ver através do feitiço que Anok lançara, mas, em contrapartida, todo mundo lá era um cidadão de Otera.

Ao que parece, os maiwurianos são diferentes.

Ela dá um tapinha na lateral do nariz, voltando a ser ela mesma.

— Como disse, temos gente observando por toda parte.

Quando ela lança um olhar significativo para Lamin, ele fica vermelho e desvia o olhar. Então foi ele. Lógico que foi. O que mais ele vira ao longo dos anos e mostrara a Sarla? A quantas coisas mais tivera acesso?

— Uma vez espião, sempre espião — comenta Li com desdém, fazendo Lamin ruborizar ainda mais.

Não importa o quanto argumente, ele sabe bem o que fez.

Nenneh Kadeh reveza olhares entre os dois e então volta a olhar para mim.

— Talvez, enquanto está em sua reunião, os outros possam se reunir aqui também. Parece que há coisas a serem tratadas.

Quando Li e Belcalis continuam olhando feio para Lamin, Britta e Keita se aproximam de mim.

— O que quer fazer? — questiona Keita baixinho, olhando para o caminho, que segue aberto, esperando que eu entre.

— Você não precisa ir se não quiser — complementa Britta. — Sei que estamos em uma ilha flutuante mística cercados por pessoas sinistras com o poder de deuses desconhecidos...

— Um baita cenário esse aí — opina Keita.

— Estou só tentando montar uma representação verossímil do que estamos enfrentando. — Britta bufa antes de continuar falando comigo: — Sei que estamos basicamente cercados, mas já enfrentamos coisa pior. Enfrentamos coisa pior ontem mesmo. Conseguiremos de novo.

Keita confirma com a cabeça e aperta minhas mãos com firmeza.

— Acho que o que Britta está tentando dizer é que qualquer coisa é só você falar. Derrubamos todos esses edificiozinhos bonitos... colocamos o lugar abaixo, se quiser.

Olho para os dois, tão solidários, pessoas com quem sempre posso contar, não importando os obstáculos. Então dou tapinhas nos ombros deles.

— Está tudo bem. Eu dou conta. São só uns deuses, né?

Britta abre um sorriso abatido.

— Só um panteãozinho de oitenta, mais ou menos.

Confirmo com a cabeça.

— Vou falar com eles, ver minha mãe, pegar a kelai. Vai ficar tudo bem.

Os dois assentem, mas os olhos seguem incertos, o medo logo atrás da incerteza. Então chego mais perto.

— E, se algo der errado, vocês começam a botar tudo abaixo, beleza?

Britta abre um sorriso sombrio.

— Belezura.

— Com prazer — adiciona Keita.

Dou um passo para trás.

— Certo — digo em voz alta. — Até já.

Quando Britta e Keita dão um aceno de cabeça, Lamin se aproxima de repente com uma expressão hesitante.

— Deka.

— Fala — A resposta é tão fria quanto foi quando o reencontrei agora há pouco.

— Sei que você deve estar incerta e desconfiada, mas só lembre que eles são seus aliados... assim como eu.

— Vou tentar não me esquecer disso quando você estiver me espionando de novo.

Lamin abaixa a cabeça, com cara de quem tomou bronca.

— Não sei como vou conseguir começar a me redimir por isso.

— Eu sei. — Olho bem para ele, com a expressão firme. — Você pode continuar aqui quando formos embora.

Quando Lamin ergue a cabeça outra vez, chocado, continuo com o discurso que treinei desde que comecei a subir os degraus até aqui.

— Não posso mais confiar em você; isso já se provou. Sua lealdade nunca foi a mim e aos outros, e sim a eles, as pessoas que eu nem sabia que existiam. Aos deuses que nem sabíamos que estavam nos observando. Àqueles para quem você vendeu nossos segredos. *Meus* segredos. Então, quando formos embora, não quero que vá com a gente. Quero que fique aqui, com sua família. Você não é, nem nunca foi, parte de nosso grupo.

Lamin dá um passo à frente, os olhos arregalados.

— Mas, Deka, eu...

— Não — interrompo, virando o rosto. — Foi o que decidi.

Ele tenta se aproximar de novo, mas Keita se coloca na frente, os olhos firmes.

— Considere-se com sorte por isso ser tudo o que ela pede que faça — diz baixinho. — Se fosse Mãos Brancas, já teria degolado você.

Os olhos de Lamin se enchem de lágrimas, aqueles olhos brancos estranhos e ainda assim familiares.

— Deka — murmura ele em uma súplica —, eu nunca quis trair você.

Olho bem nos olhos dele de novo para que veja que estou determinada.

— E ainda assim foi exatamente o que fez.

Quando Lamin volta a abaixar a cabeça, viro-me para os outros.

— Vejo vocês já, já. Até lá.

— Até — respondem meus amigos.

Então gesticulo para Ixa, que logo pousa no chão, já se transformando de pássaro noturno para a forma adolescente, só que há uma pequena diferença agora. Em vez de parecer mais felino, do jeito de sempre, ele agora parece mais reptiliano, talvez em preparação para a aventura aquática. Com ele inteiramente transformado, descemos para o caminho, andando devagar e sempre adiante até que, momentos depois, a água nos envolve, só que não nos inunda como eu esperava. Em vez disso, revira-se ao redor de mim como uma espiral, criando uma bolha de ar que diminui até que enfim se dissipa, deixando-me vários quilômetros abaixo da superfície com nada além das correntes do oceano ondulando ao redor.

Por um momento, só há o silêncio, com exceção do estrondo das ondas acima. Prendo a respiração, quase com medo de inalar. Só que então me lembro: já andei debaixo da água antes, já sobrevivi a estar submersa.

E, mais ainda, esta água não se parece nada com qualquer uma que eu já tenha me deparado antes. É tão leve que meu corpo se movimenta sem esforço por ela, o vestido parecendo repelir a água em vez de absorvê-la. Talvez os deuses maiwurianos tenham interferido para possibilitar que eu me movimentasse com facilidade nesse novo ambiente?

Inspiro com cuidado. A água invade meu nariz de pronto, mas não só. O ar entra junto. *Consigo respirar!*

Inspiro de novo, só que desta vez entra menos água. E de novo, e de novo, até enfim estar respirando. E não é só isso; sigo em frente, me movimentando com tanta agilidade que é como se as correntes fossem de ar. Pisco, chocada, quando meus olhos começam a se adaptar, a escuridão da água se iluminando até que de repente vejo tudo ao redor com perfeita nitidez.

Estou no que parece ser um beiral, a superfície quilômetros acima, a água mais profunda ao longe. Plantas oceânicas pairam em volta, algumas compridas e elásticas, outras pequenas e atarracadas, com folhas cintilantes em todas as cores do arco-íris. É como se cada planta fosse a sua própria luzinha no escuro da água profunda, atraindo peixes e crustáceos e todos os tipos de criaturas que eu nunca teria concebido.

Uma massa gelatinosa se movimenta com tanta fluidez pelas correntes, as luzes tremeluzindo pelas laterais do corpo, que levo um tempo para perceber que não são as correntes em movimento, e sim a própria criatura. Ela nada em direção a um pequeno cardume de peixes prateados tremeluzentes e...

Fico de queixo caído quando a criatura de repente se expande no triplo do tamanho e engole metade do cardume.

Então a terra não é o único lugar brutal. A água também é.

Estou tão fascinada pelo que observo que quase não percebo quando os primeiros zumbidos baixos se formam na água. Esse parece estar próximo. Eu me viro, mais uma vez boquiaberta, quando um enorme corpo reptiliano azul e dourado passa por mim, com outros três logo atrás. Os ebiki. As criaturas colossais estão transitando bem diante de mim, uma guarda de honra de certa forma. O zumbido reconfortante que associo a eles reverbera pelas correntes, e me viro, grata ao ver olhos pretos gigantes em meio à escuridão oceânica. A rainha Ayo. Ela está ali, uma testemunha silenciosa, embora eu sinta que ela não vai chegar mais perto devido ao seu tamanho. Esta parte da costa não é profunda o bastante para comportá-la. As escamas douradas nas laterais de seu corpo cintilam debaixo da água, um brilho suave e sutil que é replicado nas laterais de outros ebiki, cujas escamas também cintilam e pulsam.

Assim como as de Ixa. Para minha surpresa, meu companheiro também está brilhando enquanto olha, afoito, para os outros da espécie, cada um tão gigante que ele parece uma manchinha em comparação.

Olha, Deka, diz Ixa, animado. *Mãe aqui.*

Só que ele não vai até ela. Em vez disso, um zumbido profundo e tranquilizador é emitido entre os dois, tão baixo que mais sinto como uma vibração nos ossos do que qualquer outra coisa. Estão se falando, se comunicando um com o outro.

Quando terminam, Ixa se vira para mim, os olhos ansiosos. *Mãe diz que eu carrego*, afirma ele, o corpo se alongando até que logo ele fique do tamanho de um cavalo maduro. Ele olha para mim com expectativa. *Deka na garupa*, instrui ele. *Ixa carrega.*

Com um aceno de cabeça, monto em sua garupa, então me preparo enquanto ele dispara pelas correntes, as barbatanas atravessando a água com a facilidade de uma faca cortando manteiga. O movimento é um sinal para os outros ebiki, que se reorganizam ao nosso lado enquanto Ixa e eu seguimos o caminho de madrepérola mais e mais fundo na água, para o fim do beiral e o abismo iminente logo depois.

Um brilho azul calmo se ergue dali, um cuja origem não sei ao certo qual é até passarmos pelo alpendre e o chão abrir mais, expondo uma estrutura enorme flutuando no meio da escuridão.

O Salão dos Deuses.

13

Já vi centenas de templos desde que meu sangue saiu dourado e descobri a verdade sobre quem eu era. O que flutua diante de mim, no entanto, é algo de outro mundo. As paredes parecem ser feitas de luz, não pedra, e a água circula ao redor em um brilho radiante e tremeluzente, o poder é palpável mesmo de longe. Algo irrompe detrás dele, algo escuro e quase ameaçador, mas não consigo me concentrar nesse ponto. Não que eu queira. Tudo o que vejo é a luz, o templo, e tudo o que sinto é admiração.

Eu me viro para a rainha Ayo, que me acompanhou o tempo todo, os zumbidos melodiosos emanando de dentro do peito colossal dela.

Reze para que eu tenha sorte, peço a ela enquanto respiro fundo, tomando coragem. Enfim estou aqui. O lugar onde todas as minhas perguntas serão respondidas.

A resposta dela é um zumbido profundo e vibrante, e ela pisca devagar como se dissesse: *Vou ficar esperando bem aqui.*

Obrigada, respondo enquanto desço de Ixa depressa.

Eu me viro para ele. *Vamos. É hora de encontrar os deuses.*

Deka, gorjeia ele, e então nadamos para a luz.

O Salão dos Deuses parece feito só de raios de luz... não pedra nem outro material tangível. Paredes cintilantes se erguem até um teto que se estende bem além de minha vista. Colunas tremeluzem em todas as cores do arco-íris, uma pulsação lenta e deliberada que lembra as plantas cintilantes que vi no trajeto até o templo. O próprio chão é azul, só que não de um tom que já tenha visto; em vez disso, uns mil tons desconhecidos se entremeiam e alternam diante de mim, sigo estupefata.

E ainda há os tronos. Dez flutuam rente ao solo, no centro do salão, com dois jurados divinos ajoelhados em contemplação ao lado de cada um. O poder emana de cada trono, um reflexo do deus sentado ali. Estremeço só de olhar para os assentos, embora ainda não veja os deuses. Assim como o trono do imperador em Hemaira, há um véu sobre eles. Ao contrário de lá, porém, suponho que os véus variem de acordo com a característica do deus. Um dos tronos está revestido de buquês de flores perfumadas e videiras que ondulam e sussurram umas para as outras; acredito que seja o assento da divindade que rege o distrito das plantas. Depois da experiência com Etzli, a deusa dissimulada que usou as videiras devoradoras de sangue para se alimentar de vítimas desavisadas, a coisa me provoca repulsa no mesmo instante.

O trono ao lado, por sorte, é uma imagem bem mais acolhedora. Está coberto por suspiros comoventes e palpitações apaixonadas. Nunca tendo encontrado sons e sentimentos com tal uso, levo um tempo para conseguir desviar o olhar.

O próximo trono está coberto por trovões e relâmpagos; outro, pela felicidade de uma mãe segurando seu bebê pela primeira vez.

Há tantos tronos, tantos véus, que levo alguns instantes até enfim encontrar o que procuro, o trono encoberto pelo aroma de pergaminhos antigos, o movimento do papel e o fervor de uma descoberta intelectual. Basta que eu olhe uma vez para saber, sem sombra de dúvida, que esse é o trono de Sarla, a divindade da sabedoria. O que significa...

Meu coração martela no peito quando vejo a jurada divina sozinha ao lado do trono, uma figura pequena vestida e encapuzada nas mesmas vestes brancas pesadas que distinguem todos os jurados divinos de Sarla, embora as margens das vestes estejam bordadas com pequenas chamas vermelhas que lampejam e dançam como se estivessem vivas.

Mesmo de longe, reconheço as mãos delicadas, a postura graciosa quase de dançarina.

Meus olhos se enchem de lágrimas.

— Mãe!

Eu me apresso até lá, o coração acelerado.

— Deka?

Minha mãe joga o capuz para trás, expondo o rosto em sua familiar glória.

E meu coração quase salta pela boca.

Da última vez que vi minha mãe, ela estava no leito de morte, o rosto pálido e abatido, o corpo quase definhando. A pele negra escura tinha adotado uma coloração cinzenta, o sangue da cor dos rubis pingava do nariz, e feridas profundas lesionavam os cantos da boca. Depois, descobri que foi tudo um disfarce: minha mãe era uma alaki, uma descendente das Douradas; ela não poderia morrer em decorrência de doenças humanas, ou sequer contraí-las. Só que ela precisava afugentar os anciões da aldeia e os jatu enquanto tentava encontrar um jeito de evitar que eu fosse descoberta, então fingiu a própria morte e fugiu de Irfut, tentando chegar até Mãos Brancas para que ela elaborasse uma forma de me resgatar.

Só que, em algum momento, ela descobriu a verdade sobre as Douradas, a verdade sobre o destino que desejavam para mim. E tentou me salvar. Como resultado, sofreu horrores.

A ideia de que ela se colocou em tamanho risco, que se sacrificou por minha segurança, me manteve em movimento nos últimos meses desde que escapamos tanto das Douradas quanto dos Idugu. Se minha mãe fez tudo isso por minha causa, com certeza eu conseguiria seguir em frente, não importando os obstáculos. Só que agora ela está aqui, bem na minha frente. Sinto tanta alegria que talvez exploda.

— Mãe! Mãe!

Arfo de novo, abraçando-a com força. Beijando-a nas bochechas e afundando o queixo no cabelo castanho e curto de cachinhos fechados.

Por sorte, a pele dela não virou aquele branco tremeluzente dos outros jurados divinos de Sarla, e os olhos continuam do preto suave e acolhedor de que me lembro. Só que são as únicas coisas que não mudaram.

Durante minha infância, minha mãe sempre pareceu voluptuosa, com curvas exageradas que distinguem muitos membros tribais de províncias bem ao sul. Contudo, agora sinto que ela emagreceu, que perdeu muito de sua corpulência. E, em uma surpreendente ironia do destino, fiquei mais alta que ela... eu, Deka, de quem todos os meus amigos debochavam por nunca chegar à altura imponente característica da maior parte dos nortistas.

De todas as coisas que esperei que acontecessem quando meu sangue saiu dourado, esta foi a última em que pensei: que um dia minha mãe ergueria a cabeça para me olhar, em vez de eu ter que fazer isso para encará-la. Que Umu, a mulher que outrora fora uma Sombra, uma assassina e espiã letal, um dia teria que erguer o queixo para me olhar nos olhos, com lágrimas de alegria escorrendo por sua face.

— Ah, Deka. — Ela funga em meio às lágrimas. — É você, é você de verdade. Sarla me contou que você estava vindo, mas não consegui acreditar, não podia me permitir... — Ela dá um passo para trás de repente, analisando-me, chocada. — Olhe só para você. Ficou tão forte! E que vestido é esse? — Só então ela percebe Ixa e se ajoelha diante dele. — E quem é esse pequeno ebiki charmoso?

Ixa solta um ronronar extenso e contente quando ela o acaricia debaixo do queixo. *Ixa gosta*, diz ele com alegria para mim. *Deka fazer mais isso.*

Porém, toda a minha atenção está em minha mãe, que se levantou e agora me olha como se não se cansasse de me analisar.

— Você parece... — Ela arregala os olhos, como se o pensamento a maravilhasse. — Você parece um deles — completa, indicando os tronos com a cabeça. — Você parece uma deusa.

Reconheço o olhar dela, é um que vi muitas vezes nos últimos meses... sobretudo quando eu era Nuru, a suposta filha dos deuses.

Reverência.

Meu estômago revira diante dessa visão.

Consigo suportar esse olhar de desconhecidos, até de colegas, mas não dela. Nunca dela.

Eu a abraço de novo, nem que só para lembrá-la de que sou de carne e osso.

— Eu pareço sua filha — digo com firmeza, olhando em seus olhos. — Aconteça o que acontecer, sou sua filha.

Posso ter sido uma semente um dia, uma centelha dourada de divindade, mas foi ela quem me carregou por 11 meses... bem mais do que uma gravidez humana habitual. Foi ela quem me nutriu e me protegeu quando achei que eu não passava de uma garota humana.

De todo modo que importa, sou filha dela.

Minha mãe concorda com a cabeça.

— Eu sei, Deka. Lógico que sei. Só estou... — Ela funga de novo e enxuga uma lágrima. — Estou tão feliz!

Volto a abraçá-la.

— Senti tanta saudade de você, mãe. Tanta.

— E eu de você — responde ela, caindo no choro, os olhos cheios de tristeza. — E me desculpe, Deka. Desculpe por não poder salvá-la, por tudo que teve que passar, e seu pai...

— Ele morreu — interrompo antes que ela continue, as palavras agindo como um torno que pressiona meus pulmões até que todo o ar escape.

Falar de meu pai é como abrir uma ferida vulnerável e dolorosa e então cravar uma faca bem fundo. Sim, ele se desculpou ao morrer, e, sim, eu o perdoei, mas não esqueci. Nunca esquecerei. Como se esquecer do homem que decapitou você em vez de protegê-la? Meu pai não apenas me entregou aos anciões da aldeia quando meu sangue saiu dourado, como também ele mesmo me decapitou quando ressuscitei da primeira vez. Deixou-me no porão do templo para passar por muitas outras mortes até Mãos Brancas intervir e me levar com ela para Warthu Bera. Como esquecer tamanha traição? Como esquecer o homem que preferiu obedecer as mentiras de um livro antigo do que atender ao chamado da própria consciência?

Posso ter me libertado da ira que as ações dele geraram em mim, mas nunca mais vou permitir que alguém me trate tão mal, que me manipule dessa maneira. Nunca mais vou confundir violência com amor e estimá-la como fiz com aquele a quem chamava de pai.

Minha mãe abaixa a cabeça, concordando.

— Sei que morreu. Senti quando aconteceu. Quando se mora com alguém por tanto tempo… às vezes só se sabe. — Ela ergue a cabeça para me olhar outra vez, os olhos transbordando mil sentimentos, mil palavras não ditas. — Peço muitíssimas desculpas, minha filha. Soube do que ele fez com você. Soube de todas as coisas que ele…

A voz dela estremece de súbito, e ela se curva de leve, com dificuldade para respirar, com dificuldade para manter a compostura.

— Soube do Ritual da Pureza, do templo, do porão e da decapitação…

Quando ela se vira, a respiração ainda entrecortada, estrangulada, abraço-a.

— Eu sobrevivi — afirmo depressa. — Superei aquilo.

— Mas não era para ter acontecido. Você não devia ter tido que passar por isso. Eu confiei naquele homem. Confiei que ele manteria você em segurança, e ele…

Abraço-a com mais força.

— O que foi feito está feito. E não é sua culpa, mãe. Você não colocou a espada na mão dele nem o obrigou a me trair.

Minha mãe assente de novo, mas quase sinto a culpa emanando dela, a culpa que sem dúvida se assemelha muito à minha.

Foi dela que puxei o costume de me culpar por toda e qualquer coisa?

Mas, não, o motivo é Otera, e também a responsável. A cultura de lá. As Sabedorias Infinitas (os falsos livros sagrados com os quais cresci) condicionam mulheres a assumirem para si os pecados de todos. Não importa a situação nem a pessoa, se algo acontecer, é sempre culpa da mulher. E, a quando não delas, a culpa é dos homens que amam outros homens, dos yandau, ou dos mutilados e debilitados, dos enfermos… qualquer um que não seja o homem oterano típico.

É sempre culpa daqueles à margem.

Somos quem Otera enxerga como intrinsecamente fracos, vergonhosos. Somos nós quem sempre deve assumir a culpa.

O lembrete é sombrio. Ainda que esteja alegre por reencontrar minha mãe, tenho que me concentrar no que vim aqui fazer: pegar a kelai de volta. Usá-la para matar as Douradas e os Idugu e restaurar a paz em Otera. E, até mais importante do que isso, criar um mundo em que todos sejam iguais. Em que as pessoas sejam vistas e amadas como são em vez de serem castigadas pelas diferenças. Mais um motivo para eu precisar falar com os deuses de Maiwuri.

Só que, antes disso, tenho uma pergunta importante a fazer:

— Minha kelai. Você sabe onde está? Está aqui?

Minha mãe fica estática.

— É melhor você conversar com os deuses primeiro. E depois conversamos eu e você.

Meus músculos tensionam de imediato. Há algo importante que ela não está dizendo.

De repente, aquela premonição, a que eu tivera antes a respeito do futuro de Otera e o meu estarem entrelaçados, ressurge, assim como outras mil suspeitas horríveis.

De imediato, as reprimo. Não adianta desmoronar agora, não quando estou enfim aqui, no lugar em que, com sorte, todas as minhas perguntas serão respondidas.

Então dou um beijo na nuca de minha mãe, deixando que o aroma familiar da infusão de especiarias e pimentas anatari me banhe.

— Vamos conversar depois — digo com suavidade.

Então sigo para o centro do templo.

O templo mudou enquanto eu não prestava atenção. Mais tronos apareceram, flutuando em níveis ordenados e concêntricos atrás de dez outros maiores no centro. Imagino que o suficiente para que os oitenta deuses maiwurianos agora estejam presentes por trás dos véus dos tronos.

Só de pensar nisso fico incomodada. Não gosto de não conseguir mais ver a ação dos deuses.

Por sorte, todos os jurados divinos deles estão presentes, agora de pé em vez de ajoelhados, testemunhas silenciosas de tudo o que acontece.

— Pois bem, então — digo em voz alta depois de absorver todas as mudanças. — Vocês planejam se mostrar ou vão ficar se escondendo a noite toda?

— Não queríamos incomodá-la, Angoro Deka... — A resposta vem quase em uma onda, emanando de um trono ao outro. — Estávamos à sua espera. Sempre estivemos à sua espera.

O poder crepita quando os véus caem dos tronos, e os deuses enfim se revelam. Olho de um para outro, indiferente. Aqui estão eles, os olhares brancos divinos que conheço tão bem, só que desta vez estão alocados em peles de diferentes cores, das costumeiras tonalidades humanas negra, amarela e rosada para o fulgor de arco-íris e até de estrelas distantes. Vestes costuradas de lava derretida e brilho glacial junto de pétalas, ou arco-íris, ou até do vento. Há tanta variedade, tanto a se olhar que nem sei o que observar em seguida.

Quando os deuses voltam a falar, a coisa se uniformiza em um pensamento vocalizado nítido.

— Angoro Deka, estamos honrados por tê-la conosco aqui hoje. Venha à frente para que possamos recebê-la.

Eu me viro para minha mãe, e ela assente.

— Vá até eles, Deka — incentiva com suavidade. — Fale com os deuses. Você encontrará neles os aliados de que precisa para a próxima tarefa.

Depois de ouvir as palavras de minha mãe, mil perguntas irrompem dentro de mim, assim como suspeitas horríveis. Só que as reprimo e faço o que ela me aconselhou. Ao me aproximar dos tronos, endireito a postura, toda orgulhosa, o máximo possível. Passei quase um ano me curvando e me rebaixando diante dos deuses oteranos, e eles se aproveitaram da subserviência para extrair de mim o máximo possível. Eu me recuso a fazer o mesmo aqui.

— Gostaria de falar com Sarla — anuncio, virando-me para o trono da sabedoria, que de algum modo surgiu diante de mim.

Minha mãe está ajoelhada ao lado do trono outra vez, as chamas nas bordas das vestes dançando até se tornarem reais... e logo uma fornalha a cerca. A fornalha é um símbolo. Embora minha mãe esteja perto do trono da sabedoria, as chamas crepitando ao seu redor revelam que ela também é jurada divina de Baduri, a deusa menor e gorda da lareira e do lar que tenho certeza que está enquadrada de relance em minha visão periférica. Ao contrário dos outros deuses, Baduri parece contente em ficar nos bastidores, compondo o cenário tanto quanto as paredes feitas de luz e os tronos flutuantes ao lado.

Mas não é ela quem me preocupa; é Sarla.

Volto a atenção total ao trono da sabedoria.

A divindade que emerge por trás do véu não é nem masculina, nem feminina, nem de qualquer gênero discernível. É quase uma nulidade, tão austera em comparação aos outros deuses que seria fácil passar despercebida. A pele tem o mesmo brilho claro de seus jurados divinos, e os olhos brancos cintilam como a neve no inverno. Tomo o cuidado de evitar olhar nos olhos delu, sabendo que algumas divindades gostam de enclausurar pelo olhar, como Etzli, um excelente exemplo disso.

— Somos Sarla — afirma a divindade, as palavras sendo replicadas por todas as outras divindades presentes.

É tanto um sussurro quanto um rugido, e o som me atinge nos ossos. Olho ao redor, inquieta.

— Vocês todos falam como um?

— Somos um — insiste Sarla... desta vez sozinhe. — Apenas facetas diferentes...

— ... do mesmo... — continua outra divindade.

— ... ser — finalizam todas as divindades como uma.

— Então vocês não se separaram uns dos outros como as Douradas e os Idugu — concluo. — Vocês não se dividiram em dois.

Sarla balança a cabeça em negação.

— Não há real diferença entre separados ou não separados. Só existe o equilíbrio. A ordem natural e divina.

Franzo a testa.

— Como assim?

— Os deuses de Otera se consideraram superiores aos humanos, aos equus e ebiki, às criaturas do campo, às plantas, à terra, a todos os seres sencientes... até mesmo superiores ao próprio mundo. Esqueceram que somos todos um, e cada um de nós é todos. — As palavras são uma declaração, um terremoto reverberando em meus ossos.

Sinto-a retumbar por meu corpo, infiltrando-se até o âmago.

Dou tudo de mim para permanecer de pé sob efeito de tanto poder.

E, ainda assim, meus pensamentos estão a toda. Tudo o que os deuses acabaram de dizer contradiz o que sei. Ao menos, o que achei que sabia.

— Então quer dizer que dividir os deuses oteranos não foi o que os fez ruir?

As divindades negam com a cabeça em simultâneo.

— Homem, mulher, yandau... todas as outras variações. Não há diferença, são apenas inúmeras expressões da mesma coisa. Divindade e mortal. Imortal e humano. Pessoa e planeta. Tudo parte da Divindade Superior. A ordem natural. Essa é a compreensão de que os deuses de Otera se esqueceram. E, quando tentamos lembrá-los, eles tentaram travar uma guerra contra nós e caçar aqueles a quem servimos.

Faço uma expressão confusa. *Servimos*. Nunca conheci uma divindade em Otera que usasse essa palavra. A mera elocução é impensável. Só que, ao que parece, os deuses de Maiwuri a usam com intenção. Acreditam em servir. Não em liderar, proteger nem supervisionar; e sim servir.

Absorvo a noção da coisa.

As divindades prosseguem:

— Por isso também criamos a Grande Barreira.

Fico sem reação.

— A Grande Barreira?

— Um véu que protege Maiwuri de Otera, como um escudo para que os deuses não foquem mais a atenção aqui.

Lembro-me do brilho de arco-íris que vi cobrindo o céu. O que só vislumbrei e logo esqueci.

Talvez seja o propósito.

Emito um som de escárnio, o maravilhamento se esvaindo quando compreendo.

— Então, em vez de detê-los, vocês fugiram como covardes e criaram uma barreira, deixando o restante do mundo se lascar?

Um momento de silêncio impera enquanto as divindades absorvem a ofensa. Então Sarla volta a falar:

— A corrupção se espalhou dos deuses para os filhos, e então para os humanos, para a própria Otera. Se tivéssemos ficado lá, teríamos sido afetados, obrigados a tratar a quem servimos como nossos parentes oteranos tratavam todos ao redor. Então escolhemos proteger Maiwuri, pelo bem de toda a Kamabai.

— Kamabai?

Já ouvi a palavra antes, mas não sei ao certo o significado.

— Este mundo. Os doze continentes. Quatro em Otera, oito em Maiwuri. Todos juntos compõem Kamabai.

Fico fraca de repente.

— Doze continentes...

Minhas pernas... meu corpo todo... fraquejam com a revelação.

O mundo é bem maior do que eu imaginei. Tão maior... E as Douradas sabiam. Esse tempo todo, sabiam. Quanto mais do mundo elas esconderam de mim? De todos ao redor?

Tenho que respirar fundo para voltar a atenção ao presente.

Olho para Sarla de novo, mas tomando cuidado para não olhar em seus olhos.

— Beleza, então vocês criaram uma barreira. O que mudou? Por que me trazer aqui agora?

Os deuses maiwurianos podem proferir palavras bonitinhas à vontade, mas não muda o fato de que querem algo de mim.

Se vou ou não dar o que quer que seja a eles, entretanto, ainda vamos ver.

Uma pequena tempestade se forma acima da cabeça de Sarla, uma manifestação visível de sua angústia.

Divindades não sentem da mesma forma que nós, e, por causa disso, suas emoções são expressas também de maneira diferente. Quando um mortal fica triste, chora. Quando um deus fica triste, furacões dizimam aldeias inteiras.

A divindade da sabedoria prossegue:

— A corrupção dos oteranos infectou o mundo. Aqueles vales das sombras... são apenas um gostinho do que está por vir. E estão se aproximando de Maiwuri. Há muitos outros além do que viu, criados pelos dois panteões oteranos.

— Inúmeros — ecoam os outros deuses.

— Inúmeros? — repito, a boca seca de súbito.

Todo esse tempo, considerei que talvez existissem um ou dois. E que todos haviam sido criados pelos Idugu. Só que, se há inúmeros vales das sombras, criados pelos dois grupos de deuses, isso significa que os deuses estão consumindo sacrifícios em uma escala inimaginável. Uma que nem o exército de Mãos Brancas conseguiria minar, muito menos exterminar.

Fui tão ingênua, pensando que os deuses oteranos estavam enfraquecidos a ponto de Mãos Brancas e algumas tropas aliadas conseguirem detê-los caso eu ficasse fraca demais para lutar. Se há tantos vales assim...

De repente, penso na escuridão se espreitando atrás deste templo. A escuridão que agora está muito evidente se tratar de um vale das sombras. Sem dúvida, os deuses maiwurianos queriam me mostrar as consequências que os seres daqui enfrentarão caso eu recuse seus pedidos.

As consequências para os seres de todo o mundo, por toda a Kamabai.

— Os vales são um sinal — informa Sarla, assentindo como se lesse minha mente. — Um presságio do que está por vir.

Algo nessa fala me acerta bem fundo. A premonição, a que venho tendo de novo e de novo. Pela primeira vez, não desvio a atenção do olhar infinito de Sarla enquanto elu continua explicando:

— A própria estrutura deste reino está se desfazendo. O mundo como conhecemos logo deixará de existir. É uma questão de alguns anos, talvez meses. As ações dos oteranos colocam em perigo não só o império deles, como também toda a Kamabai.

Depois que Sarla termina de falar, continuo parada, absorvendo as palavras, deixando-as assentarem bem. Então é verdade. O pressentimento que tive, a coisa que temi por todo este tempo... é uma realidade. O mundo está mesmo acabando.

E, ainda assim, de algum modo, não estou em pânico por causa disso.

Imagino que já suspeite disso por tanto tempo que acabei me acostumando com a possibilidade. E é por isso que me viro para Sarla, agora irada.

— Então deixe-me ver se entendi bem. Vocês querem que eu arrisque a vida matando os deuses de Otera para que vocês não precisem se arriscar. São esses os mesmos deuses que vocês deixaram atormentar Otera por séculos enquanto ficavam escondidos aqui, atrás desta barreirinha. Os mesmos deuses que vocês não detiveram quando começaram a se desvirtuar do caminho... é isso o que estão dizendo?

Solto uma risada curta e amarga, abismada com a audácia dessas criaturas devotas e de aparência etérea. Por um momento, quase achei que fossem diferentes. Que fossem melhores que os deuses que conheço. Contudo, pelo que tudo indica, divindades são parecidas em todo lugar... só se preocupam com a própria sobrevivência e suas rivalidades mesquinhas.

Para o mérito deles, os deuses de Maiwuri nem se dão ao trabalho de negar. Quando respondem, fazem isso em coletivo:

— Milhões, bilhões, incalculáveis almas dependem de nós, até as oteranas. Como os panteões abandonaram os deveres na missão de adquirir mais poder e sacrifícios, somos nós que preenchemos a lacuna, que executamos os deveres deles... uma façanha que requer o nascimento de mais deuses jovens para compensar.

"Por ora, tudo o que podemos fazer é reforçar a Grande Barreira e evitar que toda a Kamabai, nosso mundo, desmorone. Só que, se começarmos uma guerra com os oteranos, todos os esforços vão ter sido em vão. Vamos acabar corrompidos, como todo o restante. O mundo vai acabar, e nós também."

— Mas deuses não morrem — contraponho. — Ao menos, não enquanto alguém como eu não acabar com eles.

— Entretanto, nós nos dispersamos — corrige Sarla. — Até nos formarmos de novo. Assim como toda coisa viva em algum momento. Só que isso leva séculos através da luz e do tempo. E até lá a existência do que chamamos de Kamabai se tornará irrecuperável... Esta vida pode ser temporária, mas ainda assim é preciosa, e gostaríamos de preservá-la. E é por isso que pedimos sua ajuda, Angoro.

Sarla se levanta. Então faz algo assustador... ajoelha-se. Um som de farfalhar corre pela câmara quando as outras divindades fazem o mesmo.

Observo a todos, boquiaberta, quando falam em harmonia:

— Nós suplicamos, Angoro Deka... cumpra seu propósito. Acabe com os oteranos. Salve Kamabai. Salve a todos nós.

— Salve a todos nós... — As palavras se repetem pelo salão, um apelo reverberante que me atinge profundamente.

Estou tão chocada que levo alguns instantes para conseguir organizar os pensamentos.

— Só que preciso de minha kelai — respondo, voltando à questão que me fez vir até aqui, a este lugar flutuante estranho a muitos oceanos de distância de casa. — Onde está? Estão com ela aqui?

Sarla nega com a cabeça.

— Não estamos — responde. Só que, quando enrijeço, já em pânico, elu se vira para minha mãe, que esteve observando tudo, agitada, e gesticula. — Umu, no entanto, sabe onde encontrá-la. Umu? — Elu gesticula outra vez para que ela se aproxime. — Você deveria explicar a Deka como acabou se juntando a nós. E como passou a ser o que é.

— O que é?

Observo, confusa, quando minha mãe vem até mim, então começa a desamarrar o capuz e a capa devagar.

— Olha, Deka. Quero que se lembre de uma coisa: estou aqui. É tudo de que precisa saber, que estou aqui. Ainda sou eu.

— Quê? — A confusão me inunda ao ouvir as palavras dela. — Do que está falando...?

E então ela retira as vestimentas, exibindo o que não percebi que ela tinha escondido todo este tempo.

Então começo a gritar.

Minha mãe não tem corpo. Ou melhor, só tem um mínimo contorno do corpo do pescoço para baixo. O rosto está como sempre. Assim com os pulsos e as mãos. Até mesmo os pés, cobertos por sandálias de couro delicadas. Só que o restante dela parece ter se esvaído, tornou-se translúcido como as criaturas gelatinosas pelas quais passei a caminho daqui. Um mapa de vasos sanguíneos é só o que resta dentro dela, todos emanando do coração dourado pulsante. Contudo, a pele, os músculos, os ossos... tudo desapareceu. Já vi muitas coisas horríveis ao longo dos anos, mil abominações assustadoras a ponto de assombrar meus pesadelos daqui até a eternidade. Porém, ver minha mãe assim, mais um espectro que uma pessoa... Aperto a barriga, toda a comida que ingeri mais cedo subindo à garganta.

Minha mãe corre e me abraça.

— Está tudo bem, Deka, está tudo bem. Estou aqui. Como falei, estou aqui.

Mas não é verdade. Embora *pareça* que ela está aqui... o corpo parece tão sólido quanto no momento em que a toquei antes...

— Não está, não — sussurro, sem conseguir conter as emoções. — Sinto você, a solidez, mas você não está aqui de verdade. Por que você não está aqui?

— Umu é um espectro. — A resposta vem de todos os deuses, que me olham de um jeito implacável, como se não conseguissem entender minha agitação.

Desvio o olhar deles, a respiração rápida e encurtada em uma tentativa de controlar as emoções. Não posso deixar que os sentimentos se apoderem de mim como costumava acontecer. Jurei que nunca mais ocorreria. E ainda assim aqui estou eu, chorando e agindo como uma neófita na primeira batalha. *Um, dois, três*, conto com agilidade na mente. *Um, dois, três. E, quando chegar a quatro, pare. Quatro.*
Pare.

Inalando de novo, atenho-me à palavra. Então endireito a postura, liberando as emoções e todas as outras dúvidas nas correntes de água. Inspiro mais algumas vezes antes de me virar para os deuses.

— Um espectro? Vi espectros do vale lá no vale das sombras. Minha mãe não é como aquelas criaturas.

— Nos referimos a espectros no sentido tradicional — responde Sarla.

Diante dessas palavras, sinto tudo dentro de mim se encolher.

— Mas fantasmas são...

Sarla inclina a cabeça.

— Espíritos inquietos que têm alguma porção de corporeidade, só não o suficiente para manter a forma permanentemente.

Estou tremendo tanto que fico quase com medo de que meu corpo se despedace. Eu me viro para minha mãe, desesperada outra vez.

— Mas você está aqui, viva. Por favor, diga que está viva. — As emoções estão tomando conta de mim mais uma vez, um pânico odioso formando um nó em minha garganta. Eu a aperto com mais força. — Você tem que estar viva, depois de tudo que fiz para te encontrar. Você tem que estar.

Minha mãe me aperta também e encosta a testa na minha.

— Respire, Deka, respire. Como disse, estou aqui. Estou aqui.

— Mas? — incito, esperando que ela complete a frase.

Conheço minha mãe como a palma de minha mão. Conheço seu cheiro, o jeito que o cabelo dela volta ao lugar se der uma puxadinha. Sei bem como ela treme de frio quando entra em casa depois que neva pela primeira vez na estação. É por isso que sei quando ela se torna evasiva. Como agora.

Quando minha mãe não responde, viro-me para Sarla, que confirma com a cabeça em tristeza.

— Umu está viva apenas em parte. O que vê é o espírito dela, por isso ela nunca poderá sair daqui.

— Não conseguimos trazê-la de volta em definitivo — informa outra voz.

Parece o crepitar das chamas na fogueira recém-acesa, como o calor que nos envolve quando se entra em casa depois de um dia longo.

Eu me viro e vejo Baduri atiçando a lareira que compõe o trono dela.

— Fazer isso interferiria no equilíbrio. Por isso, ela está vinculada a este templo, a esta lareira. Se ela saísse, retornaria à ordem natural e teria que assumir o lugar legítimo dentro dela.

Uma sensação conflitante me assola.

A ordem natural.

— Você se refere à morte — concluo. Quando Baduri não responde, viro-me para minha mãe. — É isso, não é? — Minha voz sai estridente devido ao desespero.

Essa é a circunstância grave sobre a qual Lamin me alertou, o motivo de minha mãe estar vinculada a dois deuses. Ela já morreu. Todo este tempo procurando por ela, e ela já está morta.

Um zumbido invade meus ouvidos, e meu corpo está todo suado. Não consigo respirar nem pensar.

Minha mãe segura minha mão e a aperta com delicadeza. Um apertão, dois, então repetições de dois e três, assim como quando eu era criança e precisava ser reconfortada.

— Quase cheguei a Fatu — começa ela baixinho, o olhar triste.

— Mãos Brancas — corrijo no automático. — Ela prefere ser chamada de Mãos Brancas agora.

— Mãos Brancas. — Minha mãe aceita a correção. — Quase alcancei. Myter tinha ido me encontrar uns dias depois de seu aniversário de quinze anos. Elu e Bala...

Percebo que ela chamou Myter de *elu* em vez de *ela*, o que faz de Myter yandau e não mulher, como presumi.

— ... estão entre os poucos que podem interagir com outros fora de Maiwuri. Os poucos que têm permissão.

Como Lamin, considero, acenando para que ela continue.

— Eles me contaram a verdade sobre quem você era: nem alaki, nem Nuru, e sim Angoro... matadora de deuses. Eu sabia que não poderia fazer nada sozinha para lhe ajudar, então tentei, ah, como tentei, chegar a Fatu. Mãos Brancas. Só que me descobriram nos portões de Hemaira. Consegue imaginar... eu, uma Sombra, sendo reconhecida? Uma de minhas antigas irmãs se lembrou de minha voz. Lembrou que eu tinha fugido de Warthu Bera anos antes. E aí foi isso.

Minha mãe dá de ombros com eloquência.

— Quando os altos sacerdotes descobriram que eu era sua mãe, me levaram ao local onde tinham escondido sua kelai e me acorrentaram para ver se e como ela reagiria a mim.

— Foi lá que a encontrei. — A voz de Myter ressoa pelo templo enquanto elu flutua até parar ao lado de minha mãe.

Elu se movimenta com tanta rapidez que mal tenho tempo de digerir o fato de que minha kelai está nas mãos dos sacerdotes dos Idugu, e, logo, nas mãos dos próprios Idugu. Não é de se admirar que as Douradas tenham tido que recorrer a métodos furtivos para consumir o pouco que conseguiam.

— Mas eu não podia libertá-la — continua Myter. — Ela estava presa com ouro celestial, o qual não sou capaz de quebrar, e, como estava na capital na época, Bala não conseguia aparecer tão perto de onde os Idugu estavam sob o risco de ser corrompido.

Não dou ouvidos às explicações de Myter. A única coisa que ouço é o que digo:

— Então ela estava viva quando você a encontrou.

Olho bem para Myter, que tem a decência de não desviar o olhar. Em vez disso, elu levanta o queixo.

— Estava.

— Mas depois que você a deixou, ela ficou assim.

— Foi.

Myter tem o bom senso de parecer preocupade e dá um passo cauteloso para trás.

— O que você fez? — A ira borbulha dentro de mim. Sinto a coisa se intensificando, um crepitar audível sobre a pele. — Diga-me exatamente o que fez com minha mãe.

Myter ergue a cabeça outra vez.

— Peguei o espírito dela...

— Com minha autorização — interfere minha mãe depressa, pressentindo a fúria crescente em mim.

— E o trouxe para cá e o vinculei ao templo.

— E o corpo dela?

— Eu o deixei onde encontrei. Sabia que os oteranos nunca o destruiriam — adiciona depressa. — Era valioso demais. Tinha servido como seu hospedeiro por quase um ano. Tinha que haver algo valioso, algo diferente.

Minha cabeça dá voltas. Voltas e mais voltas. E o zumbido segue em meus ouvidos. Quando encontro a voz, ela soa distante:

— Então você só a deixou lá. Você deixou minha mãe lá, com aqueles monstros. — Eu me viro para minha mãe, em acusação. — E você só deixou. Você deixou Myter matar você!

— Não, deixei que elu pegasse meu espírito para que eu tivesse uma forma de me comunicar com você. Eu não conseguia fazer nada presa naquela câmara, mas aqui conseguiria entrar nos sonhos de seu pai e falar com Anok quando ela me pegou fazendo isso.

Fico imóvel e franzo a testa.

— Então foi assim que ela soube?

Eu tinha me perguntado como Anok soubera onde minha mãe estava sem que as outras deusas soubessem. No geral, todas pareciam compartilhar o conhecimento, como se fossem facetas diferentes do mesmo cérebro.

— Isso. Ela estava quase sucumbindo à corrupção quando nos conhecemos, mas consegui me comunicar com ela. Foi ela quem me alertou a não mais adentrar nos sonhos. Se ela conseguia me encontrar, as outras também conseguiriam.

— Por isso você nunca me visitou?

Minha mãe assente.

— De início, o colar ansetha me impediu de fazer isso. Depois, foi por causa do alerta de Anok. — Então ela ficou animada. — Essa é a beleza de tudo isso, Deka, não vê? Você pode seguir meu corpo.

Fico aturdida.

— Seguir? Para onde?

— Até a kelai. — Minha mãe está quase em júbilo. — Sua kelai está em Otera. Exatamente onde, não sei. Os sacerdotes a mantêm escondida com todos os tipos de objetos arcanos e poder divino. E a deslocam com frequência, para evitar que as Douradas a encontrem. Mas não fazem o mesmo com meu corpo... não o escondem com objetos arcanos, porque acham que ninguém vai procurá-lo — segue explicando. — Você pode usar isso como vantagem, Deka. Encontre meu corpo, e você vai conseguir achar o caminho até lá, até a kelai.

— E ao fazer isso — adiciona Sarla —, tudo o que será preciso é reivindicá-la, e então se render à ordem natural...

— Espere aí. — Ergo as mãos para impedir que a divindade prossiga. Tudo está indo rápido demais. — Então eu só tenho mesmo que morrer? Só isso?

Eu já sabia, mas de algum modo parece simples demais. Fácil demais. Minha suspeita se confirma quando Sarla nega com a cabeça.

— Muito mais que isso. Você tem que *escolher* a morte por vontade própria. Sem coerção, sem medo. Sacrifício. Toda transição exige sacrifício.

— Lógico que exige — murmuro.

Com os deuses tudo sempre exige sacrifício.

— Escolha morrer, Deka — finaliza Sarla —, e renascerá em seu verdadeiro "eu". Uma deusa. Um canalizador para a Divindade Superior.

— Uma que vai destruir os deuses oteranos e restaurar o equilíbrio do mundo — entoam todas as divindades com um ar devastador de conclusão.

Olho ao redor do templo, assimilando o peso do pedido. Posso salvar Otera... até o mundo todo. Só preciso enfrentar o fim da minha vida como mortal. *Escolher* uma morte mortal.

É irônico, na verdade. Por todo este tempo, soube que de um jeito ou de outro eu morreria. Só não sabia que teria que fazer isso de maneira voluntária. Entretanto, ao que parece não tenho escolha. Porque não importa quanto eu contraponha, quanto queira permanecer como estou, neste corpo, com meus amigos, que viraram minha família, a transição exige sacrifício... o sacrifício de Deka para a Singular, o sacrifício desta vida por uma divina.

E, assim que eu fizer tudo isso, desistir de tudo o que sou, vou renascer como uma deusa. Uma criatura que detesto. Uma praga neste mundo. Uma que pode trazer a paz ou, talvez, sucumbir à corrupção e enfim acabar com tudo.

A câmara de refeições em que Keita, Britta e meus outros companheiros estão me esperando fica no galho superior da árvore mais alta em Maiwuri... gigantesca e espaçosa, coberta por videiras, que de perto mais parece a torre mais alta de um palácio do que uma árvore. Tenho que usar a forma alada de Ixa para chegar até lá. É um espaço encantador. As mesas e cadeiras são compostas por videiras roxas retorcidas, e cada uma é adornada pelos mesmos insetos reluzentes que vimos ao seguir para a praia antes, que zumbem e vibram na folhagem. Pássaros noturnos tremeluzem com suavidade e passam voando pelas paredes de vidro límpido que protegem a câmara das correntes de vento lá de fora, o brilho etéreo e as canções melodiosas deles conferindo um molde mágico à situação como um todo. Isso não ajuda em nada a acalmar minha tensão enquanto desço de Ixa, que dispara pela noite, indo confraternizar com os outros da espécie, com certeza.

— Deka! — exclama Keita ao me ver. — Como foi?

— Desolador — respondo enquanto caminho até ele, exausta, fazendo o possível para não olhar em seus olhos.

Depois de tudo o que descobri, tanto meu corpo quanto meu espírito estão pesados que só.

Depois da batalha com as deusas, é lógico que eu sabia que ascender ao nível do divino significaria desistir da vida antiga... não só do corpo mortal como também de meus amigos, Keita, todo mundo que já conheci e amei. É por isso que ficamos tão focados em encontrar minha mãe e enfrentar todos os obstáculos no caminho. Se parássemos, não haveria apenas a ameaça iminente da tortura e da morte, e sim também a da verdade: deuses e mortais não se misturam. Deuses são remotos e imprevisíveis demais; e mortais morrem com muita facilidade.

Cedo ou tarde, nossa jornada terminaria. E, com ela, nossos anos de companheirismo. Todos sabíamos disso, e por isso tentamos evitar a verdade pelo maior tempo possível.

O que nenhum de nós sabia, entretanto, era que o fim de minha jornada implicaria que eu aceitasse a morte... cedesse a ela. E, agora que tenho consciência disso, não sei ao certo se quero compartilhar com os outros. Já é horrível ter que dizer adeus, mas fazer isso dessa maneira? Não acho que conseguiria suportar.

E, mais ainda, não quero ter que fazer isso.

Apesar de tudo o que sei, não quero desistir de minha vida. Não quero abandonar meus amigos, a família que escolhi. Não quero ficar sozinha pela eternidade.

As Douradas e os Idugu, ao menos, tinham uns aos outros quando chegaram a este plano. Quando eu ascender à divindade, não terei ninguém. Ficarei sozinha, uma única deusa cercada pelas cinzas do panteão que dizimou.

Keita me observa, preocupado.

— Deka?

É nítido que ele está esperando que eu explique o que falei, só que ainda não estou pronta.

Tento ganhar tempo analisando a mesa, que está abarrotada de vários tipos de comida: os mais seletos dos grãos, os melhores cortes de carne e peixe.

— Depois que eu comer — respondo. — Depois que eu comer, conto. Por ora, estou morrendo de fome.

— Lógico — confirma ele. Vejo nos olhos de Keita que ele sabe que estou enrolando, mas não insiste. Em vez disso, toca e acaricia minha bochecha. — No seu ritmo, Deka — diz ele com tranquilidade. — Vou estar aqui quando estiver pronta.

Então me conduz à mesa, diante da qual cadeiras de videiras se curvam para trás por conta própria para nos acomodar, e então para a frente de novo, deixando-nos bem firmes no lugar.

A refeição que os jurados divinos prepararam para esta noite é bem mais opulenta do que a com que nos deparamos ao chegar. Ontem saciamos a fome com grãos fartos e ensopados borbulhentos, e agora peixes e carnes assadas estão diante de nós, organizados de forma artística em folhas enormes adornadas com flores vibrantes e salpicadas de cristais. Há bolinhos doces em formatos de animais em uma torre de sobremesas, que incluem doces de arroz, folhados de banana e outras iguarias. Para finalizar, correntes brilhantes de sucos de frutas fluem como cachoeirinhas dos dois lados do tronco da árvore ao redor.

Se eu não estava com fome antes, agora com certeza estou, então logo engulo a comida que os assistentes frondosos e cobertos de plantas me oferecem, mal notando os pratinhos elegantes de samambaia com bordas douradas que usam para nos servir.

Levo ao menos metade da comida do prato goela abaixo antes de estar pronta para falar, e, a esta altura, todos os meus amigos estão batendo o pé com impaciência. Isso também inclui Lamin, que, para minha surpresa, agora está sentado em silêncio ao lado de Britta, a pele pálida sinistra tremeluzindo ao luar. Depois de meu pronunciamento mais cedo, ele deve ter se redimido da melhor forma possível, pois é a única explicação em que consigo pensar para os dois estarem sentados tão próximos, como se não tivessem estado em pé de guerra momentos atrás.

Quando ele percebe meu olhar, inclina a cabeça, mas não diz nada... não que eu esperasse algo diferente. Uma coisa que continua constante em Lamin, jurado divino ou não, é a dedicação ao silêncio estoico.

— Pois bem? — incita Britta quando sigo calada. — O que aconteceu? Queremos os detalhes, Deka, anda!

— Você não pode só dizer que foi tudo "desolador" e nos deixar aqui na expectativa — concorda Li.

Suspiro, então olho para os assistentes nos servindo. A líder, uma mulher verde, alta e esbelta que parece bastante com uma muda recém-germinada, acena com a cabeça para os companheiros assim que percebe meu olhar. Todos logo desaparecem árvore adentro como sombras, as folhas se agitando como um anúncio da partida.

Quando tenho certeza de que eles se foram, começo:

— O que aconteceu foi que vi minha mãe, e ela é um espectro agora.

— Tipo os que vimos no vale? — Britta parece confusa, assim como o restante de meus amigos.

— Não, tipo um espírito... preso ao templo dos deuses.

Britta leva um tempo para absorver a informação.

— Então ela está...

— Morta. Todo este tempo.

— Ah, Deka.

Brita corre para me abraçar.

Permaneço apenas sentada, permitindo-me ser reconfortada, até alguém tossir e me chamar a atenção. Li.

— Então... sem querer ser insensível — começa, uma declaração que explicita que está prestes a ser insensível —, o que exatamente isso tem a ver com sua kelai? Estava lá? Está com você?

Nego com a cabeça e logo conto a história que a minha mãe relatou, inclusive a parte de rastrear o corpo dela.

— Os sacerdotes, ao que parece, camuflam minha kelai usando vários objetos arcanos, mas não fazem o mesmo com o corpo de minha mãe.

— Mas como encontraremos o corpo? — Keita esfrega a testa, cansado. —Nenhum de nós é capaz de captar o cheiro dela no vento.

— Podemos se tivermos as coisas dela — argumento. Quando todos me olham, dou de ombros. — Só precisamos de uma peça de roupa dela, e então Ixa vai...

— O quê? Farejar o cheiro de sua mãe por toda Otera? Que sentido tem nisso, Deka? — Britta parece indignada com a sugestão.

Fico cabisbaixa.

— Era só uma ideia. Fiquei tão abalada com tudo que os deuses disseram que nem pensei em perguntar exatamente como eu...

— Você vai usar seu estado de combate — declara Lamin. Eu me viro para ele, espantada. — Seu estado de combate é mais aguçado do que o de qualquer pessoa por causa de sua real natureza como um ser divino. Não só ajuda você a ver a verdade das coisas, como também possibilita que perceba coisas que nem podemos imaginar. E isso inclui as essências mais puras das pessoas, os "eus" primordiais.

Fico aturdida.

— Não entendo muito bem o que está dizendo, mas acho que algo aí faz sentido.

Afoito, Lamin se aproxima.

— Você estava certa quanto às peças de roupa de sua mãe. Mais especificamente, vai precisar de algo que tenha o cheiro dela, levando em conta que o cheiro é o que desperta as lembranças mais poderosas.

— Não conseguimos essa peça aqui? — questiona Li.

— Que parte do "ela é um fantasma, e só o espírito está nessa ilha" você não entendeu? — contrapõe Britta.

Li ergue as mãos.

— Foi só uma sugestão.

Lamin ignora os dois e continua:

— Quando tiver uma peça com o cheiro de sua mãe, só precisa expandir os sentidos para buscar a essência dela. Deve dar para seguir os rastros até o corpo.

Britta faz cara feia para ele.

— E quando você planejava contar isso? Depois de termos esquadrinhado Otera todinha?

Lamin tem a decência de fazer cara de quem foi repreendido.

— Acabou de me ocorrer — argumenta em tom de lamento. — Fiquei tão acostumado a ser um guerreiro que me esqueci do treinamento como jurado divino.

Quando faço uma expressão confusa, ele elabora:

— Todos os jurados divinos são treinados para compreender as obras das divindades deles e dos deuses no geral. Passei a maior parte da infância aprendendo. É por isso que sei tanto sobre seu estado de combate.

— E você não achou conveniente contar nada antes? — esbraveja Britta. — Nos dar o benefício de sua compreensão sobre os deuses?

— A convenção divina — lembra ele com calma.

— Meu rabo essa convenção — contrapõe Britta, brava. — Você queria era manter a lealdade aos seus guardiões aqui.

Quando ela continua olhando feio para Lamin, Keita se dirige a mim:

— E quanto à morte em si dos deuses oteranos? Os maiwurianos vão ajudar você a matá-los?

Nego com a cabeça.

— Ao que tudo indica, não podem. Interagir com nossa espécie os deixaria expostos à corrupção e apressaria o fim do mundo.

— O fim do mundo. — Keita fica sem reação. — Ouvi errado ou você acabou de dizer "fim do mundo"?

Fico imóvel. Aqui está, a verdade que eu não queria compartilhar. Solto um suspiro.

— Pelo que parece, os vales das sombras são só mensageiros. O mundo está se desmantelando. Se os deuses oteranos não forem destruídos em breve, a corrupção vai se espalhar pelo mundo e acabar a vida como a conhecemos.

— Você quer dizer, em algum momento lá na frente, né? — Britta se aproxima, o olhar desesperado. — Me diga que é mais para a frente, tipo daqui a centenas de milhares de anos.

Faço que não com a cabeça enquanto os sentimentos horríveis brotam de novo.

— Não posso dizer isso — sussurro, as lágrimas ardendo em meus olhos. — Os deuses de lá podem não admitir a verdade, nem mesmo vê-la, mas o que estão fazendo, a guerra entre eles, está matando não só Otera como também Maiwuri. O mundo todo está sofrendo por causa da insanidade deles, e logo... talvez daqui a alguns anos, ou daqui a meses... tudo vai ruir por causa deles.

Um assobio baixo corta o silêncio quando Belcalis se recosta na cadeira, a postura pesada.

— E os deuses de Maiwuri querem que você volte para Otera e resolva tudo para eles.

— Isso. — Nem me dou ao trabalho de tentar embelezar a resposta.

— Você, Deka de Irfut.

— Isso.

— Você, Deka, que apenas alguns aninhos atrás pensava ser humana. — Britta se reinsere na conversa, piscando rápido, como se tentasse compreender tudo.

Só que não há o que compreender... só tentar sobreviver.

— Isso — repito. — Eles querem que eu conserte tudo. Eu, vocês... todos nós.

Britta parece ficar pensativa, então lágrimas surgem em seus olhos... com certeza não são lágrimas de tristeza, e sim de frustração. Sei disso porque ela fica toda vermelha e cerra as mãos com força.

— Depois de tudo que fizemos. Tudo. Eu não posso... Eu só...

Ela dá um murro na mesa, o golpe tão forte que ela quebra um pedaço na lateral.

— Britta — chamo, mas ela já está se afastando, e então se esconde atrás de um aglomerado de folhas, os soluços ofegantes bem audíveis mesmo de longe.

Quando começo a me levantar, Li nega com a cabeça.

— Deixa que eu vou atrás dela — murmura baixinho.

Observo-o ir até ela, seu olhar carregado de preocupação, e fico grata por não ser mais a única pessoa de Britta. Li também está aqui. Agora é função dele abraçá-la e confortá-la. E é um alívio. Do jeito que estou me sentindo, não tenho condições de confortar ninguém no momento.

Depois que os dois somem, Belcalis engole o restante da bebida.

— Bem... um belo jeito de reagir à informação de que o mundo está acabando — comenta, seca.

— E tem outro? — Lamin parece curioso de verdade.

Só que deve ser porque talvez também esteja digerindo as coisas. O que falei é muita coisa para qualquer um absorver, que dirá entender.

Eu mesma ainda estou tentando.

— Tem — responde Belcalis, pegando o chifre de bebida e indo até a fonte de vinho de palma fluindo da lateral do tronco da árvore. Ela enche o recipiente até transbordar. — Este aqui.

Ela vira o vinho todo em uma golada só, então enfia o chifre debaixo da fonte de novo.

Quando enche o recipiente até a boca, ela acena com a cabeça para nós.

— Boa noite para vocês. Como é provável que que a gente morra logo mais, vou lá dar uma boa e merecida descansada.

Lamin se levanta, indo atrás dela em um caminhar devagar.

— Vou com você. — Quando ele chega à margem do galho, se vira para mim e Keita, incerto. — Imagino que vocês devam partir em breve?

— Amanhã — respondo, uma vez que não faz mais sentido ficar guardando mágoa.

Independentemente do que aconteça, é provável que esta seja uma das últimas vezes que vou ver Lamin.

Não quero que o rancor macule a lembrança.

Ele assente, pensativo.

— Sei que não tenho mais direito de pedir isso, mas, por favor, não vão embora sem se despedir.

Confirmo com a cabeça.

— Não vamos.

Ele assente de novo, então some.

Agora que Keita e eu estamos sozinhos, a vastidão da noite nos envolve como uma capa. Fico grata quando ele se aproxima e me abraça. Afunda o nariz em meu cabelo, como se tentando mergulhar no aroma, na lembrança.

Faço o mesmo, fechando os olhos para que o calor dele me cerque por completo, me proteja. Por alguns minutos, talvez até uma hora, ficamos satisfeitos em só permanecer parados, aninhados um ao outro.

Quem sabe quando teremos a chance de fazer isso de novo…

Por fim, Keita se estica e movimenta minhas pernas para que eu fique sentada de lado em seu colo.

— Então — começa ele, os olhos brilhando no escuro —, o mundo pode acabar mesmo?

— Parece possível… bem, provável, considerando tudo que temos que enfrentar.

Depois da conversa com os deuses, de repente não sou a Deka que era um dia atrás, confiante de que tudo daria certo.

Se há algo que aprendi é que o universo conspira contra mim, que lança todos os obstáculos para confundir minha jornada.

Keita assente, olhando para as estrelas, e então suspira.

— Difícil acreditar nisso.

— E ainda assim é o que vai acontecer se fracassarmos. Vi um vale das sombras na água, Keita. Estava ali, essa coisa agourenta e horrível, bem do lado do Salão dos Deuses. Não dá para fugir do que está acontecendo, não importa o quanto tentemos.

— Só dá para lutar. — Keita concorda com a cabeça de novo, o olhar exausto. — Por outro lado, nossa única opção é sempre esta: lutar. A vida é só isso… luta, dificuldade?

Dou de ombros.

— Não sei. Minha vivência sempre foi assim, sobretudo nos últimos dois anos.

— A minha também. — Então ele suspira. — Eu me pergunto como é a vida para outras pessoas, as sortudas.

— Não acho que haja alguém sortudo — contraponho. Quando Keita olha para mim, volto a dar de ombros. — Durante um tempo pensei que você fosse um dos sortudos. Então fiquei sabendo de sua história.

Como a história da maioria de meus outros companheiros, a de Keita é horrível. Uivantes mortais massacraram a família dele quando ele era criança, os mataram enquanto dormiam na casa de veraneio que tinham perto do Templo das Deusas. O templo que o primo deles, Gezo, o antigo imperador de Otera, se esquecera de mencionar que estava lá.

Só depois Keita descobriu a traição de Gezo. O antigo imperador havia enviado a família dele para lá de propósito, para se certificar de que todos morreriam antes que o lado deles da linhagem real ficasse muito popular e ameaçasse seu reinado.

Keita olha para mim, então assente.

— Talvez você esteja certa. Todo mundo tem a própria dor. Alguns só têm mais que outros.

— Isso.

Então permaneço em silêncio, deixando que os sons dos insetos e o canto dos pássaros noturnos cresçam e preencham o espaço que deveria ser ocupado por nossas palavras. E há tantas palavras, tanto a ser dito, só que não quero dizê-las, porque enunciá-las as tornará reais. Definitivas.

O silêncio se prolonga cada vez mais até que não consigo mais aguentar. Olho para Keita, com um repentino e absoluto desespero ao tocar em sua bochecha.

— Keita — começo, sem me surpreender quando ele vira o rosto, não conseguindo me olhar nos olhos.

Ele sabe o que está por vir.

Afinal, estamos evitando o assunto há quase um mês. Há o que parece ser uma eternidade, a julgar por como tudo é sempre um desespero o tempo todo.

— Se eu virar deusa...

— *Quando* virar deusa.

— *Quando* eu virar deusa, o que vai ser de nós?

Keita continua sem olhar para mim, agora inclinando bem a cabeça para trás para observar o céu noturno.

— Imagino que vamos continuar sendo o que somos.

— Namorados? — Faço um som de escárnio. — Um garoto e uma deusa?

Keita olha para mim.

— Um adorador e sua deusa. Ou talvez um jurado divino e sua deusa. Enrijeço.

— Não tem graça, Keita. Eu nunca desejaria isso para você. *Nunca*.

— Mas eu adoro você, Deka. Agora, depois, sempre. E, se me ligar a você vai garantir que eu fique ao seu lado para sempre, eu faria isso com prazer.

— Mas eu não vou querer que você faça isso.

— Não cabe a você. — A resposta de Keita é tanto ágil quanto firme. Ele segue me olhando, os olhos queimando e atentos. — Você ouviu o que Myter disse: eu tenho uma escolha. E escolho você. Onde quer que esteja é onde quero estar.

A devoção nos olhos dele é tão nua e crua que desvio o olhar.

— E quanto a formar família? Ter filhos? Tudo isso é uma possibilidade para você.

— Se eu sobreviver.

— *Quando* você sobreviver — contraponho em teimosia, apesar do nó na garganta.

Keita dá de ombros.

— Você é a única pessoa com quem me imaginei tendo filhos — diz baixinho.

— *Por quê?* — A pergunta escapa de mim. — Por que eu? Por que sempre fui eu?

— Porque você foi a única que me enxergou depois que minha família... — Keita pigarreia como se houvesse algo bloqueando a garganta. Então tenta de novo: — Depois que minha família morreu, você foi a única que me enxergou... o eu verdadeiro, a pessoa que eu era por dentro. Não Keita, o guerreiro. Não Keita, o jatu, nem Keita, o recruta. Nem mesmo Keita, o nobre. Você enxergou Keita, o garoto. O que tinha sentimentos. O que era real.

Ele dá uma risada, um sonzinho triste.

— Ah, de início foi por medo, a atenção toda que você me dava. Talvez até ódio. Você achou que eu estava ali para te destruir. Então tentou me dobrar, mas tinha que me entender para conseguir isso. E então, quando viu quem eu era de verdade, tentou ser minha amiga. O Keita interno, não o autômato em que tinham me transformado.

Ele dá de ombros.

— Meus amigos, todos em Warthu Bera, só queriam minha escuridão, minha sede por violência. Só que você quis minha gentileza, meus sorrisos. Meu coração. E você quis todas as outras partes também... até as mais sinistras. Você foi a primeira pessoa a querer isso em anos. A primeira pessoa desde que minha família... — Ele suspira. — É por isso que sempre foi você. Por isso que sempre vai ser só você.

A essa altura, um soluço já está escapando de mim, vindo bem do fundo do peito. Essa declaração é tudo o que eu queria ouvir. Só que agora sei o quanto isso vai custar a ele. Uma vida. Uma família. Filhos. Eu mesma nunca quis ter filhos, mas vejo agora que, com ele, talvez eu tivesse tido. E agora isso não é mais uma opção. Só que não quero mais esse papo, então faço a única coisa que posso.

Eu o beijo.

Keita fica sem reação, como se pego de surpresa, mas aceita o beijo, a boca escaldante na minha. Chamas pequeninas e doces, queimando minha alma. A boca de Keita tem gosto de fruta, dos bolos que comeu.

Tem gosto de lar.

E, afinal, Keita é lar. É o que vem sendo para mim desde o primeiro momento em que passamos a considerar um ao outro como aliados, e não inimigos.

— Se este for um dos nossos últimos momentos, quero aproveitar — falo entre um beijo e outro. — Quero lembrar para sempre.

— Eu também — responde ele, beijando-me com tanta firmeza que quase me esqueço de que não contei a ele a outra coisa que preciso contar: a condição para que eu consiga a kelai e ascenda à divindade.

Só que isso pode ficar para depois. Por ora, só há isto.

— Me beije, Keita — digo contra sua boca. — Me beije até eu esquecer tudo.

— Contanto que você faça o mesmo.

Então é o que faço.

17

◆ ◆ ◆

Quando o sol nasce na manhã seguinte, meus amigos e eu já estamos colocando as selas nos novos grifos que ganhamos dos maiwurianos. Nenneh Kadeh tentou nos persuadir a descansar, recuperar as forças, mas, dada a urgência da missão, o grupo resolveu que precisávamos prosseguir o quanto antes. O tempo é curto, não só para nós como para todo o mundo. Temos que nos preparar para a árdua jornada à frente. Afinal, vamos ao lugar para o qual esperei nunca mais voltar... o lugar onde tudo começou para mim.

— Irfut. — Após falar, Britta balança a cabeça enquanto considera a proposta desagradável.

Ela está colocando a sela no grifo mais perto de mim, um gato prateado-claro com asas ainda mais claras. Vai se camuflar com perfeição na neve em minha antiga aldeia natal. Com certeza já deve ser a temporada de frio por lá.

Estamos deixando na ilha os grifos com que viemos. Eles estão exaustos por causa da jornada e ainda não se alimentaram direito. Estes de agora estão revigorados, o que é importante demais, tendo em vista que precisamos que carreguem todos os presentes que os maiwurianos nos concederam: não só reservas de comida e coisas do tipo, mas também novas armaduras, das quais cada peça é adequada aos dons específicos de cada um, como a de Keita, feita de um material resistente ao calor. E, mais ainda, os novos grifos estão acostumados aos ebiki, então a presença de Ixa não vai assustá-los como aconteceu com os antigos.

— Por que tinha que ser Irfut? — Britta solta um grunhido e balança a cabeça.

Suspiro.

— Porque é lá que estão as coisas de minha mãe, as que ainda têm o cheiro dela.

— E cheiros despertam a memória, o que ajuda no estado de combate — comenta Britta, relembrando as palavras de Lamin. — Não acredito que não pensamos nisso antes.

— Às vezes as soluções mais práticas são as que mais passam despercebidas. — As palavras me escapam antes que eu pense nelas, um atestado de como estão fincadas bem fundo em mim.

Britta emite um som de deboche.

— Parece algo que Mãos Brancas diria.

— É bem algo que Mãos Brancas diria, já que, no caso, foi ela mesma quem disse… várias vezes — lembro-a.

Britta fica sem reação, uma demonstração nítida de perplexidade.

— E onde eu estava nessas horas?

— Reclamando da menstruação.

Britta tamborila o dedo nos lábios.

— Este mês ainda não veio — comenta. Quando me viro para ela, assustada, minha amiga logo emite um "tsc, tsc". — E é isso que a inanição e o estresse fazem! Bagunçam tudo no corpo!

Enquanto ela resmunga baixinho, pigarreio, sem saber como continuar.

— E tem certeza de que é só isso: inanição e estresse? — questiono com delicadeza.

— Lógico que sim, Deka, por que você…? — Britta solta um arquejo. — Você não acha que Li e eu…?

— Não, eu só estava…

— Só porque você e Keita estão levando as coisas adiante não significa que Li e eu temos…

— Não estamos! — nego de prontidão. — Não fizemos nada ontem! Só rolaram uns beijos e…

— E...?

Britta arqueia a sobrancelha.

— E... *você sabe.*

— Não sei, não. — Britta está se divertindo tanto agora que qualquer vestígio do pavor de antes desapareceu. — Você vai ter que detalhar tudinho. E com imagens, viu, monte todo o cenário.

Faço que não com a cabeça.

— Não vou montar cenário nenhum, sua... sua pervertida!

— Como que *eu* sou a pervertida ao fazer perguntas sobre um tópico que *você* levantou, e... — Britta para de falar, franzindo a testa ao se dar conta. Então sorri, deliciada. — Você está tentando me distrair! Então, o que realmente rolou ontem, Deka? Vocês se abraçaram apertado, se beijaram, se acariciaram e...

— Não! "Não" para tudo isso e o que mais você estiver pensando aí nessa sua mente depravada. — Dou uma bufada, toda hipócrita. — Controle-se. Temos uma missão a cumprir.

— Igual a sua missão de ontem à noite?

Abro um sorriso.

— Nós nos abraçamos, sim, e nos beijamos, e assim por diante.

— Sério? — Britta ainda parece deliciada. — E de quanto adiante estamos falando? Porque Li e eu nos fomos um pouco adiante ontem à noite também.

Quando lanço um olhar, ela ri.

— Beleza, beleza, vou parar. Vou manter o foco. — Então pigarreia. — E aí, já contou para Mãos Brancas que vamos para Irfut?

Nego com a cabeça.

— Ainda não descobri como contar. As manoplas dela não conseguem se infiltrar pela Grande Barreira, e os deuses se recusam a se comunicar com o lado externo. Nada vai a lugar algum a não ser por meio de Bala e Myter, e ontem já ouvi resmungos sobre o quanto o equilíbrio já foi perturbado, seja lá o que isso signifique. Ah, e Myter é yandau...

— Bom saber — responde Britta, assentindo, e o olhar carregado de preocupação. — Brincadeiras à parte, tem certeza de que vai ficar de boa, Deka? Voltando a Irfut?

Voltando ao lugar onde fui trancada em um porão e assassinada nove vezes porque meu sangue saiu dourado em vez de vermelho...

Faço que sim com a cabeça.

— Vou, sim. De verdade — insisto. E, pela primeira vez, acredito mesmo nisso. Não sou mais a garota que eu era lá. Sorrio ao olhar para minha amiga. — Não se preocupe, minhas emoções estão sob controle. Mesmo se as feridas voltarem, ainda consigo me defender. Eles nem vão me ver chegando.

Contudo, Britta de repente fica abalada com minhas últimas palavras.

— Como assim, "se as feridas voltarem"? — Ela me lança um olhar aguçado. — Os ebiki as curaram. Eu vi.

— Por ora — respondo, a mandíbula tensa. — Mas quando sairmos daqui, deixarmos os ebiki para trás... Vai levar tempo, mas as feridas vão reaparecer.

— Ah, Deka. — Ela chega mais perto de mim, os olhos arregalados. — Por que não me contou?

— Não deu tempo, tudo está acontecendo tão rápido. — Fecho as mãos quando o medo ressurge, uma emoção pesada e sufocante. — Fico dizendo a mim mesma que dou conta. Que se voltarem, dou conta. Só que não sei se consigo. Não sei se quero... Estou tão cansada, Britta. Tão, tão cansada.

Seus braços macios me envolvem em um abraço, oferecendo conforto, compreensão.

— Eu também — sussurra Britta e encosta a cabeça em meu ombro. — Também estou cansada. Cansada de ser forte, cansada de lutar. Só que temos que aguentar.

Concordo com a cabeça.

— Não temos escolha.

— Ah, não tenho certeza disso. — É a voz de Lamin quando ele entra nos estábulos, e Britta e eu nos viramos, assustadas.

Eu não o havia visto de manhã, então é meio que um choque ver como ele se transformou entre a noite de ontem e a de hoje. Usa vestes formais, mas não as que estou acostumada a ver os jurados divinos de Sarla usarem; são do branco usual e possuem mangas compridíssimas e esvoaçantes e uma capa que arrasta na grama com elegância.

Se ele nota que o estou analisando, não faz comentários. Em vez disso, explica:

— A rainha Ayo me mandou aqui. Ela quer falar com você. Ela e os filhos prepararam um presente.

Britta e eu nos entreolhamos.

— Um presente? — repito.

— Um com o qual até Ixa contribuiu — continua ele, todo misterioso.

— Então o que é, ou você vai continuar sendo vago aí no novo traje? — rebate Britta, emitindo um som de escárnio.

— Ah, isso aqui? — Lamin olha para si mesmo, espantado. Então abre um sorriso pesaroso. — Passei a maior parte da última década usando armadura, então queria que me vissem em algo diferente antes de irem. — Ele suspira e então dá um passo à frente. — Deka, quero dizer que...

Coloco a mão no braço dele para impedir que continue.

— A gente se vê — falo depressa. — Não é um "adeus", e sim um "a gente se vê".

É o máximo que posso oferecer a ele... uma admissão de que talvez nos encontremos de novo em melhores circunstâncias.

Não é provável, mas é possível.

Tudo é possível.

Lamin assente, então me olha outra vez.

— Acha que um dia poderá me perdoar?

— Já perdoei — respondo com um meneio de cabeça. Quando seu rosto se anima, acrescento: — Mas isso não significa que vou esquecer.

Ele suspira e assente.

— Imagino que seja uma boa estratégia.

— É prática — comento, saindo dos estábulos. — E misericordiosa, considerando que, se você fosse com a gente, Mãos Brancas faria cabeças rolarem. A sua.

Se é possível que Lamin fique ainda mais pálido, ele fica, a pele enervante de tão branca à luz do sol forte.

— É, tem isso.

— Tem mesmo — confirmo enquanto sigo adiante. — Vamos, você na frente.

Para minha surpresa, Lamin evita a costa por completo quando chegamos à praia. Achei que a rainha Ayo estaria esperando ali no mar aberto, mas em vez disso Lamin nos conduz para o que parece ser um pequeno templo em uma colina cheia de grama. É um local calmo e discreto, uma construção de pedras vermelhas cercada por caramanchões de árvores frutíferas fartas e com vista para o oceano azul cintilante. Quando chegamos ao topo da colina, ele nos conduz por um caminho que atravessa o centro do caramanchão até a entrada do templo, que jaz logo depois de um pequeno córrego. Precisamos passar por uma ponte de pedra curvada e minúscula para chegar à porta. É mais uma pequena trilha, na verdade, mas Britta e eu diminuímos o passo assim que chegamos, adotando um caminhar hesitante e desconfortável.

A ponte parece familiar. Familiar demais.

De repente, estou de novo em Abeya, parada diante da ponte de água na entrada da cidade das deusas, a que se recusou a se formar para meus companheiros e eu quando fomos confrontá-las.

Britta percebe minha hesitação e abre um sorriso pesaroso.

— As lembranças, né?

— Infelizmente, sim — confirmo, estremecendo. Estendo a mão.

— Juntas?

Sorrindo, Britta a segura depressa.

— Juntas.

De mãos dadas, atravessamos a ponte até o solo firme e seguro do outro lado. Lamin segue em um passo mais descontraído, as vestes brancas esvoaçando atrás dele.

Depois de chegarmos à entrada do templo, uma pequena estrutura circular que se arqueia no alto, ele para e acena para que eu siga adiante.

— Nos separamos aqui — diz baixinho. — Vocês vão encontrar a rainha Ayo na base da escada.

Britta lança um olhar de descaso para ele. Ao contrário de mim, ela não perdoa nem esquece.

— Vou na frente — anuncia ela com o tom de voz ainda desdenhoso, seguindo.

Sigo atrás dela depressa.

Assim que chego à entrada, meu corpo enrijece. Está silencioso. Silencioso demais.

De repente, entro toda em alerta.

Desde que chegamos, a ilha sempre esteve em um burburinho de agitação. Os passos dos jurados divinos enquanto seguem nas tarefas diárias, os chamados dos macaco-pássaros e dos insetos pairando pelas árvores. A ilha sempre esteve viva com som e movimento.

Aqui, porém, não há nada. Nem som nem movimento que se consiga discernir. Só o agito das ondas e o borbulhar do córrego. E um zumbido baixo e ecoante vindo das profundezas da estrutura... algo que não consigo identificar.

Se é um templo, onde estão os sacerdotes? Onde estão todos os adoradores?

Britta deve ter tido a mesma preocupação, porque se vira para Lamin, e um sorriso tenso e falso de repente se abre em seu rosto.

— Sabe, acho que eu gostaria mais se você fosse primeiro, se não se incomodar — diz ela.

Lamin dá um passo para trás, magoado.

— Acham que eu trairia vocês?

— De novo? — lembro-o, seca, chegando mais perto. — Você já fez isso, então eu preferiria que você entrasse primeiro no templo escuro e estranhamente silencioso. — Abro um sorriso falso também. — O golpe tá aí, cai quem quer etc. e tal.

Lamin solta um suspiro, a mágoa tomando o rosto todo. Por um momento, quase fico balançada. Balançada pela dor visível de meu antigo amigo.

Então ele ergue a cabeça.

— Infelizmente, não posso atender ao pedido. A rainha Ayo permite que apenas alguns poucos tenham a honra de vê-la na forma atual.

Dou de ombros.

— Então imagino que isso signifique que agora você é um desses poucos.

Lamin suspira outra vez.

— Acho que você não está entendendo, Deka, eu...

Deka? Um gorjeio familiar soa em minha mente. Quando me viro para a entrada, um focinho azul está aparente. Ixa voltou à forma adolescente. Ele se aproxima e cutuca minhas pernas. *Deka, mãe esperando. Você vem! Vem!*

Quando fico sem reação diante de Ixa, espantada por não ter sequer sentido a presença dele, Lamin abre um sorriso triste para mim.

— Como falei, está tudo bem. A rainha os espera.

— Acho que é melhor irmos. Vemos você lá nos estábulos depois — responde Britta, enxotando-o com um aceno de mão.

Lamin nos observa com os olhos tomados pela dor, então segue pela ponte, as vestes mais uma vez esvoaçando atrás de si. Britta e eu ficamos assistindo até ele desaparecer colina abaixo.

Assim que Lamin some, olho para Britta.

— Acha que fui muito dura?

Ela nega com a cabeça.

— Não foi dura o suficiente. Se estivéssemos em Warthu Bera, ele teria sido esfolado vivo pelo que fez. A espionagem é uma das piores traições, não importa o quanto a justificativa seja bonitinha. — Minha amiga aperta minha mão. — Atenha-se ao plano, Deka.

— Eu sei.

Faço que sim com a cabeça e então sigo templo adentro.

Assim que entro, franzo o cenho. O templo não é nada do que esperei. Na verdade, jamais foi um templo. Só presumi que sim por causa da fachada. Na verdade, é uma biblioteca circular e escura, as paredes cheias de prateleiras contendo pergaminhos e adornadas com murais enormes formados por azulejos de mosaico dos ebiki. Orbes flutuantes projetam uma luz azul nos murais, criando a ilusão de que os ebiki estão debaixo da água, as escamas azuis cintilando na escuridão próxima. Quero apenas admirá-los por um momento, mas Ixa segue para o centro, no ponto em que uma escadaria nos convida, os degraus seguindo escuridão abaixo. Ele me olha, animado.

Deka vem, mãe esperando a gente lá embaixo!

Assentindo, sigo com cuidado até a escada. O zumbido estranho que ouvi ecoa dali. Assim como o barulho da água.

— Parece uma caverna — opina Britta enquanto segue Ixa.

Vou atrás, os olhos se ajustando à escuridão, que cresce à medida que descemos até ser quase absoluta.

— Ainda não entendo como a rainha Ayo pode estar aqui, no entanto — pondero, observando quando uma luz azul tremeluzente começa a se espalhar pelas paredes. — Se é uma caverna, a água vai ser muito rasa.

Britta dá de ombros.

— Talvez tenhamos que pegar um barco para sair? — Então se anima. — Ou talvez o presente seja o *barco* em si... mas, não, isso não seria prático. Seria melhor Bala nos levar direto para Irfut. — Ela olha para mim. — Como está mesmo sua habilidade de criar portas?

Suspiro.

— Péssima? No nível habilidade negativa?

Britta franze a testa.

— *Habilidade negativa?* Isso sequer existe?

Não respondo. Não consigo. O que quer que eu estivesse prestes a dizer se perde quando me vejo diante do que nos espera na caverna.

18

A caverna é o que eu esperava: uma pequena praia de areia branca cristalina cercada por paredes cavernosas elevadas. Só que não é isso que prende minha atenção. A água... ou melhor, o que está dentro dela... sim.

Ali, enrolando-se em um dos pequenos rochedos que se protuberam das profundezas da água, como uma serpente aninhando um ovo, está a rainha Ayo. Só que a rainha Ayo que conheço é um réptil de proporções tão gigantescas que chegam a ser estarrecedoras, uma criatura que basicamente pareceria ter saído de um mito se não fosse tão, tão real.

A pessoa sentada diante de mim, contudo, é uma das mulheres mais lindas que já vi: um rosto que competiria com o de Melanis em seu auge, e um corpo quase tão voluptuoso quanto os das estátuas encontradas em ruínas de templos antigos. Na verdade, cada parte da rainha ebiki é uma visão perfeita, com exceção da cauda que acaricia a água sem pressa, os espinhos cintilantes nas costas sendo um alerta visível apesar de toda a beleza. *Sou perigosa*, diz a cauda. *Não se aproxime*. É uma mensagem compartilhada pelas outras características da rainha Ayo, que parecem mais similares à natureza reptiliana. A pele é azul metálico e brilhante, cintila e tremeluz em dourado, assim como as escamas de sua forma ebiki, e as mechas de cabelo são como um agrupamento de tentáculos, que se movimentam e deslizam com delicadeza quando ela se vira para mim.

Os olhos, porém, são do mesmo preto gentil, aquela pupila cinzenta como uma lua crescente no centro.

Britta se aproxima ainda mais de mim, maravilhada.

— Aquela é quem eu acho...?

— Deka... — As paredes de pedra da caverna ecoam a voz da rainha Ayo, e o som de algum modo parece tão poderoso agora quanto pareceu na forma ebiki.

Chego mais perto da costa e me ajoelho diante dela.

— Rainha Ayo — cumprimento em respeito. — Você é uma metamorfa?

Eu havia considerado isso, mas não tinha parado para pensar a fundo. Acho que fiquei tão estupefata com o tamanho dela que não conseguia imaginá-la sendo qualquer outra coisa, mesmo que a característica primária de Ixa sempre tenha sido a metamorfose.

— Nós... todos somos.

A rainha gesticula a mão elegante com garras, e agora vejo outros ebiki nadando em silêncio, as formas tão parecidas com a humana quanto a da monarca. Só que, estranhamente, todos são masculinos... como Ixa, que nunca pensei que poderia alcançar uma forma humana.

E, mesmo assim, todo o restante da espécie parece bem à vontade assim. Até mesmo os homens. E, se eles conseguem, talvez Ixa também consiga.

Eu me viro para meu companheiro azul, que está nadando com alegria, o pelo cedendo com facilidade a escamas e barbatanas.

— Ixa também vai...?

— O quê?

Quando a rainha Ayo de repente aparece diante de mim, com água escorrendo pelo corpo escamado, *meu* coração salta. Ela se movimentou tão depressa que entre o momento em que desviei o olhar de Ixa e o que ela chegou até mim passou-se menos de um instante.

Logo me ajoelho de novo, empregando todo o respeito possível no gesto. Para os deuses não ajoelharei, mas a rainha Ayo... ela é completamente diferente.

Ela me olha com curiosidade e inclina a cabeça para o lado.

— Ixa também vai...? — incita.

— Mudar para uma forma assim? — questiono, pigarreando para me acalmar. — Como a que você está agora?

Ela observa Ixa e lança um olhar ponderado para a prole.

— Um... dia — responde ela de uma maneira ostensiva, voltando a olhar para mim.

Seu jeito de falar é cheio de pausas estranhas, quase como se precisasse buscar as palavras antes de proferi-las. Imagino que, quando se está acostumada a se comunicar mentalmente, leva-se um tempo para traduzir os pensamentos em palavras vocalizadas.

— No geral... levamos... séculos para chegar a uma pele que consegue... se comunicar com... andantes terrestres. Mas nosso progênie... Ixa... progride depressa. Ele é só... um filhote, e ainda assim veja como ele... se conduz.

Eu me viro e vejo Ixa abocanhando, na esportiva, outros ebiki, que logo fogem dele no que parece ser um pique-pega.

— Você... deve se levantar — afirma ela. Quando me viro para olhar para a rainha Ayo, ela me estende a mão com uma expressão desconcertada no rosto gentil. — Não é... apropriado que uma... divindade... se ajoelhe diante dos... jurados divinos.

Assentindo, seguro a mão dela, que, para minha surpresa, é lisa e quentinha, então me levanto. Mesmo assim, tenho que erguer a cabeça para olhá-la, sinto-me como uma criancinha em comparação à altura imponente dela, e sem dúvida não sou a única. Britta, que está ao meu lado, nem chega a estar ombro a ombro com a monarca.

— Por que você me escolheu como sua deusa? — pergunto, curiosa.

Os deuses não escolhem os próprios jurados divinos, são os jurados divinos que os escolhem... É uma das coisas mais importantes que aprendi quando estava no Salão dos Deuses e no trajeto de volta. Myter, pelo que soube, ficou azucrinando Bala, que era então um deus solitário, por quase uma vida inteira até que a divindade das rotas cedesse.

A rainha Ayo dá de ombros de um jeito elegante.

— Por que as... ondas escolhem a... lua, por que... a grama escolhe... o sol? Você estava... ali, nós a sentimos, sentimos seu... chamado, e então... respondemos. — Ela foca os olhos pretos nos meus, a crescente cinzenta me atraindo para o cerne. — Nós, ebiki, somos... criaturas ferozes... guerreiros solitários, o... terror de todos os oceanos.

Para nós... o vigor é o que... determina... a liderança. O... macho... mais forte... se transforma... e vira... rainha. Quando você... nos chamou, quando... explicou a nós sua missão, concordamos. Nós nos... ligamos a você. Mandamos para você... nosso progênie... mais precioso, a primeira... prole nascida em um milênio. Tudo isso... fizemos por você.

— Mas por quê? E que missão pedi a vocês?

Minha cabeça está girando com tantas perguntas.

— Guerra. — A rainha abre a boca em um sorriso aterrorizante, dentes do tamanho de adagas parecendo dividir os lábios belos e carnudos. — Vocês nos chamou para... devorar, destruir, desmantelar... devastar os deuses oteranos. Como... rainha... como a... mais vigorosa... eu não poderia... recusar... tamanha honra... A... hora logo chegará... nossa deusa.

Observo, em choque e com um leve horror, a rainha monstruosa e bela dos ebiki se ajoelhar com aquela luz apavorante brilhando nos olhos.

— Chame-nos... e iremos. E... destruiremos todos os seus... inimigos e qualquer um que... tentar impedir você. Quando a... barreira cair e o mundo... começar a ruir, chame-nos... e iremos... até você.

Estou tão inquieta agora que só consigo assentir, tensa.

— Obrigada — respondo com a voz rouca.

— Uma divindade... não precisa agradecer aos seus jurados divinos — rebate a rainha, como se não tivesse acabado de oferecer todo um genocídio celestial em meu nome. — Não por... cumprir nosso propósito, e com certeza não por isso.

Ela gesticula, e um grupo de ebiki de repente emerge da água, os corpos masculinos à imagem humana graciosos mesmo enquanto as caudas formam rastros ondulatórios na areia. Carregam algo atrás de si que parece ser um baú entalhado de madrepérola.

Britta estreita os olhos, intrigada.

— O que é isso?

— Um presente para... nossa... honrada divindade — informa a rainha Ayo, gesticulando para o ebiki mais próximo, um grande com um trecho cinza luminoso na ponta das escamas azuis.

Ele faz uma reverência solene antes de se agachar para abrir o baú, cujo interior é tão claro que meus olhos levam um tempo para se adaptar. Assim que o fazem, ergo as sobrancelhas. Há um tecido no interior. Parecido com o vestido que os jurados divinos me deram, o pano azul similar a uma escama que tremeluz com dourado, só que ornado com bem menos material, e a vestimenta termina com uma calça pantalona em vez de uma saia. E, ainda mais, parece feito para se moldar ao corpo como uma segunda pele.

— É uma armadura... feita com nossa... pele — explica a rainha Ayo quando me viro para ela, perplexa.

Arregalo os olhos.

— Espere, quer dizer que...?

— Nossa casca... mais recente — prossegue a rainha, possibilitando que eu respire.

Por um momento achei que a armadura fosse feita de pele de ebiki morto, mas, por sorte, não, são só as escamas. Os flocos mais finos das escamas de ebiki, tendo em conta que as que vi neles são grossas e duras.

— Contém nossa... essência — continua a rainha. — Use-a sempre e vai manter seu corpo... inteiro, evitar que entre em... degradação. Vai protegê-la do mal.

Franzo a testa.

— Quer dizer que as escamas vão impedir que as feridas reapareçam?

Ela balança a cabeça.

— Só... contanto que... não use... muito... poder. Contanto que... a use... isso... vai... evitar... que seu corpo... se desintegre... até se reconectar... à kelai. Contém... nossas orações... e nosso... poder.

Ela gesticula e o ebiki, em obediência, ergue a vestimenta, enrola-a no braço e então aponta para si mesmo. Em seguida assente para a rainha. Tão depressa que quase não vejo, a rainha Ayo *se movimenta*, aplicando um golpe de corte ao material com a ponta de sua cauda farpada, afiada como uma adaga. O solo se racha no ponto em que a cauda dela aterrissa, mas a armadura na mão do ebiki não se altera. Nem titubeia.

Solto um arquejo.

— Então isso é...

— A armadura... mais... durável... até onde se sabe... em toda Kamabai. Nem mesmo o sangue dos... deuses oteranos consegue cortá-la.
— Pegando a armadura com a mão de garras afiadas, ela me entrega,
curvando a cabeça. — Isto... oferecemos a você, nossa... divindade.
Nossa pele para... protegê-la na jornada. De modo que... ascenderá
quando e somente quando... estiver preparada.

Pego a armadura devagar, maravilhada com a maciez quase aman-
teigada dela. Por algum motivo, estava esperando que fosse dura...
até imóvel.

— Obriga... — Paro de falar ao me lembrar da correção anterior da
rainha sobre os agradecimentos. Em vez disso, aceno com a cabeça. —
Vai me servir muito bem.

Ela inclina a cabeça, voltando-se para a água.

— Ficamos... contentes.

Ela pega Ixa no colo, que saiu da água e agora observa tudo com
olhos curiosos. Aninhando-o à bochecha, ela o acaricia com cuidado,
aquele som de ronronar estranho que ouvi antes agora emanando dos
dois. É como se estivessem se comunicando, despedindo-se. Quando
termina, ela o recoloca no chão e desliza para a água, onde todos os
ebiki masculinos estão aguardando. Ao vê-la ali, flutuando entre eles,
enfim entendo as palavras: os ebiki são um dos grupos de criaturas que
nascem todos machos. O mais forte vira fêmea e se torna rainha. Não
há ebiki femininas além da rainha Ayo, assim como não há outro ebiki
filhote além de Ixa. Olho para ele, enfim compreendendo, pela primeira vez, o quanto ele é precioso.

Sempre soube que ele significava tudo para mim, mas agora entendo que ele significa muito mais para o próprio mundo: o primeiro ebiki
nascido em um milênio. O último da espécie de criaturas tão poderosas a ponto de competir com os deuses.

E ele é meu companheiro.

A rainha Ayo sorri, toda coruja, para ele, os dentes alarmantes brilhando. Então se vira para mim.

— Cuide de nossa... prole, Angoro Deka. Ele é... o último que teremos antes... de seguirmos para as águas profundas e outra rainha... ascender.

Eu me ajoelho para pegar Ixa no colo, que se metamorfoseou para a forma adolescente de sempre, então faço que sim com a cabeça para a rainha.

— Vou cuidar. Ixa é mais do que um companheiro para mim. É meu amigo mais querido.

A rainha fica sem reação, piscando depressa, o que parece ser uma segunda pálpebra vidrada se fechando sobre um dos olhos.

— Por... isso... ficamos... contentes — responde.

E, de súbito, ela some.

E agora Britta está me olhando com olhos marejados. Tão aliviada que está quase tremendo.

— O que foi? — questiono, confusa. — O que houve?

Brita aponta para a armadura que não parece uma armadura.

— Ah, Deka. — Ela arfa, animada. — É uma cura. A rainha te deu uma cura! Poucos segundos atrás, você estava toda preocupada, e agora isso.

Balanço a cabeça, olhando para a peça. Então falo com cuidado:

— Não é bem uma cura, mas é uma trégua. Dá para manter o corpo seguro por ora...

— E, melhor ainda, você tem um exército quando precisar — adiciona minha amiga.

E a julgar por tudo o que os deuses maiwurianos contaram, é provável que vá precisar. Britta não precisa falar essa parte em voz alta para que eu saiba que é verdade.

O mero pensamento me deixa exausta, então suspiro enquanto complemento:

— Agora eu só preciso achar a kelai. E rápido. Bem rápido.

Se há tantos mais vales das sombras quanto os deuses maiwurianos disseram... o que, óbvio, é o caso... as Douradas e os Idugu estão ficando mais poderosos a cada minuto.

Britta abre um sorrisão.

— Então estamos esperando o quê? Vambora, você na frente!

Quando saímos do templo, meu corpo agora seguro por estar coberto pela armadura da rainha Ayo, vemos Keita, Li e Belcalis correndo até nós, em pânico.

— Deka. — Keita avança pela ponte e me abraça. — Voltamos aos estábulos e vocês tinham sumido. E aí Lamin nos contou que tinha trazido vocês para cá.

Depois de retribuir o abraço, confirmo com a cabeça, olhando dele para os outros.

— Se ele contou, por que estão assim em pânico?

— Fui eu — confessa Belcalis, desconfortável. Ela olha ao redor, vasculhando a região. — Tem algo errado.

— O quê? — pergunto, logo em alerta.

— Não sei. — Ela balança a cabeça, frustrada. — Só sei que tem algo errado. Estou deixando alguma coisa passar.

E Belcalis quase nunca, para não dizer nunca, está errada quando se trata dessas coisas.

Eu me dirijo a Keita e Li.

— Está tudo arrumado?

— Já nos alforjes — responde Li.

— E os grifos estão prontinhos para irmos — adiciona Keita.

— Então vamos lá nos despedir — respondo, indo à frente.

— E depois o quê? Partirão voando às pressas sem me comunicar? — Ouvimos a voz familiar e o grupo todo se vira, arfando.

Mãos Brancas. Está voando logo acima da pequena ponte de pedra... ou melhor, o espectro dela está. A luz se reflete através, dando a impressão de que é um reflexo e nada mais. O que, de muitas formas, é.

Solto outro arquejo, chocada ao vê-la.

— Mãos Brancas, como está aqui?

Nada deveria conseguir penetrar a barreira entre Otera e Maiwuri, nem mesmo as manoplas de Mãos Brancas.

— Do jeito de sempre, usando isto aqui — responde ela, erguendo as mãos e exibindo as armaduras de luvas brancas. — A pergunta mais pertinente é: onde vocês estão? Todo esse tempo vim tentando falar com vocês...

— Nós também! — Chamados alegres ressoam quando Adwapa e Asha se esforçam para aparecer atrás dela.

Ao que parece, há um tipo de bosque antigo, com árvores ganib de tronco roxo imponentes acima, as folhas verdes lustrosas se agitam ao vento. Não sei dizer onde fica o bosque, mas não pondero muito, considerando que ainda estou presa na impossibilidade da situação.

— Como fez isso? — Suspiro e corro até Mãos Brancas. — Como fez as manoplas penetrarem a Grande Barreira?

Mãos Brancas parece perplexa com a pergunta.

— A Grande Barreira? Do que está falando? E onde estão? Vocês desapareceram por completo de Gar Nasim. Ficamos apreensivos.

— Apreensivos? — Uma palavra tão próxima de "preocupados" que observo Mãos Brancas, perguntando-me se ela está bem. Então me lembro da pergunta. — Estamos em Maiwuri... nas Terras Desconhecidas.

Mãos Brancas franze as sobrancelhas.

— Terras Desconhecidas? Como vocês... — Então para de falar. — É como a última vez, não é? Quando a visitei depois que ficou presa em Hemaira. Você entrou em conflito com algum aparato divino.

Confirmo com a cabeça, grata por ela absorver as coisas tão rápido.

Depressa, conto a ela tudo o que aconteceu, começando por quando conheci Bala e Myter, e finalizo dizendo:

— Vou começar a procurar em Irfut usando alguns dos pertences de minha mãe.

Os estábulos já estão à vista, então me apresso até lá, aliviada. Belcalis ainda está nos lançando olhares suspeitos. Qualquer que tenha sido a ameaça que a deixou com os nervos à flor da pele ainda não se dissipou, embora a presença de Mãos Brancas pareça tê-la feito se sentir melhor.

— E vocês? — pergunto. — Onde estão agora?

Mãos Brancas não responde. Em vez disso, olha para cima, distraída por algo na selva atrás dela. Sigo o olhar até o grupo de criaturas estranhas de repente voando pela copa das árvores até ela, as imagens um tanto embaçadas por causa da distância das manoplas.

Estreito os olhos, então arfo. Os aviax!

Dá para reconhecer porque, embora a forma seja quase humana, eles possuem asas em vez de braços e dedos com garras delicadas, mas afiadas. Como os pássaros a que se assemelham, os corpos são cobertos por penas bem coloridas que cintilam à luz do sol. Nunca vi aviax tão de perto. Ao contrário dos primos à imagem de cavalos, os equus, eles não costumam se associar a alaki nem, na verdade, a nenhuma raça parecida com a humana. É raro que saiam das cidades nos topos das montanhas, a maioria fica escondida em segurança nas grandes selvas de províncias do Sul, e, quando saem, ficam tão acima das nuvens que no geral parecem manchinhas no horizonte.

Só os vi de passagem uma ou duas vezes antes, mas agora, ao que parece, Mãos Brancas está com eles.

— General Mãos Brancas — diz um que toma a frente, o tom de voz rígido.

É do gênero masculino e grande com uma plumagem verde vívido.

Ela se vira para mim como quem pede desculpas.

— Preciso ir, Deka. Entro em contato daqui a dois dias. Estejam prontos.

— Vou ficar esperando — garanto, acenando.

Ao fazer isso, percebo o som de passos apressados.

— O que é isso? — Nenneh Kadeh está arfando. — Você tem que acabar com isso agora!

Quando me viro para ela, os jurados divinos mais velhos estão apontando para a imagem de Mãos Brancas enquanto correm até mim com um grupo de jurados divinos belicosos em vestes amarelas e Lamin ao lado.

Ela balança a cabeça para Mãos Brancas.

— Por favor, quem quer que você seja, tem que ir antes que sigam você. Comunicações assim podem ser monitoradas, e se outro ser sentir um rompimento na barreira...

— Entendido.

Mãos Brancas assente depressa e estala os dedos. E, simples assim, desaparece.

Nenneh Kadeh corre até mim mais uma vez, os olhos alarmados, a voz em pânico.

— Por que fez isso, Angoro Deka? Você foi avisada várias vezes!

Franzo a testa.

— Avisada sobre o quê?

— Sobre a barreira! — exclama Nenneh Kadeh, exasperada. — Avisaram que não a rompesse!

— E atendi ao aviso — brado. — A barreira segue intacta.

— Mas ela estava aqui! A mulher estava aqui! O que significa que outros virão. O equilíbrio foi rompido de maneira significativa, por isso o vale cresceu.

Ela aponta, e sigo o olhar dela para o oceano. Meu estômago embrulha na hora. Há uma área escura e sinistra logo depois da parte rasa. O vale das sombras que vi quando fui ao Salão dos Deuses... agora está enorme, contorcendo-se enquanto suga mais e mais água.

Um sentimento errado emana dali, junto a outro: um formigamento familiar.

— Temos que ir — digo aos outros, apressando-me à frente, mas mesmo assim ouço: aquele uivo estridente emergindo do vale.

O uivo que parece de uivantes mortais, mas não é.

— Ah, meus deuses, é a...? — Só que antes que Britta termine a pergunta, uma forma escura irrompe do vale das sombras: Melanis, com um sorrisinho vitorioso.

Cinco das caçadoras a seguem, os corpos pálidos e emagrecidos parecendo secos à luz do sol forte.

Os jurados divinos guerreiros desembainham as espadas, assustados.

— O que, em nome de todos os deuses, é essa coisa? — pergunta um deles.

— Melanis, uma alaki antiga! — respondo, sacando as atikas enquanto Keita e Britta se colocam ao meu lado de imediato, preparando-se para a luta. — Fiquem longe das pontas das asas dela. Cortam como uma faca.

— Entendido! — respondem os jurados divinos guerreiros, posicionando-se ao meu redor.

De repente percebo Nenneh Kadeh à margem do bosque, o corpo estático no lugar. Apesar de seu aspecto calmo, ela é uma estudiosa, e não uma guerreira. Ela não deveria estar aqui.

— Leve-a para as cavernas — comado a Ixa, que logo cresce para acomodar ela e os dois jurados divinos guerreiros que se aproximam dela.

Quando Nenneh Kadeh percebe, balança a cabeça.

— Mas honrada Angoro, eu...

— Você vai nos atrapalhar se ficar aqui! — A declaração parte de Lamin, que logo a acomoda nas costas de Ixa, então incita dois jurados divinos guerreiros a subirem na garupa atrás dela. Assim que o fazem, Lamin dá um tapa na anca de Ixa. — Vá!

Meu companheiro dispara, correndo para as cavernas das quais Britta e eu acabamos de sair.

Então somem, deixando os outros três guerreiros divinos e nós sozinhos, as armas em punho enquanto esperamos que Melanis e as caçadoras cheguem ao bosque.

Elas fazem isso dentro de instantes, todas descem enquanto Melanis diz, com escárnio:

— Saudações matutinas, Deka. Eu diria que é uma surpresa encontrar você aqui, mas seria uma mentira.

— Melanis — respondo com frieza. — Como você encontrou este lugar?

— Da mesma forma que sempre encontro tudo... usando o rastro das manoplas de Fatu. — Ela abre um sorriso maléfico. — Eu conheço tão bem o cheiro do poder delas que o reconheceria em qualquer lugar. Só tive que seguir o odor e, por certo, me levou a um dos vales das sombras das mães.

Ela abre mais o sorriso, um que reluz a chacota cruel.

— Agora que estamos juntas de novo — continua ela de maneira sociável —, vou logo levar seu corpo para minhas deusas devorarem, certo?

Ergo as atikas mais alto, assim como a cabeça, em desafio.

— Você pode até tentar, mas não estou fraca como antes, e agora tenho mais aliados.

Como se confirmando o que disse, trombetas soam ao longe, e grupos de jurados divinos armados irrompem dos edifícios de Maiwuri, prontos para se juntarem aos que estão aqui. Não há nem sinal dos ebiki, mas talvez estejam muito a fundo na água para ouvir os sons da batalha. Não importa, meus amigos e eu bastamos para lidar com Melanis agora. Com sutileza, mudo a posição do corpo para algo mais baixo e aterrado.

A ação, por algum motivo, faz Melanis achar graça, e ela voa mais para baixo.

— Aliados. É mesmo? Porque também trouxe uns comigo.

Ela abre outro sorrisinho e, de repente, o poder começa a emanar dela, muito mais do que ela conseguiria criar por conta própria. Videiras deslizam por seu corpo. Videiras verdes sinistras, flores pretas de pétalas úmidas brotando delas. Devoradoras de sangue, as criações monstruosas de Etzli, a deusa que se alimenta em nome das Douradas.

Fico horrorizada.

Se Melanis está aqui, coberta de videiras e poder, isso só pode significar uma única coisa: ela trouxe Etzli junto, e talvez outras Douradas.

Eu me viro para os outros.

— É Etzli! Ela está usando Melanis como hospedeira!

— Como sempre observadora, Nuru — entoa a deusa, a voz fazendo os olhos de Melanis ficarem brancos enquanto ela agita as asas bem perto, o suficiente para lutar. — Só que nem todo poder de observação do mundo vai salvar você. — Ela aponta para o chão. — Ergam-se!

Devoradoras de sangue brotam do solo com agilidade, as videiras logo se enrolam em meu corpo. Algumas flores pretas começam a abocanhar de imediato, pétalas úmidas buscando tomar minha pele e se infiltrar em meu interior, assim como o colar ansetha o fez.

Por sorte, estou usando a armadura de Ayo, então as bocas carnívoras não têm onde se infiltrar. E ainda estou cheia do poder dos ebiki, ou seja...

— Recuem — comando, extraindo o máximo do poder que a rainha Ayo e os ebiki entoaram para dentro de mim dois dias antes.

Etzli, que está presa na jaula de carne que é o corpo da própria filha, logo cai no chão, junto de todas as caçadoras ao redor.

Enquanto permaneço onde estou, desfrutando do retorno de meu poder, ainda que tenha restado pouco, Etzli se contorce no chão, as asas se agitam, inúteis, enquanto ela tenta relutar contra os efeitos de meu comando.

— O que é isso? — brada ela, uivando. — O que fez comigo?

Abro um sorrisinho.

— Usei um pouco do poder que você tentou roubar. Pois bem.

Ergo a mão enquanto adentro mais o estado de combate, invocando todo o poder possível.

O poder vindo à superfície para atender ao meu comando quando uma pontada cortante me atravessa. Meus dedos de repente começam a formigar, pequenas faíscas nas pontas. Não preciso olhar para saber o que são. Feridas, formando-se em resposta à quantidade de poder que usei. Não doem ainda, mas sei o que está por vir em breve. A dor é sempre a sombra que sucede as feridas.

Ranjo os dentes.

— Não — murmuro, sibilando.

Não, não, não! Agora não. Pensei que só aconteceria usando mais poder... bem mais poder do que isso, o bastante para levar meu corpo ao limite de novo... mas ao que parece, não é o caso.

Etzli ri.

— Que isso, já chegou ao limite, Deka?

Ela agita as asas de novo, tentando se levantar, mas, por sorte, o poder se mantém firme.

Estico a mão de novo.

— Deka — chama Britta ao meu lado. Então vê a ponta dos meus dedos. Vê as tiras douradas se formando. — Ah, não. Pare, pare agora! — comanda, então se dirige a Keita. — Está esperando o quê, Keita? Ajude-a! Queime essaszinhas! Queime todas elas!

— Pode deixar! — berra Keita, os olhos ficando vermelhos enquanto ele se vira para Etzli e as caçadoras.

Ele gesticula, e os corpos logo pegam fogo, assim como todas as plantas que Etzli invocou, tudo se contorce e estala enquanto o poder dele reduz o bosque a cinzas.

Só que não é suficiente. Mesmo antes das chamas morrerem, Etzli e as outras já se levantaram, agitando as asas contra o calor.

— Como você ousa, filho do homem! — brada Etzli, uivando, o corpo chamuscado feito carvão enquanto ela parte para cima dele.

Fica nítido que ela dominou Melanis por completo agora; o corpo alado da Primogênita assumiu um brilho sinistro distinto, e os olhos estão da cor branca leitosa com que estou familiarizada depois de passar um tempo na presença da deusa.

Keita envia outro pilar de chamas na direção dela, mas Etzli atravessa as chamas e segura Keita, atirando-o no córrego diante da biblioteca da rainha Ayo.

— Mantenha-se em seu lugar! — Ela sibila, enfurecida. Então se vira para mim, os olhos queimando em ira, o carvão caindo de seu corpo. Ela já está se curando, como uma alaki faria. — Chega de fugir,

Deka. Chega de se esconder, chega de poder. Vou enterrar você na sepultura de obsidiana onde enterrei Anok.

Hesito.

— Você a enterrou?

— Ah, não sabia? — Etzli desacelera, abrindo um sorriso cruel. — Eu a prendi no fosso de obsidiana que sua Fatu deixou para trás quando acabou com nossa reserva de comida.

O fosso onde estiveram todos os uivantes mortais masculinos.

Fico toda gelada ao lembrar.

Uma das coisas mais horrendas que descobri ao confrontar as Douradas foi o destino de seus filhos. Sempre me perguntei por que não havia uivantes mortais masculinos. Então descobri a verdade: as deusas prendiam os corpos ressuscitados dos filhos na caverna debaixo da câmara. Alimentavam-se deles, devoravam os corpos para se fortalecerem.

Para as Douradas, todos os uivantes mortais masculinos eram um sacrifício desde o nascimento.

Etzli dá de ombros.

— Se ela ama nossos filhos tanto assim, pode muito bem ficar lá com eles. Pela eternidade. E você pode ficar junto.

Enquanto permaneço parada no lugar, sem conseguir absorver o pensamento de Anok presa no escuro embaixo da Câmara das Deusas, sem conseguir suportar o pensamento de que mais feridas vão se abrir em meu corpo, ouço um grito.

— Que engraçado que você falou de "enterrar" — comenta Britta, Li ao seu lado.

Eles se movimentam juntos, e o solo logo se ergue, a terra explode para cima cobrindo Etzli antes de derrubá-la para dentro das profundezas.

Concluído o feito, Britta bate as mãos uma na outra, triunfante, enquanto Li cambaleia, em uma evidente fraqueza depois de usar tanta energia.

— Toma isso! — gaba-se Britta, também cambaleando.

Abro um sorrisão para ela.

— Obrigada, Br...

Minha amiga é lançada para trás bosque adentro por três caçadoras, que avançam nela assim que ela cai, uma nuvem de seres alados ágeis.

— Britta! — grito em pânico, correndo até lá.

Não posso deixar que as caçadoras a alcancem.

Embora seja forte, Britta sai em desvantagem contra adversários que são mais rápidos. É a fraqueza dela: a velocidade. E é evidente que todas essas caçadoras sabem disso, e é por isso que, assim que se aproximam, seguram-na e a jogam entre uma e outra como uma das bolas de couro que as crianças na aldeia jogavam.

— BRITTA!

Estou quase na margem do bosque quando um puxão poderoso me lança para trás. Etzli. Ela está agitando as asas no ar, os olhos queimando em fúria.

— Chega de fugir, Deka — repete ela com um rugido.

Então gesticula para o espaço diante de nós, concentrando-se no ar que começa a se agrupar ali, crescendo e se avolumando. O pavor me assola. Ela está invocando uma porta, e não qualquer uma: uma que conduz à Abeya, a cidade das deusas.

Agora vejo: os cumes outrora brilhantes reluzindo através da fissura que surge no ar. Os templos, agora destroçados e danificados, mas ainda brilhantes, acima. Grito, relutando contra o domínio dela. Se eu passar por aquela porta, as deusas vão me matar e então fisgar minha kelai antes que nos reunamos.

Elas vão me usar para se tornarem todo-poderosas de novo.

— Keita! — grito em desespero. O aperto de Etzli é forte demais para que eu consiga me soltar, e ela me puxa para cada vez mais perto da porta, cada vez mais para perto de meu fim. — KEITA, ME AJUDE!

Só que ele está longe demais, como todo mundo... até Britta, que ainda está onde a deixei, encurralada pelas caçadoras.

Etzli abre outro sorrisinho, toda vitoriosa.

— Ele não pode te ajudar, Deka. Nunca vai chegar a tempo.

Fico desolada ao perceber que é verdade. Este sempre foi o plano dela: usar Britta para me atrair para longe dos outros e assim me fazer atravessar a porta.

Etzli deve ter percebido que compreendi, porque o sorrisinho continua ali.

— Enfim você se deu conta. Não tem para onde fugir, Deka. Nem como se esconder. É daqui para Abeya, e então vai ser a hora de você morrer. Não dá para escapar.

— Ah, não?

Solto um grunhido, já imaginando a rainha Ayo. Em meio ao pânico, tinha quase me esquecido de que ela estava ali... que os ebiki estavam ali, logo depois da costa.

Projeto os pensamentos o mais alto possível. *Rainha Ayo!* Grito mentalmente. *Preciso de você!*

Bem das profundezas, uma forma gigante irrompe das ondas. A rainha Ayo, junto aos outros ebiki que a cercam. Estão a uma distância da margem, mas avançam a toda velocidade. Em cinco, talvez dez minutos, estarão aqui. Só preciso ganhar tempo, enrolar Etzli.

Olho para a deusa.

— Vou lutar — digo em ameaça. — Vou lutar contra você o caminho todo até lá, ou vou mudar a direção da porta, assim como já fiz várias vezes antes.

O sorrisinho de Etzli só aumenta.

— Antes? — Ela arqueia a sobrancelha. — Antes você estava inteira, cheia de poder. Agora é só uma fração de si mesma. Tolinha. Como pode se considerar uma matadora de deuses se não tem nem força para lutar contra uma portinha? Como espera nos derrotar quando não consegue nem mesmo curar as próprias feridas?

Ela lança um olhar de desdém para as feridas nas pontas de meus dedos, os ferimentos que agora formigam com ainda mais intensidade, um prelúdio da ardência que acompanha a dor.

Respiro fundo antes de olhá-la de novo. Olhar para aquele rosto odioso e desdenhoso.

— Posso não ter muito poder — respondo, enrijecendo o corpo contra o puxão da porta, que se abre mais agora, o vento me sugando naquela direção —, mas você também não tem. Você é uma deusa falsa, Etzli, um demônio disfarçado de divindade.

— Então não é maravilhoso que você esteja aqui para nos conceder o poder verdadeiro? Porque, quando o tivermos, devoraremos nossos irmãos, então viremos tomar Maiwuri e o restante de Kamabai. Vamos refazer o mundo à nossa imagem, e você, *Nuru*, vai nos dar o poder para conquistar isso.

Ela gesticula, e a porta se escancara, o lago odioso e a ponte de água acima se cristalizando à vista.

Começo a suar frio. Não posso voltar para lá. Não vou voltar para lá. Nunca mais vou pisar naquele lugar. Não posso...

— CHEGA! — A palavra é acompanhada por um lampejo enquanto oitenta figuras tremeluzentes de repente aparecem ao redor, cada uma alta o suficiente para chegar ao céu.

Os deuses de Maiwuri. Estão todos ao redor agora, observando. Bloqueando a porta, que se encolhe até virar nada.

Etzli cai no chão, soltando-me.

Ela logo se levanta, nossa luta esquecida enquanto aponta o dedo nodoso para as figuras celestiais no céu.

— Vocês ousam! Ousam encostar em mim! Vocês que romperam a convenção. Vocês que a roubaram de nós!

Os deuses suspiram, um estrondo que lança tremores pelo oceano, fazendo as águas, plácidas segundos atrás, ficarem escuras e agitadas.

— Bala precisou de dois minutos, dois mil milissegundos, para levá-la. Você já passou muito mais tempo que isso em nosso terreno, Etzli das oteranas. Nossa parte da convenção foi cumprida. É você quem rompe a convenção agora. Suma daqui, parente.

— Sumir? — brada Etzli. — A Nuru continua aqui. Ela pertence ao nosso lado da barreira.

— Então vamos mandá-la de volta, assim você não tem mais motivos para continuar aqui.

— *Eu* vou levá-la. — Etzli é tão firme na resposta que fico arrasada enquanto espero os deuses responderem.

Eles negam com a cabeça como um só.

— Nós a trouxemos, logo, nós a levaremos de volta.

— TRAIDORES! — insiste Etzli, irritadíssima. — Vocês estão conspirando com nossos irmãos.

— Não, queremos restaurar o equilíbrio, como é nosso dever. Seria bom que se lembrasse do seu.

Quando expiro, aliviada, oitenta cabeças se viram como uma para mim.

— Vamos, Deka — dizem eles, e fico sem reação, espantada quando Bala e Myter aparecem de repente, junto aos meus amigos e aos grifos com as bagagens ao lado.

Todo este tempo que passei voltando às pressas para os estábulos e tinha me esquecido de que ele conseguia fazer isso, reunir meus companheiros em um piscar de olhos.

Myter se vira para mim.

— É hora de ir, Angoro. Vamos levá-la.

Atrás deles, Etzli segue furiosa. Ela se vira para os deuses maiwurianos, os olhos queimando.

— Levá-la para onde?

— Essa é uma resposta que você vai ter que descobrir — respondem os deuses. — Considere a convenção cumprida de nossa parte. Até, oteranas.

Há outro lampejo, e então tudo se desfaz.

20

◈ ◈ ◈

As rotas mudaram desde a última vez que estive nelas. Em vez de uma estrada enevoada, agora estou em meio a uma floresta... mas não a que vi antes. Esta é composta pelo que parece ser cristal, cercada por árvores como estatuetas etéreas cujos troncos graciosos se arqueiam com vigor rumo ao céu noturno, como se na intenção de tocar a lua tremeluzente como vidro. Água se agita ao longe, um córrego abrindo caminho pelo bosque. As pedras que ladeiam o curso da água são compostas do mesmo cristal cintilante das árvores, mil arco-íris tremulando dentro delas. Não tenho dúvida de que tudo (as árvores, as pedras e a própria água) é uma extensão do poder de Bala. Só que algo está errado. Sinto a coisa vibrando dentro de mim, essa sensação de equívoco que não consigo identificar. E sei que está relacionada às rotas. Apesar de lindas, as árvores estão muito espalhadas; a água, muito rala. Não sei explicar ao certo, mas é como se tudo estivesse desbotado... uma versão mais murcha e inferior de si.

E cadê Bala? Quando me viro, já preocupada, não há sinal do deus bondoso e caladão, e sua ausência não é a única. Todos os meus amigos desapareceram, assim como todo mundo que estava no bosque comigo. Onde estão? Bala os deixou em Maiwuri? Eles estão bem?

Quando o pânico começa a crescer, um gorjeio exuberante e familiar soa em minha mente. *Deka!*, exclama Ixa, então me viro e o vejo assim que se atira em cima de mim.

Caio no chão, soltando um murmúrio de espanto.

— Ixa! — Solto um arquejo, abraçando-o. — Você está aqui!

Deka, responde meu companheiro com simplicidade, dando-me uma lambida preguiçosa antes de se afastar e começar a lamber as próprias partes íntimas, o costume mais desagradável dele.

Estremeço de incômodo, mas as árvores de repente começam a farfalhar. As folhas tilintam feito vidro, como se houvesse algo se movimentando pelos galhos mais baixos. Quando tensiono, em preparação para a batalha, uma silhueta corpulenta e familiar dispara até mim.

— Ah, Deka, graças à criação! — clama Britta ao chegar ao bosque, os outros e os grifos logo atrás.

— Estamos todos juntos — afirma Keita, analisando os arredores.

— Keita!

Sinto o alívio me tomando quando corro para abraçá-lo.

Fiquei tão preocupada com meus amigos. Com todo mundo que esteve no bosque comigo. E pensar que Etzli conseguiu chegar a Maiwuri. Torço para que os deuses de lá a tenham expulsado com as caçadoras de Melanis assim que Bala me trouxe para cá e que não tenha acontecido nenhuma fatalidade entre os jurados divinos de Maiwuri por minha causa.

Aperto Keita com mais força, sem me importar quando a pressão faz as feridas nas pontas dos dedos arderem. Posso estar debilitada outra vez, mas ao menos agora sou capaz de abraçá-lo, de tocar nele e nos outros sempre que estou chateada. E, contanto que eu tenha cuidado e não use as habilidades com tanta liberdade como fiz em Maiwuri, as coisas vão continuar assim.

Agora entendo o que a rainha Ayo quis dizer ao me alertar sobre não usar muito poder. Tentar usar qualquer mínima porção dele fora do estado de combate, como fiz no bosque, vai acionar as feridas. Desde que eu não faça o que fiz lá, vou ficar bem. Inteira até me reconectar à kelai.

— Vocês se encontraram... Excelente.

Todos nos viramos, espantados, quando Myter aparece em meio às rotas.

Como elu conseguiu se aproximar sem fazer barulho, nem imagino. Myter é a maior coisa aqui pelas rotas, com exceção das árvores. No mínimo deveria estar trombando nas folhagens, e ainda assim elu se movimenta com uma delicadeza inigualável. Ou, melhor, todo o restante sai do caminho. Estreito os olhos e observo os galhos se retorcerem para longe dê jurade divine, o movimento tão suave que é quase imperceptível.

— Mas tiveram ajuda, lógico — continua elu. — Meu lorde divino é sempre um ser atencioso.

— E onde está seu lorde divino? — questiono, olhando ao redor.

Não há sinal de Bala, mas era para ele estar nos levando a Irfut.

Os olhos de Myter se tornam brancos.

— Estamos nos recuperando — responde o deus na voz gentil e sobreposta. — A corrupção nos afetou quando mandamos nossas parentes de volta para casa.

Inclino a cabeça.

— Bala. Agradeço muito por nos trazer aqui — digo. Quando Bala assente, sempre calmo, continuo com apreensão: — Você e os outros vão ficar bem?

— Assim que repararmos as fissuras que a presença das oteranas causou. A aparição de Etzli desestabilizou rotas pelo reino todo. Preciso tratar delas de imediato, ou a corrupção dela vai nos afetar ainda mais. Assim, lamento muito ter que deixá-los. Até o próximo encontro.

O deus se despede em uma pequena reverência educada.

Só de observar o ato já fico em pânico.

— Espere! — berro. — Você está nos levando para Irfut, certo? Temos que ir para lá encontrar o corpo de minha mãe o mais rápido possível.

Mas Bala já se foi.

Sei disso porque, quando Myter reabre os olhos, só elu olha para mim, assentindo ao ver minha expressão cabisbaixa.

— Meu lorde voltou para Maiwuri, mas ele me mandou dizer que esta é uma tarefa que precisa você completar sozinha.

— Completar sozinha? — repito, pasma. — Eu não sei criar portas, e mesmo se soubesse, não tenho o poder para isso. — Ergo as mãos, exibindo as feridas a Myter. — Só de encurralar Etzli por uns instantes acabei assim.

— E mesmo se não fosse tudo isso — complementa Belcalis, aproximando-se de Myter —, tem a questãozinha do tempo. Não temos nenhum.

— Isso não é bem verdade — contrapõe Myter. Quando permanecemos encarando sem entender, elu prossegue: — O tempo passa diferente nas rotas. E, como jurade divine do lorde Bala, posso reter ou alongar o tempo a meu bel-prazer. Observem.

Elu estala os dedos, e de repente tudo fica estático. O vento, as folhas farfalhando nas árvores, a água do córrego... tudo para.

— Nossa, esse, sim, é um *senhor* truque! — comenta Li, assobiando em admiração.

Mas não posso me dar ao luxo de me deslumbrar.

— Você consegue reter o tempo aqui, que maravilha, mas o que isso tem a ver com minha inabilidade de criar portas? — Há um toque de desespero em meu tom de voz agora.

— O que são portas se não rotas com outro nome? Posso ensiná-la a criá-las. — Myter parece bem confiante ao colocar o capacete no chão. O objeto logo afunda, absorvido pelo solo. — A pergunta é: você quer aprender?

Fico aturdida.

— Se quero aprender? Óbvio que quero, mas não tenho...

Myter aponta para a perfeita imobilidade ao redor.

— Tempo? Aqui você tem bastante, quanto desejar. Posso alongar instantes em horas... dias, se necessário.

Olho para a ponta de meus dedos, para as feridas, então suspiro.

— Eu quero aprender, daria tudo por isso, mas não tenho mais o poder necessário. Acabaria me machucando.

— E ainda assim você quer correr pelo mundo sem um plano, uma prospectiva.

— Os melhores planos são os que não descobrimos ainda — comenta Britta em apoio.

— Minha ideia era elaborar um no caminho — explico e suspiro.

— Bem, agora não mais — contrapõe Myter. — Sei como você pode controlar o poder sem se ferir. Vou ensinar, se estiver disposta a aprender. É só falar.

Olho para elu, para os olhos verdes brilhando em certeza. Então volto a suspirar. Eu poderia sair no mundo, ou ficar aqui e aprender a habilidade que há meses tento empunhar.

— Sim. Quero muito aprender.

Myter assente.

— Então observe bem.

Elu ergue as mãos e então vai afastando uma delas. Como se invocada, uma folha cai da árvore acima e para no ar, as pontas cristalizadas tremeluzindo ao luar.

Arregalo os olhos. É como se uma rede invisível a tivesse pegado. Como a que me prendeu quando Melanis me fez cair lá no penhasco em Gar Nasim.

Myter mantém os olhos na folha, que segue suspensa.

— Para criar rotas em miniatura, ou, como as chama, portas, primeiro precisa entender o tempo e o espaço. Ambos são maleáveis, sobretudo para os deuses e para quem os serve. Se aprender como manejá-los — elu gesticula, e a folha desaparece —, pode controlar qualquer rota que desejar.

Outro gesto, e a folha reaparece, desta vez na outra mão.

Meu coração acelera ao observar a folha.

— Como você fez isso?

Já vi passes de mágica antes, mas esse não é um truque barato realizado por um charlatão em um mercado lotado; é uma maravilha executada por um ser de status quase divino. Sei porque o poder que elu usou faz com que faíscas de raios corram por todo o meu corpo.

— Como fazer a folha se mexer? — Myter fecha as mãos, e a folha desaparece. — Cabe a você descobrir. Vou fazer de novo. Observe.

— Espere — peço, logo entrando no estado de combate.

O mundo se esvai enquanto todo mundo se torna uma silhueta de luz branca. A essência mais pura exposta. E isso inclui a de Myter. De um modo estranho, agora consigo ver, apesar da armadura que usa. Talvez seja porque elu quer que eu veja.

Começo a perceber que Myter é mais poderose do que pensei.

— Agora pode continuar — anuncio, olhando para elu.

Myter assente e gesticula com ambas as mãos. O ar acima de repente se contrai. Não, o ar, não. Estreito os olhos, boquiaberta ao notar pequenos bolsões de imobilidade entre mil fios de ar tremulantes pairando ao redor. É isso que se contrai e que, quando Myter abre as mãos, se solta.

O espaço.

Então era disso que elu estava falando. É o espaço que se movimenta. O espaço entre as coisas.

— Estou vendo! — Solto um arquejo, animada. — Eu vejo o espaço. — Então franzo a testa. — Por que vejo agora, mas antes não?

Já estive no estado de combate mil vezes e nunca tinha visto o que acabei de presenciar.

Myter abre um sorrisinho, então responde enquanto gesticula, tode pompose:

— Você está nas rotas. Tudo aqui é purificado à essência mais simples e profunda. Observe.

Elu arranca a casca da árvore tipo vidro ao lado e me entrega. O objeto tremeluz com todas as cores do arco-íris, mas, como todo o restante nas rotas, há uma sensação estranha e desbotada na coisa.

— Lá fora, isso poderia ser mil coisas.

— Madeira de verdade, por exemplo — comenta Belcalis com deboche.

Myter lança um olhar para minha amiga.

— Não só madeira como os ácaros dentro dela, os organismos menores que vivem neles, e assim por diante. Aqui, é só uma casca, como recriada pelo lorde Bala. Bem, uma casca cristalina, mas ainda assim uma casca. É a natureza das rotas. É a essência das coisas purificadas, destiladas e recriadas à imagem de Bala.

Elu ergue a mão, e seu corpo começa a brilhar de novo. Observo através do estado de combate quando a energia parece se aglutinar de repente na barriga delu. De onde vem, não sei ao certo... Não vi Myter a extraindo de nenhum lugar de seu corpo. Antes que eu possa perguntar, elu gesticula de novo. E, simples assim, a energia explode, lançando a casca no ar à frente. É um sufoco pegar a coisa antes de cair, mas consigo, então a casca está em minha mão, uma coisinha quase sem peso. Tão leve que parece nem existir.

Quando viro a casca, maravilhada, Myter assente.

— Falta matéria.

Franzo a testa.

— *Matéria?*

Outra palavra que desconheço.

— Matéria é, a grosso modo, substância. O espaço é um "onde", mas a matéria é um "o quê". A casca na sua frente é só uma quantidade mínima de matéria. E é por isso que a movimento com tanta facilidade. Mas você também pode movimentá-la. Assim como a desloquei para o espaço na sua frente, você pode fazer o mesmo comigo. É o que significa criar uma rota. Só um empurrãozinho de energia, como demonstrei.

Concordo com a cabeça, mantendo na mente a imagem do gesto que Myter executou para movimentar a casca enquanto reúno energia dentro de mim. Então expiro, uma respiração breve e lenta.

— O espaço é um "onde"... — lembro a mim mesma enquanto estico a mão e belisco um tico de imobilidade entre as correntes de ar. Então tento me imaginar apertando-a a ponto de estreitar o espaço entre Myter e eu. — Só um pouquinho — digo a mim mesma, aplicando energia ao movimento. — Só um pouquinho...

E então contraio o ar.

Ouço apenas um arquejo indignado como alerta antes me deparar com Myter disparando até mim.

— Falei para movimentar a casca, não a mim! — brada elu com irritação, parando bem na minha frente.

Mal consigo ouvir.

Há vergões se formando pelo meu corpo, uma resposta ao poder que acabei de usar. Há tanta dor agora que é como se minha pele estivesse em chamas, como se o sangue fervesse nas veias. Dourado começa a escorrer de meu nariz. Tento limpar, mas de repente minhas mãos estão pesadas, muito pesadas.

— Achei que você tinha dito que conseguia impedir a dor — comento, chocada.

Então desmaio.

— É sério isso? — O tom de voz de Myter é desdenhoso enquanto elu me cutuca com a bota enorme.

Fico tensa, preparada para a dor me assolar, mas sinto apenas um leve desconforto.

— Foi você quem garantiu que ela não ia se machucar. — A voz de Britta soa alta enquanto pisco, grogue, tentando abrir os olhos.

É um esforço em vão. Meu corpo está tão pesado que parece uma capa de lã encharcada de água. Mas isso é tudo o que sinto. Onde está a dor? Onde está o sangue? E onde estão os vergões em minha pele?

Estico o corpo, procurando as feridas, os resquícios das lesões que acabei de contrair, mas não há nada, só Myter me cutucando com a bota para que eu acorde.

— Eu falei que *sabia* como fazer, não que a ensinaria de imediato.

— Então você só queria ser cruel sem motivo — contrapõe Keita, afastando com a mão a bota que me cutuca. — Bom saber.

— Não, eu queria ensiná-la a diferença para que ela saiba. Levante-se, Deka.

Quando Myter me cutuca com a bota outra vez, ouço alguém desembainhando a espada.

— Jurade divine ou não, se fizer isso de novo, vai ficar sem a perna, entendeu? — O tom de voz de Keita é frio e convicto.

Myter murmura com escárnio.

— Entendi, se você mandar Deka parar de fingir que está dormindo.

Suspiro.

— Estou acordada, estou acordada — respondo, levantando-me, zonza.

Quando abro os olhos, meus amigos estão ao redor de mim, preocupados. Até Ixa está empoleirado nas raízes da árvore ao meu lado, o corpo encostado ao meu. Ele me lambe com a língua cor-de-rosa áspera. Afasto o toque.

— Por que está todo mundo me olhando? Não é como se nunca tivessem me visto desmaiar.

— Eu nunca vi — retruca Myter com desdém. — Foi bem elucidativo. Agora, vamos tentar de novo...

— De novo? — interrompo, sarcástica. — Depois de ter acabado de me curar das feridas que você prometeu que não seriam abertas?

— Prometi que você não *continuaria* machucada. E olhe só. Já está toda curada.

O que é verdade, me exaspero ao notar. Estreito os olhos.

— Mesmo assim, por que eu confiaria em você de novo?

— Porque, desta vez, vou mostrar como dominar a Divindade Superior.

— A Divindade Superior — repito com desdém e displicência. — A ordem natural sobre a qual vocês maiwurianos ficam tagarelando. Se sequer existe mesmo...

— Cale a boca e ouça, Deka, ao menos uma vez! — O brado de Myter é tão repentino quanto inesperado, e sacode todas as árvores próximas. Quando me calo, em choque, ele continua em um tom de voz mais baixo e cansado: — Qualquer que seja a dúvida que você tiver, estou aqui. E estou aqui porque o destino de minha existência jaz em você. Você... uma criança sem qualquer compreensão do próprio poder, muito menos da Divindade Superior. Uma garota que passa por todos os obstáculos com pouquíssima consciência e um bom senso ainda menor.

Depois de uma pausa, elu continua:

— Olhe ao redor. — Myter aponta para as árvores, que agora parecem mais desbotadas do que antes, as margens cristalinas foscas, como se estivessem sumindo na penumbra. — Essas parecem as rotas pelas quais entrou da primeira vez?

— Não. — Franzo as sobrancelhas enquanto analiso o bosque. — Parecem... desbotadas.

— É porque o lorde Bala está se esvaindo. O poder dele está sendo drenado por tudo com o que ele precisa lidar agora. Vales das sombras estão *por toda parte*, isso sem contar que uma deusa oterana conseguiu se infiltrar na Grande Barreira, trazendo com ela a corrupção. — De repente Myter parece muito ê jurade divine imortal cansade do mundo que é, os ombros enormes pendendo para baixo, os olhos tomados pela exaustão. — Eu deveria estar ao lado dele, ajudando-o, mas você e seus amigos são a única coisa impedindo que o mundo seja tomado pelo desastre. Que o lorde Bala se disperse. Então vou reter o tempo pelo máximo possível aqui, e vou lhe ensinar até que tenha uma noção ao menos rudimentar das rotas e da Divindade Superior, para que tenha o poder necessário dentro de si para lutar contra os deuses oteranos.

Elu se aproxima de mim, o olhar determinado.

— Então vou perguntar de novo: você quer aprender?

— Quero — respondo com firmeza.

Achei que Myter estivesse tirando sarro de mim antes, então não entendi. Elu está sob muita pressão, assim como eu, e minha dúvida e meu ressentimento só deixam o fardo mais pesado.

— Pois bem. — Myter deve reconhecer a sinceridade em meus olhos, porque chega ainda mais perto, apontando com brusquidão para minhas mãos. — Quando você me puxou até você, sua energia estava concentrada na ponta de seus dedos. Por isso que as feridas sempre começam nessa área... porque é onde o poder está concentrado.

É também o motivo de você ter ficado tão exausta. Em vez de absorver poder da Divindade Superior, você usou a própria energia.

Elu olha para os outros.

— Espero que vocês não estejam fazendo o mesmo.

— E se for o caso? — Keita dá um passo à frente após falar e cruza os braços.

— Então vocês todos vêm agindo em malefício próprio. Impedindo a própria evolução em vez de potencializá-la. — Myter segue para o centro do bosque. — Não sei o que dizem a vocês em Otera, mas, em Maiwuri, dizem que a Divindade Superior é como a água, ou o ar. Está ao nosso redor.

Elu gesticula, e de repente a floresta parece estar debaixo da água. Só que o mar ao redor é um mar de estrelas. Parece tanto com o rio de estrelas na câmara das Douradas que sinto uma pontada de nostalgia... mas só por um momento. Não sou mais aquela garota que se deixa seduzir pelas correntes reconfortantes da familiaridade, relembro a mim mesma. Sou a garota que quebra as correntes e não olha para trás.

Myter prossegue:

— A maioria dos mortais só tem ciência da Divindade Superior em parte, mas por isso existem deuses. Deuses são a manifestação física da ordem natural. Como a Divindade Superior é muito vasta, muito abrangente para se compreender, damos a cada faceta um nome. Um rosto. Damos vida a ela.

O ar escapa de meus pulmões.

— Espere aí — murmuro, ofegante, tentando entender o que Myter diz. Posso estar errada, mas acho que não é o caso. — Está dizendo que *nós* criamos os deuses? Nós, os seres inferiores?

— Isso mesmo. Deuses são os sonhos dos sencientes. É nossa ânsia, nosso desejo, que os traz para este reino.

— Mas eles surgiram antes de nós — argumenta Keita, que parece tão pasmo quanto eu. — Já estavam aqui quando chegamos.

— É o que contam em Otera? — Myter emite um "tsc, tsc". — Tudo mentira. Divindades existem porque precisamos delas. É por isso que não somos inferiores a elas, por isso que não as servimos. Dependemos uns dos outros. Somos partes de um todo.

De repente me lembro de como Bala é solícito com Myter. Como ele é sempre calmo e amoroso com elu... uma presença atenciosa e solidária, não só com elu como também com todos. É por que ele precisa de Myter tanto quanto elu precisa dele? É por que todos os deuses precisam de nós tanto quanto precisamos deles?

Tento evocar as lembranças de Anok, as que vivenciei ao tocar na amostra de seu sangue. Ela se lembrava de um tempo anterior aos humanos? Difícil dizer. Os deuses possuem uma compreensão muito estranha do tempo.

— Mas e antes? Antes de os mortais serem criados? — Keita está com a testa franzida enquanto faz a pergunta insistente.

— Antes, depois, agora — murmura Myter. — É tudo a mesma coisa, sério. Para divindades, o tempo é um ciclo, interminável. Divindades possuem o dom de compreender como tudo se encaixa. Essa é outra razão para que existam. Para cuidar. Para guiar os mortais. É o que a Divindade Superior busca.

— E como isso se relaciona com a gente aqui e agora? — questiona Belcalis, impaciente.

Típico dela conduzir a conversa de volta a questões práticas.

— Ensinaram a vocês e às pessoas de Otera que são menos que deuses, e nunca aprenderam sobre a Divindade Superior. É por isso que lidam com as próprias habilidades desse jeito atrapalhado. Porque acham que precisam se apoiar no poder. Só que a Divindade Superior é parte de vocês assim como vocês são parte dela. Pensem assim: se a Divindade é como o ar, vocês conseguem respirá-la. Podem se imbuir nela.

De súbito, me lembro de como a energia se aglutinou dentro de Myter, quase como se ele tivesse inspirado corpo adentro em vez de ter criado a coisa em si.

Myter parece notar minha compreensão, porque assente.

— Da próxima vez que usar os dons, em vez de buscar a energia em você, inspire a Divindade. Conecte-se com ela, que já é parte de você.

E então a use para potencializar seus dons. Você não está sozinha no mundo, nunca esteve. E quanto mais rápido entender isso, mais poderosa será. — Elu faz uma pausa. — Agora, Deka, tente criar uma rota.

Assentindo, fecho os olhos. E quase de imediato o estado de combate se aciona, possibilitando que eu absorva os fluxos de ar em movimento ao meu redor. Se eu me concentrar, posso imaginá-los como correntes. Correntes de poder pelas quais presumo que a Divindade Superior transite.

Inalo, abrindo os olhos quando sinto o poder fluindo para meu interior. Não parece muito diferente do meu, sendo honesta. Na verdade, parece que é parte de mim, como se sempre tivesse estado aqui, um antigo amigo esperando para me acolher. E é bem por isso que é tão traiçoeiro.

Algo assim tão simples, tão fácil, tem um preço. Sei bem disso, então paro. Deixo a respiração se assentar a ponto de preencher minha barriga, mas não a ponto de me dominar. Sinto dentro de mim agora, o poder inundando o vazio, pressionando-o.

Eu me atenho à sensação, deixo que se intensifique enquanto me concentro em uma das árvores no bosque, uma muda prateada elegante cujas folhas cristalinas estão desbotando nas pontas.

— Beleza — murmuro, preparando-me. — Bora lá.

Fisgo o espaço entre o ar. Antes de sequer piscar, estou lá, e tenho que esticar a mão para evitar trombar no tronco.

— Deka! — O arquejo animado de Britta preenche o ar. — Deka, você conseguiu!

Com o coração martelando, viro-me para meus amigos, que ainda estão do outro lado do bosque. O mais estranho é que nem minha cabeça, nem meu corpo doem com o movimento. Nada dói, na verdade, nem meus músculos, que momentos atrás estavam exaustos.

É como se eu estivesse preenchida agora, o corpo inteiro em calmaria por causa da sensação que me inundou depois que inspirei. *A Divindade Superior...* Então esta é a sensação, a força sobre a qual os deuses maiwurianos falaram. Não é dura nem exigente, como eu esperava. Apenas é.

E, ainda assim, não confio nela.

Eu me viro quando Myter vem até mim.

— Consegui — declaro. — Criei uma rota.

— Mas? — Ê jurade divine parece sentir minha hesitação.

— Pareceu... fácil demais. — Eu me esforço para descrever o sentimento. — Toda vez que usei uma nova habilidade, tive que me esforçar, sangrar para conseguir. Mas isto...

Myter se aproxima e coloca as mãos em meus ombros. Os olhos verdes focam os meus.

— Sempre lembre, Deka, que a Divindade Superior é tão parte de você quanto você é parte dela. É por isso que é fácil. Porque sempre esteve aí.

— Mas não pode ser isso — contraponho, cética.

— E por que não?

— Porque, se sempre foi parte de mim, por que nunca consegui usá-la antes? Por que tive tanta dificuldade em fazer todo o resto?

Myter sorri.

— Porque não a ensinaram. Ninguém em Otera aprendeu. E, quando se vai pelo caminho errado, quando ele se tona o foco, não se consegue ver o que está bem diante dos próprios olhos. Pare de resistir à Divindade Superior, Deka. Só vai se prejudicar fazendo isso.

Com as últimas palavras enervantes, ê jurade divine enorme se afasta, chamando meus amigos.

— Vocês quatro... comigo. Deka tem que praticar. Vocês também.

Li franze a testa.

— Mas nós não...

— Vão com elu — interfiro. — Façam o que diz. Todos vocês.

Suspirando, Li segue Myter, assim como os outros. E então me concentro no que Myter acabou de ensinar. Afinal, temos pouco tempo até voltarmos para Otera... para os inimigos e o perigo quase constante.

Até lá, meus amigos e eu vamos praticar, potencializar ao máximo as habilidades. Porque, se não o fizermos, os deuses oteranos ascenderão, e será o fim de todos nós.

21

◆ ◆ ◆

A Irfut de minhas lembranças era uma aldeia pequena e simples: fileiras de cabanas de madeira coloridas e telhados de palha, um templo sobre a colina no centro, e, logo depois, a floresta, com mais cabanas espalhadas pelas margens. A cabana em que cresci ficava um pouco distante das outras, uma construção de madeira humilde que conta com um pequeno estábulo ao lado. Deveria estar coberta de neve agora, assim como toda a aldeia e o muro que a cerca, construído no ano passado pelos jatu, supostamente para proteger os aldeães das tropas sórdidas das Douradas.

Quando acrescento as muralhas pretensiosas à lembrança que tenho de Irfut, faço careta. É só uma das mil coisas que odeio na aldeia onde nasci, e ainda assim preciso deixar o ódio de lado agora. Tenho uma porta a abrir.

— Isso aí — incentiva Myter atrás de mim enquanto inalo devagar, em um ritmo estável, tentando absorver o poder da Divindade Superior e preencher os resquícios do vazio em meu interior graças à ausência da kelai.

Uma fissura logo aparece no espaço a nossa frente, uma linha fina, quase invisível em contraste com as árvores cristalinas e a folhagem. Uma porta.

Depois do que parecem dias de treinamento, enfim dominei a habilidade de abrir as rotas, e é por isso que agora é hora de voltar a Irfut e procurar pela kelai.

— Vai lá, Deka — sussurra Britta em encorajamento ao meu lado quando a fissura titubeia, reagindo à minha incerteza sobre visitar minha aldeia natal outra vez. — Você consegue.

Concordo com a cabeça e me concentro em curvar as arestas do espaço cada vez mais. Não vou deixar que as lembranças horríveis de Irfut me impeçam de encontrar a kelai. Continuo me esforçando. Então, por fim, a porta se abre por completo. E lá está: Irfut.

Ou melhor, o que restou dela.

Observo, chocada e em silêncio, as carcaças carbonizadas de cabanas, as ruínas disformes que já foram um muro. Um vermelho vivo brilha no canto... não sangue, e sim uma porta quebrada. É o único ponto vívido na aldeia, que ficou toda acinzentada pela fuligem que cobre tudo. O vento sopra ao longe. O refrão duro ecoa pelo templo, a única estrutura ainda relativamente erguida, embora o telhado outrora orgulhoso tenha tombado e as estátuas que alinhavam a fachada tenham se deteriorado, como se uma tempestade de areia tivesse passado por ali.

Enquanto observo, o templo parece dar um solavanco. A porta que abri se aproximou de lá em resposta à minha curiosidade. Essa é a coisa traiçoeira das portas: são influenciadas com facilidade, sobretudo por emoções. E as minhas estão bem exaltadas agora. Meu estômago revira enquanto penso no período que passei no porão de Irfut. O ancião Durkas, sacerdote, e os outros líderes da aldeia passaram semanas tentando me matar pelo pecado de ser uma alaki. Foram nove tentativas. Sob nove métodos diferentes. E, durante todo o tempo, desejei pela morte... orei por ela... porque acreditava ser perversa e uma pecadora inerente.

Só depois entendi como essa hipótese era falsa.

— Deka...

Alguém com a mão quente massageia meu ombro. Keita, preocupado. Coloco a mão em cima da dele.

— Está tudo bem. Estou bem.

Não vou mais entrar em desespero quando lembranças antigas ressurgirem. Agora tenho poder sobre elas. Poder sobre mim mesma.

Para provar, atravesso a porta, que enfim alcançou a proporção completa. O cheiro acre de cinzas e chamas invade minhas narinas. O fogo que consumiu a aldeia deve ter sido recente, mas não tão recente a ponto de deixar brasa e calor para trás. Estremeço quando uma rajada de vento me acerta. A armadura de Ayo pode ser resistente, mas com certeza não é quentinha.

Enquanto absorvo a força total da devastação, Britta passa pela porta atrás de mim.

— O que aconteceu aqui? — questiona ela, arregalando os olhos.

Olho ao redor, buscando pela resposta. Antes, este lugar estaria vivo com luzes e música.

Agora não há nada.

Então dou um passo à frente, e as cinzas fazem *crac* debaixo de meus pés. Sinto outro tremor. Alguma coisa está errada aqui, uma sensação que só senti duas vezes na vida.

— Areia do vale — constata Keita ao se abaixar e esfregar um punhado entre os dedos. — Um vale foi aberto aqui.

Britta franze a testa.

— Achava que a areia do vale fosse vermelha.

Keita dá de ombros.

— Talvez cada vale seja diferente, mas a areia parece ser a mesma.

— Como veio parar aqui? — pergunto, incomodada. — Cobrindo a aldeia toda?

— É como o lorde Bala alertou: os vales não estão mais contidos nos próprios reinos, estão se infiltrando neste — explica Myter do outro lado da rota, e todos nos viramos para elu. — Logo não vai restar diferença entre os dois. Se não se apressarem, toda a Otera vai virar um vale.

De súbito, mal consigo respirar, mal consigo pensar. "Toda a Otera vai virar um vale."

Ao meu lado, Britta parece desolada na mesma proporção.

— Mas só sumimos por uns segundos, certo?

Myter prometeu moldar o tempo de modo que meus amigos e eu entrássemos em Irfut quase de imediato depois de deixarmos Maiwuri.

Elu confirma com a cabeça.

— Mas os oteranos só precisavam de alguns segundos mesmo. Já há mais vales. Mais fantasmas. As divindades aqui vão fazer de tudo para obter o máximo de poder possível.

Bem como os deuses maiwurianos avisaram.

Myter olha para mim, deixando a implicação nítida. Faço que sim com a cabeça.

— Eu entendo — respondo. — Obrigada por toda a ajuda.

— Esperemos que lhes traga sucesso — declara Myter com uma reverência.

E então some, deixando-nos sozinhos à porta do templo da aldeia. Uma voz familiar emana lá de dentro: o ancião Durkas.

— E assim Oyomo na sabedoria divina aplicou a punição pela terra de Otera. Porque as mulheres desobedientes se esqueceram de qual era o lugar delas. Exigiram um conhecimento que lhes era proibido, desafiaram os companheiros e a ordem natural. Oyomo fez o caos reinar pelo Reino Único. Caos por causa da arrogância das mulheres. Por elas se recusarem a ser submissas.

Os dizeres atravessam a porta, cada palavra como um veneno amargo, mas familiar. Ouvi dizeres assim a vida toda. Ouvi, obedeci, acreditei neles a ponto de me odiar. Odiar tudo o que eu era.

As emoções me tomam, uma enxurrada familiar. Medo, agitação, pavor. E, debaixo de tudo isso, outro sentimento: *raiva*. Uma raiva pura e absoluta. Todos aqueles anos que passei aqui, ouvindo todo esse lixo; deixando que me moldasse, que me envenenasse. E agora quem sabe quantas pessoas fazem o mesmo. Quantas meninas…

Escuto o ancião Durkas prosseguir com o familiar tom de voz grave e autoritário:

— Mas vocês, as escolhidas de Otera, podem se redimir, redimir as mães de vocês… Lancem-se no vale. Doem-se ao Pai Infinito, e vocês e os seus serão honrados por este Infinito e o próximo.

"Lancem-se no vale..." Cerro os punhos com tanta força que fico surpresa pelos ossos não se quebrarem. Ele já está sacrificando mais meninas, conduzindo-as à morte.

Britta se vira para mim com a expressão sombria.

— É ele? Aquele rato asqueroso, o ancião Durkas?

— O próprio — respondo entre dentes.

— Estou ouvindo certo? — pergunta Li. — Ele está mandando as meninas se sacrificarem?

— É o que sacerdotes fazem — lembra Belcalis.

— E esse sacerdote aí adora sacrificar meninas — informo.

Sem dúvida, ele preza pelo nome de cada menina que já fez perder a vida.

Keita se vira para mim.

— O que quer fazer?

— O que fazemos sempre. Interferir. — Eu me viro para Britta. — A porta, por gentileza.

A resposta de Britta é um sorriso sombrio.

— Com prazer.

Ela chuta a porta com vontade.

O objeto é lançado pelo corredor.

Não sei quem fica mais surpreso quando meus amigos e eu entramos no templo: o ancião Durkas ou Ionas, o garoto loiro incrédulo que um dia amei. O ancião Durkas está, como de costume, no altar, mas Ionas está sentado na fileira da frente, reservada para os anciãos do templo. Não vejo sinal nem da mãe nem do pai dele, ou, na verdade, de qualquer pessoa que eu conhecia. Metade dos congregantes do templo sumiram, sobretudo as mulheres mais velhas. Só as jovens e os homens além da idade de casamento permanecem.

O que faz sentido. Se o que aconteceu aqui foi parecido com o ocorrido em Gar Nasim, os anciãos provavelmente tentaram fazer as mulheres mais velhas de sacrifício aos vales das sombras primeiro. Só que isso não teria sido o bastante para satisfazer os deuses.

Nunca é.

O ancião Durkas está tão perplexo, abrindo e fechando a boca como um peixe, que leva um tempo para se recompor.

— Deka? — brada ele, chocado.

Mas apenas por alguns instantes.

Ele logo endireita a postura, assumindo sua altura real, que a propósito acho graça ao perceber que não transmite nem metade da imponência que eu costumava atribuir a ela. O próprio ancião Durkas não tem nem metade da imponência que eu atribuía a ele, as feições magras agora esmirradas por causa da idade e do estresse, e o que restou do cabelo se agarrando em tufos dispersos na cabeça.

— Demônio vil, você que trouxe esta calamidade para nossa aldeia! — brada ele com um rosnado, então se volta aos aldeães. — Viu, é como avisei! O demônio, a causa de toda a nossa tribulação, voltou para...

Antes que ele termine, Britta e Belcalis avançam pelo corredor com uma velocidade sobre-humana. Elas o seguram ao mesmo tempo e o forçam a ficar de joelhos.

Keita e Li permanecem parados, encarando o grupo. Desafiando alguém a se mexer. Acho graça ao ver Ionas se encolher no assento, como se fosse ficar invisível caso se apequenasse o suficiente.

— Quer que eu cale a boca dele de forma mais permanente, Deka? — oferece Britta, apertando os ombros esqueléticos do ancião Durkas.

Nego com a cabeça.

— Não, eu tenho planos melhores para ele.

Avanço devagar pelo chão de pedra cinza, tão atenta ao sacerdote envelhecido, que agora arregala os olhos com raiva e medo, que mal percebo os aldeães se levantando e fugindo do templo.

Alguns mais tolos partem para cima de mim, mas Ixa, na forma adolescente do tamanho de um boi, os afugenta.

Então Ionas enfim retoma a coragem.

— Demônio maldito! — esbraveja, correndo até mim.

Ele mal tem tempo de dar alguns passos antes de Ixa acertá-lo. Abro um sorrisinho ao ouvir o *crac* familiar de ossos se rachando.

Devem ser as pernas de Ionas se quebrando no chão de pedra. Nem de perto uma punição adequada, tendo em conta como ele me acertou na barriga nos degraus deste mesmo templo dois anos atrás. Ainda assim, vai ter que ser o suficiente. Tenho coisas mais importantes com as quais lidar.

Paro bem diante do ancião Durkas. O sacerdote idoso me olha de cara feia, o desafio brilhando nos olhos cinzentos esbugalhados.

— Faça o que quiser, demônio maldito — diz ele em um sibilo. — Nunca vou me curvar diante de você. Você e sua raça trouxeram a destruição de Otera e...

— Shh.

Coloco a mão sobre sua boca.

Já aguentei as ladainhas dele o suficiente para uma vida inteira. Assim como todo mundo, imagino. Quando ele reluta contra minha mão, imagino o lago que jaz à margem da aldeia. Aquele onde ele me afogou tantos anos atrás. Nunca me esquecerei do sorrisinho em seu rosto ao fazer aquilo, seu olhar de pura vitória.

Ele sempre gostou de ter controle, mais ainda, sempre gostou de evocar pavor nos outros, enquanto fingia que os ajudava. Eu me pergunto como ele reagirá quando os papéis estiverem invertidos.

Quando me viro, me deparo com uma porta que apareceu no ar atrás de mim, as águas do lago cintilando bastante atrás. Olho para o ancião Durkas.

— Você me disse uma vez que a água era purificadora para a alma. Ainda acredita nisso?

O ancião olha para o lago, para a água que agora se espalha pelo chão. Quando volta a olhar para mim, seus olhos estão tão arregalados que a esclera brilha no escuro do templo.

— Você não pode estar pensando em...

— Jogar você no lago? Isso mesmo. Imagino que prefira ele ao vale para onde queria mandar as meninas. — Olho para elas, ainda aglomeradas atrás do altar, apavoradas. — E, espere aí, você não me afogou naquele lago antes? Foi minha terceira ou quarta morte, não me lembro bem. Aqueles dias no porão, todos se misturam na minha cabeça.

Nervoso, o ancião umedece os lábios com a língua.

— Eu estava tentando salvá-la, purificá-la.

Eu me viro para as meninas de novo. Ainda não se moveram, mas estão ouvindo a conversa com a intensidade que apenas aqueles que estão destinados à execução retêm. Olhando com mais atenção, percebo que a mais velha não deve ter mais de seis anos. Crianças. Bebês, na verdade.

— E elas? — pergunto ao ancião Durkas, séria. — Que erros elas precisavam purificar?

— São meninas. A existência delas criou tudo isso. Sua existência — brada ele, rosnando, e o cuspe escapa da boca. — Eu deveria ter acabado com você quando tive a chance. Deveria ter enterrado você tão fundo...

Eu o jogo para além da porta.

— Hora de nadar — afirmo, dando as costas quando ele se debate na água. — E, talvez, se o Pai Infinito lhe estimar tanto quanto você declara com frequência, ele intervenha e salve sua vida.

Fecho a porta sem pensar duas vezes, sentindo algo estranho. Não é felicidade nem alívio. Todos os anos que passei temendo esse homem, acreditando em cada palavra que dizia, e não passava de um charlatão.

Contudo, ele nunca mais vai usar sua voz para oprimir os outros, nunca mais usará o poder para matar.

Enfim, o ancião Durkas se foi. O demônio que causou tanto estrago em minha vida enfim foi derrotado.

Britta se aproxima.

— Acha que ele vai conseguir chegar à costa?

— Duvido muito. Se as vestes não garantirem a morte dele, o frio vai. E isso presumindo que ele saiba nadar. — Dou de ombros. — Ele sempre disse que era um ato não natural.

Britta coloca as mãos em meus ombros.

— Está se sentindo melhor? — pergunta, sorrindo.

— Sinto que sou capaz de salvar o mundo.

22

❖ ❖ ❖

Só o que resta da cabana que um dia chamei de lar é um casco.

Ah, a maior parte do telhado de palha e das paredes, embora escurecidas e se desfazendo, ainda está de pé. Só que toda a parte dos fundos desapareceu. Não foi consumida pelos vales, como provavelmente aconteceu com o restante da aldeia, foi derrubada por uma árvore caída, uma cujos galhos se projetam pelos quadradinhos como braços esqueléticos grotescos. Eu os vejo com nitidez de onde estou, no ponto onde já esteve a porta da frente. O objeto foi derrubado para fazer lenha, e há marcas de enxada na madeira lascada. O mesmo aconteceu com grande parte da mobília… as que ainda está no local, ao menos. A maior parte foi levada ou está despedaçada no chão. Ignoro os destroços enquanto entro, mantendo os olhos fixados na árvore, nos galhos esqueléticos, que estão crescendo apesar da árvore da qual brotaram estar partida e morrendo.

É uma metáfora, com certeza. Só que uma em que escolho não me aprofundar. Escolho pensar em nada. Em vez disso, vou me concentrar nos galhos. Talvez, se eu ficar olhando por tempo o bastante, consiga ignorar a mobília ausente, o fato de que toda decoração, todo item de valor que já tivemos na casa não existe mais.

E isso, provavelmente, inclui as coisas de minha mãe. Sobretudo as que ainda guardam o cheiro dela.

— O que aconteceu aqui? — Britta entra depois de mim, os olhos arregalados. — Não parece que os vales passaram por aqui.

— Não foram os vales. — Keita pega do chão um prato quebrado e suspira. — O lugar foi todo saqueado.

— Foi o ancião Durkas — falo, de repente desejando ainda estar com as mãos nele para jogá-lo no lago de novo. — Sempre que alguém envergonha a aldeia, ele conduz os aldeães para que expulsem a pessoa. Destruam a memória. Sem dúvida, assim que os jatu chegaram para levar meu pai, tudo aqui passou a ser válido de roubar.

Inclusive os itens que viemos procurar.

Britta deve entender a implicação do que estou dizendo, porque me olha outra vez, preocupada.

— Então como encontramos as coisas de sua mãe?

— Não encontramos — responde Belcalis, séria. — Olhe ao redor. É inverno. A aldeia foi quase toda destruída. Se os sobreviventes não tiverem levado todas as coisas que teriam o cheiro dela, o frio e a umidade vão ter se encarregado disso.

— Talvez não precisemos do cheiro dela — sugere Britta, e, quando a olho, confusa, vejo que a preocupação nela foi substituída pela animação. Ela se apressa em explicar: — Lamin disse que você só precisa de algo que evoque uma lembrança forte o suficiente. E qualquer coisa aqui pode fazer isso. Viemos a Irfut por causa de seu laço forte com este lugar. Todas as emoções mais fortes que tem em relação à sua mãe estão aqui. Então talvez não precise do cheiro dela, só de se lembrar da presença dela. E este é o melhor lugar para isso. Você só tem que tentar, Deka.

Tentar... Faço que sim com a cabeça.

Mas quando olho ao redor... vejo a devastação que me cerca, e de repente me sinto tão pesada que não consigo mais continuar de pé. Caminho devagar até a lareira, diante da qual há um único banco, as pernas bambas e meio quebradas. No passado, minha mãe me colocava no banco enquanto trabalhava. E, depois que cresci, eu ficava em pé nele para ajudá-la na cozinha.

Agora o que está diante de mim é tudo o que restou. Tudo o que restou de minha mãe. Tudo o que restou de casa. O lugar onde vivi por dezesseis anos. Agora é um casco vazio. Assim como tudo ao redor.

Enxugo as lágrimas que escorrem por minhas bochechas.

Alguém coloca a mão em meu ombro. Belcalis.

O olhar dela é carregado de compaixão.

— Sinto muito, Deka. Sei que isso deve ser incômodo para você.

"Incômodo." Nunca uma palavra pareceu tão inadequada.

Incômodo é quando batemos o dedo do pé ou tropeçamos no treinamento de armas e caímos de bunda. O que estou vivenciando é uma desolação.

Minha família toda se foi. Assim como minha casa. E não há como voltar atrás. Nunca mais.

Não que alguma vez isso tenha sido possível.

Penso em tudo que aprendi sobre mim mesma ao longo dos últimos anos... minhas habilidades, a verdade sobre minhas origens. Não é de admirar que os aldeães tenham destruído este lugar assim que possível. Aqui nunca foi meu lugar. Sempre fui alguém de fora, alguém fingindo. É por isso que não consigo reformular a lembrança do cheiro de minha mãe nem mesmo aqui, na cabana onde ela me deu à luz. Por isso que não consigo imaginar seu rosto, ouvir sua voz.

Porque, para começo de conversa, nunca fui dela. Nunca fui filha dela de verdade.

Se eu fosse, ao menos conheceria seu cheiro. Conseguiria reproduzi-lo na memória. Não precisaria de coisas como roupas nem deste lugar horrível para lembrar. Para encontrar o corpo dela.

Enxugo as lágrimas, então afasto a mão de Belcalis de meu ombro.

— Estou bem — sussurro, abaixando a cabeça. — Está tudo bem.

— Só que isso não é verdade, é? — rebate ela, sem me soltar. Belcalis se aproxima, ajoelha-se aos meus pés, os olhos de meia-noite fixos e intensos nos meus. — Você pode não ser humana, Deka. Pode até nem ser alaki. Só que ainda pode sentir dor. Raiva. E está tudo bem... ambas as emoções são apropriadas, dadas as circunstâncias. Esta era sua casa, e eles a desonraram.

— Era mesmo? — Desvio o olhar dela e solto uma risada amarga.

— Era mesmo minha casa, ou eu só estava lá, essa *coisa* que se infiltrou na vida deles?

Agora vejo a vida que meu pai e minha mãe teriam tido se eu nunca tivesse nascido. Teriam permanecido como estavam, felizes. Talvez pudessem até mesmo ter tido mais filhos... o filho que o papai queria de verdade.

Entretanto, nunca conseguiram nenhuma dessas coisas, porque apareci, e agora os dois estão mortos e a casa deles, destruída. O ancião Durkas estava certo: era minha culpa, *sim*. Sempre foi minha culpa.

Outra risada amarga sobe por minha garganta. Engulo-a, então volto a olhar para Belcalis.

— Devo estar com uma cara terrível mesmo para você estar falando comigo de sentimentos.

— Eu tenho sentimentos.

Quando arqueio a sobrancelha, Belcalis abre um sorriso irônico.

— Às vezes sinto vários tipos de emoções. E às vezes... — ela me chama com o dedo, e me inclino para perto —... até sinto alegria. Imagine só.

Dou uma risada, apesar da situação.

— Estou chocada.

— Pois é — retruca Belcalis com arrogância. — Mas a questão é: tudo bem sentir. E tudo bem vivenciar esse baque depois de enfim dar ao seu algoz a merecida punição e então descobrir que ele destruiu sua casa.

Fico sem reação, espantada com a análise concisa. Típico de Belcalis chegar ao xis da questão. Só que não quero dar crédito a ela com tanta facilidade. Fungo para conter o choro.

— Se você diz — respondo.

Então olho para meus outros amigos, que estão amontoados ao redor, como se para me proteger da represa de minhas emoções.

Porém, eles não podem fazer isso. Ninguém pode... nem deveria... fazer isso, nem mesmo eu. Se há algo que a experiência amarga me ensinou é que, se eu retiver sentimentos, se deixá-los ficarem circulando no subconsciente, em algum momento eles vão me consumir.

— É estranho — admito enfim, levantando-me. — Esta era minha casa. E agora não é. E não tenho mais para onde ir. E isso me deixa com raiva. E triste. E sentindo outras mil coisas. Eu não tenho mais casa para a qual voltar.

Digo as palavras em voz alta de novo, como se as estivesse testando.

— Nem eu. — Para minha surpresa, é Belcalis quem fala e dá de ombros, concordando.

— Nem eu — diz Keita.

Li desvia o olhar quando me viro, esperando que ele responda. Então ele dá de ombros.

— Ah, não olhe para mim, não. Com certeza minha família me aceitaria de volta.

— Lógico que aceitaria — rebato com deboche.

De todos no grupinho, Li é o mais mimado.

— Mas sozinho — acrescenta ele com desespero. — E... só depois de um tempo. Se eu implorasse e suplicasse o suficiente.

— E isso presumindo que eles não degolem você primeiro — opina Britta com escárnio.

— Ainda tem isso — concorda Li, dando de ombros de novo.

Britta emite um som de deboche.

— Bem, tenho certeza de que vocês todos seriam acolhidos voltando para Golma comigo. Vai estar frio, mas são todos bem-vindos. Minha família é bem receptiva. São bem o sal da terra, aqueles lá.

— Eu preferiria me jogar na fogueira — murmura Li baixinho. Quando Britta faz cara feia para ele, Li volta a dar de ombros. — Que foi? Eu odeio frio. Você não vê como está tudo péssimo aqui agora?

Enquanto o casal continua a se olhar de cara feia, Keita se aproxima de mim e coloca o braço ao redor de meu ombro. Eu me aninho no toque dele, afundando o rosto em seu pescoço.

— O lar é onde você está, Deka. É onde todos vocês estão, até você — acrescenta ele direto para Li, que solta um grunhido, fingindo estar ofendido. Então Keita volta a atenção a mim. — Sei que está triste, mas, quando isso terminar, vamos encontrar uma casa... um lugar bem melhor, onde possamos viver todos juntos em paz.

Ele e todos os meus amigos, no caso.

O pensamento é um discreto lembrete. Se isto acabar em vitória, vou ser uma deusa, e deuses não moram com mortais. Ao menos, não de verdade.

Não digo isso em voz alta, e Keita não admite, mas nós dois sabemos que é o que vai acabar acontecendo. Se formos bem-sucedidos, logo vamos nos separar, cada um seguindo um plano diferente. E, se não, ainda assim vamos nos separar, só que de outro jeito.

— Parece um sonho — respondo, assentindo. Então espero mais alguns instantes, desfrutando do toque de Keita, antes de, enfim, me afastar. — Beleza, chega de sentimentalismo. É hora de fazer o que viemos fazer. Precisamos procurar na casa por resquícios de minha mãe. Qualquer coisa que possa ser significativo a ponto de provocar uma reação forte.

Belcalis assente.

— Tem que ter alguma coisa — comenta ela em um tom quase esperançoso. — Vejam como eles saquearam o lugar... foi um trabalho de baixíssima qualidade. Com certeza deixaram algo passar.

— É bem o que espero — afirmo ao entrar na cozinha, onde minha mãe, como a maioria das mulheres oteranas, passava a maior parte do tempo.

Se há algo dela ainda na casa, estará ou aqui, ou no quarto que ela dividia com meu pai. No entanto, não tenho forças para ir lá em cima agora... não tendo em vista como estou emocionalmente vulnerável.

Assim que chego à cozinha, porém, percebo a estranheza. Vem me remoendo este tempo todo, mas antes não conseguia identificar.

— Não me lembro dela — comento, perplexa.

— Quê?

Britta me seguiu e parece confusa.

— Minha mãe, não consigo imaginá-la. — Franzo a testa. — Estou aqui, deveria me lembrar dela... e me lembro, mas é estranho. É como se...

Fico estática, de repente com o corpo gelado.

O ar mudou.

— Os Idugu. — Solto um arquejo, logo reconhecendo a oleosidade pesada em minha pele. — Estão aqui.

— Tira a gente daqui, Deka! — Keita corre para perto de mim. — Crie uma porta!

Só que, enquanto tento entrar no estado de combate, uma força estranha aperta meu corpo, um torno invisível, mas que ainda assim me segura com força.

— Não, não, Deka — responde uma voz familiar, fazendo "tsc, tsc".

Quando viro a cabeça devagar e de maneira dolorosa para a porta, uma figura escurecida tremeluz ali.

Okot. Imediatamente reconheço o irmão de Anok.

Dos quatro Idugu, os deuses masculinos irmãos das Douradas, só ele tem a pele tão escura quanto a de Anok, bem como os olhos carregados da falsa bondade. *Falsa* porque, ao contrário da deusa que eu considerava minha única aliada entre as Douradas, Okot não é bondoso. Nem chega perto. Ele é um monstro que se molda como divindade. Usa os outros para fazerem o que ele quer e se alimenta da dor e do sangue de inocentes. "O cruel", ele se autointitula.

— Não relute — continua o deus, flutuando cômodo adentro como se fosse a essência de um ser em vez de uma pessoa de verdade. — Não vai adiantar.

Quanto mais ele se aproxima, mais meus amigos recuam, os movimentos lentos e apavorados me informando que ele escolheu se fazer visível para eles, algo inédito entre os Idugu. Ao contrário das Douradas, os deuses masculinos são motivados por segredos e engodos, um efeito colateral de terem passado anos presos pelas irmãs. Quase nunca se permitem ser vistos, e por séculos até convenceram a maior parte dos jatu, os próprios filhos, de que eram um deus singular chamado Oyomo, em vez de quatro equivalentes das Douradas.

Quanto mais Okot se aproxima, maior fica, embora o contorno da silhueta esteja desbotado, um farrapo, em vez de firme. Ele parece todo desfigurado, o corpo desbotado como as árvores de cristal nas rotas.

Deve estar mais faminto do que da última vez que o vi. Em contrapartida, criar vales das sombras requer poder. Talvez muito mais poder do que os deuses recuperaram com todos os sacrifícios que os sacerdotes jogaram nos vales para eles.

— Posso estar enfraquecido — comenta Okot, como se lesse meus pensamentos —, mas ainda tenho força para segurar você, para te manter aqui para sempre.

Os olhos dele brilham com a força de mil estrelas moribundas, uma comprovação de seu poder.

Desvio o olhar depressa, incomodada.

— Foi você, não foi? — acuso em um sibilo. — Você pegou as lembranças de minha mãe!

— Peguei, sim. Levei todos os rastros dela desta casa. Você não vai encontrar o que procura aqui.

As palavras me causam calafrios. Então ele sabe exatamente por que estamos aqui.

— Por quê? — questiono. — Por que está fazendo isso? O que quer?

Se fosse minha morte, ele já teria me mandado de volta para o templo dele através de uma porta.

Okot se aproxima tão de repente que estamos cara a cara antes que eu possa sequer piscar. Desvio o olhar de novo quando uma pequena tempestade me acerta, uma tempestade que sei que a raiva dele criou sem querer. Como todos os deuses, Okot manifesta as emoções de jeitos estranhos e imprevisíveis.

— Anok foi presa por nossas irmãs — anuncia ele, a voz reverberando por meu corpo. — A estão drenando. Sugando toda a sustância do ser dela. É só questão de tempo até ela se esvair.

— E você também.

Agora compreendo.

Como todos os pares de deuses oteranos, Anok e Okot são conectados. Dois lados de uma mesma moeda. O que acontece com um vai acontecer com o outro em algum momento. Se Anok está sendo drenada na prisão, Okot também está, o que significa que é só questão de tempo até que os outros Idugu se virem contra ele.

Os deuses oteranos são como aves de rapina: ao menor sinal de fraqueza, eles atacam, mesmo contra os próprios irmãos.

Okot inclina a cabeça em concordância com minha análise.

— Isso mesmo. Se os deuses ruírem, Anok e eu vamos ser os primeiros a cair. E, mesmo se não, nós dois ainda estamos vulneráveis. E é por isso que vim até aqui para oferecer um acordo.

— E por que acreditaríamos em qualquer coisa que você diga? — rebate Britta, sibilando e arriscando dar um passo à frente.

Okot lança apenas um olhar a ela, e Britta fica estática no lugar.

— Nós? — repete ele com suavidade. — Não tem "nós", Britta de Golma. Qualquer acordo que eu fizer é só com Deka. Não inclui vocês.

— Então não é um acordo que eu sequer consideraria — respondo, a determinação se solidificando.

Toda vez que tento me esquecer de que os deuses veem os mortais, até semi-imortais, como menos que insetos, logo sou relembrada.

Okot pode me ameaçar à vontade, até tentar me manipular como todos os outros fazem. Só que não vou permitir que ele toque em Britta nem em qualquer um dos outros. Fecho os olhos, adentrando ainda mais o estado de combate. Se eu conseguir me conectar à Divindade Superior... se conseguir intensificar o poder um pouco...

Quando tento inalar a força primitiva, Okot de repente desliza para trás, uma nuvem se formando ao redor da cabeça dele. Qualquer que seja o sentimento sendo demonstrado, não o identifico de cara. Não que eu ligue. Agora que estou mais fincada no estado de combate, vejo que o torno em que Okot me prendeu está se afrouxando, talvez devido à falta de atenção dele.

— Parece que cometi um erro — diz o deus, quase para si mesmo. — Seus laços com esses... mortais são bem mais fortes do que eu tinha noção.

— Mais fortes do que pode imaginar — brado, continuando a inalar com discrição.

Ainda não consigo me conectar à Divindade Superior, mas, se eu continuar tentando, é só questão de tempo. O torno está afrouxando. Só preciso de mais alguns instantes...

— Mas sua espécie não entende o que é amar — digo com um rosnado, tentando fazê-lo continuar a falar.

— E, ainda assim, amo Anok — contrapõe ele. Quando fico imóvel, espantada pela confissão repentina, Okot inclina a cabeça, um gesto estranho de tão humano. — Eu a odeio na mesma medida, levando em consideração como ela me traiu, mas ainda a amo. Eu a amo mesmo que ela tenha me traído.

Quando as Douradas prenderam os Idugu atrás do véu que virou a prisão deles, Okot, o único dos irmãos que não tinha brincado com as vidas humanas, implorou para que Anok o libertasse. Testemunhei isso quando usei o sangue na faca para espiar as lembranças dos deuses. Também vi como ela negou e o deixou na prisão, acreditando, assim como as irmãs, que ele era volátil demais e, logo, indigno de confiança.

É por isso que Okot está sempre com tanta raiva. De todos os Idugu, ele é o único que, de início, não merecia o destino que recaiu sobre si.

Isso, lógico, mudou faz muito tempo. Okot é agora tão culpado quanto os irmãos, se não mais.

Ele tenta fixar os olhos nos meus, mas logo desvio o olhar.

— As emoções — murmura ele, parecendo quase confuso. — Não consigo desemaranhá-las, e não sei por quê.

Faço um som de descaso.

— Porque ela é você — respondo de supetão. — Tem narcisismo maior do que amar e odiar a si mesmo?

— E, ainda assim, porque ela também é ela mesma — retruca Okot, quase ponderando. — Juntos ou separados, Anok e eu... somos...

— Não estou aqui para ficar ouvindo sobre você e Anok — interrompo, relutando contra o torno sem parar.

Está quase frouxo o bastante para me soltar agora. Se eu conseguir me libertar um pouco mais, tocar o fio da divindade logo ali perto...

— De fato.

Arfo quando Okot de súbito reaparece diante de mim. Tão perto que nosso nariz quase se toca. Vejo a esclera dele pela visão periférica.

— Você está aqui por causa da kelai. Mas, como falei, apaguei todas as lembranças verdadeiras de sua mãe, eliminei tudo, então você não pode usar isso a seu favor.

Enquanto o desespero me consome, Okot continua falando com um tom sorrateiro e calculista:

— No entanto, eu poderia dizer onde a kelai está, assim você não precisaria sair farejando pelos continentes. Na verdade, poderia levar você até ela, mostrar eu mesmo. É o que você quer, não?

Ergo o queixo.

— E se for?

— Então é só falar, e levo você lá.

— Mas por quê? — pergunto outra vez.

Por que Okot está oferecendo me levar à kelai? Por que ele não só me matou e pegou a kelai? Estou aqui, presa por ele, e ainda assim...

Arregalo os olhos.

— Você não pode só pegá-la, né? — pergunto. Quando Okot fica imóvel, sem reação por um segundo, sei que estou correta. As Douradas estavam dispostas a me matar para forçar a kelai a aparecer, mas Okot, por alguma razão, não está, o que significa que: — É uma coisa de proximidade, não é? Se me matar, minha kelai vai tentar correr até mim, mas você não quer que isso aconteça, o que significa que deve estar em um local indesejado, talvez perto das Douradas. E você não quer que elas a peguem antes de você.

Okot desvia o olhar, e sei que acertei em cheio. Dou uma gargalhada.

— Espere aí, acertei? O lugar onde guardaram minha kelai fica mesmo perto das Douradas?

Minha mãe disse que os Idugu deslocavam a kelai com frequência, só que nunca em um milhão de anos achei que eles fossem ser estúpidos a ponto de deixá-la em um lugar onde as irmãs poderiam acessá-la.

E, ainda assim, parece mesmo ser o que aconteceu.

Se Okot fosse humano, estaria retesando a mandíbula. Em vez disso, nuvens de tempestade estalam por sua testa quando ele volta a inclinar a cabeça, todo austero.

— Admito que sua kelai está em um lugar indesejado, mas posso ajudá-la a recuperá-la. Por um preço.

— E que preço seria esse?

Quase me esqueci de que estávamos negociando.

— Anistia.

Quando franzo o cenho, ele continua:

— Meus irmãos e as irmãs de Anok logo vão se virar contra nós. Já se viraram contra nós, na verdade, como você viu que aconteceu com Anok. Agora que estamos mais fracos, viramos presa de nossos irmãos. Só que, se você ascender à divindade e se tornar uma deusa outra vez, pode nos poupar quando acabar com os outros. Permitir que continuemos vivos. E, em troca, vamos trazer sua mãe de volta à vida. Vamos lhe dar tudo o que perdeu.

Enquanto Okot fala, a cabana de repente muda ao redor, a parede dos fundos volta ao estado de antes, a mobília volta aos lugares. A cor se espalha pela madeira lixiviada enquanto minha mãe sai da cozinha, com um prato na mão e um sorriso no rosto. Ela está falando com alguém, e, quando foco a imagem, chocada, vejo a mim mesma, só que não como estou agora. Essa "eu" usa as vestes esvoaçantes de uma mulher adulta, uma meia-máscara escondendo a parte superior do rosto. Ela sorri enquanto corre para abraçar a mãe.

— Mãe — diz a outra eu —, como estou feliz por ver você.

— Eu também — responde minha mãe, o tom de voz tão amável que sinto o coração apertar só de ouvir.

— Mãe — sussurro, tudo dentro de mim ansiando por ela, estendendo-me até ela.

Se eu der um passo para perto, consigo sentir seu cheiro, me aninhar em seus braços como fazia quando criança.

Luzes azuis piscam ao longe, uma escuridão escancarada ao redor, mas não dou muita atenção, assim como não identifico a sensação errada que a acompanha. Tudo o que vejo é minha mãe.

— Não é real, Deka! — A voz de Keita de repente soa bem distante, e, quando me viro, ele não está mais em seu lugar.

Nenhum de meus amigos está. A única coisa ao redor agora é a casa como era antes, com a outra eu e minha mãe.

E ainda assim ouço a voz de Keita:

— Ele está tentando iludir você, Deka. Não caia nessa.

Cair no quê? Parece tão real... Com exceção das luzes azuis, da sensação errônea, tudo parece real: a casa, minha mãe, minha outra versão...

Eu me viro outra vez para o cenário se desenrolando diante de meus olhos. Em algum momento do passado, teria sido meu desejo mais estimado, esse aconchego doméstico. Ser a mulher a abraçar minha mãe, trajando as vestes e a máscara de uma mulher oterana digna, com um marido em casa, sem dúvida, esperando por mim.

Só que este não é mais meu sonho. Já faz um bom tempo que não.

Essa casa e essa versão de mim são pesadelos. Espectros de um mundo para o qual não quero nunca mais voltar.

Uma raiva gélida me invade quando olho para Okot. Ele está bem de frente para mim, o corpo se solidificando cada vez mais enquanto o observo.

— É estranho ver o que os outros pensam que você quer — comento baixinho. — Na maior parte das vezes, a coisa diz mais sobre eles do que sobre você. — Faço uma pausa. — Você, por exemplo, acha que quero ser essa mulher, a que usa máscara e vestes de esposa. Só que cansei de máscaras ornamentais já faz tempo. E armaduras me apetecem mais do que elas agora.

— E sua mãe? — Okot quase soa desesperado quando olho para ele.

Ele já percebeu que a ilusãozinha barata não está funcionando, que não vou ficar presa na teia que ele teceu.

— A ressuscitação é contra a ordem natural — respondo, curta e grossa.

E, mesmo se não fosse, duvido de que minha mãe iria querer voltar à vida que Okot elaborou para ela.

— Sou um deus — brada Okot. — Eu *sou* a ordem natural.

Aí está. A arrogância que ele era quase incapaz de conter. Ele acredita mesmo que eu deveria querer as coisas que ele oferece. Só que já tive um gostinho da natureza de outros deuses. Vi que divindades verdadeiras servem à ordem natural em vez de a si mesmas. O que Okot está me propondo é uma abominação, e não quero fazer parte disso.

Então volto a fixar o olhar nele.

— Também vou ser quando virar a Singular de novo. Então, não, eu não preciso que você traga minha mãe de volta à vida. E, mesmo se eu quisesse, ela não iria, e eu nunca a forçaria a tamanha deturpação.

— Você está presumindo que tem escolha. — A voz de Okot de repente é o estrondo de um vulcão entrando em erupção, e as nuvens lampejam com tanta ferocidade pela testa dele que quase a encobrem.

A escuridão emana atrás do deus, o abismo do qual só tive vislumbres.

Eu olho bem em seus olhos, já tendo passado da fase de sentir medo das ameaças.

— Não fui eu quem veio aqui implorando para ser salva — respondo com um rosnado, contorcendo-me contra o torno, que agora voltou a ficar apertado. — Espero que, quando os outros descobrirem sua traição, devorem você até não sobrar nada.

Geleiras se formam ao redor da cabeça de Okot, uma coroa de determinação gélida.

— Não vai fazer o acordo comigo? — questiona ele, de repente parecendo a divindade isolada e insondável como se apresenta por aí.

— Nem mesmo se você fosse o último deus de toda a Otera.

— Então você não me dá alternativa.

Okot gesticula, e a cabana desaparece. A escuridão me engole, a mesma de que tive só vislumbres todo este tempo.

E, dentro do breu, luzes.

23

◇ ◇ ◇

— Keita? Britta? — chamo.

Ninguém responde.

É como se meus amigos não estivessem aqui, e mesmo assim os sinto por perto, sinto que estão em algum lugar da escuridão que se aproxima mais e mais.

Minhas extremidades estão congelando, como se todo o sangue tivesse se esvaído. Mas algo cálido me envolve, uma maciez úmida e carnuda. É acompanhada por um cheiro estranho, um aroma tranquilizador e quase sufocante que me lembra das flores que cresciam nos campos acima de Irfut. Uma névoa fluorescente verde e azul passa diante de mim. Minhas pálpebras começam a pesar cada vez mais. É como se o cheiro... a névoa... me circundasse, embalando-me ao sono.

Tento relutar, ficar de olhos abertos, mas o cheiro é muito poderoso.

Deka! A voz de Ixa salta em minha mente no mesmo momento em que ele bate com a cabeça na minha. *Deka acorda!*

Estou tentando, respondo, grogue, lutando para ficar ativa.

Só que a maciez me cerca ainda mais, mantendo-me aqui. Apertando minha armadura quase para dentro do corpo. Se eu estivesse usando algo que não fosse a armadura de ebiki, sem dúvida já teria cedido sob a pressão. Reconheço isso vagamente, mesmo que ainda esteja em parte dormindo.

O que é isso aqui?, pergunto, sonolenta. *O que está me apertando?*

Monstro, responde Ixa com um grunhido, abocanhando algo que não consigo ver. *Monstro tentando te comer!*

O que ele diz é tão horrível que atravessa meu transe. Começo a arfar, relutando contra a maciez. Como se em resposta a isso, as luzes ficam mais fortes e enfim vejo quem me prende.

Um fantasma do vale.

Sei de imediato o que é... porque de que outra forma poderia explicar essa criatura monstruosa que se enrola e se contorce? A cabeça é uma massa colossal e disforme que parece derreter e se transformar em tentáculos pretos escorregadios que me cercam. Grãos pretos os potencializam... areia preta, que emana a mesma sensação errônea que senti em Irfut no primeiro vale. Cobre a criatura de tal jeito que levo uns instantes para enfim ver meus amigos, também enrolados nos tentáculos que se contorcem, os corpos moles enquanto o cheiro os envolve como uma nuvem de verde e azul fluorescente, sem dúvida os dopando da mesma forma como fez comigo.

— Britta! — grito, o coração martelando de medo. — Keita! Belcalis! Li!

Nenhum deles responde. Estão desacordados enquanto o fantasma os puxa para mais perto da cabeça enorme, devagar e de maneira inevitável, os olhinhos azuis se estreitando enquanto a bocarra escancarada se abre e expõe fileiras em sequência de dentes pontiagudos.

Para uma criatura sem qualquer demarcação significativa entre a cabeça e o restante do corpo, com certeza há bastante boca. Uma boca enorme a ponto de engolir cada um de meus amigos por inteiro, como é óbvio que pretende fazer.

— BRITTA! KEITA! LI! ACORDEM! — berro, mas nenhum deles sequer se mexe.

Estão dopados demais, presos demais nos sonhos que a criatura teceu usando o cheiro hipnótico.

Já em pânico, tento me soltar do aperto dela, mas é como lutar contra a água. A pele da criatura é macia demais. Os golpes saem deslizando... assim como as mordidas de Ixa. Mesmo quando ele cresce até um tamanho que o permite lutar, a boca não finca direito. O fantasma logo o joga longe quando ele tenta morder de novo, e Ixa é arremessado para uma duna distante.

— IXA! — grito, horrorizada, quando ele desaparece na escuridão.

Tateio para sacar as atikas, mal conseguindo desembainhar uma delas.

Enquanto faço isso, Okot reaparece, flutuando pelos tentáculos da criatura para chegar até mim.

— Você! — acuso com um rosnado. — Então esse foi o seu plano desde o início?

O deus nega com a cabeça no que presumo ser uma demonstração quase de tristeza.

— Poderia ter sido diferente — responde ele, lamentando-se. — Poderíamos ter sido aliados, mas você não me deu alternativa, Deka. Meus irmãos planejam realocar sua kelai daqui a alguns dias. — Ele faz uma pausa. — Enquanto você e seus amigos estão aqui, vou supervisionar a realocação e então roubar a kelai bem debaixo do nariz deles.

— Então para que precisava de mim?

Okot dá de ombros.

— Eu queria ser seu aliado. Criar um novo mundo com você. Sabe, é solitário ser um deus sem um panteão. — Ele consegue soar quase cheio de remorso ao continuar: — É mesmo uma pena que não conseguimos ficar amigos. Eu vejo por que minha irmã gostava de você.

— E eu vejo por que ela odiava você! — rebato, brava.

Okot apenas dá de ombros, uma ondulação do corpo todo.

— Se eu tivesse a capacidade de sentir emoções humanas, com certeza ficaria magoado. Mas vamos parar agora. Vou lhe conceder um último ato de misericórdia.

Ele se aproxima, os olhos brancos brilhando ao se fixarem aos meus.

Está tentando me hipnotizar, controlar minha mente, só que não vou deixar. Como o fantasma do vale me mantém presa, não consigo desviar o olhar. Então faço a única coisa que posso: pego a atika pela lâmina, cortando a palma. Deixando a dor me centrar no presente. Evitar que eu seja enfeitiçada pelo poder nos olhos de Okot.

O dourado começa a escorrer pelo punho da arma, meu sangue pingando do corte que fiz.

Por sorte, Okot não percebe.

— Durma agora, Deka — entoa o deus. — E nunca mais acorde.

Logo fecho os olhos, fingindo dormir, mas, para minha surpresa, Okot não desaparece no mesmo momento. Em vez disso, diz uma última coisa, um sentimento tão baixo que quase não ouço. Uma ânsia inesperada, vinda de um deus como ele.

— Eu queria mesmo que pudéssemos ter sido aliados — sussurra ele. — Juntos, nós três poderíamos ter mudado o mundo.

Então, desaparece.

E me deixa no escuro, os tentáculos do fantasma do vale se contorcendo em volta de mim. Quando abro os olhos, deparo-me com uma imagem saída de meus mais temidos pesadelos. Li já está quase na boca colossal do fantasma do vale. Mais um movimento do tentáculo e meu amigo será consumido.

— Li! — grito, desembainhando a atika por completo.

Reluto contra o aperto do fantasma com uma força e uma agilidade que nem sabia possuir, cortando o tentáculo ao meu redor com um movimento ligeiro. Então avanço pelo corpo úmido e macio até Li, que segue em sono profundo, o rosto pacífico apesar dos gritos raivosos que o fantasma do vale agora profere.

Mesmo machucada, a criatura continua tentando se alimentar. O tentáculo puxa Li cada vez mais para cima, a boca mais escancarada, os dentes brilhantes e afiados.

— Li! — berro. — Li! Acorde!

Mas ainda não há resposta, nem mesmo quando Ixa emerge da escuridão e se joga contra o corpo inconsciente de Li. O cheiro verde e azul o está enlaçando ainda mais, dopando-o com uma verdadeira névoa de feromônios. Já não há mais salvação para ele.

A menos que...

Entro em estado de combate, de repente grata por meus amigos não estarem usando a armadura infernal que antes era o uniforme diário. Cada uma continha uma pequena porção de meu sangue, que evitava que eu usasse as habilidades neles.

Agora, entretanto, estão todos desprotegidos.

— Li — chamo, aplicando todo o poder e toda coerção à voz. — Acorde!

Meu amigo acorda no mesmo instante, arfando, o olhar desorientado.

— Quê? Hã? — questiona ele, olhando ao redor. Então vê o fantasma do vale. — Mas em nome de...

— Saia logo daí! — berro, outro comando.

Li obedece com presteza, logo se virando para se soltar do fantasma do vale. Quando a criatura o prende com mais tentáculos, automaticamente ele os corta, o corpo impulsionado por puro instinto agora.

Só que nem isso é suficiente. Mais tentáculos seguem até Li.

— Ixa! — grito, mas nem precisava ter me dado ao trabalho.

Meu companheiro de escamas azuis já está passando pelos membros que se contorcem, todo ágil enquanto evita os movimentos cada vez mais desesperados. Ele segue até Li, que corta outro tentáculo com a adaga. Ele gira a arma para fincá-la fundo na massa escorregadia de músculo e pele.

O fantasma do vale grita de novo, um som estridente e atroante, mas não é nada em comparação ao pranto de uivantes mortais, então ignoro o barulho enquanto me viro para os outros, controlando a respiração para me conectar ao poder da Divindade Superior de novo.

— Acordem todos! — volto a gritar, colocando o máximo possível de coerção na voz. — Lutem contra o fantasma!

O efeito do comando é imediato. Meus amigos acordam, ofegantes.

— O que é isso, Deka? — brada Britta, horrorizada ao olhar ao redor.

— Sem perguntas... Ataque! — ordena Belcalis, já obedecendo ao próprio comando.

Britta assente, rasgando os tentáculos do fantasma do vale com as próprias mãos. Ela nem se dá ao trabalho de pegar as atikas. Ao lado, Keita começa a chamuscar os tentáculos. Mais gritos ecoam pela escuridão... alguns aterrorizados. Parece que fantasmas do vale têm medo de fogo.

A compreensão me faz abrir um sorrisinho.

Isto é, até que brados mais novos e mais tênues respondem ao longe.

Ao que parece, esse fantasma não está sozinho. Há outros.

— Depressa! — berro para meus amigos, cortando um tentáculo que se aproxima.

Agora entendo o método... cortar, contorcer, segurar firme apesar de ser escorregadio.

Li para de cortar e serrar por tempo o bastante para se virar para mim, horrorizado.

— Não é possível que tenha mais dessas coisas por aí.

Outro brado rebate sua afirmação.

— Temos que sair daqui! — grita Belcalis. — Dá para abrir a porta?

— Para onde? — pergunto, desnorteada.

O vale se conecta a Irfut, mas não faz sentido voltar para lá. Okot destruiu todos os vestígios de minha mãe. E Warthu Bera está fora de cogitação; duvido que parte de nosso antigo campo de treinamento sequer esteja de pé depois da batalha que aconteceu lá três meses atrás.

Não consigo pensar em nenhum lugar que seja seguro.

— Mãos Brancas! — responde Belcalis. — Leve a gente até Mãos Brancas!

— Mas não sei onde ela está... — Paro de falar quando me lembro do último lugar onde a vi.

O bosque.

Apesar de não parecer, só faz algumas horas desde que a vimos. É provável que ela ainda esteja em algum lugar perto do bosque, e, se conseguirmos chegar até ela, podemos nos reagrupar, talvez até chegar ao corpo de minha mãe antes de Okot, mesmo que eu não faça ideia de como.

Só que essa não é minha preocupação agora; sobreviver, sim.

Construo a imagem do bosque na mente, me lembrando das árvores ganib imponentes, as copas como se fossem cúpulas, videiras coriáceas penduradas nos galhos roxos. Enquanto vou ainda mais fundo no estado de combate, inspiro a Divindade Superior, deixando que o poder se intensifique em mim até que sinto o ímpeto de resposta bem fundo no corpo. O ímpeto que Myter me aconselhou a identificar quando precisasse ir a um lugar onde nunca estive.

Quando o identifico, fisgo o ar à frente. De imediato, vejo... a linha minúscula e tremeluzente na escuridão. A linha que é a luz do sol vinda do outro lado. Ainda deve ser dia lá onde o bosque está. Eu me esforço, abrindo mais a porta, e a luz do sol emana dali. O fantasma guincha, os tentáculos recuam quando a luz se projeta neles, eliminando a camada protetora de gosma. Então o fogo não é a única coisa que eles temem.

— Abra mais a porta, Deka! — orienta Belcalis, cortando o tentáculo que ainda tenta segurá-la. — Acabe com a fera!

— Com prazer! — respondo e sigo abrindo mais a porta até que...

— Deka? Deka, é você?

Há tanta luz solar adentrando o vale agora que minha visão é ofuscada. Não vejo o que está além da porta. E, mesmo assim, reconheço a voz, a rajada de vento que acompanha, o dom divino das gêmeas Adwapa e Asha.

— Adwapa? — grito, sentindo o alívio me tomar. — É você?

— Ajude a gente! — pede Britta. — Tem fantasmas aqui!

Ela não precisa pedir duas vezes. Uma figura familiar e sombria atravessa a porta, o vento parece seguir os passos dela: Adwapa em toda sua glória careca, parecendo ainda mais forte do que da última vez que a vi. Asha está ao seu lado, com as samambaias luminosas entrelaçadas às tranças pretas que brilham como um farol verde vivo na escuridão. Ela atira uma lança em um dos olhos do fantasma do vale, o vento a conduzindo com uma precisão letal.

O guincho que a criatura solta é atroante. Todos os tentáculos se erguem ao mesmo tempo, contorcendo-se de um jeito horrível enquanto tenta retirar o projétil do olho. Infelizmente, o vento fez a arma fincar tão fundo que deve ser um golpe fatal. Meus amigos cambaleiam até a areia, todos libertados ao mesmo tempo, uma vez que o fantasma tinha enrolado os tentáculos neles de novo.

— Todo mundo, atravesse a porta! — comando.

Não preciso nem repetir. Todos saem em debandada para a porta, Britta na liderança e Keita na retaguarda.

Dou uma última olhada no fantasma do vale, o olho sangrando um azul fluorescente, os tentáculos se debatendo ao redor. Menos de uma hora antes, era um monarca na escuridão, uma rã atarracada sugando a vida das vítimas inadvertidas para alimentar os Idugu com a essência delas. Agora é uma massa de dor rugindo e guinchando. Assim como ficarão os criadores dessa criatura quando eu tiver acabado com todos.

Okot também vai sofrer pelo que tentou fazer. Vou me encarregar disso.

— Espero que tenha uma morte lenta e dolorosa — digo ao monstro guinchando na escuridão.

Então saio das sombras para a luz.

O bosque tem a mesma aparência de quando o vi por meio das manoplas de Mãos Brancas: grupos de árvores ganib antigas entrelaçadas umas nas outras, cada um sendo uma floresta em miniatura ao próprio modo. Flores amarelas aveludadas e cogumelos vermelho-escuros brotam de troncos roxos colossais; pássaros de asas coloridas voam por entre as folhas verdes lustrosas, e montes de videiras coriáceas conectam uma árvore à outra, fazendo o bosque todo parecer uma única, gigante e interconectada planta. Só que é bem mais que isso. Olho em volta, boquiaberta e maravilhada quando percebo que o que achei ser só um bosque é na verdade a borda de um tipo de monumento... uma rede expansiva e espalhada de degraus de pedra que conduzem ao que parece ser uma nascente florestal.

— Deka! — chama uma voz familiar.

Eu me viro, e, bem ali, vejo correndo até mim, Katya, a uivante mortal imponente que era minha irmã de sangue em Warthu Bera antes de renascer nessa forma. O noivo bem mais baixo que ela, Rian, se esforça para acompanhar o ritmo de sua corrida, suas pernas humanas não se comparam às gigantes de Katya.

— Deka! — berra Katya de novo, toda alegre.

Então para a alguns passos de mim, os olhos verdes de repente estão incertos. Da última vez que nos vimos, eu ainda estava bem machucada, e com uma propensão intensa à raiva como resultado.

Abro os braços, as lágrimas escorrendo pelo rosto.

— Está tudo bem, você pode me abraçar.

— Mesmo? Mãos Brancas disse que você estava curada, mas...

— Vem logo aqui, anda!

Katya dá um gritinho de júbilo quando a abraço, apertando forte. Bem, apertando as pernas dela, no caso.

Como a maior parte dos uivantes mortais, Katya é desumanamente magra e alta, o corpo esticado deve ter quase metade do comprimento de uma árvore ganib, os dedos com garras na ponta quase passam dos joelhos. Tenho que levantar bastante a cabeça para olhá-la.

— Agora estou bem — explico depressa. — Aprendi a evitar me machucar.

— Ah, Deka! — Katya me pega no colo, os espinhos vermelhos que se assemelham a penas nas costas dela se agitam quando ela me balança de um lado para o outro. — Você está bem, você está bem!

— Mas não vou continuar se não me colocar logo no chão — respondo com um grunhido quando sinto o enjoo vindo.

Uma coisa é ser abraçada, outra é ser sacudida como um catavento bêbado.

— Ah, desculpa! — Katya logo me solta, então se vira para os outros no bosque, que se aproximaram com cautela. — Tudo bem, galera, é Deka! É ela mesmo!

As comportas são abertas. Um monte de gente de repente vem correndo de além das ganibs, todos cumprimentando a mim e meus outros amigos. Lá, correndo, está Mehrut, a alaki gorda de pele negra em um tom marrom que é a namorada de Adwapa. Acalan e Kweku, uruni de Belcalis e Adwapa, seguem Mehrut; Kweku, todo corpulento e brincalhão, já está sorrindo, enquanto Acalan, estudioso e quietinho, parece quase nervoso em meio ao entusiasmo de nos ver. Atrás deles estão mais grupos de alaki e jatu, e até uivantes mortais, muitos que nunca vi. Parece que Mãos Brancas de fato conseguiu recrutar mais aliados para resistirem aos deuses.

Então dois pares de formas brancas familiares aparecem, os olhares aliviados ao correrem até mim.

— Silenciosa — dizem os gêmeos equus, Braima e Masaima, em uma só voz —, é você mesmo.

— Não dava para ter certeza de que você não era uma daquelas deusas traiçoeiras — continua Masaima, a crina branquíssima cintilando ao sol do fim de tarde.

O equus parecem quase humanos da cintura para cima, com exceção dos olhos desumanos de tão grandes e o nariz achatado que parece um focinho; o restante do corpo é de cavalo, com exceção das garras com ferro na ponta, que parecem de aves de rapina, no lugar dos cascos. A pelagem dele é de um branco aveludado que cobre quase o corpo todo.

— Os adoradores delas estão sempre à espreita por aí — complementa Braima, que parece idêntico ao irmão, com exceção da faixa preta na crina, que se estende pelas costas até a cauda bem cuidada.

— Exato, é por isso que todo cuidado é pouco. — Esse comentário parte de Mãos Brancas, que avança à frente, os passos lentos e, ainda assim, sérios como sempre. — E a Deka que eu conhecia não sabia abrir portas, sobretudo não para lugares onde nunca esteve.

— Mãos Brancas! — Corro e abraço minha antiga mentora. Para meu alívio, ela me abraça de volta, os braços fortes e capazes como sempre. — A Deka que você conhecia mudou bastante desde a última vez que a viu. Ela é um pouco mais talentosa agora. Bem menos ferida, com certeza.

Mãos Brancas analisa a armadura ebiki que uso.

— Então, segue firme... a armadura ebiki?

Concordo com a cabeça.

— Assim como o poder dentro dela.

E não estou nem falando do poder ebiki.

É o poder da Divindade Superior que tem me mantido seguindo adiante, a única coisa que evitou que o vazio em meu interior crescesse. Embora eu apenas invoque porção suficiente para acionar minhas habilidades, é o bastante para não precisar extrair partes do meu. Contanto que eu siga assim, a armadura ebiki deve permanecer firme, assim como o tempo que me resta.

Ainda vou morrer se não me conectar à kelai, mas ao menos vai levar uns meses, em vez das semanas que eu tinha quando cheguei a Maiwuri.

— Parece que você passou por poucas e boas, Deka — comenta Mãos Brancas, olhando-me de cima a baixo.

— Você nem imagina — respondo com um suspiro.

Aponto com a cabeça de maneira significativa para a extremidade do monumento, no ponto em que o som de água corrente ofusca todo o restante.

Sigo na direção, Mãos Brancas logo atrás de mim, toda séria de novo. Braima e Masaima também nos seguem, seus corpos brancos enormes mantendo todo mundo ao longe.

Quando nos afastamos a ponto de o restante do grupo não conseguir mais nos ouvir, viro-me para Mãos Brancas.

— Como tem sido a busca por aliados?

— Não muito boa. — Ela suspira. — Os aviax continuam obstinados como sempre.

E ainda assim ela continua aqui, mas entendo o porquê.

Os aviax são a única raça parecida com a humana que tem a habilidade de voar... uma habilidade indispensável no combate à longa distância, isso sem contar no reconhecimento de área, no reforço da cadeia de suprimentos e outras tarefas essenciais. E, agora que os deuses criaram mais vales, precisamos deles mais do que nunca, tendo em vista que precisamos adiantar o ataque que Mãos Brancas vem planejando. Se é para impedirmos que os deuses se alimentem, temos que cortar o contato entre eles e os sacerdotes e seguidores de uma vez por todas. E precisamos fazer isso em questão de semanas... talvez até dias.

Mas parece que os aviax são tão inacessíveis quanto a reputação sugere.

O fato de sequer permitirem tantos desconhecidos perto de Ilarong, a capital deles, demonstra como Mãos Brancas é convincente.

Foco a atenção nela quando minha antiga mentora suspira de novo.

— Agora que você está aqui, no entanto, talvez eu consiga aproveitar o embalo. Eles adoram coisas novas e brilhosas, e você é a Angoro, uma deusa confinada a carne e osso. Vai ser irresistível para eles.

Quando balanço a cabeça com relutância, incerta sobre como me sinto em relação à declaração, ela continua:

— E você... Presumo que não tenha conseguido localizar a kelai?

Nego com a cabeça.

— Voltamos a Irfut como minha mãe aconselhou, mas Okot estava lá. Ele prendeu a mim e aos outros no vale das sombras que você acabou de ver.

Mãos Brancas enrijece a mandíbula.

— Então voltamos à estaca zero.

— Não é bem assim — contraponho.

Quando ela me lança um olhar curioso, conto tudo o que Okot revelou sobre a kelai.

— Fascinante... — Mãos Brancas me observa. — Então por que ainda não a deslocaram?

— Acho que deve estar em algum lugar perigoso, algum lugar onde as Douradas perceberiam qualquer movimentação incomum. Os Idugu devem tê-la colocado lá já faz um tempo, sem pensar muito no elemento segurança, levando em consideração que controlavam Otera.

— Mas aí você acordou as Douradas — conclui Mãos Brancas, juntando as peças.

— E tudo mudou. As deusas perceberiam movimentações suspeitas no território delas, sobretudo dos sacerdotes ou dos Idugu, e entrariam em ação.

— O que significa que sua kelai deve estar em algum lugar perto de Abeya.

— Mais do que isso — retruco, enfim dando voz à suspeita que venho tendo desde a conversa com Okot. — Se os Idugu estão relutando em deslocá-la agora, com as Douradas tão enfraquecidas, isso significa que deve estar em algum lugar bem no território das deusas, ou perto, ou no Florescer.

Aquela expansão de verde é a verdadeira medida do poder das Douradas, e cada centímetro do território está ligado diretamente a elas.

— É plausível — confirma Mãos Brancas, tamborilando os dedos no lábio inferior. — Só os deuses seriam arrogantes a ponto de esquecerem algo tão importante perto do território do inimigo.

— Mas, mesmo se for verdade — argumento, murchando —, não vai ficar lá por muito tempo. Okot disse que eles vão deslocá-la daqui a alguns dias.

— O que significa que temos que agir depressa — afirma Mãos Brancas de maneira decisiva. — Vou orientar que meus espiões na região fiquem monitorando qualquer movimento suspeito…

Fico chocada.

— Você já tem espiões na região?

Mãos Brancas estava com a gente quando saímos de Abeya três meses atrás… Como ela já reestabeleceu a rede de contatos?

— Tenho espiões em todo lugar — retruca ela, toda formal. — E, assim que perceberem algo suspeito, vão me avisar.

Um pânico familiar me assola.

— Mas eu deveria estar por lá, procurando.

— E com que propósito? Dado tudo o que me contou, duvido que você encontraria os seguidores dos Idugu antes de meus espiões.

Além do mais, eles estarão procurando você. Não, é melhor que fique aqui e me ajude a finalizar os planos de batalha, além de conquistar os aviax para nosso lado. E mais... preciso que faça outra coisa.

Eu a observo.

— O quê?

Mãos Brancas olha ao redor, como se só agora percebesse todas as pessoas esperando para me cumprimentar.

— Vamos falar disso depois — declara ela, distraída. — Afinal, é um reencontro. — Então se inclina para mim. — Quanto tempo?

Quando minha antiga mentora olha para minhas mãos, suspiro, entendendo a pergunta. *Quanto tempo até o vazio causado pela kelai se exaurindo em mim me consumir e eu me dispersar como poeira ao vento?*

— Muito mais do que eu esperava — respondo com sinceridade. — Acho que ganhei um tempo extra... uns meses se eu mantiver a armadura e usar a Divindade Superior para acionar as habilidades. Mas isso não vai fazer diferença, considerando o estado de Otera.

— O fim do mundo? — pergunta Mãos Brancas.

— O fim do mundo — confirmo, e faço um meneio de cabeça.

— Temos tempo para falar disso depois — comenta, puxando-me para a frente.

Franzo a testa.

— Não está com medo do fim do mundo?

— Sou a alaki mais velha da história. — Mãos Brancas dá de ombros. — Se acha que é o primeiro apocalipse com o qual me deparo, está muito enganada. Venha, Deka, temos lugares a ir.

24

◇ ◇ ◇

O primeiro lugar a que Mãos Brancas se refere acaba sendo uma planície enorme escondida bem dentro da selva, bem além do bosque de árvores ganib. Lá, um rio de flores silvestres aguarda, e as pétalas azuis ondulam com tanta suavidade que quase parecem gotas de água. O grosso das árvores que as cerca forma um círculo tão perfeito que estreito os olhos.

— Aqui é um tipo de fazenda? — questiono, olhando para Adwapa, que anda ao meu lado com Asha sempre junto de si.

— Parece mais uma área de pouso — responde Adwapa, olhando para cima.

Assim que sigo o olhar dela, arregalo os olhos.

Acima, imponente, está a montanha que avistei quando Mãos Brancas apareceu para nós em Maiwuri, embora agora que estou mais perto eu perceba que não é só uma montanha qualquer. Essa tem uma série de cumes que se erguem bem acima das nuvens, uma cidade entalhada neles. Então aquela é Ilarong, a capital de todas as cidades aviax. Edifícios se escoram na pedra delicada, tão mal empoleirados que parecem prestes a cair abismo abaixo. Bandos de aviax pairam ao redor, sozinhos ou montados em zerizards, os lagartos emplumados, parecidos com pássaros, que costumam servir de transporte em Hemaira.

Observo os zerizards, espantada com como são diferentes aqui. Não na aparência, e sim no uso. Em Hemaira, zerizards eram utilizados como cavalos para puxar charretes. Quase nunca saíam do solo. Na verdade, as asas da maioria eram cortadas para que eles não conseguissem voar de verdade. Aqui, estão em seu habitat natural, sobrevoando as nuvens, puxando o que parecem ser liteiras de vidro delicado, as laterais do corpo bem polidas e cintilando ao sol do fim de tarde.

Fico de queixo caído diante da visão.

— São...

— Zerizards, como nunca os viu? — completa uma voz alegre. — Ora, sim, são, sim.

Um zumbido familiar ressoa quando lorde Kamanda, o aristocrata pequeno e sociável que conheci não faz muito tempo, desliza do aparente nada em sua cadeira dourada com dois aviax de plumas elaboradas ao lado. São machos, altos e bem vermelhos, seus pescoços e dedos com garras adornados por joias de ouro pesadas. Eles murmuram com ternura entre si enquanto me olham, parecendo fascinados pela minha presença. É a mesma coisa com os aviax que agora pousam, todos machos e bem mais altos que o mais alto dos seres humanos. Eles olham ao redor das pessoas agora reunidas na clareira antes de, com firmeza e devagar, focarem o olhar em mim.

Assim que um deles me vê, inclina a cabeça, comunicando-se com os companheiros no idioma aviax parecido com o de pássaros.

— Lindos, não são, Deka? — questiona lorde Kamanda, saindo do transporte que agora noto que o trouxe aqui.

É uma das liteiras, só que essa é construída com vidro que reflete os arredores, deixando-a quase invisível. O mesmo vidro da armadura dos zerizards que puxam a liteira, o que os obscurece tanto que só os olhos ficam visíveis.

Meu queixo cai. Não é de admirar que quase nunca se veja os aviax fora das próprias cidades. Se eles vêm transitando em liteiras de vidro como essa, então conseguem ficar praticamente invisíveis.

A multidão fica toda ofegante, surpresa com a cena, e lorde Kamanda absorve tudo com calma enquanto segue até mim na cadeira, que desliza por cima das flores com a mesma facilidade com que transitava pelo chão de pedra polida na mansão dele em Hemaira.

Outra vez pondero se a cadeira não é um tipo de objeto arcano, mas não, não sinto qualquer poder divino emanando dela, é apenas um mecanismo esperto. Com dinheiro, se consegue mesmo as mais belas coisas.

— Lorde Kamanda — cumprimento, sorrindo. — Que prazer inesperado reencontrá-lo.

— Digo o mesmo, Deka — responde o nobre com o sorriso satisfeito de sempre. Virar um inimigo do império após ajudar uma jovem alaki a escapar de Warthu Bera não parece ter afetado em nada sua natureza otimista. Ainda é o mesmo "eu" exuberante ao complementar:

— E ainda sob circunstâncias auspiciosas.

— E quais são? — Não consigo não perguntar.

Adwapa se vira para mim, a expressão sofrida no rosto ao dizer:

— Lorde Kamanda vem trabalhando com a gente como o embaixador oficial dos aviax.

— Um povo bem colorido — confirma o nobre, cheio de admiração.

Adwapa revira os olhos, sem mais conseguir manter a expressão, ao que parece. Uma coisa que não consegue suportar é gente alegre demais. Ela e Belcalis têm isso em comum, e lorde Kamanda é uma das pessoas mais simpáticas que já conheci.

Volto a atenção a ele.

— E sua esposa?

Da última vez que vi lady Kamanda, ela estava grandona, pronta para parir os gêmeos a qualquer momento.

Uma expressão carinhosa toma o rosto do nobre.

— É com grande alegria que digo que ela acabou de dar à luz os gêmeos. Estão lá em cima. — Ele aponta com a cabeça para a cidade, de onde um mutirão das liteiras delicadas agora desce. — Junto de Thandiwe, lógico.

— Lógico — repito e aceno.

Karmoko Thandiwe, instrutore chefe e minhe professore de estratégia de batalha em Warthu Bera, é parceire de lady Kamanda, a quem namora há pelo menos um ano. Elus se conheceram quando Karmoko Thandiwe buscava aliados para resgatar as meninas que foram presas em Warthu Bera depois que me rebelei contra o antigo imperador oterano. O fato de lady Kamanda ser casada com lorde Kamanda não foi um obstáculo. Ambos os nobres admitiam sem ressalvas que tinham um casamento de conveniência.

Volto a atenção ao lorde Kamanda quando ele completa:

— E também é com grande alegria que conto que lady Kamanda e eu cortamos os laços de matrimônio. Como não podemos mais morar em Hemaira, não é mais preciso que mantenhamos a união. E, enquanto continuamos amigos íntimos e companheiros de alma, bem como, lógico, pai e mãe de nossos filhos, já passou da hora de eu me aventurar a encontrar alguém para mim, talvez um bom cavalheiro mais velho. De preferência alguém de peso.

O nobre exuberante forma uma silhueta gordinha com as mãos.

Contenho um sorriso.

— Então parece que preciso parabenizá-lo, lorde Kamanda — respondo. — Fico feliz pelas novidades maravilhosas em sua vida, e desejo sorte em sua busca pelo cavalheiro de seus sonhos.

— Obrigado — retruca ele e então assente. — E agora, quanto ao meu propósito oficial. Como embaixador das Armadas da Angoro...

— É esse o nome? — interrompo, franzindo a testa.

— Bem esperto, né? — comenta ele, todo orgulhoso. — Eu mesmo inventei.

— Ah, foi? — digo enquanto as gêmeas abafam risinhos ao meu lado. Então faço uma pausa. — E queremos mesmo manter esse título?

— Óbvio que queremos! — Lorde Kamanda é tão enfático que só me resta assentir. Ele pigarreia. — Pois bem, então. Honrada Angoro, fico contente em lhe dar as boas-vindas oficiais a Ilarong, a capital de todos os ninhos aviax.

— Obrigada.

Então ele gesticula.

— Por aqui. Sua liteira é essa. — Ele aponta para uma liteira enorme no centro, coberta por um tipo de vidro como a dele. — Nela devem caber você e todos os seus amigos.

Ele aponta com a cabeça para meu grupo, que se aproxima.

— Mais uma vez, obrigada — respondo ao entrar, e os outros logo fazem o mesmo, Ixa na forma de pássaro noturno atrás deles.

Assim que trancam a porta, todo mundo se vira para mim.

— Bem — murmura Asha, cutucando-me —, e aí? O que perdemos?

Não foi só meu grupo que passou por aventuras desde que nos separamos. É o que Adwapa, Asha, Kweku, Acalan, Rian, Mehrut e Katya relatam ao longo da jornada de meia hora montanha acima até Ilarong. Desde se esquivar de grupos de alaki e jatu inimigos, passando por escapar por pouco de prepostos até batalhar contra os Renegados, os uivantes mortais masculinos de pele roxa que são leais aos Idugu, o grupo de Mãos Brancas também viveu poucas e boas no trajeto pelo continente ao sul.

— Não tropeçamos em nenhum vale das sombras, no entanto — comenta Kweku, balançando a cabeça.

— E com certeza não vimos nem sombra de Melanis — acrescenta Adwapa e escora a cabeça no ombro de Mehrut. — Não acredito que ela está viva.

— E *horrorosa* — complementa Britta. — Parece um morcego, com nariz amassado e tudo.

— Mentira! — Katya solta um arquejo, chocada.

Se tem uma coisa que ela ama, é fofoca.

— Acha que ela ainda está por aí? — questiona Adwapa, com curiosidade nos olhos.

— Sem dúvida — respondo, olhando pela janela. Ilarong já está próxima, os cumes formando um contraste com o sol poente. — Se ela sobreviveu depois que uma montanha inteira caiu em cima dela, consegue sobreviver a ser içada meia floresta adentro.

— Por ume jurade divine! — Acalan parece animado. — Não acredito que esses seres existem mesmo.

— Nem que Lamin era um deles — opina Asha com um olhar triste.

Lamin era uruni dela, e, embora não fossem próximos como o restante de nós, ainda tinham um laço.

Quando ela abaixa a cabeça, ponho a mão em seu joelho.

— Sinto muito, Asha. Sei que ele era importante para você.

— E ainda assim nunca suspeitei de nada. Eu, uma das espiãs de Mãos Brancas. — Ela suspira, triste. — Há certa ironia nisso.

— Ao menos ele nunca nos apunhalou pelas costas — diz Adwapa com alegria. Então franze a testa. — No sentido literal, no caso. Já no figurado...

— Ele nos traiu, escondeu a quem era leal de verdade. — Asha suspira. — Deka fez certo ao deixá-lo em Maiwuri. Talvez um dia ele se redima pelas ações.

— Mas até lá — comenta Britta com animação, tentando levantar o astral —, vamos explorar um ninho aviax de verdade. Olhem para Ilarong! Chegamos!

Ela escancara a porta, então aponta. Enquanto saio da liteira, sigo com os olhos o caminho indicado por ela, intrigada. Ilarong com certeza não é o que esperei. As ruas da cidade são pavimentadas com pedra, e há bancos sob as multitudes de árvores frondosas que as ladeiam. Como é um espaço habitado pelo povo pássaro, imaginei que não haveria nem uma coisa, nem outra... que os aviax só flutuassem de um lugar para o outro, de vez em quando parando para descansar nos galhos de uma das pequenas árvores retorcidas pelo vento que corre por toda a montanha, ou em um dos poleiros de pedra entalhados de forma artística nos edifícios. Mas não. Quando estreito os olhos para um dos bancos, Acalan, que também só agora está esticando as pernas, vira-se para mim e dá de ombros.

— Humanos — explica ele com um tom tão casual que o imagino ajustando um par daquelas engenhocas de vidro ocular que os jurados divinos de Sarla estavam sempre usando.

— Quê? — pergunto.

— Em uma época antiga, os aviax coexistiam com humanos e equus. É por isso que as ruas são assim... para acomodar as outras raças. É fascinante, na verdade, pensar que tantos tipos de criatura viveram aqui um dia.

Confirmo com a cabeça, nem me dando ao trabalho de perguntar como ele sabe... se tem algo que Acalan ama é conseguir informações. De todo o grupo, ele é o mais estudioso, embora talvez Lamin se compare a ele, considerando que é um verdadeiro jurado divino da divindade da sabedoria.

Afasto os pensamentos sobre Lamin ao perguntar:

— Então, o que aconteceu?

— Oyomo aconteceu — respondem duas vozes em uníssono atrás de mim.

Braima e Masaima galopam sem pressa até mim, as garras tamborilando de leve nas ruas de pedra.

— Quando os jatu tomaram Otera e obrigaram todo mundo a adorar Oyomo, declararam que todas as raças semi-humanas eram bestiais, mais próximas a animais do que a humanos, e que não deveriam mais se misturar para evitar a contaminação — explica Masaima. — Saudações noturnas, Angoro, a propósito.

Ele e o irmão trotam para mais perto, e os dois se inclinam à frente, como se para dar uma mordiscada curiosa em meu cabelo, como de costume. Só que ambos torcem o nariz, com evidente nojo.

Braima, com a crina de faixas pretas, é o primeiro a falar, e parece mesmo enojado:

— Angoro, você está com cheiro de...

— Morte?

— Coisa ruim — corrige ele. — Coisa ruim do tipo que nunca tive o desprazer de sentir o cheiro antes.

— Isso mesmo — concorda o irmão, chegando para trás. — É abominável.

Fico sem reação. Parece que os equus não são afetados pelos feromônios do fantasma do vale do mesmo modo que meus amigos são. Guardo a informação para o caso de vir a ser útil.

Continuo achando graça quando os dois dizem:

— Recomendamos que você tome um banho. Para já.

Confirmo com a cabeça.

— Vou levar isso em consideração.

— Faça mesmo isso — respondem com seriedade e, de repente, começam a se afastar.

Depois que eles vão embora, Keita se separa dos outros rapazes e se aproxima de mim, então se inclina como se fosse me dar uma fungada.

— Nem pense nisso se quiser continuar vivendo — alerto entre dentes, mas Keita só dá de ombros.

— Ouvi dizer que tem fontes termais na montanha.

— É mesmo?

A expressão dele é quase tímida ao assentir.

Desvio o olhar, sentindo as bochechas esquentando, quando ele logo completa:

— Podemos ir lá juntos, se quiser.

Penso na possibilidade, Keita e eu relaxando em uma nascente quente juntos. Só que não há tempo para isso; temos muito a fazer para encontrar a kelai. Porém, ao mesmo tempo, Mãos Brancas mandou os espiões vasculharem o Florescer, atentos aos escudeiros dos Idugu.

Não há como eu contribuir com tal tarefa no momento, então olho para Keita de novo, mas sem me fixar em seus olhos, e pergunto:

— Isso é permitido aqui? Eu e você na mesma fonte termal? Juntos?

— Aqui não é o império, Deka — responde Keita, apontando com a cabeça para o céu. — É Ilarong.

Sigo o olhar dele para os pares de aviax voando com as caudas entrelaçadas.

A maioria dos pares é composta por gêneros opostos. Dá para ver por que os machos são bem maiores e têm plumagens bem mais brilhantes que as fêmeas, cujas plumas, em maior parte, são de tons de verde-acinzentado-claro. Há, contudo, alguns pares de machos e outros de fêmeas. Há ainda poucos aviax que estão entre um e outro... com cores verdes-acinzentadas e caudas com penas vivas ou o contrário. Imagino que esses aviax sejam os que ocupam a variedade de terceiros gêneros.

Como antes, eles nos olham com curiosidade ao passarem, prestando atenção especial a mim com os olhos amarelos de pássaro. É impossível não ponderar se Mãos Brancas já distribuiu por aí um pergaminho com meu rosto.

Keita aponta para um par voando com três fêmeas felpudas ao lado.

— Aqui podemos ser quem quisermos. Fazer o que quisermos — continua ele, e fico eriçada com o que isso quer dizer, então Keita logo corrige: — Dentro do razoável, no caso.

Keita sabe que não quero que o que está acontecendo ao redor me apresse a fazer nada. Desde que nos conhecemos, já ocorreram mil crises, mil batalhas, e por isso sempre me certifiquei de que fôssemos devagar no namoro. Podemos viver com medo e com a cabeça no presente como todos os guerreiros, mas, no namoro, quero mais para mim mesma. Quero o momento perfeito... embora talvez seja um sentimento imprudente, considerando que o mundo está fadado à extinção.

Mas, como Mãos Brancas diz, o mundo está sempre fadado à extinção.

Mantendo isso em mente, confirmo com a cabeça, segurando a mão de Keita.

— Pois bem, vamos para a fonte termal juntos.

— *Depois* de comermos. — A exigência parte de Britta, que está parada atrás de nós com os braços cruzados e com Li ao lado. Ela continua, em evidente censura: — E, sério, Deka, era de se pensar que você faria coisas mais práticas em vez de ficar fantasiando sobre fontes termais e coisas do tipo, levando em conta a crise em que estamos.

— Mas é exatamente por isso que deveríamos, *sim*, ir para as fontes termais — contrapõe Li, puxando-a para perto. Ele desliza a mão num movimento de vaivém pelas costas da namorada. — Se o mundo acabar manhã, não gostaria de morrer sabendo que teve algumas horas de felicidade comigo?

— Eu prefiro viver, obrigada, de nada, e isso significa nos planejar para o que vem em seguida, não sair zanzando para lugares românticos.

Concordo com a cabeça.

— Verdade. Mas, neste caso, acho que Li tem razão — afirmo. Quando Britta se vira para mim, assustada, suspiro. — *Nunca* temos tempo. Desde que nosso sangue saiu dourado, estivemos correndo de um lugar para o outro, sempre tentando estar um passo à frente da morte. E, sendo sincera, estou cansada, Britta. — Lanço um olhar melancólico a ela. — Você não?

Enquanto Britta permanece no lugar, calada, Belcalis coloca a mão no ombro dela.

— Estou com Deka nessa. Estamos todos exaustos, e faz semanas que não nos vemos. Os deuses vão continuar botando terror, e as batalhas vão continuar acontecendo, mas talvez hoje possamos só aproveitar a companhia um do outro. — Ela inala como se estivesse se preparando, então lança um olhar significativo ao grupo. — Porque o amanhã pode não chegar.

— Porque o amanhã pode não chegar — repete todo mundo com solenidade.

E então começamos a nos abraçar, mais apertado do que quando nos reencontramos. Afinal, as palavras de Belcalis são um lembrete do que exatamente podemos perder se o mundo ruir.

Um ao outro.

O jantar em Ilarong é simples e apressado: carne refogada com um grão verde germinado, mas surpreendentemente gostoso; uma ou outra fruta. Como os aviax são povo pássaro, o gosto deles não casa muito com o nosso nem com o dos equus. Essa refeição é o melhor que podem nos oferecer de acordo com nossas preferências, embora eu imagine que o jantar no grande salão, do qual Mãos Brancas, lorde Kamanda e todos os nobres aviax desfrutam, seja bem mais grandioso. Só que nem eu nem meus amigos aceitamos ao convite de ir. Já basta o fato de estarmos fedendo e sem banho, não podemos estar nessas condições em um lugar onde quase todo mundo está trajando penas variadas de todas as cores do arco-íris e tantas joias que precisamos proteger os olhos quando passam. Isso sem contar que queremos evitar olhares. A maior parte dos aviax encara tanto que é como se nunca tivessem visto alguém que não fosse da raça deles antes, o que é provável que seja verdade. Pelo que entendo, só emissários e outras designações especiais saem dos ninhos aviax; o restante permanece perto das cidades montanhosas.

Só fico grata por eles, como muitas espécies de pássaros, não parecerem ter um olfato muito poderoso, ou todas aquelas encaradas teriam tido outro significado.

Depois do jantar, meus amigos e eu seguimos Adwapa e Asha para as fontes termais, que ficam em um dos cumes montanhosos com vista para a cidade.

— Ahhh — murmura Adwapa em júbilo assim que entra na água quente. — Isto é que é vida.

Ela fecha os olhos, acomodando-se.

Como todas as outras garotas, ela usa uma tanga e um tecido cobrindo os seios por puro recato, mas, considerando que já nos vimos com pouquíssima roupa ao longo dos anos, é uma mera formalidade.

Mehrut logo se aninha ao lado dela, o mais perto possível, então fecha os olhos também. Faço o mesmo com Keita, que ergue os braços para que eu deite a cabeça em seu peito.

— Você disse tudo — responde Li, acomodando-se ao nosso lado.

— É assim que *deveríamos* viver.

Deka... Ixa concorda, embora eu seja a única ouvir. Ele já está submerso na água quente, só com as narinas de fora. Faz um sonzinho alegre de gorgolejo. Ao que parece, ele gosta da água quente tanto quanto da fria.

Quem diria?

Britta deita a cabeça no ombro de Li.

— Sabe, pela primeira vez, concordo super com você e Adwapa. Total perfeição — murmura toda feliz, sorrindo para ele.

Lanço um olhar para ela.

— Vai dizer que está mesmo feliz neste calor? — questiono, erguendo as sobrancelhas quase até o couro cabeludo.

Britta é a pessoa mais sensível ao calor que conheço. Um tico de luz do sol, e ela começa a reclamar; e coitado de todo mundo se, além de tudo, ela ainda estiver menstruada. Nunca mais se tem paz.

Mas, para minha surpresa, ela me lança um olhar sarcástico e responde com desdém:

— Temos fontes termais em Golma. O calor de lá chega até a subir para nossas cabanas. Como você acha que nos aquecemos no frio brutal?

Dou de ombros.

— Sei lá. Imaginei que colocassem uns casacos de pele ou algo do tipo.

Adwapa estreita os olhos para mim.

— E você, não está cozinhando dentro dessa coisa aí, não?

Ela se refere à armadura de Ayo, que ainda estou usando, tendo em vista que, se eu tirar mesmo que por alguns segundos, arrisco esgotar o que resta de meu poder caso surja algum perigo.

Nego com a cabeça.

— Não incomoda tanto. Parece quase uma segunda pele. Além do mais, os ebiki são animais aquáticos. O material é feito para a água.

— Mas e a sujeira? — questiona Britta, torcendo o nariz.

Olho para baixo.

— Parece autolimpante.

É uma coisa estranha que percebi: enquanto meu rosto, meu cabelo, minhas mãos e meus pés parecem ter ficado sujos no trajeto, o restante segue limpo desde que vesti a armadura. Presumo que seja porque ela faz um belo trabalho em repelir tudo.

Em algum momento vou me despir dela. Mas só depois do que está acontecendo chegar ao fim. Depois de eu matar os deuses de Otera e dançar em cima de seus respectivos crânios metafóricos.

— Que conveniente — murmura Belcalis. Então olha para o restante do grupo. — Então, alguma sorte nas negociações? Não parece estar acontecendo muita coisa além de conversinhas, pelo que notei.

Típico de Belcalis estar há menos de um dia no lugar e já ter analisado como tudo funciona.

— Vou me juntar a Mãos Brancas nas negociações a partir de amanhã — comento.

Eu já tinha explicado isso ao grupo antes, também mencionei a determinação de Mãos Brancas de que ficássemos aqui enquanto os espiões dela observavam as movimentações dos seguidores dos Idugu, mas é óbvio que Belcalis estava muito ocupada observando as idas e vindas ao redor para ter prestado atenção.

— Vamos torcer para que eles estejam dispostos a conversar com você — retruca ela. — Esse povo pássaro não parece muito acolhedor com gente de fora.

De seu cantinho exclusivo da fonte termal, Katya dá de ombros.

— Não sei, os aviax pareceram bem hospitaleiros desde ontem.

— Por causa do ouro que lorde e lady Kamanda trouxeram para amenizar as negociações — opina Adwapa.

— E para proteger os filhos deles — adiciona Asha.

Quando olho para elas, confusa, Adwapa explica:

— Lorde Kamanda estava determinado a ser embaixador aqui porque é um dos cumes mais altos de Otera. Afinal, se a luta começar logo...

— O que vai — lembro baixinho.

— ... os filhos dele vão ficar seguros aqui.

— Astuto — comenta Acalan, assentindo em aprovação. — Aquele homem é inteiramente astuto, mesmo que isso não fique evidente de cara. É extraordinário, de verdade. Vocês tinham que ter visto como ele conquistou todo mundo com o ouro. Trouxe quase a fortuna toda para impressioná-los. Pássaros e dinheiro, quem imaginaria.

Acalan está com um olhar distante agora, um que já vi no rosto de meus amigos várias vezes.

Keita e eu nos entreolhamos. Acalan enfim encontrou uma paixão para além de pergaminhos antigos. É uma pena que o que lorde Kamanda está procurando seja o exato oposto de um jovem magrinho com ar intelectual.

Li olha para Acalan por um momento, então arqueia as sobrancelhas, todo dramático.

— Extraordinário — murmura ele, todo sugestivo. — Ah, lorde Kamanda, você é tão extraordinário. Pode ser meu comandante e me dar ordens? Ah, lorde Kamaaaaandaaa...

Acalan fica todo vermelho.

— Não foi isso que eu... Quer dizer, eu não...

Mas Li está envolvido na nova brincadeira. Ele finge desmaiar em cima de Britta.

— Ah, lorde Kamanda, me abrace, me toque.

E agora Britta entra na brincadeira.

— Vou lhe abraçar, vou lhe tocar.

Ela ri, e o som é tão alto que Adwapa olha dela para Li.

— Enfim chegou. — Adwapa suspira, balançando a cabeça. — O dia que todos temíamos.

— Que dia? — questiona Britta, endireitando a postura.

Só que Adwapa se vira para o restante do grupo.

— Eles passam tanto tempo juntos que um está se transformando no outro. Eles viraram... *a mesma pessoa!*

Quando ela balança a cabeça outra vez, concordo de uma forma carregada de sabedoria.

— É terrível, mas sabíamos que aconteceria.

Britta faz cara feia.

— Você também não, Deka.

Só que continuo, sem me abalar:

— A personalidade de Li é tão forte... forte demais. Não se pode negar que é contagioso.

Revirando os olhos, Britta se vira para Li, e os dois de pronto caem um por cima do outro, rindo que nem bobos.

— Me abrace, me toque — murmuram os dois enquanto Acalan enrubesce cada vez mais.

Keita me puxa para mais perto. Ele abre um sorriso, a expressão tão parecida com a minha que meu coração quase salta do peito.

— Viu, Deka — sussurra em meu ouvido. — Estamos em casa.

E pensar que já fui uma garota solitária que não tinha ninguém. Agora tenho todas essas pessoas maravilhosas. Essa família maravilhosa. Eu poderia ser engolida pelas preocupações, pelos medos, pelo que está acontecendo com a kelai e pelas batalhas que estão por vir, mas em vez disso escolho permanecer no presente.

Confirmo com a cabeça, dando um beijinho suave no peito de Keita.

— É. É bom estar em casa.

25

◆ ◆ ◆

O salão onde os aviax sediam a reunião oficial para determinar se vão ou não se tornar nossos aliados tem o formato de uma flor desabrochada. Os primeiros raios de sol estão começando a se derramar pelas paredes cintilantes douradas e verdes, que se curvam para cima e para fora em um favo de poleiros de vidro interconectados que se assemelham a colmeias. Os poleiros são onde os nobres aviax pernoitam, as penas lisinhas como diamantes brilhantes, as orelhas e o pescoço adornados com tantas joias que cintilam como estrelas. Ao menos é o que parece do ponto em que observo no chão, onde estou com meus amigos, Mãos Brancas, lorde Kamanda e uns poucos comandantes humanos e equus que conheci na noite anterior muito brevemente.

Estamos todos olhando para os dois monarcas aviax empoleirados em tronos de cristal delicados e tão altos que quase ultrapassam a extensão das paredes de vidro imponentes.

Observo os dois, fascinada. O rei é uma figura masculina suntuosa. É tão alto que chega quase à altura de Myter e tem uma plumagem tão brilhante que por pouco não ofusca a rainha bem menor e mais simples. Enquanto as penas dele são de tons tremeluzentes de roxo e verde, as dela são de um cinza neutro e comum, embora a cauda seja de um roxo vivo e furta-cor, indicando que talvez seja yandau em vez de fêmea. Contudo, não tenho certeza, considerando como sei pouco a respeito dos aviax.

Seria fácil descartá-la como uma observadora silenciosa de tudo o que se sucede, mas a inteligência brilha nos olhos dela, mais aguçados e ferozes do que os do rei. Desconfiada, fico atenta a ela quando o vizir (um tipo alto e de aparência distinta com plumagem azul-celeste que combina com as penas esplêndidas que formam o bigode e a barba dele) fala. O desdém pela nossa presença fica visível pelo modo como ele se pavoneia todo e agita as asas.

Enquanto ele olha de cima com escárnio para lorde Kamanda, que hoje usa vestes roxas belíssimas e segura o mata-moscas dourado cerimonial (o símbolo da mais alta patente da nobreza de Hemaira), olho para Mãos Brancas, como venho fazendo desde que cheguei. Ela ficou calada até então, a imagem perfeita da observadora silenciosa, só que ela usa o que denominei como "armadura da arapuca", um traje de ossos brancos tão parecido com a armadura cerimonial que daria para confundir os dois, só que esse tem mais articulações flexíveis, o que facilita o movimento.

Ela tem um plano... isso ficou implícito ontem quando me disse que me pediria algo depois, e só agora me arrependo de não tê-la procurado antes para perguntar do que se trata. Contudo, dormi mais do que o costume de manhã, graças ao colchão macio de penas e o resquício de relaxamento oriundo das fontes termais.

Eu precisava descansar (todos nós precisávamos), então por enquanto vou apenas ficar a postos como todo mundo até que Mãos Brancas revele o plano.

O vizir continua falando:

— Embora entendamos a urgência do pedido — afirma ele, cheio de si, no tom de voz melodioso e estridente que percebi ser comum à maior parte dos aviax —, nós, os cidadãos de Ilarong, há muito temos mantido uma política de não interferência em relação às outras raças sencientes. É o mesmo para todos os aviax pelas províncias do Sul, cujos representantes, como sabem, também estão presentes. Nossos conselhos em conjunto decidiram que não é nossa batalha e assim não requer nossa participação. Sobretudo agora que desejam adiantar tanto o cronograma. — Ele lança um olhar significativo a Mãos Brancas ao dizer a última frase.

Depois que contei a ela sobre os vales das sombras, Mãos Brancas decidiu adiantar o ataque para daqui a semanas, em vez de meses, como vínhamos planejando.

— Então tudo o que acabou de dizer se traduz em "não", certo? — pergunta Britta baixinho ao meu lado.

— Basicamente — confirma Adwapa, que está do outro lado. Ela faz um "tsc, tsc". — Estão ocupados demais polindo as joias, então não conseguem acordar para a vida.

Sinto o mesmo. É evidente que os aviax não entendem nem querem entender de todo o que está acontecendo no mundo ao redor.

Para mérito próprio, lorde Kamanda não transparece nadinha da irritação que brilha em seus olhos enquanto alisa as vestes.

— Com todo o respeito, honradas figuras, embora não desejem se envolver na guerra iminente, a guerra vai, em algum momento, chegar até vocês. É só uma questão de tempo. De acordo com a Angoro, temos apenas alguns meses, talvez meras semanas, até os vales das sombras se infiltrarem de modo permanente neste reino e prepararem o cenário para a destruição total. Precisamos entrar em ação agora, orquestrar um ataque. Já temos tropas por Otera esperando para começar a primeira onda de confrontos.

De algum modo, não me surpreendo quando o vizir acena com a mão, descartando as palavras do lorde Kamanda com um "humpf" irritado.

— Continentes escondidos, vales das sombras, um novo panteão de deuses... bobagem insignificante — rebate ele com desdém, então se dirige a Mãos Brancas: — Sua guerra com as deusas mudou sua compreensão de realidade, rainha de guerra Fatu de Hemaira.

Mãos Brancas responde à ofensa com um sorriso brando.

— Prefiro Mãos Brancas.

O vizir descarta as palavras dela com outro aceno de mão.

— Pois bem... Mãos Brancas... não que seu nome deva importar, considerando o quanto decaiu. — O vizir olha para os monarcas, em um nítido pedido de permissão antes de prosseguir: — Você já foi o braço direito do imperador. Agora é uma traidora dupla... não só dos oteranos, que já foram seus aliados, como das deusas a quem chamava de mães. E agora quer nos envolver em sua insanidade.

— Aff — sussurra Britta, balançando a cabeça. — Agora ele passou dos limites.

De fato. Vejo a expressão no rosto de Mãos Brancas, tão neutra que parece que ela nem se incomodou. Só que Mãos Brancas não se zanga; ela se vinga.

— Eu sugeriria irmos embora — sussurra Asha. — Deixar que esses estúpidos lidem com os vales sozinhos, mas quero ver como isto vai terminar.

— Mal — concorda Belcalis. — Isto vai acabar mal. Para eles.

Mãos Brancas não parece ouvir nossos comentários sussurrados enquanto inclina a cabeça com graciosidade, com a calmaria de sempre. Ela ignora o vizir e olha para os monarcas.

— Entendo o raciocínio, honradas majestades. Vocês são os cuidadores do bando. Precisam protegê-lo, sobretudo contra aqueles que talvez não vejam o mundo de um jeito... como posso dizer... lógico? Dito isso, peço humildemente que me permitam apresentar uma última consideração.

O vizir começa a resmungar, irritado por ter sido ignorado. Ele de fato sofre de uma presunção incurável.

— Como se fôssemos...

— Somos todo ouvidos — interrompe a rainha, erguendo a mão emplumada delicada.

O salão inteiro se cala, inclusive o vizir, que fecha a boca rapidinho. Mãos Brancas põe a mão no peito e faz uma reverência, grata.

— Obrigada, honrada majestade.

Então ela se vira para onde estou parada junto aos meus amigos e assente para mim.

Fico tensa na mesma hora. Aqui vem o favor sobre o qual ela falou.

— Gostaria de apresentá-los a alguém importante: Deka, a Angoro, matadora de deuses. — Ela me chama com a mão. — Venha à frente, Deka.

Assentindo, vou à frente devagar, tentando projetar o máximo de confiança possível, tendo em vista que os aviax estão, de modo bem literal, me olhando de cima, inclusive o odioso vizir.

Quando paro ao lado de Mãos Brancas, o rei estreita os olhos para mim.

— Uma assassina de deuses bem pequenininha, não acha? — murmura ele, pensativo, embora seja fácil para ele falar, sendo literalmente gigante.

A rainha dá de ombros, um afofar de penas elaborado.

— Talvez, mas já aconteceram coisas mais estranhas que isso — opina ela.

— De fato — concorda Mãos Brancas. — Por favor, atenham-se a esse sentimento. Pois bem, contei a vocês sobre as aventuras recentes de Deka. Dos vales das sombras...

Um formigamento de presságio corre por meu corpo, mas o vizir, como sempre, não percebe o perigo. Ainda que tenha semelhanças com pássaros predatórios, ele não parece ter um instinto de sobrevivência muito apurado.

— Tudo bobagem insignificante — repete ele com desprezo. — Tudo bobagem sem sentido.

Mãos Brancas o ignora.

— Há uma coisa, porém, que não lhes contei. Deka aprendeu uma nova habilidade durante a viagem. Uma que quero compartilhar com vocês. Imagino que vá ser elucidativo.

Ela se vira para mim de modo significativo, e agora percebo a névoa se infiltrando na sala do trono, uma névoa que escurece tudo, que bloqueia o sol. É acompanhada pelo formigamento que sinaliza a chegada de outras filhas das deusas.

Estremeço, calada, sabendo bem o que está prestes a acontecer.

— Quero que abra a porta para o último lugar em que esteve, Deka — declara Mãos Brancas. — Quero que mostre a eles o risco que correm.

— Mas...

Olho para lorde Kamanda, ali sentado, desavisado, na cadeira. Para o vizir, empoleirado no ninho um tanto acima dele.

Nenhum dos dois vivenciou um vale das sombras. Mais ainda, nenhum dos dois está preparado, caso aconteça o pior. E a câmara já ficou tão escura. Tão, tão escura...

Quase tão escura quanto os vales.

Um chilrear preocupado corre pelos aviax, mas Mãos Brancas o ignora enquanto, devagar, de forma deliberada, coloca-se na frente do lorde Kamanda.

— Abra a porta para o vale, Deka — comanda ela. — Estou aqui. *Vou protegê-lo.*

Concordo com a cabeça.

— Vou abri-la agora — respondo, já imaginando a escuridão horripilante enquanto entro em estado de combate.

A Divindade Superior flui para dentro de mim com tanta facilidade que quase não percebo quando acontece.

Então rasgo o espaço à frente.

A escuridão paira de imediato. Silêncio, profundo e absoluto. E então as luzes emergem, o azul fraco tremeluz...

No poleiro acima de mim, o vizir inclina a cabeça, intrigado.

— Fascinante — murmura ele, inclinando-se para a frente com uma expressão encantada.

Parece que os aviax são tão apaixonados pelas luzes quanto pelas joias.

— Eu não faria isso se fosse você — aconselha Mãos Brancas com o tom de voz neutro.

— Fazer o quê? — pergunta o vizir, aproximando-se da luz.

Então um rugido horrendo ressoa.

Quando o vizir chega para trás, aterrorizado, um tentáculo gigante dispara da escuridão. Antes que o vizir seja tocado, uma figura escura enorme sai das sombras. Um som distinto de chocalho irrompe enquanto o tentáculo é rasgado em dois.

O pandemônio se instaura, gritos aterrorizados soam e asas se erguem agitadas enquanto os aviax nas fileiras acima tentam içar voo, fugindo do alcance dos tentáculos, que emergem depressa da escuridão.

Mantenho o foco na figura escura.

— Sayuri!

A Primogênita gigante que conheci como a uivante mortal Chocalho está aqui de repente, assim como uma horda de outros uivantes mortais, a névoa se erguendo ainda mais no ar enquanto eles lutam contra os outros tentáculos, que agora se espalham pelo cômodo sem restrições.

— Feche a porta, Deka! — comanda Sayuri enquanto gira, eviscerando um tentáculo após o outro, os espinhos em suas costas chacoalhando a cada movimento.

— É pra já! — respondo, já imaginando a porta se fechando.

Um rugido dolorido ressoa quando a porta obedece ao meu desejo e corta tentáculos no processo. Dentro de segundos, o vale some, deixando o sangue espalhado pelo chão e massas de tentáculos ainda se contorcendo no rastro.

Enquanto a névoa recua e a luz do sol brilha outra vez, um silêncio horrorizado impera. Ele dura apenas alguns instantes. Há um tom determinado no chilrear dos aviax à medida que voam de volta aos poleiros.

Na verdade, o único em silêncio agora é o vizir. Devagar e de modo deliberado, Mãos Brancas limpa das penas dele uma mancha de sangue azul do fantasma antes de se virar para os monarcas, que estão grasnando em fúria entre si.

Minha antiga mentora aponta para onde a porta estava antes de declarar:

— Aquele lugar escuro que acabaram de ver era um vale das sombras, e a coisa que atacou era um fantasma do vale, uma monstruosidade que os deuses criaram para aumentarem o próprio poder. Se não nos ajudarem na missão, Otera inteira vai acabar como aquele vale em questão de semanas, e isso inclui sua preciosa Ilarong, bem como outros ninhos. Todo mundo aqui, até mesmo vocês, majestades emplumadas, vão virar comida para os deuses. E, como viram, eles não se importam com ter de devorar aviax. Na verdade, talvez até prefiram vocês.

Ela abre um sorriso minúsculo para os monarcas.

— Pois bem, ainda querem nos botar para correr, ou vão virar nossos aliados?

O rei fica sem reação, então olha para a rainha, e mensagens silenciosas são transmitidas entre os dois. Por fim, pigarreia e se dirige a Mãos Brancas:

— De quantos aviax precisam?

— Do maior número possível.

26

◈ ◈ ◈

Sayuri está na beirada de um dos muitos cumes de Ilarong quando a encontro depois, de olhos fechados como se ouvisse uma canção que ninguém mais ouve. É meio de tarde, e um frio agourento se instaurou pela cidade montanhosa... a névoa emitida pelos uivantes mortais dela. Como tantos conseguiram se infiltrar na cidade sem serem percebidos, não sei, mas tem um toque de Mãos Brancas nisso tudo... Minha antiga mentora com certeza se planejou para a possibilidade de os aviax se recusarem a virar nossos aliados. Tanto a chegada dos uivantes mortais quanto a abertura do vale foram alertas ao povo pássaro: a guerra já existe, querendo vocês ou não.

— Deka — murmura Sayuri, abrindo os olhos devagar quando me aproximo. Ela me olha de cima a baixo antes de ponderar: — Ou agora devo chamá-la de Angoro?

— Deka está bom.

Observo os uivantes mortais se movimentando com agilidade pela cidade, sombras escuras se em comparação aos aviax voando de um lado para o outro enquanto reúnem suprimentos para carregar as charretes puxadas por zerizards.

Só o que me resta é torcer para que alguns deles já tenham sido alocados para a espionagem em Abeya e o Florescer em volta, mas Mãos Brancas já me assegurou várias vezes que possui espiões observando a área com cuidado. Se um único seguidor dos Idugu pisar nas montanhas perto da cidade das deusas, ela vai saber e vai mandar a mim e meus amigos para lá para prender quem quer que seja esse alguém, e assim alcançarmos a kelai primeiro.

Enquanto isso, vamos ficar aqui para ajudar nos preparativos do primeiro ataque contra os deuses.

Volto a atenção a Sayuri enquanto ela assente.

— Hum... — murmura ela, aproximando-se.

O movimento é tão ágil e fluido que ela está diante de mim antes que eu sequer note que ela se mexeu.

Logo chego para trás, incomodada por estar tão perto de uma uivante mortal. As garras dela parecem ainda mais afiadas do que em Warthu Bera, e agora as pontas são douradas, assim como as penas feito espinhos nas costas que fazem o barulho de chocalho característico dela.

Mais do que antes, Sayuri parece uma sombra intimidadora. Mas isso pode a impressão causada em mim pela culpa. Devo muito a ela, tenho muito pelo que me redimir.

Ela me encara sem piscar, e encaro de volta, uma mosca presa no olhar de uma aranha grande e letal em específico. Isto é, até eu me dar conta.

O contato visual de Sayuri é direto, ininterrupto. E ela não está observando o nada como se estivesse vendo coisas que não existem. Já percebi antes, mas, por alguma razão, não entendi o que significava, até agora.

— Você está inteiramente lúcida— concluo.

Seria por que não está mais sob influência das flores azuis, a flor de cheiro doce que as matronas de Warthu Bera usavam para dopá-la e deixá-la submissa?

Ela abre um sorriso amargo.

— *Lúcida...* Que palavra fascinante. Tanto julgamento escondido em poucas sílabas. Diga, Angoro, você acha que é preciso permanecer atrelada a este mundo para compreender tudo ao redor?

Fico sem reação.

— Eu... eu não sei.

Sendo sincera, nem entendi a pergunta.

Sayuri alarga o sorriso, exibindo os dentes. Ela gesticula com os braços compridos e magros como os galhos de uma árvore conid no meio do inverno.

— Este mundo, o reino físico no qual você e eu estamos agora. Acha que precisa estar atrelada a ele, ao que vê, aos cheiros que sente, ao que ouve, para entendê-lo?

Como se instigada, minha mente logo volta ao que Myter me ensinou. A Divindade Superior. Espaço e matéria. Coisas que ainda não entendo muito, mas que sei que existem, que são forças que me afetam para o bem ou para o mal.

Sobretudo a Divindade Superior. Mesmo agora, não consigo me conectar por completo a ela... ou melhor, não *quero* me conectar por completo, considerando minhas ressalvas. Se houver uma força maléfica por trás dela, algum deus vai me arrebatar assim que eu absorver a coisa toda? Não sei ao certo se ainda acredito nisso, mas me contenho só por precaução.

— Não — respondo por fim. — Não acredito nisso. Há muitas coisas que não vejo e que existem independentemente de minha inabilidade de percebê-las.

Sayuri abre o sorriso ainda mais.

— E você não via quase nada antes.

Sayuri não explica o que quer dizer. Da última vez que nos falamos, bem antes de ela desaparecer sobre os muros em chamas de Warthu Bera, Sayuri indicou que as Douradas não eram o que pareciam.

— Eu queria viver em um sonho — comento, lembrando-me da época. — Uma fantasia do que este mundo poderia ser, em vez de sua real face. Então escolhi não ver o que as mães eram. O que faziam.

— Você ainda as chama de mães. — Não há nenhum julgamento em sua fala, só uma constatação de fatos.

— Um deslize — admito com pesar. — Há poucos meses eu ainda acreditava...

— Que elas amavam você. Que se importavam.

Há uma compreensão lamentosa no tom de Sayuri. Porém, ela foi uma das primeiras quatro alaki nascidas delas, uma rainha de guerra... uma das principais generais. Uma das escolhidas. Uma das amadas.

Só que o amor das Douradas sempre tem um preço. O amor de todos os deuses é assim. Sayuri e eu sabemos disso.

Confirmo com a cabeça antes de olhar para ela outra vez.

— Como descobriu a verdade sobre elas? — pergunto. — De início, quero dizer. Deve ter sido difícil.

Pelas conversas anteriores, sei que Sayuri descobriu o que as deusas eram quando estavam no auge do poder. Naquela época, o fingimento quanto à maternidade amorosa estava calibrado com perfeição, e a habilidade que tinham de eliminar as lembranças de qualquer um que se opusesse a elas, impecável.

O fato de Sayuri ter suspeitado delas naquela época é um grande atestado da força mental que tem, não importando o quanto possa parecer debilitada agora.

Ela dá de ombros, o movimento chacoalhando as penas.

— Perdi a sanidade — conta ela com simplicidade. — E, sabe, a insanidade ensina muito. Porque quando não se pensa mais como os outros, se é forçada a pensar como si mesma. A ver as coisas como talvez não visse antes. Ver a verdade. E isso traz a compreensão, por mais dolorosa que ela possa ser.

— Então agora você está aqui.

— Agora estou aqui.

— Com Mãos Brancas, sua irmã mais velha... que você prometeu matar quando a visse novamente.

— E cumpri o juramento. — Sayuri responde com tanta casualidade que levo alguns instantes para entender o significado.

Ela cumpriu o juramento de matar Mãos Brancas quando a visse novamente.

— É sério? — questiono, surpresa, embora não devesse estar.

Alaki no geral são uma raça brutal, e as Primogênitas, mais ainda. E, pior, Mãos Brancas, Melanis e Sayuri são as três rainhas de guerra remanescentes, as primeiras filhas nascidas das Douradas. Considerando o tempo que a maior parte delas tem de existência, coisas como a vida e a morte são triviais.

— Isso mesmo — responde Mãos Brancas, que se aproximou, Braima e Masaima ao seu lado. Ela assente para Sayuri em um cumprimento sociável. — Ela me estripou que nem peixe na primeira morte, depois quebrou minha coluna na segunda... uma morte bem dolorosa, garanto. Depois da terceira, fizemos as pazes... foi um estrangulamento, se não me engano.

Sayuri mal titubeia com a menção da própria selvageria.

— Decidi que ela tinha pagado o suficiente pelos crimes e que isso valia uma trégua. Por ora.

— Por ora? — repito, de queixo caído.

Era de se pensar que três quase-mortes fossem uma punição justa.

— Cinquenta anos — declara Sayuri. — Foi o tempo que passei enjaulada em Warthu Bera.

— Uma morte para cada ano, um preço muito justo por minha traição. — Mãos Brancas balança a cabeça, toda sábia. — Se vencermos esta guerra...

— Quando vencermos esta guerra — consigo corrigir em meio ao espanto.

Mãos Brancas inclina a cabeça.

— Quando vencermos esta guerra, Sayuri vai tomar o que é dela por direito. Ou seja: mais 47 mortes — explica quando fica nítido que não entendi o que ela quis dizer.

Intercalo olhares entre as duas.

— Vocês são as irmãs mais estranhas que já conheci.

Mãos Brancas faz um som de descaso.

— Já conheceu Melanis?

— Faz pouco tempo, na verdade. — rebato. — Ela também era estranha.

— Todas as Primogênitas são assim. Uma metade sempre querendo matar a outra — informa Sayuri, toda sabida. Ela tamborila os dedos no lábio inferior. — Família: algo complicado, não é?

De repente sinto dor de cabeça.

— Não se preocupe, Silenciosa — sussurra Masaima em meu ouvido enquanto o irmão assente —, é sempre assim quando elas estão juntas.

Volto a atenção a Mãos Brancas.

— Então, e agora? Qual é o próximo passo?

Não é o Florescer, isso ficou nítido. Mãos Brancas teria me contado de imediato se os espiões tivessem percebido algo.

Minha antiga mentora abre um sorriso minúsculo.

— Agora vamos planejar. Os generais aviax, humanos e equus, Sayuri, Thandiwe e eu vamos combinar estratégias de batalha para divulgar por Otera. Mesmo se você recuperasse a kelai hoje, ainda teríamos que lidar com todos os sacerdotes e seguidores, e isso nos dois panteões.

— Hoje?

Franzo o cenho. No geral, Mãos Brancas diria "daqui a um ou dois dias", ou algo nesse sentido.

Minha antiga mentora continua como se não tivesse me ouvido:

— A paz não virá somente porque você vai acabar com os deuses. E temos que nos preparar para o que vai acontecer se você falhar. Além do mais, você tem outra coisa a fazer, ou melhor, outro lugar para onde ir.

Arregalo os olhos, sentindo o nervosismo me tomar.

— Minha kelai? Seus espiões já a localizaram?

— Os de Sayuri, sim — corrige Mãos Brancas com austeridade, o que, lógico, explica por que ela não me deu a notícia de imediato. Ela também é, às vezes, tocada pela mesquinhez. — Ao que parece, eles são mais rápidos do que os meus, ainda que pareça inacreditável.

Enquanto Sayuri emite um som de desdém, ofendida pela declaração, Mãos Brancas assente para mim.

— Reúna os outros. Vocês têm que ir. Vou repassar as informações a todo mundo antes de irem.

Concordo com a cabeça, sentindo mil emoções se revirando em meu interior. Medo, dúvida... esperança. E se a kelai não estiver onde os espiões dizem que está? E, pior, se estiver? Isso poderia significar que hoje é o dia que deixo meus amigos, minha família.

Hoje pode ser o dia em que tudo muda. Não é de admirar que Mãos Brancas tenha usado a palavra "hoje".

Contudo, e se não for? Se for uma armadilha? Minhas preocupações estão fervilhando agora... girando e girando na mente.

— Deka, chega.

Quando me viro, Mãos Brancas se aproximou de mim, e agora balança a cabeça em censura.

— Estou ouvindo seus pensamentos a toda.

— Eu só... Eu sei que devo cumprir meu dever, mas...

Mãos Brancas assente.

— A paz nunca é fácil, Deka. Sobretudo para aqueles que a intermediam.

Concordo. Então fico imóvel, tomando coragem.

— Mãos Brancas... — Enfim vou proferir as palavras que venho mantendo para mim todo este tempo. As palavras que eu não queria dizer até o exato momento, quando é o que é preciso. — As deusas prenderam Anok. Colocaram-na na montanha debaixo de Abeya. Okot estava com medo de que a consumissem, então ele tentou fazer um acordo comigo.

Quando olho para ela, a expressão de Mãos Brancas está estoica como sempre. Faço uma expressão confusa.

— Você já sabia.

Ela assente.

— Mesmo quando estava presa tantos séculos atrás, minha mãe falou comigo. Sussurrou em meus sonhos, no vento... Mas agora ela está calada.

Há aflição no olhar de Mãos Brancas. As Douradas podem ter contribuído para o nascimento dela, mas é Anok quem ela considera sua mãe... um sentimento que a própria deusa compartilha.

— O que eu faço? — questiono.

Uma pergunta simples com mil significados.

Mãos Brancas volta a focar em mim.

— A mesma coisa que planejou: recuperar sua divindade e acabar com os deuses.

— Até Anok? — Há dúvida em minha voz.

Se o momento chegou mesmo, preciso ao menos externalizar essa dúvida.

Há muita dor nos olhos de Mãos Brancas, mas a resposta é firme.

— Sobretudo Anok. É o que ela quer, e honraremos a vontade de minha mãe divina, assim como honraremos seu propósito. Vamos garantir o fim dos deuses ou morrer tentando. — Ela faz uma pausa, e ergo a cabeça, confusa, quando ela continua: — Ah, e Deka, uma coisa. Sua kelai está em Gar Fatu.

— Gar Fatu?

Um sentimento horrível revira meu estômago.

Isso vai ser mais difícil do que pensei, e de várias formas.

27

◈ ◈ ◈

Gar Fatu...

As palavras ficam rondando minha mente enquanto voltamos para a torre, onde meus amigos já estão trajando a armadura preta de couro que usamos em ataques. Katya até se cobriu de tinta marrom-escura, o que presumo ser para se camuflar. Gar Fatu é uma das fortalezas mais importantes de Otera, a última parada da fronteira ao sul. Também fica no interior do território das Douradas, então a furtividade e a velocidade são importantes... sobretudo considerando que é provável que encontremos as tropas dos Idugu no caminho. Okot não perdeu tempo na tarefa de coletar minha kelai do esconderijo e mandou vários grupos para confundir quem está atrás dela.

Porém, essa não é a única coisa que dificulta a tarefa.

Gar Fatu é onde fica a antiga casa de veraneio de Keita, o lugar onde a família dele foi assassinada. Vamos voltar à maior fonte de pesadelos dele, à origem de todas as suas dores e seus medos.

Reparo em Keita assim que entro na torre. Ele está perto da porta que dá para a sacada e parece concentrado. Fico desolada. Ao ver os outros de armadura e Katya camuflada, eu já tinha suspeitado, mas a expressão dele confirma: Mãos Brancas deve ter orientado Braima e Masaima a contarem aos meus amigos sobre a nova tarefa enquanto conversava comigo. Eles já sabem o que estamos prestes a fazer e, pior, aonde temos que ir.

Quando me aproximo de Keita, Britta acena com a cabeça para os outros.

— Vambora, galera, vamos dar privacidade a eles.

Como todo mundo no grupo, ela sabe o histórico de Keita... que a família dele foi enganada pelo imperador Gezo e se mudou para uma área cheia de uivantes mortais. Que todos foram trucidados certa noite, e ele foi o único sobrevivente. Ainda não sabemos dos detalhes (Keita não os compartilha), mas sabemos o suficiente a ponto de entender que aquela noite o assombra, tanto que ele começou a treinar para se tornar jatu aos 9 anos e assim se vingar dos uivantes mortais que acreditava terem matado sua família.

Britta logo conduz todos os meus amigos para fora, fechando a porta com firmeza.

E então Keita e eu ficamos sozinhos.

Dou um passo até ele.

— Keita, eu...

— É irônico, não é? — Ele se vira para mim com uma luminosidade fervorosa no olhar. — Sempre dissemos que visitaríamos Gar Fatu, prestaríamos homenagens à minha família. Nunca fomos, e sua kelai esteve lá todo este tempo. — Ele ri, o som sobreposto por uma vertente desesperada. — Estava lá todo este tempo.

— *Talvez* esteja lá — corrijo, indo até ele depressa. Nunca vi Keita assim, tão à flor da pele, tão frágil. — Os adoradores de Okot já podem tê-la movido a esta altura.

Embora eu não queira admitir, é uma possibilidade. O primeiro grupo que os espiões de Sayuri viram não é o único na região. Enquanto conversávamos, Mãos Brancas foi informada de outros. Ainda que sejamos rápidos, os escudeiros dos Idugu podem ser mais rápidos. Contudo, não posso pensar nisso agora, não posso entrar em pânico.

Mãos Brancas elaborou planos de contingência para o caso de isso acontecer. Criou vários tipos de "plano B" para garantir que eu chegue à kelai e cante os nomes verdadeiros dos deuses, provocando a morte deles.

Keita balança a cabeça.

— Mas ainda temos que nos certificar de que seja o caso...

Quando ele desvia o olhar, coloco uma das mãos em seu ombro e a outra por seu corpo. Os músculos de Keita estão tão tensos que é como se ele fosse uma corda vibrando de tensão.

— Você não precisa ir com a gente — afirmo de modo reconfortante. — Eu entendo se preferir ficar aqui. Você pode...

— Ficar aqui? — Keita interrompe minha frase antes que eu a termine. — E se a kelai estiver mesmo lá? E se hoje for o dia que você ascende, e eu tiver me recusado a ir? E se você for embora e eu nunca mais a vir? — Há um tom melancólico na voz de meu namorado.

Ponho a mão em seu peito.

— Eu viria visitar. Nunca iria embora sem me despedir.

Mesmo como uma deusa distante e insondável, faria isso. Tenho certeza.

Keita pega e beija minha mão, e sua boca é tão, tão quentinha. E os olhos, determinados.

— Você é meu coração, Deka. Desde Warthu Bera, é o que você é... meu coração. Óbvio que vou com você. Se formos para Gar Fatu, vou na frente.

Lógico que vai. É o que os jatu são treinados para fazer. E, mesmo se não fosse o caso, é o que Keita faz... entra no caminho do perigo, mesmo significando a própria dor, o próprio sofrimento...

E o meu também.

Porque bem lá no fundo, em um cantinho escondido de meu coração que tenho vergonha de admitir que existe, não quero que Keita vá. Não quero ter que me despedir se esse for mesmo o fim de nossa jornada juntos.

Keita parece entender isso, porque se aproxima e me abraça.

— Também não quero ir — sussurra ele, afundando o rosto em meu cabelo. — Não de verdade.

Eu o aperto com toda a força.

— Não é justo. Nada disso. Os deuses, esta situação, o fato de que talvez nós... — Paro de falar, engasgando com o soluço que me escapa.

— Eu sei.

Ele me aperta mais forte, enchendo meu rosto e pescoço de beijos.

— Nunca tivemos nosso tempo juntos — sussurro, melancólica. — Nunca ficamos sozinhos, só você e eu. — Encosto o rosto no peito dele, ouvindo o coração bater, o som familiar que conheço tão bem. — Nunca pude dançar com você... dançar de verdade.

— Você quer dizer, como os nortistas dançam?

Quase sinto Keita inclinando a cabeça.

Confirmo, o rosto ainda afundado em seu peito para esconder a vergonha.

Era uma das coisas pelas quais mais ansiava quando ainda pensava em me casar no estilo nortista. Ao contrário das do Sul, as danças nortistas mais populares são realizadas em casal, com maridos e esposas se abraçando enquanto dançam.

Para minha surpresa, Keita assente.

— Então por que não dançamos agora?

Ergo a cabeça, confusa.

— Mas não tem música.

— E do que você chamaria o vento soprando pela montanha?

Os olhos de Keita estão brilhando enquanto a ferocidade neles é substituída por travessura maliciosa.

Decido entrar na brincadeira.

— Mas e as luzes? — Faço beicinho. — E os outros dançarinos?

— Refere-se àqueles dançarinos ali? — Keita estala os dedos, e um monte de chamas na forma de humanos minúsculos de repente dança no ar ao redor. Quando fico observando, de queixo caído, ele sorri. — Aí estão, luzes e dançarinos. — Ele estende a mão. — Pois bem, Deka, podemos?

Foco o olhar no dele, as lágrimas ardendo em meus olhos. Sei o que custa a ele deixar de lado a própria dor para criar esse festival de luzes, mas talvez Keita precise disso. Também preciso. Então concordo, pego a mão dele e encosto meu corpo ao seu, e, devagar, nos movimentamos ao som do vento soprando pela montanha.

A dança não é impecável... nem eu, nem ele sabemos fazer isso direito, afinal é a primeira vez que dançamos. Ainda assim, é a melhor coisa que já senti: o corpo quente de Keita encostado no meu, nós dois nos movimentando em um ritmo lento e quase instintivo.

É como se tivéssemos suspendido o tempo, como se estivéssemos dentro de uma bolha criada por nós mesmos.

Estou tão envolvida na dança que fico decepcionada quando, depois de alguns minutos, Keita nos faz parar aos poucos e então tira as mãos de minha cintura.

Suspiro, olhando para ele.

— Hora de ir?

Ele confirma, então me encara.

— Como foi nossa primeira dança?

— Perfeita.

E falo sério.

Não importa o que aconteça em Gar Fatu, não importam os obstáculos ou horrores com que nos deparemos daqui para a frente, sempre teremos isso... nossa dança única e perfeita.

Sigo para a porta, mas, quando vou abri-la, Keita põe a mão para impedir. A malícia desapareceu de seus olhos.

— Só uma coisa. Não deveríamos levar uivantes mortais com a gente.

Quando me viro para ficar de frente para ele, Keita suspira e balança a cabeça, explicando:

— Odeio admitir, mas não sei o que faria se eu os visse lá de novo, naquele lugar. Não sei o que eu faria...

Que tipo de ato violento eu cometeria.

A implicação paira no ar, um alerta pesado. Keita é um jatu, está acostumado a matar uivantes mortais, é o que faz desde que tinha 9 anos. Ele só parou depois que percebemos que os uivantes mortais não eram apenas seres inteligentes; eram almas de alaki ressuscitados.

Agora ele só fere uivantes mortais que são uma ameaça para nós. Ele pode ainda ser um assassino, mas não mais um indiscriminado.

— Está bem — confirmo. — Vou avisar a Mãos Brancas.

Só que, quando abro a porta, Katya e Rian estão sentados em uma cadeira bem do lado de fora, Rian no colo de Katya, uma vez que ela, como uivante mortal, não teria como se sentar no dele. Ela olha bem para nós, com mágoa nos olhos.

— Eu estou inclusa? — questiona ela baixinho, usando o idioma de batalha para que Keita consiga entender bem. — No ultimato "proibido uivantes mortais", no caso.

Ele arregala os olhos.

— Você? Não — responde ele, balançando a cabeça com vigor. — Você não. Você nunca.

— Por quê? Você falou que não quer uivantes mortais indo junto.

Keita fica sem reação, como se organizasse os pensamentos.

— Eu não me assustaria com você, mas com os outros, sim.

— Uma uivante mortal bem vermelha não te assustaria?

Keita dá de ombros.

— Você é a única uivante mortal bem vermelha que existe. Aliás, agora você está marrom?

— Da cor da floresta — corrige ela, então assente e continua, ainda usando o idioma de batalha: — Beleza. Porque eu tenho total intenção de ir junto. — Ela se dirige a mim: — Não vou deixar você sair no que pode ser seu último dia como... bem, o que quer que você seja, sem me despedir.

— Vou continuar aqui, obrigado, mas se a machucarem, vou retalhar vocês — comenta Rian, também gesticulando no idioma de batalha.

Faz pouco mais de um mês que ele reencontrou Katya, e já está quase fluente. A determinação é algo assustador, sobretudo vinda de alguém apaixonado.

Um sonzinho de desdém soa ao lado dele.

— E com que faca? — rebate Britta.

— Posso achar uma — argumenta Rian, a tira branca distinta no cabelo se agitando ao assentir.

Todos apenas sorrimos. A probabilidade de Rian retalhar alguém é a mesma de ele criar asas e sair voando. Em um grupo cheio de guerreiros, ele é o único que nunca nem segurou uma adaga ou espada, e ainda assim nós o amamos.

Com a atmosfera (um pouquinho) amenizada, dirijo-me a Keita:

— Vou me certificar de que os outros uivantes mortais fiquem longe, mas só se me prometer que, depois que encontrarmos a kelai, vamos parar e prestar homenagem ao lugar de repouso de seu pai e sua mãe.

— E depois nos despedimos para valer. — A voz de Keita sai tão baixa que quase não ouço.

Ou talvez seja porque não quero ouvir.

Concordo com a cabeça sutilmente, sentindo os olhos marejados de novo.

— E depois nos despedimos para valer.

Um pequeno grupo se aglomerou quando meus amigos e eu seguimos para os estábulos alguns minutos depois para ouvir as informações que Mãos Brancas e Sayuri tinham a passar. À frente está Karmoko Thandiwe, que, uns meses atrás, nos explicou que *ela* na verdade era *elu*. A parceira, lady Kamanda, está, como sempre, ao lado delu. Tanto uma quanto outre usam capas de penas furta-cor opulentas... presentes, sem dúvida, dos aviax, o par que paira ali atrás, correndo atrás de dois menininhos que são muitíssimos parecidos com lady Kamanda: os primeiros gêmeos. A nobre é o que minha mãe chamaria de milagre da fertilidade. Na verdade, quando a conheci, a grande barriga de grávida chegava primeiro que ela, como a proa de um navio. Fico sem reação enquanto observo a ela e minhe antigue professore, que parece carregar algo debaixo da capa esplêndida, algo que se contorce.

Quando ouço um som característico dali, arregalo os olhos.

— É um bebê?

Solto um arquejo, animada.

Adoro bebês. Não a obrigação de ter que carregá-los, veja bem... que era o destino que o ancião Durkas e os outros anciãos em Irfut e além queriam para mim e todas as mulheres oteranas. Brincar com eles, no entanto, é uma coisa bem diferente.

Quando corro até lá, animada, a resposta em correção quase me passa despercebida:

— Bebês — retruca lorde Kamanda, que esteve esperando atrás da ex-esposa e dê respective parceire, indo à frente. — Bebês, no plural.

Ele aponta com a cabeça para lady Kamanda, que agora desenrola a capa, toda triunfante, e revela a própria trouxinha que se contorce, uma bolinha em forma de bebê que parece composta de grandes olhos castanhos e mãozinhas e pezinhos gordinhos.

Parece idêntico ao bebê debaixo da capa de Karmoko Thandiwe quando elu revela a trouxinha também.

— Meninas — diz elu, convencide. — Mais gêmeas, como a alaki no acampamento falou.

Um mês antes, uma alaki no acampamento de guerra além dos muros de Hemaira previu que lady Kamanda daria à luz gêmeas. Parece que ela estava bem certa.

Um calor alegre se espalha por mim quando a gêmea nos braços de Karmoko Thandiwe repete o mesmo sonzinho de antes. Dissipa um pouco do pânico e do medo que se entranharam em cada passo meu até aqui. O medo de que Okot já tenha pegado a kelai, ou que ela nunca tenha estado em Gar Fatu e que estejamos indo à toa, e isso mais machuque do que ajude o grupo, considerando a aflição constante de Keita.

Para afugentar os pensamentos, acaricio a mãozinha macia da bebê, em júbilo quando ela alarga o sorriso.

— Ela é tão linda — elogio, olhando para Karmoko, que está com uma expressão toda orgulhosa, os olhos castanhos brilhando em contentamento.

— Não é? — concorda elu, convencide.

Elu pode não ter parido as gêmeas, mas fica evidente que é uma figura parental como qualquer outra. Minha intuição se confirma quando elu de repente faz uma cara preocupada.

— Presumindo que ela seja ela, no caso. Nunca dá para saber ao certo.

O que é uma observação oportuna, considerando que Karmoko Thandiwe não revelou a identidade como yandau para nós até pouco tempo atrás.

— Não, não dá. — Olho para elu de novo, sorrindo quando vejo a alegria em seu rosto. — É bom ver você, Karmoko.

— Digo o mesmo, Deka. Embora eu preferisse que estivéssemos nos reencontrando em circunstâncias melhores. — Elu lança um olhar significativo para além de mim depois de falar, para o ponto onde um grupo de aviax está terminando de aprontar nossos grifos para a jornada.

Eu me concentro em sorrir para ignorar a pontada de dor no peito.

— Parece mesmo ser um padrão nosso, não parece? Sempre nos encontrando em circunstâncias horríveis.

— É a vida — retruca elu, suspirando. Então faz um sonzinho de censura. — Virando deusa… Você não facilita as coisas, hein, Deka?

Balanço a cabeça.

— Minha essência é a complicação, ao que parece.

Devo ter falado isso com um tom mais amargo do que era a intenção, porque os olhos de karmoko se suavizam.

— Você é quem e o que é, Deka, nem mais, nem menos. Sempre se lembre disso.

Suspiro.

— Vou lembrar, embora… eu imagine que uma deusa seria muito mais. Que *teria* que ser muito mais.

Não sei o que estou dizendo ou por quê. Só sei que sinto uma sensação pesada de novo, o mesmo peso que senti no caminho para cá, como se cada passo me levasse cada vez mais para perto de meu fim.

— Se for o que você escolher.

Quando olho para elu, confusa, Karmoko explica:

— Não sei muito de deuses… Na verdade, seria difícil me lembrar de quantas vezes orei ao longo dos anos. Mas o que sei é que deuses também têm escolhas, assim como nós, mortais. Podem escolher ser o que quiserem. — Elu faz uma pausa. — Então, se estiver em dúvida do tipo de deusa que será, talvez deva tirar um tempinho para pensar... de preferência antes de recuperar a divindade.

Karmoko foca o olhar no meu, sem titubear.

— Você escolhe quem quer ser, Deka. Um dia esta criança vai escolher — declara elu, acariciando o cabelinho da filha com ternura —, e a única razão para isso vai ser por causa dos sacrifícios que você e seus amigos fizeram. Por que, então, você, uma das principais engenheiras do novo mundo, não deveria poder fazer o mesmo?

— Mas e se eu fracassar? — sussurro, assustada. Olho ao redor para ter certeza de que mais ninguém está ouvindo antes de complementar, ainda mais baixinho: — E se eu não conseguir deter os deuses, e o mundo acabar? Ou pior, se eu os detiver e acabar mais corrompida do que eles?

Karmoko Thandiwe deve conseguir sentir o desespero em minha voz porque fica me olhando. Então suspira, escora o bebê em um dos braços e me dá um tapinha no ombro com o outro.

— Você não vai fracassar, Deka — responde com simplicidade. — Não é de sua natureza nem nunca foi. Por isso não estou preocupade, apesar de tudo o que está acontecendo. Porque acredito em você. E, mais ainda, conheço você. Não importa o que aconteça, você vai fazer a escolha certa. Sei que vai.

Agora meus olhos são nada além de lágrimas. Olho para ê karmoko, lisonjeada além da conta. Por elu dizer tais palavras, por expressar tamanha fé...

Eu me agarro ao sentimento enquanto Mãos Brancas enfim chega para nos passar as informações, confirmando que os jatu ainda vasculham a área perto da antiga casa de Keita, e então me despeço, a determinação se fortalecendo ao longo do tempo: *Não vou fracassar*. Não só por meu bem como também por essas menininhas preciosas. Por toda pessoa que nunca teve a chance de viver a vida como desejava.

Atenho-me à determinação, invoco a porta. Então me viro para Keita, que, junto aos outros, anda ao meu lado, os olhos inquietos.

— Pronto? — pergunto.

— Como sempre estarei.

Aperto a mão dele, assentindo. Então me viro para os outros pela última vez... para Mãos Brancas e os gêmeos equus, para os soberanos aviax, que acabaram de chegar, para Kamanda e Karmoko Thandiwe, assim como todo mundo que veio se despedir.

— Até mais. Com sorte, quando nos reencontrarmos, a notícia vai ser alegre.

— Mal posso esperar — responde Mãos Brancas.

Assim, subo na garupa de Ixa e atravesso a porta.

28

◆ ◆ ◆

Mesmo antes de meus amigos e eu sairmos pela porta, ouço o ligeiro agitar de asas ao longe: as de Melanis. O ritmo é distinto, até misturado com os sons de outras caçadoras. Sem dúvida, ela está aqui pelo mesmo motivo que nós: seguir os jatu. De acordo com os espiões de Sayuri, as caçadoras de Melanis destruíram todos os grupos de jatu, com exceção de um, e ainda não saíram da região. Se formos rápidos, conseguiremos ultrapassá-los. Ou, melhor ainda, talvez Melanis e as caçadoras deem um jeito neles, dando-nos a oportunidade de procurar a kelai mais facilmente. Afinal, as Douradas ainda não sabem que a kelai talvez esteja aqui, nem que estou vindo atrás dela. Se fosse o caso, haveria alaki e uivantes mortais espalhados por toda parte. Como Melanis e as caçadoras são as únicas aqui, ainda temos tempo, embora tenhamos que ser ágeis. Se a antiga Primogênita estiver em contato com as deusas, como presumo que seja o caso, é só questão de tempo até que elas a informem de que alguém abriu uma porta aqui. Assim que souber disso, ela vai começar a procurar pelo grupo responsável.

Sinalizo para que sigamos em frente, os ouvidos atentos para qualquer sinal do grupo de Melanis. Por sorte, ela e as caçadoras basicamente desapareceram. Estão ocupadas demais procurando os jatu para notarem nossa presença.

— Por aqui. — Keita aponta com brusquidão para um bosque denso; as árvores ali marcam a entrada da selva ao redor do que sobrou da casa de veraneio da família dele. Keita está tenso desde que passamos pela porta, como se estivesse com as emoções tão reprimidas que o corpo todo enrijeceu em resultado. — Se usarmos esse caminho, conseguimos ultrapassá-los.

Sigo as instruções dele depressa, respirando aliviada quando não vejo nem sinal das devoradoras de sangue brotando dos arbustos; as flores latejantes de pétalas pretas são os primeiros indícios do Florescer, a vegetação que revela a extensão do poder recuperado das Douradas. Melhor ainda, não ouço vindo da selva qualquer sinal estranho que pode acompanhar um dos prepostos que as deusas criaram. O Florescer não se estendeu até aqui, uma confirmação visível de que o poder das deusas ainda não se recuperou de maneira significativa desde nosso confronto, apesar, ou talvez por causa, de todos os vales que estão se abrindo. Se tem uma coisa que aprendi no confronto com Okot é que abrir vales requer grandes quantidades de poder. Os deuses vão precisar de tempo e vários sacrifícios para recuperar o que perderam.

Só que quando isso acontecer…

Afugento o pensamento enquanto Keita nos chama para perto de uns arbustos bem densos.

— A caverna fica logo ali fazendo a curva — informa ele, passando pela folhagem.

Antes de sairmos de Ilarong, Keita explicou que um sistema de cavernas jaz debaixo desta região. Ele os usou para fugir depois que a família foi assassinada. Hoje, usaremos as cavernas para entrar na casa de veraneio sem sermos detectados.

Teria sido bem mais fácil se eu pudesse abrir uma porta, mas não consigo criar portas para lugares desconhecidos. Agora mais do que em qualquer momento, me arrependo de não ter vindo para cá com ele quando tive a chance.

— Tem certeza de que as cavernas ficam nessa direção? — questiona Adwapa, e, quando me viro para ela, vejo-a analisando a área de cara fechada.

A irmã dela também.

— Para mim parece tudo mato crescido ao relento — opina Asha.

Keita se vira para elas, o olhar sério.

— Nunca vou me esquecer deste lugar. Nunca. Mesmo que desmatassem tudo e construíssem mil palácios por cima, ainda assim eu saberia para onde ir.

— Bom, então estamos com sorte — comenta Britta, lançando-me um olhar significativo.

Ela também está preocupada com o estado mental dele.

Apenas balanço a cabeça.

— Vamos em frente.

— De acordo — apoia Belcalis.

Então de repente o corpo dela enrijece, e ela aponta para cima.

Asas agitadas. Melanis está voltando. O que significa que as Douradas devem ter contado a ela a respeito da porta.

Estamos esperando o quê?, gesticula Kweku, usando o idioma de batalha. *Vamos!*

Para a selva!, incentiva Acalan, passando pelos arbustos com tanta discrição que só as folhas se agitam.

Só que o som já é o suficiente para atrair a atenção de Melanis.

— Intrusos! — exclama ela com um guincho, a voz tão esganiçada que ricocheteia nas árvores. — Onde estão se escondendo?

Arrepios percorrem minha coluna com o som. A voz de Melanis está mais áspera agora, menos humana do que da última vez que a vi. Ela está se tornando menos a alaki que conheci e mais parecida com um dos muitos prepostos das Douradas, uma criatura feita só de vingança e fúria, cujo impulso é apenas a servir os deuses.

— Este é o território das mães, escória Idugu — brada, as caçadoras também gritam atrás dela. — Quando encontrarmos vocês, vamos rasgar membro por membro, então alimentar as feras com suas entranhas.

— Que criativo — murmura Britta enquanto avançamos à frente.

— Temos que tirar o chapéu para ela.

— Mas ouviu o que ela disse? "Escória Idugu." — Adwapa parece quase alegre de tão vitoriosa ao se virar para mim. Bem baixinho, complementa: — As deusas não conseguem distinguir quem abre a porta! Não sabem que é você que está aqui.

— E vamos manter assim — sussurro em resposta, esquivando-me para debaixo de uma árvore quando uma figura alada familiar sobrevoa em companhia de outras.

Katya logo faz o mesmo, a tinta marrom sobre a pele vermelha a camuflando entre os troncos das árvores. As caçadoras de Melanis não vão notá-la ao sobrevoarem, mas eu já deveria ter esperado por isso. Uivantes mortais são furtivos por natureza, apesar do tamanho enorme.

Depois que as caçadoras passam, Keita nos chama para o que parece ser um aglomerado de videiras.

— Está aqui! — proclama, empurrando o aglomerado para o lado e expondo o que parece ser a entrada de uma caverna.

É pequena e bem rente ao chão. Do tamanho certo para uma criança. Keita fica aturdido.

— Um pouco menor do que eu lembrava, mas é bem maior lá dentro, prometo — garante ele enquanto continua afastando as videiras.

Em instantes, ele expõe toda a entrada, que não passa de um buraco apertado no chão. Katya faz uma expressão aflita diante da visão, mas logo esconde o desconforto.

— Com certeza dá para aumentarmos — sussurra ela, como se convencendo a si mesma. — Só temos que cavar um pouco.

Britta toma a frente, estalando os dedos.

— Permitam-me — murmura ela e inspira fundo.

Os cabelos de minha nuca se arrepiam quando sinto o poder dela correspondendo às expectativas, a Divindade Superior espiralando ao redor dele. Todos os meus amigos (os que estiveram comigo nas rotas, no caso) vêm praticando usar a Divindade para ampliar o próprio poder.

Li chega mais perto dela.

— Vamos fazer isso juntos? — oferece ele.

Britta sorri.

— Juntos.

Eles gesticulam ao mesmo tempo, e, devagar, sem fazer barulho, a terra na entrada da caverna se movimenta, atendendo ao chamado do poder combinado dos dois.

Ixa ajuda também! Um corpo escamado passa pelo casal. Ixa começa a escavar sem fazer barulho, mas cheio de entusiasmo, a terra e as pedras se movimentando em resposta à força das garras dele. Em menos de um minuto, há um buraco grande o bastante para que eu consiga passar.

Não que Britta e Li precisem de ajuda, mas Ixa fica bem satisfeito consigo mesmo, então ninguém ousa mencionar isso.

Viu, Ixa ajuda, comenta ele, contorcendo-se em alegria.

Obrigada, Ixa, respondo enquanto entro rastejando.

Para minha surpresa, a caverna é enorme.

Eu esperava um lugar escuro e apertado, mas não, raios de luz solar se infiltram pelo teto, que é tão alto que só consigo ver partes dele daqui de baixo. Samambaias e videiras de todo tipo preenchem a expansão cavernosa, que é ao menos do tamanho de um pequeno campo, e há até uma ou duas árvores no centro.

— Veja só... — Kweku assobia enquanto entra rastejando logo atrás. — É enorme mesmo.

Não respondo, pois estou ocupada inclinando o pescoço para absorver tudo em volta. Não me admira Keita ter garantido que a caverna tinha um bom tamanho.

Viro-me para a entrada, por onde os outros estão se contorcendo para entrar um por um, auxiliados pelos montes de terra que Britta continua tirando do caminho com velocidade e discrição, Li e Ixa ao seu lado.

— Vamos ter problemas para acessar outras partes do sistema de cavernas? — questiono, apontando para a abertura ainda relativamente pequena pela qual Katya passa agora com certa dificuldade. — Sobretudo por causa dela?

Keita faz que não.

— Ela vai ficar bem — responde ele com convicção quando Katya entra na caverna. — Essa é a menor entrada com que vamos lidar.

— Assim espero — responde Katya com um grunhido, gesticulando para que Keita a compreenda.

Você vai ficar bem, gesticula ele de volta com agilidade. *Prometo*.

Katya assente, mas o olhar continua carregado de dúvida. Não só sobre a resposta de Keita, mas também sobre ele em si.

Há uma energia estranha em Keita, quase uma fragilidade. E acompanha o calor que emana dele como se fosse uma fornalha.

Ele solta um grunhido.

— Vamos ficar seguros aqui. As cavernas parecem colinas vistas de cima, então ninguém suspeita da existência delas, e, mesmo se fosse o caso, ninguém nunca viria aqui... ao menos, nenhum humano.

Confirmo com a cabeça. Esta parte de Gar Fatu já foi uma rota comum para uivantes mortais a caminho das montanhas N'Oyo para adorarem as deusas aprisionadas. É por isso que Gezo mandou a família de Keita para cá: para que os uivantes mortais os encontrassem.

Keita segue para os fundos da caverna. Ele nem checa para ver se o restante do grupo conseguiu entrar em segurança.

Eu o sigo, preocupada.

— Keita, espere. Britta e Li têm que fechar a entrada.

Os dois estão se afastando da entrada, já em seu tamanho original outra vez, obedecendo ao chamado do dom deles. Também recolocaram as videiras do lado de fora o melhor que puderam antes de entrar.

— Foi — anuncia Britta, batendo terra das mãos. — Não está perfeito, mas deve dar para enganar olhares não tão atentos.

— Bem, vamos torcer para que as caçadoras de Melanis tenham uma visão pior do que a audição — respondo com um suspiro e me viro para Keita de novo.

Não fico surpresa ao ver que ele já chegou à outra ponta da caverna.

— Vambora todo mundo — comanda ele com brusquidão antes de começar a correr. — Temos metade do dia para chegar lá, e os jatu já estão com a vantagem.

Sigo atrás dele, ganhando velocidade. Daqui, é uma corrida pelo caminho todo até a casa de veraneio.

Afinal, temos uma kelai para encontrar.

O restante do sistema de cavernas é tão iluminado quanto a primeira caverna, mesmo quando seguimos ainda mais para as profundezas, atravessando um rio subterrâneo por meio de uma ponte há tempos abandonada, as pedras têm um entalhe tão cheio de estilo que com certeza não foi feito pela natureza. Entre a luz solar se infiltrando pelos buraquinhos no teto e nossa habilidade de ver quase tão bem no escuro quanto na luz, transitamos pelas partes mais escuras e lúgubres do local com facilidade. Durante todo o tempo, mantemos uma corrida ágil, algo que não nos exige muito esforço. Em Warthu Bera, corríamos por horas toda manhã.

— Acham que alguma civilização antiga morou aqui embaixo? — questiona Adwapa, nem um pouquinho ofegante, enquanto observa as paredes elevadas em volta, que possuem o que parecem janelas bem escondidas entremeadas nelas até o teto.

— Sem dúvida — opina Acalan, o tom de voz alto e animado agora que estamos bem no interior da caverna e não há como Melanis nos ouvir. — Há buracos para o sol no teto e janelas. Só que nada parece ter sido feito por humanos. — Ele estreita os olhos. — Não vejo escada, então como eles chegaram lá em cima?

— Voando — informa Keita, curto e grosso. Quando nos viramos, ele prossegue: — Eram aviax que moravam aqui. Algumas outras criaturas também. Eu olhava para as gravuras entalhadas nas paredes quando ficava com medo. — Então ele se cala por um momento. — Eu as observei bastante. Principalmente quando os uivantes mortais vasculharam a montanha.

Meu estômago se revira quando percebo o que ele está dizendo. Os horrores que viveu.

— Ah, Keita — sussurro, correndo até ele.

Não consigo imaginar como deve ter sido ter o pai e a mãe assassinados aos meros 9 anos, e precisar se esconder nestas cavernas enquanto grupos de uivantes mortais desatinados com sede de sangue vasculhavam a área lá em cima, os uivos cortando os céus.

Pior, parece que ele ficou aqui por um bom tempo, muito mais do que um dia, como ele me disse de início. Não sei se é porque ele não lembra mesmo ou se não quer expor (não só para mim e os outros como também para si mesmo) o quanto a experiência foi aterrorizante.

Uma das coisas que Keita não conseguiu mudar, mesmo depois do tempo que passamos juntos, é a necessidade de sempre ser o protetor... mesmo que ele esteja protegendo apenas a si próprio.

Ele corre mais rápido, uma tentativa deliberada de se esquivar de meu toque.

— Temos que continuar em frente — afirma ele com brusquidão, aumentando o ritmo. — Não dá para ficar perdendo tempo e arriscar que as deusas mandem mais gente atrás dos intrusos.

— Ou pior, perder a kelai de Deka — complementa Acalan, seguindo atrás.

Enquanto suspiro, acompanhando o ritmo deles, passos suaves ressoam atrás dos meus: os de Belcalis.

— Acha que ele vai ficar bem? — pergunta ela baixinho, atenta a Keita.

De algum modo, não fico surpresa por ser ela a perguntar. Belcalis pode ser solitária por natureza, mas ela e Keita ficaram próximos nos últimos meses. Mais do que qualquer um no grupo, os dois são práticos ao extremo... às vezes a ponto de serem insensíveis, como Mãos Brancas com frequência é.

Dou de ombros.

— Não sei. Este lugar guarda as piores lembranças dele.

Belcalis assente.

— Perder a família, e de um jeito tão brutal.

Concordo.

— Não imagino o quanto deve ser devastador.

Perdi meus pais mais recentemente, então só posso imaginar como foi para o Keita de 9 anos, o sentimento de desorientação e perda.

— É por isso que ele está emanando tanto calor? — A pergunta vem de Adwapa, que está agora ao nosso lado, a testa toda suada. — Ele está parecendo uma fornalha, porra.

Suspiro.

— Vou falar com ele.

Só que Belcalis balança a cabeça.

— Deixe que eu vou — contrapõe. Quando lanço um olhar, ela explica: — Sei que ele é seu namorado, Deka, mas também é meu amigo. Talvez a amizade mais sincera que vou ter com um homem. — Minha amiga parece quase sentir dor ao admitir: — Eu... me importo com ele.

Uma revelação chocante. Belcalis não é o que se chamaria de atenciosa com os tipos masculinos. Ou com pessoas, ponto-final.

Mas talvez Keita seja a exceção.

Concordo com a cabeça.

— Lógico.

Belcalis corre na frente. Para minha surpresa, ela coloca o braço ao redor do ombro de Keita apesar de todo o calor emanando dele. Fico ainda mais chocada quando ele não rejeita o toque nem sai andando na frente. Em vez disso, devagar, meio que se inclina para perto dela, permitindo ser reconfortado. Sinto uma pontada de dor no coração.

Keita não vai aceitar que eu o reconforte, mas Belcalis, sim. Ele aceita o apoio dela, mas não o meu. É inevitável não me sentir magoada.

— Deixe que eles tenham o momento deles.

Quando me viro, Adwapa percebe para que direção eu estava olhando, o olhar perspicaz.

— Eu sei, mas...

— Dói? — Adwapa assente. — Só que ele não está te rejeitando... está tentando ser forte por sua causa.

— Mas eu posso ser forte para ele também.

— No momento certo. Você tem as próprias preocupações com as quais lidar. — Os olhos dela estão aguçados na escuridão enquanto me observa. — Ouvi o que você falou para Karmoko Thandiwe. Sobre estar com medo de fracassar.

Quando olho para Adwapa, espantada, a expressão dela se torna gentil.

— Você vai ser uma deusa maravilhosa, Deka. E bonita, também. Já viu os Idugu? São uns horrorosos, aqueles lá.

Quando dou uma risada, ainda espantada, ela assente com muito amor brilhando nos olhos.

— Tudo vai ser como deve ser — prossegue.

— E se não for?

— Então você vai ter a mim. E Asha, e Britta, e os uruni, e Belcalis, e Katya, e até Keita… embora ele esteja sendo meio atrapalha-prazeres no momento. Sei que você passou o último mês sentindo dor, medo e raiva, mas estou aqui com você…

— Assim como nós estamos. — O comentário parte de Britta, que parou de correr e agora vem até mim acompanhada de Asha e Katya; o olhar de todas é pura compaixão.

Minhas lágrimas recalibram, e começo a fungar.

— Ah, vocês. Amo todas vocês.

— E nós amamos você — responde Adwapa com calma. — Se tudo der errado, você não está sozinha, Deka. Você tem a nós.

— Até o fim do mundo e além — acrescenta Britta.

— E, mesmo se for só até o fim do mundo, para mim de boa, sério — opina Adwapa. — Contanto que minha morte seja gloriosa, com Mehrut ao meu lado, eu vou para a escuridão com um sorriso no rosto.

— Fale por você — contrapõe a irmã, sentida. — Prefiro morrer em paz na minha própria cama. — Então sorri para mim. — Mas se este for o fim do mundo, estou com você, Deka. Você não está sozinha.

— Nunquinha — confirma Katya, o estrondo característico na voz.

— Nenhum de nós está — lembra Britta.

Meu coração já está tão cheio que só faço soluçar.

— Obrigada — digo enquanto as puxo para um abraço. — Obrigada a todas vocês.

E então continuo correndo, movimentando-me mais depressa do que antes. Britta tem razão: não estou sozinha. Não importa o que eu pense, estamos juntos nessa. E se ser uma deusa significa que posso salvar meus amigos, protegê-los de outras divindades, então vale a pena ficar sozinha. E quem sabe: talvez nem seja tão ruim quanto imagino, talvez eu fique tão ocupada com a tarefa de ser uma deusa que nem perceba como estou solitária.

Eu me agarro a esse pensamento enquanto continuamos avançando para a escuridão.

29

◈ ◈ ◈

— Bem, isso é um baita inconveniente.

O comentário parte de Li quando ele olha para cima, para o que deveria ter sido o último obstáculo na jornada à casa de veraneio: uma escadaria entalhada no canto mais distante da caverna. Estende-se até o teto, e lá há um beiral que leva à porta que dá para o lado de fora. Em teoria, deveria ter sido fácil subir a escada, mas metade dos degraus está quebrada, e a base toda se reduziu a escombros. Enquanto uma criança ainda conseguiria subir, como Keita já fez, não tem como isso ser possível para qualquer um de nós. Provavelmente quebraríamos o pescoço tentando.

Por sorte, isso não será necessário.

— Ixa — chamo, olhando para meu companheiro.

Uma caroninha lá para cima?

Deka, concorda ele. O corpo dele começa a crescer de imediato. Dentro de instantes, ele alcança um tamanho bom para comportar o grupo todo. Nós seguramos firme enquanto ele nos ergue no ar, para o beiral, que acaba no que parece ser uma placa de pedra intransponível.

Britta gesticula para o objeto.

— Diga que aquela não é…

— A porta escondida para a casa? Infelizmente, é — responde Keita, descendo de Ixa assim que nos aproximamos, uma vez que meu companheiro escamado é grande demais para caber no beiral.

Logo desço também, correndo até lá quando Keita passa a mão pela lateral da placa. Ele estreita os olhos, concentrado.

— Tem uma alavanca em algum lugar bem... aqui!

Ele empurra.

A pedra cede com um clique alto, o som abafado, por sorte, pelas videiras densas que cresceram diante do objeto. Embora não tenhamos visto nem sombra de Melanis desde que entramos na caverna, não dá para esperar ter essa sorte agora que já estamos quase do lado de fora.

Keita se vira para nós outra vez.

— Meu pai sempre gostou dessas rotas de fuga — conta ele, puxando as videiras. — Esta foi a primeira que ele me mostrou. Mal sabia ele como seria útil. — Ele continua puxando com violência, e raios finos de sol começam a se infiltrar. — Os uivantes mortais uivaram e empurraram a porta o dia todo, mas não descobriram como abrir. — Ele lança um sorriso sombrio para mim. — É como se meu pai tivesse previsto tudo, e isso me salvou.

Meu coração palpita quando imagino: Keita, uma criança pequena e enlutada, aninhado à porta de pedra com os monstros do outro lado. Estico a mão para ele.

— Keita, eu...

— Depressa — interrompe ele, desviando de mim com agilidade. Ele está se fechando de novo, certificando-se de que eu não veja nada de suas emoções. — Temos que seguir.

Ele arranca as últimas videiras, permitindo que a luz do sol se infiltre por completo.

E, enfim, vejo onde estamos.

A porta está escondida atrás de uns rochedos, que se espalham pela beirada de um cume montanhoso elevado, e no ponto mais alto está uma propriedade tão imensa que teria sido uma forte competidora entre as casas mais maravilhosas em Hemaira. Tenho que inclinar o pescoço para analisá-la até lá em cima. Arregalo os olhos ao ver os jardins exuberantes emoldurando a casa (não, *palácio*) colossal que fica no centro, as paredes cor-de-rosa delicadas tremeluzindo em tons de pedra preciosa à luz do sol dourada e turva. A única vez que vi paredes feitas de pedra assim foi quando estava em Laba, a capital de Maiwuri.

Só que essa não é a única maravilha na propriedade. O telhado também é de uma beleza estonteante, cada uma das telhas feita de um mineral verde-claro que só vi em joias usadas por pessoas nas províncias a Leste. As pontas dos azulejos são adornadas com ouro, o que embeleza ainda mais a aparência incrível.

E ainda assim estão intactos. Franzo as sobrancelhas ao me dar conta: a propriedade toda está em uma condição impecável, intocada pelas mãos de ladrões e até pela ação da natureza. Não há qualquer sinal de decomposição nem degradação em nenhum ponto. É como se viesse sendo protegida de alguma forma, como se algo a protegesse do mundo exterior. E, enquanto penso nisso, sinto uma vibração profunda de poder emanando de algum lugar dentro da propriedade. Um poder que logo reconheço, apesar de nunca tê-lo sentido: a kelai!

Avanço, sentindo mil emoções diferentes: esperança, medo, pavor... Se for mesmo a kelai, então é isso, o fim da jornada com meus amigos. O fim de minha vida em Otera como a conheço.

Só que nenhum dos meus amigos parece perceber isso. Apenas observam a propriedade, deslumbrados.

— Ele disse que a família dele era da nobreza, mas acho que eu não tinha entendido bem até agora — comenta Li, olhando, maravilhado, para Keita, que continua seguindo à frente. — Este lugar é um palácio.

— E está preservado com perfeição — adiciona Britta, os olhos arregalados enquanto ela observa a mansão e a profusão de árvores frutíferas de cheiro doce a ladeando. — Como se alguém tivesse colocado uma redoma de vidro ao redor do lugar por... o que, uma década? Como isso é possível?

— Não sei — murmuro depressa, embora não seja a exata verdade. Tenho um bom palpite de por que a propriedade permaneceu intocada, só que não quero enfrentar a verdade ainda, não quero falar em voz alta.

— Eu sei. — Belcalis se vira para mim. — É sua kelai. Está aqui.

— E os jatu, não. — O comentário brusco vem de Keita, que já avançou um bocado pelo caminho. — Se tivermos sorte, significa que chegamos primeiro. — Ele nos incentiva com a mão a seguir em frente. — Vamos continuar. Só nos restam poucas horas de luz.

Nós nos apressamos atrás dele, adentrando os bosques frutíferos, onde pássaros-cintila de penas coloridas formam ninhos nas árvores, as caudas emplumadas tão compridas que batem no chão. Não estão sozinhos. Pequenos nuk-nuks, os cervos verde-musgo, saltitam por entre as árvores, sem se importarem com nossa presença. Como as Douradas nunca encontraram este lugar nem nunca pensaram em procurá-lo, não entendo. Só que talvez as regras de existência sejam diferentes aqui, assim como acontece em cada templo principal de grupos de deuses.

E é isto que o lugar é: um templo.

— Pelo Infinito, que delícia!

Eu me viro, espantada quando Kweku dá uma mordida em uma fruta bem madura pendurada nas árvores.

Asha dá um tapa na mão dele.

— Ei! — reclama Kweku. — A fruta estava boa!

— Em um bosque encantado, porra! — Asha solta um grunhido. — Não sei se esqueceu o bom senso em algum lugar, ou se nunca o teve!

Quando ele a encara, sem entender, ela prossegue:

— Não saia comendo frutas estranhas em bosques encantados! Esse é o conselho de literalmente todas as lendas antigas! Se nascer outra cabeça aí ou você virar um daqueles ali — ela aponta para os nuk-nuks —, vai ser culpa sua!

Kweku se vira para mim, horrorizado.

— Vou virar um nuk-nuk, Deka? A fruta é amaldiçoada?

— Como é que eu vou saber? — Dou de ombros. — É minha primeira vez aqui também.

Keita segue para o alto do jardim, então para e se vira para o grupo.

— Galera, cada um para um lado. A kelai pode estar na casa principal, ou em uma das adjacentes. De qualquer modo, sinalizem assim que encontrarem algo. Vou procurar na casa principal. *Sozinho.*

Ele enfatiza a palavra com tanta brusquidão que fico desconfiada. Há algo na casa que ele não quer que ninguém veja.

O pai e a mãe dele.

O pensamento me acerta. A propriedade está toda preservada, tudo, ao que se presume, desde que Keita foi embora. E talvez isso inclua os cadáveres do pai e da mãe dele.

Corro atrás de meu namorado. Ele está subindo depressa a escada que leva à entrada, os passos tão ágeis e seguros que tenho dificuldade para acompanhar.

— Keita, me espere!

Quando ele não desacelera, viro-me para os outros.

— Comecem a procurar... rápido. Vou com Keita.

Ixa se aproxima para me seguir, mas nego com a cabeça. *Preciso ficar sozinha com Keita agora*, digo, grata quando Britta vê meu gesto e logo o chama.

— Vamos, Ixa.

Ixa indo, responde ele, descontente, embora Britta não consiga ou-vi-lo. Ele a segue.

Aceno com a cabeça para Britta em agradecimento, então sigo Keita, desacelerando junto dele ao chegarmos às portas imensas que são a en-trada da casa. Ainda estão entreabertas, mesmo depois de tantos anos, e há marcas de garras nas laterais, como se alguém tivesse feito força para entrar. Não algo... *uivantes mortais*.

Keita se vira para mim.

— Você não precisa vir comigo, Deka. Eu lembro o caminho.

— Você pode até lembrar, mas ainda assim quero ir.

Ele suspira, retesando a mandíbula.

— Acho que você não entendeu, Deka. Este lugar está exatamente como deixei. *Exatamente.*

— E isso talvez inclua seu pai e sua mãe — concluo. Ele me olha em espanto. — Já vi cadáveres antes.

— Não são cadáveres. São minha família.

— Também sou sua família.

— Por quanto tempo? — Há um tom de desafio nas palavras. Raiva também.

Prendo a respiração.

— Você não precisa fazer isso, Keita. Não precisa ficar assim.

— Assim como? Frio? Com raiva? Sofrendo? — Com cada palavra, a voz de Keita vai falhando mais e mais.

— Sozinho. — Estico a mão para ele. — Você não precisa ficar sozinho. Não precisa me afastar. Estou aqui. Pelo tempo que puder estar, estou aqui.

— Mas não devia. Você devia estar com os outros, indo atrás da kelai, se preparando para a divindade.

Eu me aproximo de novo. Sei o que Keita está fazendo, insistindo em me afastar. Ele está possibilitando um término direto. Assim ele pode ficar remoendo os próprios sentimentos, e eu, presume ele, posso ascender à divindade sem culpa. Balanço a cabeça.

— Não há outro lugar onde eu preferiria estar. Não há lugar mais importante do que este.

— Não ficou sabendo que o mundo está acabando, não? É o que vai acontecer se você não recuperar a kelai.

— Ainda não está, não. E, enquanto temos tempo, quero ficar com você.

— Tempo... — Keita dá uma risada amarga. — E quanto tempo temos exatamente, hein? Um minuto? Uma hora? Duas, no máximo? — Ele se vira para mim. — Nas próximas horas, talvez nos próximos minutos, você vai virar uma deusa. Algo totalmente diferente. Algo que não precisa de mim.

E aqui está, as palavras que, sem dúvida, Keita vem guardando este tempo todo. As palavras que também temi. Só que, contrariando o que eu esperava, elas não me desmontam. Tenho o amor de Britta e Belcalis, das gêmeas e de Katya, bem como minha armadura. Até nossos uruni nos cercaram com a força da própria crença. Não vou deixar Keita mergulhar no desespero, nem que me leve junto.

— Nunca precisei de você, Keita.

Quando ele arregala os olhos, magoado, seguro as mãos dele.

— Mas sempre quis você. Mais do que tudo, quis você. — Olho para ele com muita atenção. — Você não é uma necessidade, Keita, nem uma obrigação para mim. Você é minha felicidade, meu júbilo. Quando não acreditei que havia algo de bom no mundo, havia você. Keita, você é meu conforto e minha alegria, e espero que seja recíproco.

Quando ele apenas permanece me encarando, aproximo-me e o abraço.

— Sei que teme o futuro, eu também, mas este é nosso presente. Estamos juntos *agora*. Estamos aqui *agora*. Neste momento, só há você e eu — continuo. — O futuro vai vir não importa o que façamos, mas, por ora, por favor não me afaste, Keita. Estou aqui. Vou estar aqui pelo máximo de tempo que puder.

Os instantes passam, o corpo de Keita está rígido no abraço. Então, devagar e sempre, os músculos se relaxam, e ele me toca de volta.

— Não consigo respirar — murmura, rouco, uma confissão dolorosa. — Estou aqui... bem onde eles estão, e não consigo respirar. Não consigo entrar lá, Deka, não consigo. Não consigo, não consigo, não con...

— Shhh... — Acaricio as costas dele. — Você não precisa entrar.

— Mas os jatu e Melanis e o mundo... — Sua voz está quase falhando.

— O mundo pode esperar, e nós também. Vamos esperar o quanto quiser, o quanto precisar, até recuperar o fôlego. Vamos ficar só sentados aqui.

Eu me agacho no chão, puxando Keita para baixo comigo.

Ele tenta argumentar de novo:

— Mas a kelai e Melanis e...

— É tudo distração — interrompo, abraçando-o de novo e acariciando suas costas, devagar, com movimentos circulares. — Agora, só há você e eu. É só o que importa. Tudo o que importa...

Keita assente, então apoia a cabeça na minha. E ficamos em silêncio, as sombras do início da noite crescendo ao redor. Envolvendo-nos em meio ao conforto.

Até que é hora de nos levantarmos e entrarmos na casa.

O poder zumbe pela mansão. Se eu não o sentia completamente antes, agora sinto, a vibração baixa e intensa que corre por mim assim que passo pela porta. Prendo a respiração, sentindo a garganta se fechar. Faço o possível para não tremer. Já estive em inúmeras ruínas antes, algumas com milhares de anos, mas nunca senti algo assim. A energia deste lugar... está viva.

Assim como o lado de fora, o interior da casa está impecável. As pesadas mesas de pedra com imagens de lendas antigas entalhadas na estrutura ainda conservam o dourado que adorna as beiradas. As cadeiras ainda portam as almofadas com bordados exuberantes. As cortinas ainda ladeiam as portas de correr enormes, construídas no estilo sulista para fazer o ar circular.

Só que não corre nenhuma brisa.

Levo alguns minutos para me dar conta disso. Deveria haver ao menos uma brisa suave agitando as cortinas. E poeira deveria brilhar aos últimos resquícios da luz do sol moribundo. Só que não há nada... nem um vestígio de odor.

— É como se estivesse congelada — comenta Keita com a voz vazia, olhando ao redor.

Então repara em algo sobre uma das mesas. Ele vai até ela, pega o objeto e o leva ao peito.

Eu me aproximo.

— O que é isso?

— O pente de minha mãe. — Ele segura o pente dourado grande, cujo punho tem o formato de uma flor. — Ela deixou aqui na noite em que... em que... — Keita para de falar quando perde o fôlego, e então inspira para retomar o controle. — Ela deixou aqui na noite em que morreu. Ela passou o dia todo usando, mas então ficou cansada e deixou aqui para as assistentes. Não tinha percebido que elas já tinham sido assassinadas. — Enquanto falava, ele começou a andar pelo cômodo, como se relembrando tudo.

Há uma expressão de horror no rosto de Keita, que segue para o saguão de entrada, para um corredorzinho que teria passado despercebido se ele não estivesse indo para lá. Há uma escadaria escura que vai subindo a partir dali: a escada dos criados. Já as vi nas casas de pessoas ricas que visitei.

Sigo Keita quando ele continua falando.

— O imperador tinha acabado de mandar entregar umas caixas, sabe — comenta, a voz ecoando enquanto ele sobe as escadas. — Presentes. Roupas, joias, tecidos e coisas do tipo. Para os primos favoritos dele. — Keita brada a última frase, todo amargo, antes de continuar: — Todo mundo ficou felicíssimo com a demonstração de afeto por parte do imperador. As assistentes de minha mãe passaram o dia descarregando as caixas. Faltavam só algumas poucas.

"Então minha mãe desceu, deixou o pente ali, chamou as assistentes, mas ninguém respondeu." Keita se vira para mim, os olhos brilhando no escuro desta escadaria pequena e sufocante. "Foi só quando ela começou a subir de volta que ouviu os uivos. O som se propaga no alto. Foi o que descobri naquele dia."

Quando ele dá outra risada amarga, meu estômago se revira. A expressão de Keita agora... o calor emanando dele... Fico aliviada quando ele faz uma curva, e chegamos a um outro corredor preservado com perfeição. É nítido que estamos na área particular da família dele no palácio. Pequenos entalhes de bronze estão pendurados nas paredes, retratos dos ancestrais. Contudo, Keita continua seguindo como se não reparasse em nada além do caminho à frente.

O silêncio está tão sufocante que sinto que preciso rompê-lo antes que Keita desapareça por completo dentro da própria mente. Então me apresso para alcançá-lo.

— Já estamos chegando? — pergunto depressa. — Ao lugar onde...

— Aconteceu?

Keita se vira para mim, os olhos acesos. O fogo ali está quase transbordando, um indicativo de como as emoções dele estão fervilhando.

Quando coloco a mão em seu braço, tenho que lutar contra o ímpeto de me afastar. O corpo de Keita está pegando fogo. Se ele não estivesse usando a armadura resistente ao calor dada pelos maiwurianos, as vestes estariam em chamas.

Ele assente.

— Sim. Sim, estamos.

Ele segue pelo corredor até a porta no fim, então para, como se tomando coragem.

Corro para perto.

— Keita, você não tem que...

Os olhos acesos com chamas se concentram em mim.

— Tenho, sim — interrompe ele, então escancara a porta, expondo uma câmara congelada em um cenário de violência.

As cobertas na cama enorme estão espalhadas, os travesseiros bordados jogados em várias direções. Há um buraco catastrófico nas portas de vidro com pinturas coloridas que dão para a sacada, uma mesa de madeira pesada caída na lateral, como se tivesse sido usada como uma barricada de última hora que se provou inútil. Só que não é isso que captura minha atenção.

As pessoas deitadas no meio do quarto, sim.

Ali, bem adiante, está um cenário pior do que qualquer um que imaginei. Seis pessoas (dois adultos e quatro garotos adolescentes) estão espalhados no chão, as vestes sofisticadas tremeluzindo ao redor deles como rios de seda. O sangue que mancha os corpos ainda está vermelho vivo e marca as orelhas e narizes, goteja como pedras preciosas das marcas de garra na barriga do pai, que caiu com a espada empunhada. Fico ofegante ao ver a arma. E então percebo o que não tinha notado ainda.

Os cadáveres parecem em paz. Considerando a violência que os cerca, os olhos deveriam estar abertos, os rostos congelados em um grito de terror. Mas uma sensação de paz permeia o quarto. Como se essas pessoas tivessem sido abraçadas de alguma forma, preservadas em amor, assim como o restante da mansão.

Keita cai de joelhos, respirando com dificuldade. Lágrimas escorrem por suas bochechas, as que ele vem segurando por tanto tempo. Pequenas chamas seguem o rastro, quase como se a raiva estivesse vazando.

— Eles deviam estar gritando — comenta ele, as lágrimas sufocando as palavras. — Quando morreram, deviam estar gritando. Por que as expressões deles não estão mais assim?

Há certa perplexidade no rosto de Keita ao perguntar, o que é bem compreensível. Tudo na casa foi preservado bem como estava quando do ele foi embora. Tudo, com exceção da família dele.

Por que a dor deles foi eliminada... substituída, ao que parece, por paz? Não sei como isto é possível. Então a vibração corre por mim, mais poderosa do que já senti.

Estou sendo consumida pela dor de Keita. É minha única aposta para o motivo de não ter percebido antes: o poder que corre pela casa é mais forte neste quarto. E vem de uma caixinha. Fico imóvel ao vê-la, uma caixa de joias minúscula no canto do quarto, toda inocente, na única mesa que permanece de pé em meio ao caos preservado.

É pequena e tão simples que é fácil de passar despercebida. Não há entalhes no objeto, nenhum ouro. É só uma caixa de obsidiana, uma pedra preta com um brilho fosco à luz do início da noite.

E ainda assim a energia pulsa dali, uma canção que ecoa bem de dentro de minha alma.

A caixa que outrora continha a kelai. Com sorte, que ainda contém. Cambaleio até ela com o coração martelando. Espero que o que estou sentindo seja a fonte de meu poder, e não a lembrança dele, como todo o restante na propriedade.

— Deka. — Mal ouço Keita me chamando, perplexo, quando avanço à frente, o corpo já mal conseguindo se manter ereto.

Cada passo que dou é pesado por causa da apreensão. Há tanto dependendo deste momento, do que vou encontrar ao abrir a caixa. Pode não ser nada, apenas um eco de momentos passados. Ou pode ser tudo: a chave para salvar Otera, para salvar todo mundo que conheço.

Minha cabeça está girando, o suor escorrendo por meu rosto e pescoço. Quanto mais me aproximo da caixa, mais sinto a energia vibrar por mim, um sentimento tão familiar e acolhedor que quase parece idêntico à Divindade Superior. Só que essa é minha divindade... ou ao menos a chave para ela. A chave que vim procurando.

Se ainda estiver ali.

Olho ao redor, procurando pelo corpo de minha mãe. Ela disse que estaria em algum lugar por perto, só que, por mais que eu olhe, não o encontro. O que não significa que não possa estar aqui, escondido em um canto onde ainda não reparei. Caio de joelhos em frente à caixa, as mãos trêmulas quando as estendo. Só que, assim que abro a tampa, fico murcha, sentindo a decepção me assolar.

Minha kelai não está na caixa. Não preciso olhar para as extremidades brilhantes da pedra preta para ver o que já sinto. Ela foi levada. É provável que estivesse aqui umas horas atrás (levada enquanto meus amigos e eu corríamos pelas cavernas), assim como o corpo de minha mãe.

A noção disso flui para dentro de mim com facilidade, e sei que vem dos resquícios da kelai que ainda pulsam ao redor da propriedade, preservando-a assim como a seiva da árvore faz com os pobres insetos que acabam presos lá dentro.

Um lamento escapa de minha garganta. Um pranto angustiado.

Todo este tempo tive medo da kelai. Hesitei em encontrá-la. Só que, agora que a senti, percebo o erro. É parte de mim, tão integral quanto qualquer outro órgão. É minha, e agora foi roubada de novo por deuses que querem usá-la para me destruir.

Está com eles, e eu não estou com nada. Nada além dos resquícios que me rodeiam, provocando-me com a possibilidade do que poderia ter sido.

Levo alguns instantes para me levantar. Ao fazer isso, viro-me para Keita, que ainda está ajoelhado ao lado do pai e da mãe, soluçando como se o coração estivesse se partindo. Para além do momento em que comecei a me aproximar da caixa, ele não percebeu minha jornada, não faz ideia da imensidão do que acabei de descobrir. Mas é o que o luto faz. Ofusca tudo ao redor por causa da desolação no coração da pessoa. E o que Keita está vivenciando é puro e absoluto luto.

Deixo a raiva e a frustração de lado enquanto me concentro no desespero dele. E na incongruência do cenário ao redor. Já suspeitava antes, mas agora entendo de verdade por que a família dele está com essa aparência, por que estão tão em paz, ao contrário do restante no quarto.

É porque a kelai é parte de mim. Sempre foi parte de mim.

Mesmo quando eu não a conhecia, ela me conhecia, sabia como me sentia em relação a Keita. É por isso que preservou a propriedade desse jeito... ou melhor, por isso que reverteu a degradação que tinha recaído sobre o lugar.

A propriedade não esteve sempre assim.

Se eu tivesse que dar um palpite, sem dúvida diria que mofou por anos, um túmulo esquecido e odioso do pai e da mãe de Keita. Só que, quando me apaixonei por ele, comecei a enxergá-lo como prioridade.

Este lugar, a imobilidade mágica, é o resultado de meus sentimentos por Keita.

Ainda que macabra, é minha carta de amor a ele. Minha forma de permitir que ele se despeça da família, embora eu nunca tenha notado que estava fazendo isso.

Só que essa é a beleza do divino.

E é o milagre do amor.

Vou até Keita, que está ajoelhado ao lado da mãe, segurando-a nos braços. Quando ele me vê observando, balança a cabeça, cheio de pesar.

— Fui eu que insisti para que eles construíssem este lugar — revela de repente. — Minha mãe ficou na dúvida, mas eu queria uma casa de veraneio. Queria me gabar para meus amigos. E eu era o caçula precioso. Então implorei, insisti e supliquei até ela aceitar. E quando minha mãe dizia que sim, meu pai concordava, lógico, porque faria qualquer coisa para agradá-la. Então ele construiu a casa, e viemos para cá. — Ele se vira para mim, os olhos tomados por uma estranha e calma aceitação. — Eu poderia me culpar por isso, e foi o que fiz ao longo dos anos, inclusive, mas agora vejo que não foi minha culpa. Eu era uma criança. Um pouco mais novo que Maziru.

Ele aponta para um jovem garoto, uma criança de uns 11 anos, os olhos fechados em paz apesar das marcas de garras que tem no pescoço.

— Como uma criança dessa idade poderia ser a causa disso? — Ele balança a cabeça e olha para mim de novo. — Não, foi Gezo e os Idugu. Eles são a causa disso tudo. Espero que a kelai esteja aqui, Deka. Espero que a encontre e a use para acabar com cada um daqueles desgraçados divinos bem onde estão.

O tom de voz dele é tão determinado, tão cheio de uma ira direcionada, que não tenho coragem de contar a ele que não está aqui. O que me resta é confortá-lo.

— Sinto muito, Keita. — Ajoelho-me ao seu lado. — Sinto muito por tudo o que passou.

— Tudo bem. — Quando me viro, em choque, ele responde: — Está, sim. Olhe para eles. — Então gesticula para a família com uma expressão surpreendente de tão calma... quase aliviada. — Eu estava com tanto medo. Este tempo todo, estava com tanto medo de que fossem estar com dor, que os corpos estivessem reduzidos ao esqueleto, ou pior, em carne e osso do exato jeito de que eu me lembrava... Mas olhe, eles parecem em paz. — Keita acaricia o cabelo da mãe, o toque amoroso ao passar pelos cachinhos castanho-escuros. — E estão juntos, todos eles.

Ele olha para mim de novo, os olhos marejados.

— Quando chegamos, fiquei me perguntando por que o lugar estava tão bem preservado, mas agora sei: você fez isso. Você preservou o amor deles.

Quando apenas o encaro, Keita segura minhas mãos.

— Estava com tanto medo do que aconteceria quando você ascendesse... passei tanto tempo temendo. E agora percebo que meus medos eram em vão. Porque, se uma única parte sua pode fazer tanto para honrar meus entes queridos, o que sua totalidade vai fazer por Otera, quando ela estiver sob seus cuidados? O quanto tudo vai ser melhor?

Permaneço encarando-o, sem palavras. Se eu estivesse no lugar dele, esbravejaria contra os deuses, contra tudo neste lugar, mas de algum modo ele encontrou a esperança em meio a tanta escuridão.

E ele encontrou um jeito de me dar o mesmo. Temi tanto que eu fosse me tornar uma deusa maléfica, injusta, mas, se Keita vê tudo isso em mim, se acredita em mim...

Busco as palavras certas.

— Eu não, não... — Então vejo a expressão de Keita, a determinação. — Diga-me o que fazer. Diga-me como posso te apoiar agora.

— Você pode servir de testemunha.

Ele se levanta e segue para a cama.

Quando começa a ajeitar as cobertas, corro para o outro lado, fazendo o mesmo. Tenho uma ideia do que ele está prestes a fazer, então só sigo o fluxo até que o faça.

Observo-o pegar a mãe no colo e, devagar, com cuidado, colocá-la na cama. Há tanto amor no gesto que sei que ele a adorava acima de tudo, o que faz todo sentido, dada a facilidade e a plenitude com a qual ele me ama. Keita faz o mesmo com o pai, e então, quando coloca os dois lado a lado, junta as mãos deles para que possam permanecer unidos pela eternidade como eram em vida. Em seguida, ele vai até os irmãos, ordenando-os pela idade, até, por fim, a família toda estar deitada lado a lado, as vestes arrumadas e ajustadas ao redor de modo a esconder as feridas nos corpos.

Ele se vira para mim, os olhos pesados.

— A kelai... encontrou algum vestígio?

— Encontrei, mas não está aqui. Os jatu devem tê-la levado, como temíamos.

— Ah... Sinto muito, Deka, eu...

— Não. — Ergo a mão, interrompendo-o. — Não preciso disso. Eu sei qual é a sensação agora... Sei pelo que procurar. — Esse é um ponto positivo na situação toda. Agora sei que passos dar a seguir. — Não preciso do corpo de minha mãe nem de um novo plano. Eu sei o que fazer. Então faça o que precisa aqui. Faça o que parece certo.

— Obrigado — responde ele, então se vira para a cama e estica a mão.

A chama que explode dela incendeia as cobertas em segundos, embora a família seja uma outra questão. Permanece intocada. Então ele lança outra coluna de chamas na direção deles.

Enquanto o fogo se espalha, consumindo tudo ao redor, sigo para a porta. Calmo, Keita permanece no mesmo lugar, uma chama que ganhou vida. A coisa o cerca, banhando-o em uma auréola de fogo.

Um som sibilante se faz ouvir quando o vento corre de repente pela casa.

Keita assente enquanto saio.

— Reúna os outros para irmos embora. Vou descer assim que acabar.

Assinto, então começo a correr.

A última imagem que tenho dele é parado ali, observando a família queimar na pira funerária que criou para eles. Enquanto saio da casa de veraneio, as chamas logo atrás de mim, não consigo evitar pensar que não é só a família que está sendo consumida pelas chamas, mas o antigo Keita também.

30

❖ ❖ ❖

O súbito surgimento do vento, combinado ao excesso de lenha na casa, faz a mansão queimar depressa, em uma luz vívida. Meus amigos e eu permanecemos alertas, esperando que ou Melanis e as caçadoras ataquem sob o alerta das deusas, ou que um grupo de uivantes mortais Renegados, leais aos Idugu, chegue. Porém, enquanto os últimos vestígios do sol desaparecem e os primeiros brilhos do luar se derramam pela propriedade, ninguém chega, só Keita, o corpo todo banhado em chamas, embora a armadura ainda aguente firme. Os maiwurianos sabem mesmo o que estão fazendo quando se trata de criar armaduras. Ele se aproxima devagar, e juntos observamos o palácio desmoronar em meio às chamas, sem um único indício de fumaça apesar da intensidade do fogo.

É como se o encanto continuasse firme: há as chamas, o vento e o calor, mas nenhuma fumaça, só um aroma doce e floral que envolve o terreno.

— Combina bem — comenta Keita quando o incêndio enfim reduz o lugar a cinzas, os tons alaranjados brilhando na escuridão. — Minha mãe adorava o cheiro das flores. Adorava o cheiro dessas árvores.

Ele aponta para o pomar frutífero, que permanece de pé, uma sentinela silenciosa. As chamas não chegaram nem perto dele, como se ele ainda estivesse protegido, ainda coberto pela bolha invisível que a kelai construiu ao redor da propriedade.

— E, agora, vão cuidar dos espíritos de sua família pela eternidade — declara Belcalis com solenidade, dando tapinhas no ombro de Keita. — Esse é um conforto.

Keita assente, as lágrimas brilhando nos olhos enquanto aceita o toque.

— É, sim. Existe conforto em saber que estão aqui, juntos neste lugar, neste paraíso.

Ele se vira para mim ao dizer isso, apertando minha mão que está junto a dele.

Li dá um passo à frente.

— Sei que é um pequeno consolo, levando em conta tudo o que aconteceu aqui, mas ao menos você tem isto... a certeza de que vão estar juntos para sempre neste devaneio criado para eles. Atenha-se a isso. Valorize. É uma coisa rara nestes tempos.

As palavras atenciosas parecem tão incomuns a Li que, entre todos, fico de queixo caído.

— Que foi? — defende-se ele ao ver minha expressão. — Eu consigo ser sensível.

— Um parasita sanguessuga também consegue — opina Adwapa.

— Ei! — reclama Britta. — Li é mais sensível que um parasita... acho.

Quando Li faz um biquinho diante do meio elogio, ela bagunça o cabelo dele.

Adwapa dá de ombros para Britta, ainda em dúvida, e Belcalis se dirige a todo mundo.

— Não queria pontuar, diante das circunstâncias, mas precisamos ir. Temos que voltar para Ilarong e nos reagrupar. Encontrar uma forma de roubar a kelai antes que Okot tente capturá-la de novo.

— Na verdade, tenho uma ideia — comento, pensando em tudo o que senti quando estava naquele quarto, na presença da caixa. — Vou só criar uma porta de volta, beleza? — A pergunta é direcionada a Keita, que ainda observa as brasas na construção.

Não quero apressá-lo caso ele ainda precise de um tempinho.

Quando ele concorda, logo começo entrar em estado de combate, sem nem precisar me conectar à Divindade Superior. Ainda há o bastante da kelai aqui, resquícios suficientes para que eu os absorva e os use para dobrar as arestas do espaço. Enquanto dou início ao processo, no entanto, de repente sinto algo... um formigamento sutil pela coluna.

Uma presença.

Eu me viro, tentando encontrar a origem, até Britta arfar. Ela aponta, toda feliz.

— Olhem, um indolo!

Viro-me para onde ela aponta.

Ali, logo à margem do pomar, há duas formas felinas verdes e cintilantes. Um indolo... o que parecem ser duas criaturas pequenas com aparência de gato conectadas por um elo dourado. Os chifres dourados e a profusão das videiras que parecem fluir ao redor como se por um brilho mágico na escuridão.

Britta chega mais perto do indolo para ver melhor.

— Nunca tinha visto um. Olhem como é lindo!

Para minha surpresa, a criatura não se mexe. Nem ergue a pata quando Britta, Ixa e eu chegamos mais perto até enfim estarmos diante dela. É quando percebo os olhos.

No geral, os olhos dos indolo são de um tom dourado tremeluzente que combina com o brilho que cerca os corpos. Este indolo, porém, tem olhos pretos, os quatro de um tom de obsidiana líquida que parece enxergar minha alma. Fico sem reação, espantada em meio à hipnose. Há uma inteligência nos olhos, um intelecto que parece tão familiar que de repente penso que já vi esse indolo (ou melhor, a *pessoa* dentro do indolo) inúmeras vezes antes.

Ajoelho-me, ficando cara a cara com a deusa que sempre foi minha aliada mais fiel.

— Anok — cumprimento em reverência. Agora a vejo, observando-me. — É você, não é?

As duas cabeças do indolo confirmam.

— Anok? — repete Britta, espantada. — É ela? Isso significa que as outras estão vindo?

Ela olha ao redor, incomodada, e não é a única.

Ao seu lado, Ixa está eriçado, todos os músculos tensos enquanto grunhe. *Trevas aqui. Trevas observando.*

Acaricio a testa dele para acalmá-lo.

— Está tudo bem, Ixa.

Olho para a indolo e aqui está, a deusa das trevas, olhando-me de volta. Sinto a inteligência vasta dela, sinto a bondade, que temi ser corrompida pelas outras. Ainda está aqui, ainda no fundo da deusa que desafiou as próprias irmãs, a própria família, para salvar minha vida e a dos outros.

— Consegue falar? — pergunto.

A indolo nega com as cabeças.

— Lógico que não seria fácil assim — murmuro, suspirando.

Mas, enquanto fico de joelhos, remoendo a decepção, a indolo de repente se aproxima e pressiona as cabeças na minha. E de súbito estou na absoluta escuridão da noite, Anok flutuando à frente, uma sombra dentro das sombras.

Ela sorri, estrelas brilham em seus dentes.

— Olá, Deka. Quanto tempo.

— Pouco mais de três meses, mas sei que o tempo passa diferente para você.

— Quando se trata de você, não. — Ela balança a cabeça. — O tempo é uma constante com você. Você é minha constante. Ao menos essa versão sua.

— E a outra?

Penso na Singular, a deusa que eu era antes de cair e me tornar esta coisa que não é nem alaki, nem humana, nem deusa.

— Antes, você era minha irmã, uma parte profunda e verdadeira de mim. Depois virou minha inimiga. E então minha esperança mais desesperada. Mas todas essas versões de você são diferentes dessa de agora, e ainda assim são iguais.

Ela flutua para mais perto, nuvenzinhas fluindo nos cachinhos do cabelo.

— Você parece mudada. Já conheceu nossos irmãos em Maiwuri?

Dou uma risada amarga.

— Já. E fui exposta ao conceito da Divindade Superior.

— Não é um conceito. Tudo — insiste Anok. — A Divindade Superior é tudo.

— Ou talvez seja outra deusa para quem eu tenho que me preparar — respondo, dando voz às dúvidas. — Por outro lado, sempre há um outro deus, sempre um outro algo. Sempre, sempre, sempre... — A frustração emana de mim, um rio ágil e interminável.

Eu não tinha me permitido sentir a perda da kelai, a angústia de chegar tão perto de recuperá-la. Agora que permiti, tornei-me um amontoado de raiva e frustração.

— Deka... — O tom de voz de Anok é calmo, a base que força o rio de frustração a desacelerar, a ser contido entre as barreiras ao invés de sair transbordando. Ela coloca a mão coberta da luz de mil constelações em meu ombro. — Não há outro deus, nenhum deus maior, do que nós mesmos. Cada um de nós. Tudo é um só. Como sempre foi.

Olho para ela, confusa. Algo nas palavras me lembra de Myter e todas as conversas que tivemos nas rotas.

— Você fica falando de forma enigmática — comento.

Anok encosta a cabeça na minha.

— Amo muito você. Nunca tive a chance de dizer isso. Dizer para minhas filhas amadas, sobretudo Fatu, como as amo. Como são perfeitas, cada uma de vocês. Para mim vocês são tudo, sempre foram. Todas vocês, até Melanis e a prole dela, perdidas como estão agora. É o que vim aqui lhe dizer.

Anok se afasta e me observa. Há um universo nos olhos dela. Um universo de amor e pertencimento. E arrependimento. Há tanto arrependimento nos olhos de Anok... Isso me faz lembrar de Okot, do que ele disse ao me deixar no vale: "Eu queria mesmo que tivéssemos sido aliados."

Mas faz sentido que um me lembre do outro. Em dado momento, eles já foram um só.

— Você tem que ir agora... depressa, Deka. Minhas irmãs sabem que você está aqui, e mandaram Melanis, imbuíram nela todo o poder possível. Se ela encontrar você aqui, com certeza vai levá-la, então tudo estará perdido.

— Obrigada por avisar. Vou embora agora.

Só que Anok já está se esvaindo, a luz tomando o ponto em que a escuridão dela estava. Ela sorri.

— Saiba que foi um grande prazer lhe conhecer. Vou encontrá-la de novo no Grande Círculo — completa ela.

E então desaparece.

Retorno, ofegante, e me vejo cercada pelos meus amigos. A indolo não mais à vista.

— Onde está Anok? A indolo, onde está?

— A indolo? — Britta me encara, parecendo confusa. Mas a confusão é logo ofuscada pelo pânico em seus olhos. — O que aconteceu, Deka? Estávamos planejando ir embora, e aí você pegou no sono.

— Estávamos tentando te acordar — conta Keita, abraçando-me aliviado. Então se afasta. — As feridas estão voltando? A armadura está falhando?

Nego com a cabeça.

— Não, não foi isso. Eu estava falando com Anok e... — Um uivo distante interrompe as palavras, um lembrete horrível. — As deusas sabem que estamos aqui. Temos que ir!

De imediato invoco a porta.

Ela se abre dentro de instantes, e bem a tempo. Melanis e as caçadoras brilham no escuro, os corpos cheios de energia divina ao se aproximarem.

— Deka!

Melanis uiva ao me ver, mas abro um sorrisinho para ela.

— Ah, se elas tivessem te ensinado a usar o poder para criar portas — murmuro.

Então passo pela que abri, levando a mim e meus amigos em segurança para longe do alcance dela.

Mãos Brancas e Sayuri estão sentadas em um dos muitos picos de Ilarong quando voltamos, Mãos Brancas fumando um cachimbo de cheiro doce. Há vários chifres cheios de vinho de palma entre as duas. É uma cena tão digna de um companheirismo fraternal que quase se pode esquecer de que elas vêm sendo inimigas há séculos. É impossível pensar em uma relação mais deturpada, mas suponho que essa seja a natureza da família.

Suspiro enquanto me aproximo, tensa por causa da conversa que estou prestes a ter com as duas. Elas já devem saber que não alcancei os objetivos. Considerando os espiões de Sayuri e todos os aviax voando pela cidade, é provável que alguém já tenha repassado a versão resumida do fracasso às irmãs. O que talvez explique por que elas estão desfrutando de tamanha fartura. Mãos Brancas pode até gostar de se mimar de vez em quando, mas até para ela aquela é uma quantidade bem grande de vinho de palma. E, como Sayuri não bebe, já que uivantes mortais só ingerem carne e água, acho que se pode concluir que Mãos Brancas preparou uma noite de excessos para si.

Sem muitos alardes, sento-me na manta junto a elas.

— Voltei — digo em cumprimento, ao lado de Mãos Brancas.

— Omoléh? — Minha antiga mentora me oferece uma tacinha de um líquido claro. — Os aviax chamam de sopro de fogo. Esse povo pássaro gosta de uma birita. Quem diria.

— Obrigada, mas não — respondo com malícia, balançando a cabeça. — Sei que é melhor não beber com você. — Sei que é melhor não beber, ponto-final, só que não digo isso, sabendo o quanto Mãos Brancas gosta. Uma das muitas coisas que ela me ensinou (além de como mentir sem dar na cara e abraçar a morte com honra) é não verbalizar o desgosto com as coisas que outras pessoas apreciam. — Além do mais, minha cota de fogo de hoje já deu.

— Você não sabe o que está perdendo. — Mãos Brancas dá um gole, então esmurra o peito quando o álcool desce rasgando. Logo exclama, maravilhada: — É que nem fogo *mesmo*!

Ela está com um humor diferenciado, isso fica evidente.

A cena me lembra tanto de quando a vi pela primeira vez em Warthu Bera que quase me sinto nostálgica. Só o que falta agora é Braima e Masaima, mas é provável que os equus estejam em um dos muitos estábulos de Ilarong, supervisionando os preparativos para as batalhas vindouras. Os dois podem parecer brincalhões, inofensivos e bonitinhos, mas também podem ser comandantes bastante intimidadores.

— Imagino que não tenha conseguido recuperar a kelai — comenta Mãos Brancas.

— Os jatu chegaram antes de nós, uma hora mais ou menos. Mas você já sabia disso, não?

— Mais uma vez, os espiões de Sayuri são excelentes no ofício — confirma ela, e a decepção que transparece no tom de voz não é pouca.

Embora, de modo estranho, a decepção não pareça ter a ver comigo.

— Você não ficou surpresa por eu não ter conseguido recuperá-la — afirmo, logo compreendendo.

— Eles tinham mais ou menos um dia de vantagem e partiram mais rápido, isso sem contar que era provável que tivessem recebido poder dos Idugu, que os enviou lá através de uma porta. As chances de que vocês os alcançassem eram mínimas.

Franzo a testa.

— Então por que você...?

— Concordei em mandar vocês para lá? — Ela dá de ombros. — Tive um sonho.

Anok.

Com certeza a deusa das trevas teve influência nisso. Porém, por que ela me queria lá se sabia que eu não encontraria a kelai? E por que tinha aparecido só no fim para me alertar?

Há algo a ser desvendado nisso, mas volto a atenção a Mãos Brancas quando ela pergunta:

— Bem... Como foi? Qual foi a sensação?

Não preciso pedir por mais detalhes para entender que ela se refere à kelai.

— Como voltar para casa. Todo este tempo, estive com tanto medo dela, com tanto medo de quem eu me tornaria quando a absorvesse, mas, agora que a senti, não acho que vou ficar...

— Como eles? — Para minha surpresa, é Sayuri quem termina a frase. Ela fixa os olhos pretos nos meus. — Diga, Deka, você acha que sabe o que é melhor para a humanidade?

Sayuri é sempre intensa, mas a expressão súbita em seu rosto é diferente.

Fico intimidada, então tento pensar o máximo possível antes de responder. Por fim, nego com a cabeça.

— Não. Já achei que sabia, mas agora não tenho certeza — respondo com toda a minha sinceridade.

Toda vez que tentei ajudar, acabei piorando as coisas, mas talvez esse seja o ponto. Fico tentando salvar as pessoas em vez de ajudá-las a se salvarem.

Dou de ombros.

— Tudo o que sou, a forma que vejo o mundo, está sob influência de minhas experiências, e a maioria delas é ruim. Então sempre espero que as coisas sejam ruins. — Abaixo a cabeça, suspirando. — Posso ter o necessário para liderar no campo de batalha, e em situações graves. Mas governar? Guiar? — Volto a olhar para Sayuri. — Até o fato de eu pensar no que é que os deuses fazem, em vez de servir... Não acho que sou a pessoa certa para isso. Sendo sincera, é provável que eu seja a pior opção.

Então como posso virar deusa? Enquanto o pensamento de repente me assola, outro surge: Keita me agradecendo por preservar a família dele.

Ele acredita em mim, acredita que posso ser uma deusa justa. Então por que nunca acredito em mim mesma?

Fico atenta quando Sayuri fala com o tom de voz grave de novo:

— Então você já é diferente deles. É assim que se difere de todos os nossos supostos pais e nossas supostas mães. Você ao menos reconhece as próprias carências.

E os deuses de Otera, não.

Porque, em meio a autodúvida, esqueci-me de outra coisa: os deuses de Otera pensam serem todo-poderosos, estarem acima de outros seres no império... até os que pariram. Eu, ao menos, sei que não sou melhor que ninguém. Diferente, sim, mas não melhor.

É uma noção de humildade.

— Você está certa, Sayuri. Eu reconheço minhas carências. De modo doloroso. Mas tem mais coisas que aconteceram lá na casa, mais coisas que tenho a contar. A vocês duas. — Olho bem para Mãos Brancas ao dizer isso.

— Ah, é?

O cachimbo de minha antiga mentora fica parado perto da boca de um jeito dramático.

— Vi Anok lá. Ela estava se escondendo dentro de um indolo.

— Como de costume — comenta Mãos Brancas, inclinando a cabeça como se fosse muito razoável.

— Os outros não viram. Acharam que eu tinha pegado no sono, mas não. Eu estava conversando com ela.

— E o que nossa mãe divina disse? — A porção de sarcasmo parte de Sayuri, que, como sempre, não é fã de divindades.

— Ela disse que ama vocês. Vocês duas.

Sayuri fica calada, os olhos arregalados. Ao que parece, as palavras foram inesperadas.

Enquanto ela as absorve, viro-me para Mãos Brancas.

— Ela queria que vocês soubessem disso, e que são perfeitas.

Mãos Brancas também arregala bem os olhos, o máximo que já vi, e algo parecido com um soluço escapa de sua boca.

Ela logo olha para baixo, mas antes vejo os olhos marejados, lágrimas que nunca, nunca vi antes, desde que a conheci. Já testemunhei muitas expressões no rosto de Mãos Brancas (convencida, odiosa, ardilosa, até triste), mas nunca tinha visto tal absoluta alegria. Porque as lágrimas dela não são de desespero, e sim de felicidade... extrema.

Só consigo imaginar a culpa que Mãos Brancas vem sentindo por ter deixado Anok no templo, sabendo que ela (sua verdadeira mãe) fora presa pelas próprias irmãs, e que em algum momento vamos ter que matá-la. Só que ela sempre guardou os sentimentos para si e seguiu em frente, não importando o quanto fosse difícil. O quanto fosse doloroso.

E agora enfim minha antiga mentora recebeu uma prova de que Anok não está com raiva nem triste por suas ações, e sim orgulhosa.

Quando mais lágrimas escorrem pelas bochechas de Mãos Brancas, desvio o olhar, sabendo que ela não iria querer que eu visse um momento de tamanha vulnerabilidade mais do que já o fiz.

Em vez disso, me concentro em Sayuri, que agora me observa com atenção, os olhos brilhando no escuro.

— Tem outra coisa — adiciono baixinho. — Agora que estive na presença da kelai, tenho uma ideia de como encontrá-la.

— Ah, é? — Sayuri se inclina para perto. — Pois conte.

— Bem — sussurro em conspiração —, tem a ver com o estado de combate...

31

Não há jeito melhor de entrar no estado de combate do que em uma das fontes termais de Ilarong. A água está quentinha; a noite, fresca; e as estrelas cintilam lá em cima. Consigo focá-las, deixar que me guiem para a absoluta serenidade. É o que preciso para executar a tarefa que incumbi a mim mesma. Tenho que encontrar a kelai, seguir o rastro deixado por ela para que eu possa discernir para onde os jatu a levaram. Antes, achei que precisasse do corpo de minha mãe. No entanto, isso nunca foi necessário. Só o que eu precisava era sentir meu poder, entender sua forma. Entender o quanto é parte de mim.

Todo este tempo, os deuses vêm esgotando meu poder pouco a pouco, sanguessugas parasitas sugando dessa fonte. É por isso que nunca entendi o que era, nunca senti de fato o elo que conectava meu corpo à kelai, mas agora o senti por completo. E agora é hora de revidar... vencer os deuses no joguinho deles.

Antes que Okot venha até mim, vou até ele. Vou roubar meu poder bem debaixo do nariz dele enquanto o deus está planejando fazer isso com os irmãos.

Agora me lembro do que ele me disse: que realocaria a kelai e depois a roubaria dos irmãos. Só há uma razão para ele precisar fazer isso: todos os Idugu estavam envolvidos no deslocamento da kelai de Gar Fatu para outro lugar. Okot sozinho não teria tido o poder de fazer o que eles fizeram hoje: infiltrar todos os grupos de jatu em Gar Fatu e então extrair o grupo que cumpriu o objetivo antes que Melanis e as caçadoras o encontrasse primeiro. Okot precisava que os irmãos tirassem a kelai de lá, e agora eles a esconderam em um lugar perto do templo deles. É provável que seja em algum lugar de Hemaira.

Contudo, Okot quer a kelai para si. Precisa dela, para salvar Anok e a si mesmo.

Só que, antes de ele fazer isso, vou recuperar o que é meu.

Deixo o pensamento fluir para longe enquanto respiro fundo. O que estou prestes a fazer exige relaxamento. Não posso me ater à raiva. Tenho que respirar e focar nas estrelas, deixando o pulsar distante me acalmar, me fazer mergulhar no estado de combate, a versão mais profunda de mim que já alcancei.

Leva um tempo, mas sinto quando o mundo recua, quando meus amigos e Ixa, que estão reunidos nas pedras que cercam a fonte, tornam-se sombras brancas e então, ao mesmo tempo, mais e menos que isso: eles se mesclam ao infinito, tornam-se uma coisa só. Eu também. E então só o que resta somos eu e o universo, uma vastidão inteira ao redor. A vastidão que sei que é a Divindade Superior. Que absurdo que os Idugu a destilassem na farsa de um impostor a quem chamam de Pai Infinito.

A Divindade Superior me banha com ondas quentes e calmas, o sentimento de paz em que, neste exato momento, ainda não confio. Não é uma presença em si. Nem uma entidade. É mais uma energia. Uma força...

O que é você?, pergunto para a vastidão, curiosa.

Mas as palavras voltam para mim: *O que é você? O que é você? O que é você?...* Só que não as proferi. Não foi minha voz que ecoou de volta. Foram mil vozes, refletidas de volta a mim. Mil vidas, todas interconectadas, uma entrelaçada à outra, indissolúveis. Ou um milhão? Um bilhão? Bilhões? Talvez até mais? Desconheço as palavras que podem contabilizar uma quantidade maior do que esse número, e nem consigo compreender a quantidade de vidas em si que a vastidão comporta. De súbito, o peso de toda a conexão está me comprimindo, e sinto meu próprio corpo de novo, o peso no peito, como se não conseguisse respirar, como se nem conseguisse...

Deka...

A voz de minha mãe rompe o barulho.

Quando me viro, enfim o vejo tremeluzindo, o elo que me conecta a ela.

O elo que é celestial. Só que não é a kelai nem a divindade. É o amor dela por mim. De olhos arregalados, sigo-o, perseguindo o elo maternal dourado que tremeluz pelo céu noturno, uma exuberância alegre e repetitiva que me incita à frente, que me provoca quando vou muito devagar e acabo ficando para trás.

Deka! Deka! A voz de minha mãe me chama, tão alegre e insistente que não tenho escolha a não ser seguir. Através de rios, sigo. Cidades pequenas, cidades grandes, desertos, florestas tropicais... tudo se esvai em meio à busca, até que, enfim, estou ao lado do elo de minha mãe, só que agora vejo que não é um elo, e sim o espírito dela, arqueando em alegria pelo céu noturno.

Como você está aqui?, pergunto, cercando-a. Juntando-me a ela na maravilha de nossa dança.

Sempre estive aqui, responde. *Sempre estive em todo lugar. Por todo canto, pedra, árvore, oceano, pessoa. Sempre estive aqui.*

Há um eco na voz dela agora... mil ecos. Os mesmos que repetiram minhas palavras instantes atrás.

Só de ouvi-los, tropeço.

A alegria some enquanto a desconfiança me toma. Estreito os olhos. *Você não é minha mãe. Nem nenhuma dessas pessoas cujas vozes usa. Quem é você? Para onde está me levando?*

Para cá! A resposta é alegre quando o Ser Que Não É Minha Mãe para e aponta para uma imagem familiar.

O Olho de Oyomo. O grande palácio. O lugar onde me prostrei diante de Gezo, na época imperador de Otera. Olho para a construção odiosa, as torres douradas outrora orgulhosas e agora desbotadas, uma vez que a maior parte do ouro foi arrancado para financiar as batalhas crescentes que agitam o Reino Único. Como os sacerdotes não têm mais acesso aos alaki e à infinita reserva deles de sangue dourado, são tempos de desespero.

Desvio o olhar do palácio e me viro para o Ser. *O que quer?*, pergunto sem rodeios. *Foi você quem falou comigo antes, não foi?*

As extremidades do Ser parecem oscilar, uma escuridão as puxando. Antes de eu sequer piscar, a imagem voltar a ser a de antes: dourada e perfeita. O Ser sorri, um vislumbre de ouro. *Tão desconfiada, Deka... Mas imagino que a vida tenha lhe deixado assim. A vida em Otera é difícil. A vida neste reino é difícil. É assim que as coisas são. Venha, vou lhe mostrar o que busca.*

Só que continuo paradinha. *Posso encontrar o caminho por conta própria*, respondo, tensa. *E eu já estava no caminho antes de você se intrometer.* Fico encarando. *Diga o que quer.*

O que eu quero?

O Ser paira ao redor, a paz e a alegria estranhas se espalhando cada vez que se aproxima. Só que me recuso a ceder, me recuso a aceitar a calma que oferece.

As pessoas já me ofereceram paz antes. E, mais ainda, me ofereceram a chance de esquecer tudo. Só o que consegui ao escolher esses caminhos foi uma profunda e implacável dor.

O Ser, seja ele o que for, não vai me enganar com truquezinhos. Não importa o quanto tente, não vou ceder, não vou dar o que quer que deseje.

A coisa parece entender meus sentimentos, porque abre mais o sorriso, a tristeza agora o cobrindo. *Não há eu, Deka*, responde de maneira pesarosa, como se ouvisse meus pensamentos. *Só há nós. E o que queremos é equilíbrio, harmonia. Buscamos restaurar o império chamado Otera à ordem natural...*

À ordem natural... As palavras me levam à compreensão. *É você!* Fico ofegante. *A Divindade Superior.*

O Ser parece achar graça das palavras. *Você, eu... palavras tão limitantes. Com frequência, ponderamos se é a pele que os restringe tanto.*

Nos reinos onde não existem formas corporais, parece haver maior compreensão. Maior conectividade.

O Ser acena para mim. *Venha, Deka, vamos mostrar aonde precisa ir.* Dou de ombros, olhando para o Olho de Oyomo. *Já sei onde preciso ir.* Agora vejo a kelai, brilhando como uma estrela em um canto escuro do palácio.

O absoluto desrespeito me irrita. Os Idugu construíram tronos para si mesmos, um templo que desafia as restrições de tempo e espaço ao ser maior do lado de dentro que do de fora. Só que, para minha divindade (a coisa que eles esperam que os leve ao poder total de novo), construíram apenas uma câmara escura e uma caixa de joias preta com quase nenhuma ornamentação que faça jus ao nome.

Então não faz mal me seguir, faz? Quando me viro para o Ser, está sorrindo de novo, uma expressão gentil que ainda parece achar graça. *Se já encontrou o que procura, que mal faz nos acompanhar até lá?*

Quando continuo encarando, insiste: *Faça-nos esse favor.*

Pois bem. Suspiro enquanto sigo para o palácio, e o Ser entra com facilidade pelos corredores, que agora também não possuem mais os acessórios e as decorações de ouro. Nenhum dos guardas ou sacerdotes com cara de sono sequer pisca quando passamos pelos quartos dos dignitários em visita (que agora não só estão destituídos de mobília cara como também dos próprios visitantes), e então passamos por quartos menores destinados aos criados.

Descemos mais, e mais, e mais, seguindo a luz dourada brilhante, até enfim chegar às profundezas do palácio. É onde paramos, cercados pelo que parece ser uma câmara grande. Só que não é qualquer câmara... um altar, a totalidade da coisa centrada na caixa minúscula aninhada no trono no meio do chão incrustado de ouro.

Embora eu tenha visto a caixa anterior que comportava a kelai, essa é bem menor do que eu esperava. É mais ou menos do tamanho de minha mão, e tão simples que ninguém a perceberia se não fosse o ponto focal do cômodo. Em vez de ouro e pedras preciosas, é feita de obsidiana assim como a outra caixa, mas uma versão desbotada e sem polimento que nem se compara à imponência da primeira... que já não era lá essas coisas. Curvada ao redor do objeto, quase de um jeito amoroso, está minha mãe, o rosto quase exato ao que estava em Maiwuri. As bochechas escuras e gordinhas, agora um pouco mais magras depois de todas as tribulações; o cabelo preto de cachos fechadinhos agora está tão comprido que se derrama por seu corpo, pela própria caixa, e até em volta piscininha de azulejos que a cerca; quase uma barreira, separando a ela e a caixa do restante do cômodo.

E não acabou. Minha mãe usa pesadas vestes bordadas na cor branco fúnebre, e na cabeça, uma coroa, a que tem os quatro sóis dourados, sem dúvida para representar a verdadeira identidade dos Idugu como os criadores e rostos por trás de Oyomo, o deus do sol.

Flutuo para perto do cadáver de minha mãe, lembrando a mim mesma de que é só isso... um corpo, um hospedeiro vazio destituído de vida, destituído de espírito, apesar de tudo o que os Idugu e os sacerdotes, sem dúvida, fizeram para mantê-lo conservado. Mesmo com os alertas mentais, meu coração de repente começa a martelar, respondendo ao crescente desespero. Estico a mão, mas os dedos atravessam minha mãe, um lembrete indesejado de que não sou corpórea... um espírito em vez de um corpo. Assim como minha mãe.

E, ainda assim, meu coração segue angustiado.

O Ser se aproxima. *Eles gostam de um estilo cerimonioso, esses Idugu, não?*, pergunta, achando graça.

Viro-me para ele, a tristeza logo sendo substituída pela ira. *Por quê? Por que usam a aparência de minha mãe mesmo agora? Por que se dar ao trabalho de me confundir? É cruel, principalmente agora, principalmente aqui, neste lugar, quando o corpo dela está diante de nós.*

O Ser chega ainda mais perto, balançando a cabeça. *A questão é que somos sua mãe, Deka. Somos todas as mães, todos os pais, todos os irmãos, todas as irmãs. Somos todos. Somos você. Assim como você é nós. Foi quando as Douradas e os Idugu perderam esta noção que viraram eles em exclusivo. E, se seguir por esse caminho, você também vai ceder à corrupção.*

Estou com tanta raiva que desisto de ser educada. *Você fica usando eufemismos. Por que não fala de maneira simples para eu entender?*

Falamos do modo mais simples possível, Deka. Enquanto o Ser fala, as vozes vão se intensificando, e se tornam quase estrondosas. *Ouça--nos, ouça-nos bem. Somos todos e ainda assim nada. Somos e não somos. Somos todas as contradições, todos os paradoxos...*

Enquanto falam, mil imagens correm por minha mente... universos se desenrolando, oceanos morrendo e renascendo, milhões e milhões de crianças de todas as raças e espécies, todas conectadas por um único elo dourado, e ainda assim de alguma forma brilhando em individual.

Somos o elo dourado que ata todas as coisas, continua o Ser. *Somos a principal comunhão. Assim como você.*

Enquanto fala, as imagens surgem de novo, cada vez mais delas tomando minha mente. Seguro a cabeça, embora não esteja fisicamente presente, tonta pela enxurrada.

Liberte a mente das restrições, Deka, entoa o Ser. *Essa pele que usa não é uma prisão, e o mundo ao redor também não. São tudo parte integrante da mesma coisa. Assim como você. Apenas ao entender isso você vai se tornar a pessoa que nasceu para ser. A deusa que nasceu para ser. Se não conseguir fazer isso, Otera já era. E você também. Para sempre.*

A câmara desaparece, e as imagens também, e, de súbito, o Ser some. De repente, estou nas águas termais de novo, meus amigos todos ansiosos esperando ao redor, assim como Mãos Brancas e Sayuri, que se inclinam à frente, esperando pelo veredito. Faço que sim com a cabeça.

— Está no Olho de Oyomo — informo, cansada. — A kelai... está lá.

— Bom saber.

Eu me sobressalto e fico de pé, horrorizada, quando uma voz sobreposta sinistra ressoa ao longe. Olho na direção e vejo Melanis lá, escorada na lateral de um cume como um macaco-morcego, ao que se assemelha cada vez mais. Os olhos brancos brilham, o indicativo mais nítido de que ela é uma hospedeira das deusas no momento, e por isso conseguiu entrar em Ilarong tão escondida a ponto de nem os guardas aviax, nem Mãos Brancas, nem Sayuri a identificarem de imediato.

Os olhos dela brilham, sinistros, em meio à escuridão enquanto continua:

— Agradecemos imensamente por nos dar uma informação tão valiosa. E também por usar as portas de maneira tão caótica, apesar dos alertas da traidora Anok. Vamos nos ver em breve, ao que parece.

— Não se eu puder evitar! — rebate Britta com um rosnado, gesticulando.

Espinhos de pedra disparam do cume em que Melanis estava se escorando, mas os pés da Primogênita possuída pelas deusas são tão ágeis quanto as asas. Ela sai voando antes que os espinhos a acertem, então gira no ar em um padrão evasivo e atordoante enquanto Mãos Brancas quase de imediato lança uma espada na direção dela. Adwapa e Asha mandam um túnel de vento, mas ela se esquiva também, fazendo um zigue-zague tão rápido que é como tentar acertar uma mosca com uma adaga.

Irada, Mãos Brancas se vira para a cidade, e um grasnado alto anuncia a chegada da guarda aviax.

— Aviax de Ilarong! — berra ela. — Defendam a cidade contra a intrusa!

A horda do povo pássaro cerca Melanis, mas ela é ágil feito o zum-zum, aqueles rouxinóis minúsculos e ligeiros. Melanis se esquiva com facilidade quando se aproximam, fazendo círculos ao redor de quem a persegue.

— Eu voo há mais tempo do que a raça de vocês existe — brada ela em deboche. — São uns tolos se acham que conseguem me desafiar no ar!

Mais e mais aviax disparam como um enxame atrás dela, mas é tarde demais. Melanis segue para a escuridão e, fácil assim, desaparece. Não preciso procurar muito para sentir o formigamento que indica que uma porta se abriu para ela, a que as Douradas sem dúvida criaram para a levar de volta ao local de onde veio.

— Até a próxima — ressoa o brado provocador dela.

E então o silêncio reina. A porta desapareceu, sem deixar rastros.

Mãos Brancas se vira para mim, a seriedade mortal no olhar.

— Precisamos nos mexer. Temos que chegar a Hemaira antes das Douradas, ou o elemento surpresa já era.

Balanço a cabeça.

— Já era desde já. Melanis deve estar com elas. E elas devem estar preparando um exército para invadir Hemaira e pegar a kelai. Você sabe disso tão bem quanto eu.

Mãos Brancas assente.

— Você tem razão... e é por isso que precisamos agir depressa — prossegue. Quando franzo a testa, ela se vira para Braima e Masaima, que estão vindo do caminho logo depois das fontes termais, Karmoko Thandiwe ao lado. — Tudo pronto? Os equipamentos e tropas?

— Sim, Senhora — respondem os equus em uníssono.

— Maravilha. — Mãos Brancas então se vira para os monarcas aviax, que estão pousando nos rochedos ao redor das fontes termais, o porte enorme do rei encontrando dificuldade de caber até no maior rochedo. — O sinal pelo qual estávamos esperando veio. Invoquem as tropas. Saímos assim que o dia raiar. Amanhã, guerrilhamos pela alma de Otera.

32

◆ ◆ ◆

Já estou acordada e vestida antes de o primeiro raio de sol surgir por cima dos cumes de Ilarong na manhã seguinte. Da sacada do quarto, olho para os batalhões de aviax, os corpos cobertos por uma armadura prateada cintilante, as garras revestidas de um ferro duro, e as asas bem cuidadas para facilitar o movimento ágil pelo ar. Ao redor deles estão os uivantes mortais, em grupos a perder vista. Eles se espalham pelas ruas da cidade, um exército tão imenso que Ilarong parece assoberbada com a quantidade. Eles devem ter transitado a noite toda para se juntar aos outros exércitos que já descansam aqui e na selva lá embaixo. Há até alaki entre eles... e jatu também. Todos aliados que Mãos Brancas reuniu enquanto eu seguia para Gar Nasim, tentando encontrar um sinal qualquer de minha mãe e, por consequência, da kelai.

Quando uma trombeta familiar soa, olho para baixo e vejo que há ainda mais tropas na planície cheia de flores debaixo de Ilarong, muitos seres montados em mamutes cinzentos coriáceos, animais colossais cujas presas de marfim múltiplas e caudas espinhosas podem retalhar inúmeras almas desafortunadas no campo de batalha. Como eles chegaram até aqui, não sei, e, sendo sincera, nem quero saber. Já tenho muita coisa na cabeça.

Afinal, tenho uma tarefa especial. Enquanto todo mundo vai estar concentrado em lutar contra os exércitos das deusas, investindo contra os opressores divinos com o máximo de ferocidade e intensidade possível, vou entrar às escondidas no Olho de Oyomo, usando a batalha como uma distração para manter os deuses ocupados enquanto roubo a kelai de debaixo do nariz deles. É o estratagema que Mãos Brancas, Sayuri, Karmoko Thandiwe e eu elaboramos durante os planejamentos noite adentro.

Volto a atenção à planície, no ponto onde as tropas agora se organizam em formação. Mãos Brancas já está lá embaixo. Eu a vejo com Braima e Masaima ao lado, assim como o general Prix, o alto general dos aviax, de penas bem vívidas. Hoje, Mãos Brancas usa uma armadura infernal dourada em vez da branca de sempre. É uma declaração evidente. Mãos Brancas não apenas é uma alaki como também a Primogênita, filha tanto das Douradas quanto dos Idugu. Ela pode já ter sido a espiã-mestre para os imperadores de Otera, mas sempre teve sangue dourado, sempre teve empatia pelo suplício de seres que eram considerados inferiores, abominações.

Ainda assim ela está contra as deusas agora. Isso nunca vai mudar.

Mãos Brancas posiciona o chifre escamado do toros, parecido com o de um touro, na frente da boca para amplificar a voz.

— Aviax de Ilarong e outros reinos montanhosos — declara ela, referindo-se aos bandos de aviax ainda se aproximando em voo, a armadura prateada brilhando no céu do início da manhã. — Equus, alaki, uivantes mortais, jatu, humanos... todos os nossos aliados de todos os lugares! Hoje é enfim o dia que contra-atacamos os deuses!

"Por inúmeros séculos fomos oprimidos por eles, ouvimos que éramos menores, inferiores... bestiais. Que não tínhamos o sangue certo, a aparência certa ou qualquer habilidade arbitrária que fosse requerida por eles. Que não éramos oteranos de verdade, e sim uma desgraça para o Reino Único, uma praga neste reino. Hoje, no entanto, mostramos a verdade: somos oteranos. Somos tão valiosos quanto aqueles a quem chamam de escolhidos. Não importa o que os sacerdotes digam, não importa o que os deuses declarem, este também é nosso império."

Eu me viro ao ouvir um rangido, a porta da sacada abrindo atrás de mim, e Britta aparece trajando a armadura infernal dourada característica, que combina quase perfeitamente com a máscara de guerra da mesma cor. Por preferência de minha amiga, o dourado no capacete se mistura a traços do meu sangue, no caso de ela precisar se proteger contra minha voz quando eu usá-la, o metal ao redor de sua barriga é reforçado em dobro, para evitar um repeteco do que aconteceu da última vez que esteve em um campo de batalha com um exército desse tamanho.

— Traz lembranças, não é? — comenta ela ao se aproximar.

Minha amiga aponta com a cabeça para Mãos Brancas, que continua o discurso no campo de batalha.

— De volta à primeira batalha — concordo, então suspiro. — É estranho imaginar que as coisas agora estão ainda mais graves do que naquela época.

— As coisas sempre estão mais graves — responde Britta, assentindo em cansaço. — É por isso que temos uma à outra. — Ela estende a mão. — Eu e você?

— Você e eu — respondo, segurando a mão dela.

— Até o fim dos tempos.

Sorrio e observo nossos dedos entrelaçados. O gesto é tão parecido com aquele que fizemos no primeiro dia em Warthu Bera, e ainda assim tão diferente. Na época, éramos crianças assustadas. Agora somos guerreiras.

Eu a cutuco de brincadeira.

— Até o fim dos tempos, tem certeza? Porque eu achei que você super me largaria por causa de Li.

— E Keita? — provoca Britta, com um som de desdém. — Ele está sempre junto. Mesmo quando achei que íamos pegar a kelai em Gar Fatu, ele estava junto.

Embora ela esteja tentando brincar, ouço o toque de mágoa na voz, então a cutuco de novo.

— Bem, Keita é homem. E, embora homens venham e vão, nós duas...

— Somos para sempre — completa Britta, selando a promessa que nós duas começamos a fazer uma à outra desde que éramos neófitas.

— Família — concluo. — Somos família para sempre.

— Isso me inclui?

Quando me viro, Belcalis está parada no lugar, com uma expressão estranha. Incerta.

É tão inesperado vindo dela, entre todas as pessoas, que quase não respondo. Então confirmo com a cabeça, alargando o sorriso.

— Lógico que sim. — Estendo a outra mão. — Sempre fomos nós três.

Eu a abraço quando ela relaxa o corpo.

Ela assente.

— É só que vocês duas são tão próximas, e eu... — De novo a incerteza, a dúvida.

Hoje deve mesmo ser um dia monumental se Belcalis está tendo um ataque de nervos.

Britta sorri para ela.

— Você é quem é, e sempre soubemos disso. E sempre lhe amamos por causa disso.

— Você é nosso equilíbrio — concordo.

Britta aponta para si mesma, depois para Belcalis e então para mim.

— Força, mente, coração. Juntas, formamos a pessoa perfeita.

— Juntas talvez sobrevivamos a isso — adiciono.

— Afinal, já sobrevivemos a coisas piores... na maior parte das vezes — comenta Britta com uma expressão pensativa. — Deka já foi assassinada *mais* vezes do que se pode contar, no caso.

— Ei! Só morri onze vezes, talvez doze... — reclamo. Quando Britta afasta a mão da minha para começar a contar nos dedos, sem acreditar, puxo sua mão de volta. Então continuo com um tom otimista: — E além do mais... *na maior parte* é bom o bastante. *Na maior parte* vai nos fazer chegar aonde precisamos.

— Ora, o que é tudo isso? Um círculo de amor? — questiona alguém. Nós nos viramos quando a porta se abre de novo, e Adwapa aparece junto de Mehrut e Asha. — Não estão sabendo que temos que ir para uma guerra e tudo mais?

— Guerra? Que guerra? — Li enfia a cabeça pela porta, os outros garotos fazendo o mesmo atrás dele. — E eu aqui pensando que estávamos usando isto aqui só para nos mostrar.

Ele desfila sacada adentro para exibir a armadura que, como a dos outros garotos, é feita de ouro puro.

O mais impressionante é que foi moldada no estilo específico da região dele, nas províncias a extremo Leste.

Ao lado de Li, Acalan solta um suspiro exausto e passa a mão pelo rosto.

— Lá vamos nós mais uma vez. Era de se imaginar que o garoto nunca tivesse usado uma armadura infernal.

— Não uma feita especialmente para mim, com ouro sangrado de minhas próprias veias — contrapõe Li, convencido e todo se gabando.

Os ferreiros aviax podem não ter o jeito de Karmoko Calderis para fazer armaduras que se ajustem a seus portadores com perfeição, mas chegaram bem perto, e as armaduras caem como uma luva nos rapazes. Melhor ainda, eles incorporaram meu sangue em cada traje. Embora eu não esteja esperando usar minha voz, uma vez que a esta altura Otera toda sabe que usar um símbolo kaduth pode eliminar os efeitos, sempre acredito na importância de estarmos prontos para qualquer eventualidade, não importando as poucas probabilidades.

— Sou a imagem, o retrato, da elegância — declara Li, dando um giro quando Britta manda um beijo no ar para ele.

Mas só tenho olhos para Keita. Vou para perto dele à porta, sua armadura brilhando nas sombras, um sol em miniatura na escuridão. É parecida com a minha, com bordas que imitam as escamas em minha armadura ebiki. Meu coração palpita.

— Você pediu para os ferreiros fazerem isso? — questiono, passando o dedo por uma escama.

Ele confirma.

— Eu queria que todo mundo soubesse que somos um casal. Para o caso de nós...

Fracassarmos. Completo as palavras em silêncio.

Uma coisa sobre Keita: ele também se prepara para todas as eventualidades.

— Não vamos fracassar. Vamos destruir os deuses, e depois lidamos com as consequências, sejam quais forem.

— Sejam quais forem — repete Keita, encostando a testa na minha. Continuamos assim juntos, pele contra pele, até a trombeta soar o anúncio de que é hora de ir.

As tropas de Mãos Brancas estão em perfeita formação quando desço até ficar ao lado dela. Faço isso na garupa de Ixa. É uma declaração a todos os soldados que podem ter ouvido, como muitos ouviram, que estou ferida, que mal consigo me mexer sozinha. Esta posição mostra que isso está longe de ser verdade. Estou forte, ágil e no controle. Meus amigos fazem o mesmo, montados nos grifos enquanto voam em uma formação "V" atrás de Ixa. Para todos observando, deve ser uma visão imponente, mas é o exato motivo de ser uma das primeiras coisas que os generais alaki nos ensinaram: intimide um inimigo, e talvez jamais tenha que lutar contra ele. Intimide um aliado, e ele vai pensar duas vezes antes de virar um inimigo.

Mãos Brancas, Karmoko Thandiwe e lorde Kamanda esperam por nós na frente do exército. Lady Kamanda não está à vista, e fico aliviada. Embora saiba que a nobre feroz sem dúvida causaria um estrago no campo de batalha, ela tem duas filhas recém-nascidas para cuidar, e ainda dois mais velhos. Se tudo acabar hoje mesmo, ao menos os filhos dela vão conseguir passar os últimos momentos nos braços da mãe.

Afasto o pensamento ao olhar para Mãos Brancas. Sua expressão é de aprovação, até orgulho, quando desço da garupa de Ixa e vou até ela, meus amigos ao lado. Outra coisa que mudou. Uns anos atrás, eu não teria ousado me aproximar de uma criatura como Ixa, muito menos usá-la de montaria, e com certeza nunca teria despertado o interesse de Mãos Brancas, que dirá o orgulho.

Agora, sim.

Eu me ajoelho para demonstrar respeito antes de falar com ela. Embora eu seja, em teoria, uma deusa em espera, Mãos Brancas é minha anciã e, mais ainda, minha amiga. Então, pela última vez, vou conceder a ela o respeito que lhe é de direito e garantir que todo mundo faça o mesmo, embora eu saiba que ninguém é estúpido a ponto de confundir Mãos Brancas com nada além do que é: uma das melhores (se não a melhor) mente militar que já existiu.

Quando ela assente de volta, em respeito, levanto-me e olho para as tropas ao redor.

— E as tropas hemairanas? — questiono. Mãos Brancas vem se comunicando com eles por meio das manoplas, agora que sabe que todos os deuses têm conhecimento de nossa localização. — Estão preparadas para nos receber?

— Estão, sim — confirma minha antiga mentora. — As karmokos e Gazal — nossa antiga irmã de sangue, agora uma comandante de regimento — já estão posicionados, e o restante das tropas está a caminho.

— E o Exército das Deusas? Já chegou de Abeya?

Mãos Brancas nega com a cabeça.

— Ainda não se sabe dele, mesma coisa as tropas dos Idugu.

— Que estranho — comento, os pensamentos fervilhando.

Se soubesse que havia exércitos se ordenando para invadir minha cidade, eu estaria ao menos me mobilizando.

Só que isso, lógico, é outro truque dos deuses. Não sei que motivo eles têm para não revelarem os exércitos ainda, mas não estou preocupada. Os deuses não são os únicos a ter cartas na manga, e com certeza não são os únicos com exércitos escondidos.

Meus amigos e eu também temos alguns, mas ainda não é a hora de entrarem em ação.

Não, vamos guardar a aparição deles para o momento perfeito.

Volto a prestar plena atenção em Mãos Brancas quando ela declara:

— De fato, mas tanto Abeya quanto Hemaira foram bloqueadas e não consigo acessá-las pelas manoplas, então sei que estão tramando algo. O que é em si ainda vamos ver. — Então olha bem para mim. — Está pronta?

Inalo para me estabilizar antes de responder:

— Mais do que já estive.

E é a verdade.

Depois de tudo o que vivenciei nas últimas semanas, tudo o que aprendi, estou mais forte do que nunca. Não fisicamente, talvez, mas nos quesitos mental e emocional. O que para mim é muito significante, levando em conta que estou prestes a tentar um feito que beira o impossível. Um feito que as deusas sempre insinuaram que apenas elas conseguiam executar. Mas estavam mentindo, assim como mentiram sobre tantas coisas, e hoje é o dia em que vou provar que elas estavam erradíssimas.

Britta arregala os olhos por trás da máscara de guerra ao se dirigir a mim.

— Tem certeza disso, Deka? — questiona minha amiga, aflita e incerta. Britta, Mãos Brancas, Keita e Belcalis são as únicos que sabem do que estou planejando, então ela vem sendo um poço de preocupação desde ontem. — Você não precisa tomar esse fardo para si. Levaríamos umas duas semanas, mas chegaríamos a Hemaira.

— E a essa altura já seria tarde demais. — Balanço a cabeça. Já falamos de tudo isso ontem. — Ao menos tenho que tentar.

— Tenho fé em você, Deka. — As palavras de Keita são simples, mas cheias de convicção, assim como o apertozinho reconfortante que ele dá em minha mão.

Eu consigo.

Inalo, vou tão fundo no estado de combate que logo sinto a Divindade Superior surgindo para me encontrar. E então vou ainda mais fundo, conectando-me não só até parte do caminho, como no geral faço, como também por completo desta vez.

As palavras que o Ser me disse da última vez percorrem minha mente. "Somos todos. Somos você. Assim como você é nós."

Se é o caso, então o poder da Divindade é o meu, assim como o meu é o dela. É por isso que sempre me pareceu familiar; por isso que sempre foi tão fácil. Se é parte de tudo, então também sou.

O que significa que posso controlar tudo.

Assim que estou inteiramente submersa no poder da Divindade Superior, sinto o agitar dentro de mim enquanto a energia preenche o vazio em meu corpo, o vazio que é um marco do tempo que me resta. Ah, meu corpo continua lesionado, e ainda tende a ser extinto, mas não é mais tão quebrável quanto antes.

Abro os olhos, deliciando-me na força recém-descoberta. Então gesticulo, puxando as arestas do espaço.

Portas começam a se abrir pela planície, os portes delas logo se unindo, conectando-se, até se tornarem uma única porta colossal, um monólito que se abre para areias além. Não tenho que puxar fisicamente as arestas do espaço para nenhuma delas; todas obedecem à minha vontade... como sempre fizeram, mesmo antes de eu me dar conta disso. Nunca precisei de gesto nenhum. Só precisava da compreensão, do conhecimento.

Enquanto um rugido de apreciação ressoa das tropas, volto o olhar às areias, no ponto onde um acampamento foi montado para nos receber.

Tendas cobertas em tons vivos de roxo e prateado... as cores que escolhemos para os exércitos oteranos combinados, não quisemos adotar o branco e dourado das deusas nem o vermelho dos Idugu, se estendendo a perder de vista. Em frente a eles, há uma pequena comitiva de boas-vindas. Milhares de soldados alaki, jatu, humanos e uivantes mortais estão a postos atrás deles, aguardando nossa chegada.

Mãos Brancas assente, triunfante, para mim antes de se virar para a porta gigante e os soldados esperando deste lado.

— Armadas da Angoro. Sua líder, Deka, abriu caminho para cruzarem até Hemaira. Nada de marchar por florestas e planícies, nada de se arrastar por desertos. Ali jaz Hemaira, pronta para que vocês a tomem.

"E, ao marcharem, lembrem-se do propósito: estão aqui para libertar Otera da tirania dos deuses, para proteger seus entes queridos e evitar que eles sejam sacrificados para aplacar a fome monstruosa deles. Extraiam coragem disso e do fato de que vocês têm Deka, a Angoro, matadora de deuses, ao seu lado. Contemplem o poder dela."

Mãos Brancas aponta para a porta de novo.

— Um poder que desafia o dos deuses. Um poder divino que agora vocês têm ao seu lado. Mantenham isso em mente enquanto seguem para a batalha, não apenas por Otera como por si próprios, pela família e pelo futuro de vocês!

Enquanto Mãos Brancas fala, um som lento, mas estável, se ergue no ar: milhares de punhos esmurrando peitos em harmonia. Soldados batendo os punhos para *mim*.

As lágrimas ardem em meus olhos. Estou sentindo tanta coisa que fico espantada quando alguém toca meu ombro. Britta.

— Ouve isso, Deka? Estão celebrando você. Assim como eu.

A aprovação no olhar dela e de Keita é ecoada por Mãos Brancas, que assente antes de abaixar a máscara de guerra dourada no rosto, o sinal de que está preparada para avançar. Enquanto o exército logo se coloca a postos, ela ergue a espada e aponta para a porta mais uma vez.

— Avante, Armadas da Angoro. Avante para Hemaira. Avante para a vitória.

33

◆ ◆ ◆

Gazal, a comandante cheia de cicatrizes que, quando novata, supervisionou nosso quarto em Warthu Bera, é a primeira pessoa que vejo quando o exército enfim para. Ela aguarda junto da comitiva de boas-vindas, que consiste na general Bussaba, a general de rosto redondo que as Douradas designaram ao cerco nas muralhas de Hemaira; Karmokos Huon e Calderis, as antigas mestras de combate e armas; e, por fim, algumas comandantes alaki, jatu, humanas e uivantes mortais mais velhas que reconheço. Como Mãos Brancas reuniu tal coligação aqui em tão pouco tempo, não entendo, mas mesmo assim fico maravilhada com a magnitude do que ela montou. Há um motivo para ela e Sayuri terem sido vistas como indispensáveis às deusas nos primórdios do Reino Único.

Enquanto o exército para, olho ao redor do futuro campo de batalha, absorvendo cada detalhe da extensão seca, que se estende entre nós e as ruínas do portão principal de Hemaira. Antes, teria estado repleto de caravanas de comerciantes e fileiras enormes de viajantes aguardando a entrada em Hemaira para vender ou comprar mercadorias. Agora o que resta são o exército e as tendas. Não há som nem movimento… nadinha. Nem mesmo na natureza… Não há o canto de pássaros, e seria difícil encontrar algum animal além de cavalos, mamutes e zerizards junto do exército.

O que significa uma coisa: os deuses planejaram algo.

Porém, nós também.

A primeira a vir à frente na comitiva de boas-vindas é Jeneba, a novata outrora alegre que supervisionava meu quarto com Britta em Warthu Bera junto da namorada, Gazal. Ao contrário dos outros, que usam armaduras, ela está trajada em vestes azuis simples. Depois que a resgatamos três meses atrás, ela escolheu ficar com Gazal, não como guerreira, mas como uma aia. Assim como muitos alaki e jatu que resgatamos ao longo dos anos, Jeneba escolheu desistir do estilo de vida guerreiro agora que tem escolha, e servir de outras formas.

Ela se ajoelha com solenidade em frente ao nosso grupo, estendendo uma bandeja coberta de tacinhas de bronze.

— Angoro Deka, general Mãos Brancas, general Prix, todos os generais e dignatários, nós, o contingente hemairano, damos as boas-vindas a vocês. Por favor, aceitem essas taças de água para aliviar a garganta e o corpo cansado.

Quando Mãos Brancas lança um olhar significativo para mim, vou à frente, pego uma taça da bandeja e engulo a água de uma vez, enxugando a boca para todo mundo ver que engoli tudo. Então aceno com a cabeça para Jeneba, dando uma piscadela.

Ela retribui, os lábios contendo o sorriso. Viro-me para o exército.

— Já nos aliviamos — grito de modo cerimonioso.

Enquanto os outros fazem o mesmo, continuo à frente até os dignatários à espera, abraçando com alegria minhas antigas karmokos e aceitando o aperto de mão firme, mas um pouco trêmulo, da general Bussaba antes de enfim me virar para Karmoko Huon, a instrutora linda de morrer, mas assustadora, responsável por quebrar vários de meus ossos durante treinamentos de combate.

— Para que a água? — pergunto aos sussurros, olhando para Jeneba, que agora oferece água para os outros generais.

— Um ritual humano antigo — responde Karmoko Huon, cobrindo a boca com a mão. — Nos tempos antigos, não era incomum que aliados apunhalassem uns ao outros pelas costas no campo de batalha. Então, para evitar isso, um rei da época inventou a cerimônia da água. Os aliados se reuniam e bebiam água juntos para simbolizar as intenções genuínas. Trair um aliado depois de beber a água começou a ser considerado o mais alto sacrilégio a partir de então, e todas as pessoas que tinham bebido ficariam responsáveis por garantir que a justiça seria feita. — Ela dá de ombros. — Como parte deste exército é composta por humanos, resolvemos instituir a cerimônia de novo para acalmar o coração deles.

— *Deles?* — pergunto com ênfase. — Você é humana.

A karmoko joga o cabelo preto comprido e solto para trás.

— Já me viu no campo de batalha? Posso não ser uma alaki, mas...

— Você é mil vezes mais assustadora que o melhor dos humanos.

Quanto a isso, posso atestar.

— Óbvio que sou.

Karmoko Huon sorri, achando graça... o que é uma imagem estranha. Dois anos atrás, eu morria de medo dessa mulher. Agora ela é minha amiga.

— Diga a verdade, Deka — pede ela, dando-me um encontrão sociável —, qual a probabilidade de sobrevivermos a isso?

— Nós ou o mundo?

— Ambos.

Pondero a respeito.

— Metade, metade. Ou eu me torno deusa e acabo com os panteões oteranos, ou eles me matam e causam tanto caos que todo mundo morre, o que ocasionará o fim do mundo.

— Probabilidades assustadoras.

Dou de ombros.

— Já tivemos piores.

Ela assente.

— Isso é verdade...

Dá para ver que ela está pensando em nossa fuga dramática de Warthu Bera três meses atrás, depois de ela ter passado quase um ano inteiro sendo torturada por soldados jatu.

Posso ter sobrevivido a coisas terríveis, mas Karmoko Huon também. E ela sempre foi capaz de fazer isso com a graciosidade e o jeito refinado intactos.

— E, ainda assim, aqui estamos. — A declaração cheia de escárnio parte da Karmoko Calderis de um olho só, cujo parceiro ruivo, o antigo jatu, Rustam, aguarda com paciência logo depois da linha de frente. Como Jeneba, ele usa azul.

Aceno com a cabeça para os dois, e um som agitado familiar chega ao meu ouvido.

— Venha, Deka — chama lorde Kamanda, todo pomposo com um bando de criados atrás de sua cadeira dourada. — Os planos de batalha não vão se finalizar sozinhos.

Suspiro.

— Não vão mesmo, de fato.

Eu me viro e o sigo. Então vamos para a tenda principal, montada para nos receber quando chegássemos.

Como a maior parte das tendas no acampamento, o teto tem painéis que os aviax podem deslocar para entrar e poleiros em vários pontos para que o povo pássaro consiga descansar, bem como cadeiras sortidas para os seres mais parecidos com humanos. Não há concessões especiais para os equus, que, lógico, estão acostumados a ficar de pé. No centro, há uma mesa de madeira pesada com um mapa de Hemaira entalhado. É aqui que os generais determinarão como movimentar as tropas para a batalha iminente. É aqui que toda a ação será planejada.

Só que agora não há ninguém na tenda, com exceção de uma pessoa.

Gazal. Fico grata ao perceber que ela já meio que terminou de vestir a armadura azul que foi criada para se assemelhar à minha, até mesmo as linhas douradas tênues que marcam a ponta das escamas ebiki. A armadura conta até com um acolchoado para transformar o corpo bem mais magro de Gazal em uma versão mais curvilínea quase idêntica ao meu.

Eu me aproximo dela, maravilhada.

— Obrigada por fazer isso — digo quando ela pega a máscara de guerra dourada indiscernível da que eu usava ao chegar ao acampamento.

— Por me fazer de alvo? — Gazal emite um sonzinho de displicência e encaixa a máscara no rosto.

— Por fingir ser eu.

Disfarçada como eu, Gazal vai conduzir o exército à batalha enquanto meus amigos e eu entramos em Hemaira às escondidas para roubar a kelai.

— Como se fosse muito difícil. — Gazal solta um grunhido. — Só preciso ficar zanzando por aí fingindo estar muito atormentada e todo mundo vai pensar que sou você.

— E aí está a presença de espírito que me fez tanta falta — murmuro.

Gazal e eu somos o que se chamaria de "aliadas por obrigação". Não somos exatamente chegadas uma à outra, mas temos tanto uma causa quanto amigos em comum, então coexistimos. Não tenho dúvida de que, se estivéssemos em lados opostos de um conflito, seríamos as mais brabas das rivais, como já fomos em Warthu Bera.

Com minha resposta, o cantinho da boca de Gazal se ergue, uma expressão tão parecida com Jeneba que quase rio. Então é verdade o que dizem: parceiros começam mesmo a se parecer um com o outro depois de um tempo. É impossível não ponderar como isso se manifesta comigo e Keita.

Volto a atenção a Gazal quando ela diz:

— Que engraçado.

— O quê?

— Parece que alguém finalmente criou coragem na vida.

— E parece que alguém finalmente parou de ser uma atrapalha-prazeres o tempo todo.

Gazal fica sem reação.

— Atrapalha-prazeres?

— É uma expressão. Britta que inventou... acho.

Franzo a testa, tentando lembrar se foi Britta ou Adwapa quem inventou a ofensa favorita do grupo.

Gazal dá um tapinha condescendente em minhas costas.

— Nunca deixe de ser você mesma, Deka.

— Digo o mesmo a você — retruco. Quando Gazal começa a seguir para a entrada da tenda, detenho-a. — Sério. Nunca deixe de ser você mesma.

Agora a novata cheia de cicatrizes enrijece, os olhos sendo tomados por aquele molde inexpressivo e indiferente que eu antes temia.

— Se é uma despedida, eu não quero — brada ela, aproximando-se para que eu possa notar a severidade das palavras. — Só quero uma coisa de você: que complete a missão e faça isso bem. Não ligo se é a Nuru, ou a Angoro, ou qualquer título que esteja usando hoje em dia. Só quero que você se comporte como foi ensinada. Você é uma alaki de Warthu Bera e vai agir de acordo.

Enquanto fala, ela se aproxima mais e mais até, por fim, ficarmos nariz com nariz.

— Vença ou morra — entoa ela; é o lema de Warthu Bera.

Não é uma provocação nem um desafio, e sim uma invocação... um chamado.

Perto dela como estou agora, não ouso rejeitar. Ou talvez eu nem queira. Quero ser a pessoa que ela está me pedindo para ser: a pessoa que vence.

Então dou a resposta esperada:

— Nós, que estamos mortas, te saudamos.

— Você vai seguir para a vitória.

— Ou vou voltar e lhe conceder minha morte.

Enquanto olho para ela, o corpo tenso, Gazal de repente estica a mão e segura minha nuca. Então encosta a testa na minha, antes de sussurrar em meu ouvido:

— Morri milhões de vezes. Inúmeros anos sendo afogada naquele lago, então ressuscitando e sendo afogada de novo. Eu fazia o tempo passar contando e tendo esperança. E sabe pelo que eu esperava, Deka?

Quando nego com a cabeça, ela continua:

— De início eu esperava por uma salvadora. Por alguém que me resgatasse, mas ninguém vinha, então me aninhei na fantasia de que um dia seria eu a salvar os outros. Todo dia que eu morria, criava uma fantasia: que eu me erguia da água, virava a heroína de alguém. E torci para que um dia esse alguém olhasse para mim e visse não a alma debilitada, e sim a pessoa digna de amor. Digna de ser valorizada como minha família se recusou a fazer.

"E então conheci Jeneba e percebi que não precisava salvá-la, só precisava ser a parceira dela." Gazal dá um passo para trás, os olhos castanhos fixos nos meus. "Acabei de começar a amar, Deka. Quinhentos dias, seis horas, inúmeros momentos. É o tempo que passei a amando. E, se este mundo acabar, vou ficar grata por ter tido a chance de amar. Por ter tido a chance, mesmo temporária, de estar ao lado de Jeneba."

Gazal aperta mais minha nuca.

— Mas não quero que o mundo acabe, Deka. Quero amar Jeneba por mais inúmeros anos, inúmeras horas, inúmeros momentos. E essa é minha esperança. Espero que você consiga vencer. Não só porque quero que o mundo sobreviva, como também porque quero continuar ao lado de Jeneba, tendo a felicidade absoluta que sinto ao saber que sou amada e que amo de volta. Então não fracasse, Deka, porque não quero que meu amor acabe. E sei que você também não quer.

Gazal sai andando antes que eu possa responder, mas ainda a vejo afastando as lágrimas com brusquidão antes que escorram. É a primeira vez que a vejo perto de chorar, e sinto um peso me comprimindo, assim como as palavras dela.

"Não fracasse, Deka."

Com certeza vou dar tudo de mim para atender ao pedido.

Espero até Gazal sair da tenda para vestir a capa azul simples e a máscara que trouxe para a ocasião. Então sigo para a tenda roxa pequena bem nos fundos do acampamento de guerra, e lá meus amigos tiraram a armadura dourada pomposa para dar vez à armadura preta discreta por baixo. Por cima, colocaram as vestes brancas que Mãos Brancas trouxe. Como não posso retirar a armadura de Ayo até recuperar a divindade, também coloco as vestes, mas com o cuidado de me assegurar de que a armadura está toda coberta. Nós dez devemos nos parecer com comerciantes, as únicas pessoas que possuem certa liberdade de movimentação pela cidade. Pode até ser o fim do mundo, mas as pessoas ainda precisam comprar comida, remédios e outros itens necessários, daí o motivo de termos escolhido tais disfarces.

Mãos Brancas olha de um a outro.

— Vocês todos sabem o plano...

— Entrar em Hemaira, invadir o Olho e libertar a kelai de Deka — recita Li depressa. — Já repassamos isso milhares de vezes.

Mãos Brancas lança um olhar frio para ele a ponto de congelar lava.

— Este não é o momento de leviandade, jovem uruni. O destino do império e deste reino está nas mãos de vocês. Espero que compreenda o fardo que é. E, se não compreender, olhe para Deka. — Mãos Brancas aponta com a cabeça para mim, e fico imóvel. — É ela quem está sendo intimada a sacrificar tudo por vocês. Aprenda com ela.

Li olha para mim e depois para o chão, envergonhado.

— Peço desculpas.

Só que Mãos Brancas não responde, ela vem até mim.

— Deka. — Ela para de falar, a expressão pesada.

Afinal, o que há mais a ser dito? O que mais se pode debater que já não tenha sido repassado infinitas vezes?

Enquanto olho para ela, os olhos ardendo com as lágrimas, Mãos Brancas de repente faz algo bem inesperado: ela me abraça.

— Triunfe, Deka — sussurra. — Triunfe por todos nós. E mesmo se não acontecer... mesmo se não puder... saiba que nosso coração está com você. Que sempre foi nossa filha, sempre foi nosso amor.

Há várias camadas na voz de Mãos Brancas agora, um zumbido familiar de poder. Quando ela enfim me solta, os olhos dela estão completamente pretos... uma tonalidade de preto que já vi antes.

As Douradas podem ter aprisionado Anok, mas a deusa antiga, ao que parece, é mestre em se esquivar delas.

Eu a abraço de novo. Abraço as duas, afinal tenho a sensação de que estou falando não só com a deusa como também com a alaki antiga que é sua primeira filha.

— Amo vocês também — sussurro no ouvido delas. — E não se preocupe, Mãe Divina. — Uso o nome honorífico pela última vez. — Vou fazer o que pediu. Vou lhe dar o descanso eterno que deseja.

— E tem minha gratidão e minhas bençãos — responde Mãos Brancas em uma voz tão sobreposta que sei que Anok assumiu por completo agora. — Mas também meu alerta: minhas irmãs farão de tudo para se aterem ao poder e à vida delas. Não confie em nada do que vir. E não se deixe brilhar muito no escuro. Se estiver com medo ou achar que não pode continuar, busque a Divindade Superior. Busque a ordem natural. Lembre-se sempre: somos todas deusas. E somos todas infindáveis.

Um tremor breve corre por Mãos Brancas, e, quando me afasto, ela pisca como se tivesse acabado de acordar. O que, óbvio, é o caso. Se tem uma coisa que aprendi quanto a interagir com os deuses, sobretudo de forma tão íntima, é que o senso de tempo e espaço sempre é corrompido.

— Estamos esperando o quê? — questiona Mãos Brancas assim que recupera a compostura. — Vamos adiante. É hora do ataque a Hemaira.

Só que, enquanto confirmo com a cabeça, algo fica cutucando minha mente... as palavras de Anok. "E não se deixe brilhar muito no escuro." O que isso quer dizer? Os deuses adoram falar de forma enigmática. Continuo ponderando sobre o mistério enquanto avanço até a frente do exército, que está com as selas a postos e pronto para a batalha.

Contudo, não vou me juntar à linha de frente. Vou estar lá atrás, com meus amigos.

Espero até Kweku vir trazendo um carrinho de mão grande com mantimentos, nossos grifos e Ixa (agora como uma bela imitação de grifo) presos às rédeas. Enquanto os comandantes berram instruções, meus amigos e eu passamos para atrás da cavalaria e assumimos o lugar junto à fileira de carrinhos de mão e carroças na retaguarda.

Contanto que permaneçamos junto aos outros, ninguém vai nos notar enquanto seguimos a cavalaria para dentro da cidade. E, então, quando chegarmos lá, vamos nos separar da tropa principal e usar os grifos para invadir o Olho de Oyomo enquanto todos vão estar focados na batalha.

É um plano bom, bem pensado. O que significa, lógico, que por certo haverá complicações.

Basta olhar para as muralhas de Hemaira para se ter certeza.

Quando cheguei a Hemaira pouco mais de dois anos atrás, fiquei maravilhada com as muralhas. Lá estavam, estendendo-se quase até o céu, as coisas mais altas que eu já tinha visto. Então libertei Warthu Bera e enfrentei os Idugu na mesma noite. As muralhas sofreram um grande estrago em virtude de minhas ações. Pedras antigas tombaram, rachaduras apareceram nas laterais. Só que, apesar de tudo, permaneceram de pé.

Nunca houve uma arma robusta a ponto de quebrá-las, nunca houve uma força intensa a ponto de derrubá-las. São, de muitas formas, o símbolo da própria Otera.

Então por que as ameias estão vazias?

Protejo os olhos do brilho do sol ao observá-las, os pontos mais altos nas muralhas de Hemaira. Não há soldados zanzando por ali hoje... nem um sacerdote ou dois gritando impropérios para nós. Não há ninguém. Está igual a esta planície com a ausência dos animais, o silêncio e a imobilidade de tudo.

Há uma estranha calmaria no ar, um presságio. Fica mais acentuado quando Mãos Brancas, com Gazal ao lado, comanda o exército a parar diante das muralhas.

— Está tão silencioso — comenta Adwapa, o olhar atento. — Não gosto disso.

A irmã ao lado assente.

— Não parece certo. Nada disso parece certo.

— Eles estão prestes a nos acertar com algo grande — opina Adwapa, descontente.

As palavras fazem meus músculos ficarem tensos. Adwapa e a irmã são as mais velhas no grupo... uns 300 anos mais ou menos, enquanto o restante de nós varia entre 17 e 20. E elas passaram a maior parte do tempo como espiãs de Mãos Brancas.

Apesar das tendências brincalhonas, no geral elas possuem o instinto mais afiado de todos.

— Só temos que nos preparar, então — digo com seriedade, observando o cenário à frente.

Tanto Mãos Brancas quanto Gazal já desmontaram e seguem para os muros, as armas em punhos e nada mais... nem mesmo escudos.

Por um momento, fico tensa, esperando uma saraivada de lanças ser disparada em nossa direção. É o que os jatu fizeram da outra vez que um inimigo se aproximou das muralhas de Hemaira.

Só que as ameias continuam em silêncio absoluto.

— Bem, isso está começando a ficar preocupante — comenta Adwapa outra vez, logo checando as espadas.

— Acho que é quase hora de entrar, então — afirma Asha, estreitando os olhos ao analisar as muralhas. Então entoa outro de nossos gritos de guerra: — É viver para sempre, pessoal!

— E na vitória! — adiciono em confirmação.

— Isso também, depois que passarmos pelas muralhas — comenta Li. Olho para cima.

— Nem se preocupe. — Foco o portão principal de novo, e ali Mãos Brancas está removendo as manoplas e expondo as mãos negras pequenas. — Mãos Brancas dá conta.

Afinal, é o motivo para ela ter despertado o dom em Abeya durante o confronto com as deusas; o motivo para ter desbloqueado uma habilidade tão temível que não era nem mencionada nos tempos antigos.

Mãos Brancas se ajoelha diante das muralhas e encosta os dedos nelas. Não ouço as palavras proferidas enquanto ela movimenta a boca, mas as conheço. Eu a ouvi proferi-las uma única vez antes, testemunhei o poder que contêm quando ela as direcionou para uivantes mortais pedindo clemência debaixo da Câmara das Deusas em Abeya.

— A pó — comanda Mãos Brancas, empurrando as muralhas.

Por um momento, só silêncio.

Então, um enorme *crac*.

E, assim, as muralhas de Hemaira vêm abaixo.

34

Por um momento, todos ficam calados, atentos enquanto as muralhas de Hemaira vêm abaixo, os monólitos antigos tombando com um grunhido profundo e primitivo que parece ecoar dos fossos mais escuros do Além.

Então o bom senso se instaura.

Ouve-se os xingamentos quando os soldados abandonam os postos, humanos e alaki correndo para se salvar, aviax disparando no ar. Apenas um dos pedregulhos enormes das muralhas conseguiria exterminar um batalhão inteiro. Contudo, quando as pedras enfim caem, não explodem no solo como era de se esperar. Maravilhada, observo-as desaparecerem feito nuvens a cada impacto, formando uma cascata suave como penas no gramado em meio aos soldados em fuga.

Um deles, estupefato, fica sem reação quando seu corpo inteiro fica coberto pelo branco da substância. Então sente o gosto da coisa.

— São cinzas — murmura ele, chocado. Então se vira, aliviado. — São cinzas! São cinzas!

O chamado ecoa pelo campo de batalha, os soldados entusiasmados repetindo a maravilha e a devastação que é o dom de Mãos Brancas.

— Ela reduziu as muralhas de Hemaira a cinzas!

O sentimento é tão contagiante que afeta até mesmo meus amigos. Britta me abraça, toda animada.

— Viu isso, Deka? Viu o que ela fez?

Só que não respondo. Porque, agora que as muralhas caíram, vejo o que escondiam. O que não notamos em todo o tempo que observávamos a cidade. Cinco figuras gigantes, cada uma tão enorme que os corpos parecem englobar a própria cidade. Estão em lados opostos de Hemaira, três masculinos, dois femininos. A escuridão emana deles, uma nuvem monstruosa cobrindo o local. Ninguém os percebe além de mim, mesmo com eles lá parados com universos inteiros espiralando dentro dos corpos enormes, exércitos de dourado e vermelho aos pés deles.

Katya fica ofegante e de queixo caído ao ver a batalha além das muralhas, arregalando os olhos por trás da máscara de guerra.

— Os exércitos divinos. Já estão lá. Como não os ouvimos?

Agora eles são um rugido atroante, o som de metal colidindo um no outro; homens, mulheres e uivantes mortais gritando em meio ao combate letal.

As Douradas e os Idugu podem estar brigando, mas parece que o exército deles está envolvido na batalha de verdade.

— Os deuses — falo com a voz rouca. — Estão lá com eles. Tanto as Douradas quanto os Idugu.

— Quê? — Rian parece espantado. Embora não tenha ido com a gente para Gar Fatu, está aqui agora, ao lado de Katya. — Como assim, "estão lá"?

Não respondo. Não consigo, porque agora vejo outra coisa: vales das sombras (centenas, talvez milhares) se formando pelas ruas de Hemaira. Observo as nuvens de névoa furta-cor crescerem cada vez mais, os tentáculos se expandindo, os núcleos escuros se abrindo. Estranhamente, todos se parecem, como se fossem parte de uma teia vasta e interconectada.

Contudo, fica evidente que só eu os vejo. Os outros parecem não reagir às coisas, o que significa que é o mesmo que aconteceu em Gar Nasim: sou a única a ter algum senso de perigo.

Fico horrorizada quando vejo os portais do vale se abrirem.

— Temos que avisar Mãos Brancas! — brado. — Temos que avisar o exército. Vai ser um massacre.

Britta segura minhas mãos.

— Deka, fale mais devagar, como assim? O que está vendo?

Ela varre as ruas com os olhos como se em busca do que me deixou tão apavorada.

Aponto para a cidade, a que logo, logo vai virar um matadouro diferente de tudo que eu ou qualquer um já viu. Pior, os exércitos não sabem. Acham que estão lutando um contra o outro em benefício dos deuses, mas não é para isso que estão aqui.

— Os deuses estão aqui e abriram vales das sombras. Se nossas tropas avançarem agora, vão virar comida tanto dos Idugu quanto das Douradas.

É uma refeição que vai conceder a eles o poder que buscam e mais. Um poder capaz de destruir Otera... destruir o mundo todo se quiserem. E Mãos Brancas e eu trouxemos a comida até eles.

O horror da coisa me arranca do torpor e endireito a postura, preparando-me. Quando Mãos Brancas e Gazal abaixam as espadas, comandando o exército adiante, entro no estado de combate tão por completo que o exército todo fica parecendo um mar de branco, as almas todas juntas diante de mim. Sinto a Divindade Superior me alcançando, estendendo-me o poder. Abraço a sensação enquanto grito uma palavra que cresce dentro de mim.

— PAREM! — comando, a voz rompendo o estrondo.

Não ligo se estou revelando minha identidade e acabando com os planos bem pensados. Os planos não significarão nada se o massacre que prevejo acontecer... se todo mundo aqui acabar morto pelos deuses nos vales das sombras.

— HÁ PERIGO EM HEMAIRA! — continuo gritando quando cada alaki e jatu, cada uivante mortal, logo estaca no lugar... os filhos dos deuses impotentes diante do poder de minha voz. — A CIDADE ESTÁ CHEIA DE VALES DAS SOMBRAS! RECUEM OU VÃO ACABAR VÍTIMAS DELES!

É tudo o que consigo dizer antes de sentir o vazio me assolando por dentro. Mesmo com a armadura ebiki e a Divindade Superior, este corpo está nas últimas, ainda à beira da calamidade. E o que acabei de fazer agravou isso.

Quando murcho, ofegante, Mãos Brancas se vira para Gazal, que logo gesticula para o exército, fingindo que foi ela quem falou. Como ainda usa a máscara de guerra, é uma farsa crível.

Só que não é o exército que estou empenhada em enganar. Os deuses ainda estão lá, monólitos silenciosos e invisíveis. Só me resta torcer para que estejam tão envolvidos na batalha estranha e estática um contra o outro que não tenham visto que na verdade fui eu quem falou.

Quando nenhum deles sequer se mexe, observo, aliviada, Mãos Brancas e Gazal assumirem a responsabilidade pelo recuo.

— VAMOS BATER EM RETIRADA! — orienta Mãos Brancas, gesticulando para o exército. — FAÇAM O QUE A ANGORO ORDENOU!

As duas recuam, os passos martelando nos montes de cinzas, até um grito solitário ressoar acima do barulho dos exércitos em confronto. É tão cheio de pavor que me viro na direção, os olhos focando o grande mercado perto do que antes era o portão principal. Metade das barracas foi destruída, os temperos e tecidos preciosos espalhados pelo chão. No lugar, há uma escuridão estranha e aterrorizante. Cobre um monte do que parecem ser criaturas aladas minúsculas tipo insetos, todas avançando em um único comerciante... a pessoa cujo grito alto sobrepôs o barulho dos próprios exércitos.

Observo com um nó na garganta quando os insetos arrancam a pele e os músculos do corpo dele, o processo é tão rápido que o grito cessa com quase tanta brusquidão quanto como começou, o som gorgolejante interrompido ainda mais assustador por ter sido tão breve.

Engulo em seco, virando-me para os outros.

— Vocês estão vendo aquilo, não estão?

Do outro lado, Keita assente, a expressão fechada.

— Agora eu sei o que aqueles sons agitados eram... os que ouvimos no primeiro vale das sombras.

Estremeço ao perceber como fomos sortudos de terem sido os fantasmas do vale a nos atacarem. Contudo, fica nítido que, quando entrarmos em Hemaira, a sorte não vai mais prevalecer. Há vales se abrindo por toda a cidade agora, pontos de escuridão engolindo a luz, casas inteiras e edifícios de repente cobertos de areia preta ou vermelha e tentáculos. Ainda assim, mais gritos aterrorizados ressoam, mas são tão abruptos quanto os do comerciante. Soldado ou civil, não importa... Onde quer os vales apareçam, a morte logo segue.

Nosso exército todo fica calado, todo mundo observando em pavor.

— O que fazemos? — questiona Britta.

— Não podemos entrar na cidade com os vales se abrindo por toda parte — opina Li.

— Mas temos que entrar. — O lembrete baixinho parte de Belcalis.

— Lembrem-se do que os maiwurianos disseram: os vales são o primeiro indício do fim do mundo. E agora estão se abrindo por toda Hemaira. Precisamos pegar a kelai de Deka e depressa, antes que os deuses se encham de ainda mais poder

— Isso sem contar que precisamos ajudar as pessoas ainda presas na cidade. — Depois que aponto o fato desagradável, ouço suspiros em resposta.

Três meses atrás, quando resgatamos nossas irmãs de Warthu Bera, também lideramos uma fuga maior, possibilitando que pessoas que não quisessem ficar em Hemaira conseguissem sair da cidade em segurança. Só que nem todo mundo conseguiu sair. E, pior ainda, nem todo mundo quis.

E agora temos que ajudá-los.

Quando todos se viram para mim, balançando a cabeça, prossigo:

— Ainda há gente inocente em Hemaira, gente que não faz parte de exército nenhum.

— Mas eles escolheram ficar — resmunga Adwapa. — Então, até onde sei, isso não é problema meu.

— Nem as crianças? — questiona Katya... o que não é bem uma pergunta, e sim uma acusação silenciosa.

Ela foca o olhar em Adwapa até que, por fim, a mais velha cede.

— Pelo Infinito, caramba! Odeio ter senso de moralidade — murmura ela, grunhindo.

— Mas você tem, *sim*, assim como todos nós — contraponho.

— E é por isso que, como falei antes, temos que nos apressar — prossegue Belcalis. — Quanto mais esperarmos, mais isso se intensifica e gente inocente morre.

Só que, enquanto ela diz isso, um rugido ressoa da frente do exército. Eu me viro e vejo Gazal apontando para a cidade com a atika. Não consigo ouvi-la, mas vejo os resultados: três contingentes de aviax entram na cidade. Contudo, não estão voando até os exércitos em confronto, e sim para os vales e as pessoas presas dentro deles.

Quando Gazal se vira para mim e assente, sinto um alívio no peito.

— Ela os está salvando!

— Assim como você faria — ressalta Keita. — Gazal é mesmo o disfarce perfeito. Ela entende perfeitamente como você agiria e…

— Deeeekaaaaa… — Uma voz familiar entoa meu nome, e fico toda tensa.

Quando me viro, os músculos ainda mais tensos, uma figura tipo morcego irrompe da cidade, pairando com facilidade por cima do vale das sombras que se abre nos escombros à base das muralhas e se posicionando no meio do campo de batalha.

— Deeeekaaaa… — continua Melanis, girando a cabeça enquanto vasculha o exército reunido. — Sei que está aqui…

Na frente do exército, Gazal logo desembainha as duas atikas que foram criadas em semelhança às minhas e se aproxima da Primogênita. Só que Melanis nem dá atenção a ela; dispara por cima do exército, esquivando-se com facilidade dos aviax que logo a perseguem. Começo a arfar quando a vejo de todo. A Primogênita alada se transformou completamente, o rosto e o corpo tão magros que poderiam ser pele e osso, os globos oculares cobertos por uma pele rosa sinistra.

Como ela está se esquivando se não consegue enxergar?

— APAREÇA, DEKA! — berra Melanis, parando para cravar as garras na barriga de um dos aviax que a persegue.

Quando ele solta um grito agoniado e cai, Melanis desce e crava os dedos com garras na ferida. Em seguida arranca as vísceras do aviax, toda triunfante, e as sacode para o exército reunido.

— Apareça, Deka, ou vai me obrigar a causar um estrago tão grande que a areia vai ficar vermelha para sempre.

A esta altura, já estou rangendo os dentes com tanta força que tenho quase certeza de que racharam. Melanis não está exagerando ao dizer que vai fazer a areia ficar vermelha. Ela tem a total intenção de matar os soldados um a um até me forçar a agir.

Enquanto penso nisso, ela se vira para mim, abrindo um sorriso sombrio.

— Achei você!

Ela dispara até mim com as garras a postos.

Desembainho as atikas, abalada. Como ela sabe que sou eu? Ela nem usa mais os olhos. É como se tivesse me encontrado na completa escuridão, e...

Arregalo os olhos, recobrando as últimas palavras de Anok: "E não se deixe brilhar muito no escuro." Então era isso que ela queria dizer. Melanis não está me identificando mais pela vista... está usando o estado de combate. Ela consegue me ver no escuro no sentido literal!

Britta se vira para mim.

— O que fazemos, Deka? O que fazemos?

Olho para Melanis, que ainda zanza ao redor, os olhos que não enxergam sem dúvida vasculhando as milhares de almas brilhantes no campo de batalha para me encontrar em nome das deusas. Só que já manjo a tática dela. Afinal, sou mais esperta que as deusas... tendo em vista que foram elas que a ensinaram o que fazer. Como me localizar. Inalo fundo, entrando no estado de combate, e então permaneço imóvel, olhando para mim mesma pela primeira vez... para as mãos, pés e todas as partes de mim visíveis.

Não faço isso desde que costumava me observar no lago durante os treinos com Mãos Brancas. Por isso nunca me dei conta... Meu brilho é de um dourado intenso e quase ofuscante. Uma cor bem mais nítida do que a de qualquer um ao redor.

Por que nunca reparei antes? Brilho com uma intensidade que me destaca ao longe. Não é de admirar que os deuses e os escudeiros continuassem me encontrando. *Meu brilho é intenso no escuro!*

Mas não por muito tempo.

Olho para minhas mãos de novo, já imaginando o brilho delas diminuindo, adotando o tom fosco como o de todo mundo ao redor. Para meu alívio, o brilho obedece, e a luz vai se tornando mais fraca até logo se tornar indiscernível da de meus amigos.

Sou parte da multidão agora. Indiscernível. Nem os próprios deuses conseguiriam me encontrar... nem Melanis. Para garantir isso, saio da carroça.

— Espalhem-se e voltem daqui a dez minutos.

Não espero por resposta. Logo me misturo à multidão, dando várias voltas até não ver mais a carroça.

Não demora muito para que Melanis fique toda confusa. Sigo atrás dela enquanto ela sobrevoa o campo de batalha, trucidando os aviax com malícia no caminho. A voz dela soa ainda mais esganiçada ao me chamar, mas agora sou apenas outra figura sem rosto na multidão. Agora ela não enxerga nada mesmo. E esse sem dúvida é motivo de ela não reparar em Mãos Brancas subindo na garupa de um grifo atrás dela nem Sayuri pegando uma lança de um soldado próximo.

Enquanto elas se aproximam de Melanis por trás, aceno com a cabeça, séria. Melanis não é mais problema meu. As irmãs cuidarão dela. Volto para a carroça, e lá os outros se reuniram de novo, as selas prontas nos grifos.

— Deka — murmura Britta, confusa.

— Mãos Brancas e Sayuri vão lidar com Melanis — explico. — E os deuses não conseguem mais me rastrear. É hora de fazermos o que viemos fazer aqui.

Agradeço a Anok em silêncio de novo enquanto subo na garupa de Ixa, que vem aguardando pacientemente. *Prepare-se, Ixa. Vamos entrar na cidade. E não vamos parar de jeito nenhum até chegarmos ao palácio.*

Deka. Ele concorda, entusiasmado.

Eu me viro para meus amigos.

— Vai ser um caos lá, então fiquem por perto. Vou levá-los em segurança, desviando dos vales das sombras, mas vocês têm que estar prontos para qualquer coisa. Não sei o que os deuses estão tramando, mas sei de uma coisa: seja o que for, não é vai ser nada bom para nós.

— Nunca é, né — comenta Katya, fazendo "tsc, tsc".

— Nunca — concordo. — Mas vamos fazer o sempre fazemos: triunfar.

Conduzo Ixa à frente.

Entramos na cidade dentro de minutos, esquivando-nos dos aviax para lá e para cá e resgatando pessoas presas pelos fantasmas dos vales e nos próprios vales, uma tarefa já bem mais difícil. Toda hora um novo vale se abre em um lugar inesperado. E, mesmo assim, consigo me esquivar deles. Só preciso observar para onde os tentáculos se espalham e então guiar meus amigos para o outro lado.

O que não é tão fácil de evitar são os exércitos divinos. Dezenas de milhares de alaki, jatu e uivantes mortais estão abarrotando as ruas, a maioria em diferentes níveis de pânico e medo. Se minutos antes estavam destruindo uns aos outros, agora estão concentrados em evitar os vales, que vibram ao redor com energia maliciosa, a escuridão já cobrindo a cidade.

Ao que parece, os deuses largaram de mão a farsa de proteger os filhos. Em vez disso, estão deixando os vales devorarem todo mundo em uma grande pressa para fisgar o máximo de vidas possível.

Fico horrorizada ao observar um Renegado, um dos uivantes mortais roxos enormes devotos aos Idugu, ser arrastado para dentro de um rio por um fantasma do vale que parece uma serpente rastejando. Ele solta rugidos e uivos, mas a criatura o puxa com a mesma facilidade que a de uma criança que manuseia uma boneca.

— Booom, então o rio está fora de cogitação, né? — berra Kweku ao meu lado.

— Nunca! — Balanço a cabeça, mas, quando me viro para ele, Kweku de repente é arremessado em uma barraca do mercado, depois de ser acertado pelo martelo de um uivante mortal. — KWEKU!

Começo a me virar, mas Ixa segue em frente, sem obedecer aos meus gestos.

Ixa não para, diz ele com determinação, repetindo a instrução que dei a ele antes: sem parar até chegarmos ao palácio.

— Vou buscá-lo! — grita Asha de algum lugar atrás de mim, e respiro em alívio.

Ouço grunhidos enquanto ela confronta o uivante mortal que o atacou. Quase me esqueci de que não estava sozinha. De que meus amigos não só têm a mim como também uns aos outros.

Preciso apenas confiar que eles conseguirão lidar com o que vier.

Sigo adiante enquanto o Olho de Oyomo aparece. O antigo palácio imperial está tão próximo que quase posso tocá-lo. Os tentáculos se estendem até mim, e os corto. Um dos fantasmas-serpente irrompe de um poço e tenta abocanhar Acalan, mas ele se esquiva tão depressa que a criatura acerta um muro. Tudo é um borrão de movimento agora, o caos e o desespero absoluto nos incitando à frente.

Então enfim chegamos às extremidades do Olho de Oyomo, os jardins outrora luxuosos do palácio se erguendo ao redor. Ixa para antes de meu comando, com certeza sentindo o mesmo que eu.

— O que foi? O que foi, Deka? — pergunta Keita, parando ao meu lado.

Os outros logo fazem o mesmo, mas não respondo. Não consigo, sobretudo diante do que estou vendo.

Tinha me perguntado por que os Idugu estavam quietos. Por que não estavam se movimentando mesmo com a invasão das Douradas ao território deles. Tinha até mesmo presumido que deveriam estar travando algum tipo de combate silencioso com as deusas.

Só que os vales se abrindo por Hemaira... nenhum deles pertence aos Idugu. Eu deveria ter percebido assim que senti a conexão com todos os vales... a conexão que equiparei a uma teia de aranha enorme se espalhando a partir de uma única fonte quando vi. São as Douradas que estão se empanturrando dos hemairanos desesperados, como se a cidade fosse um banquete, e esta, a última refeição delas. São elas matando os hemairanos de modo indiscriminado.

Os Idugu não abriram os vales na cidade porque os deles estão todos *aqui*. Milhares deles, tremeluzindo de maneira invisível ao redor do palácio. Escondidos. Na verdade, se eu não tivesse estado em dois vales dos Idugu antes, se não tivesse sentido a oleosidade que acompanha a presença dos deuses, nunca os teria percebido ali.

Noto agora que os vales das deusas são obras desajeitadas de brutalidade. Só que os dos Idugu são obras de arte. Criações delicadas e efêmeras quase invisíveis ao olho divino. Uma estrutura sedosa protegendo a posse mais importante: a kelai.

E não consigo usar portas para passar pelos vales sem que os Idugu percebam minha presença.

Eu me viro para Keita, de olhos arregalados.

— A entrada para o Olho está cheia dos portões para os vales dos Idugu. Não tem como seguir em frente. É um impasse.

35

❖ ❖ ❖

— Beleza, vamos pensar nisso de maneira racional.

Depois do que parecem horas olhando para os portais dos vales, mas que na verdade foram apenas instantes, Li rompe o silêncio com o pronunciamento otimista. Só que ele não vê o que estou vendo. E o que vejo é horrendo. Cada portal do vale tem o tamanho de uma pessoa e tentáculos que se contorcem com frequência, como se em busca de intrusos. E o pior é que há uma sensação emanando deles... quase uma consciência. Não são os portais de vale irracionais que vi antes, os que se abriam de modo aleatório. Esses foram criados com um propósito específico em mente: prender todo mundo que se aproximar. E quando digo "todo mundo", refiro-me aos meus amigos e a mim.

— De maneira racional? — Eu me viro para Li, a frustração fervilhando. Então aponto para os apalpadores nas pontas de um portal... tentáculos que, sem dúvidas, ele não consegue ver. — Assim que se aproximar de uma daquelas coisas, vão fisgar você, e pronto, os Idugu te prendem para sempre.

— Mas só tem uma camada de portais, não é? — questiona Keita com uma expressão pensativa enquanto se aproxima de mim, só que estou tão frustrada que a resposta soa como outro grunhido.

— É, Keita, só uma. Essas coisas são prisões. Estão à espera de alguém chegar para prender a pessoa.

— Bom saber — responde ele, virando o grifo para o outro lado com brusquidão. — Volto já, já.

Enquanto observo, confusa, ele desce um pouco pela colina, então pega um jatu que usa uma mulher aterrorizada como escudo contra um fantasma do vale reptiliano. Ele gesticula, logo fazendo churrasquinho do fantasma, depois aponta para a mulher apavorada seguir para um lugar seguro antes de subir a colina de novo enquanto o jatu reluta contra o domínio dele.

Quando ele chega até nós, vira-se para mim, ignorando o jatu, que agora grita um monte de xingamentos.

— Qual a distância que esses portais cobrem? — pergunta ele com calma, enquanto segura com firmeza o jatu enfurecido e ainda relutando.

— Até depois do rio.

Aponto para a barreira de água que marca a extremidade mais distante dos terrenos do palácio.

— Perfeito. — Keita conduz o grifo à frente, chega o mais perto possível do palácio e, quando grito *"Pare!"*, em pânico, ele joga o homem do outro lado do rio. — Você, avante!

Em seguida solta um grunhido e limpa as mãos.

Então espera.

Assim que o homem que berra toca o ar do outro lado, os portais se abrem, tentáculos avançando. Dentro de segundos, os gritos do homem se tornam sons guturais horrendos quando ao menos três ou quatro portais o esquartejam, os tentáculos engolindo o máximo que podem dele antes de desaparecem, deixando o ar livre de novo.

— Brutal — sussurra Adwapa.

Eu me viro para Keita, que volta do rio com a expressão serena de sempre.

— E então? — pergunta ele, apontando com a cabeça para os portais dos vales. — Sumiu algum? Você disse que eram prisões. Feitas para uma pessoa, imagino.

Confirmo e corro para beijá-lo.

— Ah, Keita, você é um gênio! Sumiram ao menos uns três!

Ele dá de ombros, todo modesto.

— Uma formação em selvageria tem seus benefícios. — Então olha para o espaço logo após o rio. — Então, foi o suficiente para criar um caminho?

Olho para o ar. Os três portais podem ter desaparecido, mas mal há espaço para Belcalis passar, e ela é a mais baixa entre nós.

— Talvez umas três pessoas a mais — respondo depois de pensar.

Antes mesmo de eu terminar de falar, Britta e Belcalis se afastam, junto de Li e Kweku.

— Vou trazer mais pessoas que você! — declara Li, animado, seguindo para perto dos combatentes mais brutais na área: os que usam inocentes como escudos.

Britta se vira e acena para nós.

— Só nos avise se estivermos perto de portais! — berra ela enquanto os outros olham para o entusiasmo dela com expressões exasperadas.

As gêmeas, Acalan, Katya e Rian não estão interessados nesse jogo, fica evidente.

Ainda assim, Britta e os outros vão criar um caminho em breve, e isso é um alívio. O espaço entre os portais já está se fechando de novo, os tentáculos se esticando para consertar o buraco que ficou. O que, óbvio, explica por que os Idugu estão tão cansados a ponto de não conseguirem se mexer: não apenas precisam se comunicar com os exércitos, como também consertar quaisquer armadilhas espalhadas ao redor do palácio. Tenho certeza de que eles têm muitos outros portais assim à nossa espera por aí.

— Depressa! — alerto meus amigos. — O caminho que abrimos já está se fechando.

— Estou chegando! — exclama Britta, toda animada, voltando com um uivante mortal que reluta contra ela.

Só levam alguns minutos para o caminho pelos portais se abrir o suficiente, e, assim que acontece, incentivo meus amigos a seguirem adiante.

— Andem, andem! Não sabemos quanto tempo temos até os Idugu perceberem que não fomos capturados pelos portais.

— Isso sem contar as Douradas — adiciona Belcalis, e me viro quando ela adiciona baixinho para mim: — Se os vales na cidade são delas, não vai demorar para que elas fiquem poderosas a ponto de invadir o palácio.

O pensamento já serve para ativar meu pânico.

— Bora, bora, bora!

Passo pela abertura com meus amigos logo atrás.

Katya e Rian são os últimos a passar, e Rian deve ser a alma mais sortuda de todas, porque ele consegue entrar meros instantes antes que o tentáculo mais próximo avance. E, assim, chegamos ao terreno do palácio, um mundo diferente daquele do outro lado do rio.

Quando meus amigos e eu ainda estávamos em Warthu Bera, visitamos o Olho de Oyomo a pedido do imperador Gezo. Na época, achei que o palácio imperial fosse o lugar mais grandioso que já tinha visto, os corredores banhados por ouro e luz, os jardins, exuberantes e verdejantes, vários tipos de árvores e animais peculiares vivendo com uma liberdade luxuosa.

Faz dois anos que isso aconteceu.

Agora os jardins vibrantes são sepulturas... a grama de um verde exuberante adquiriu um tom de marrom apodrecido; as árvores frutíferas delicadas, caules atrofiados; e os belos animais, esqueletos brancos sinistros na terra. Estremeço ao ver o que parecem ser esqueletos de uma família de nuk-nuks, aninhados juntos nos últimos momentos. De algum modo, a imagem me deixa mais incomodada do que os portais dos vales.

— O que aconteceu aqui? — questiona Katya, os olhos arregalados.

Kweku balança a cabeça, cheio de pesar.

— Sacrifício.

A entrada para o palácio está de certa forma pior do que os jardins, o ar, um frio estranho e rastejante que me causa calafrios pelo corpo todo. E ainda nem passei pela porta.

Onde estão todas as pessoas que vi quando estava aqui ontem à noite com o Ser? Todos os sacerdotes, os guardas... onde está todo mundo? Uma sensação de presságio me assola quando penso no que poderia ter acontecido com eles, em como os Idugu podem ter potencializado os portais pelos quais passamos.

— É tão estranho — comenta Britta enquanto desce do grifo e olha ao redor. — É como se tudo estivesse morto aqui... até o vento.

— Um engodo divino, sem dúvida — murmura Acalan, o rosto sério.

Concordo, entrando no estado de combate outra vez.

— Fiquem todos atentos. Haverão mais armadilhas.

Assim como os jardins do lado de fora, os corredores estão vazios quando passamos. Parecem idênticos a como estavam na noite passada, as paredes destituídas de decorações, o chão sem os azulejos valiosos. O pior de tudo é o som... ou melhor, a ausência dele. Quando meus amigos e eu viemos aqui como parte do treinamento de Warthu Bera, o palácio estava sempre repleto de sons, cortesãos indo para lá e para cá, os jatu em patrulha, os passos ecoando. Agora não há nada... O único eco é o do vazio isolado.

— É uma armadilha — opina Britta, nervosa, analisando os arredores com os olhos azuis. — Sinto lá no fundo.

— Bem, vamos torcer para que seu fundo nos informe ao certo qual é a natureza da armadilha — rebate Belcalis com malícia, do jeito que sempre faz quando está estressada.

— Continuem adiante — oriento, seguindo a passos constantes. — A kelai está descendo por ali.

Consigo senti-la agora... sinto-a desde o momento em que passei pelo buraco nos portais.

O pensamento me deixa nervosa.

Eu me forço a focar o caminho à frente, cada passo um presságio letal que leva ao golpe final do algoz. É chegado o momento em que pego a kelai ou morro tentando. De todo jeito, a jornada com meus amigos acaba aqui. Enquanto inalo, com lágrimas nos olhos de repente, Britta para e me olha.

— Tudo bem, Deka?

Fico sem reação, a vista embaçada.

— Eu... eu... — Paro de falar quando minha amiga entrelaça a mão na minha para me acalmar.

— Você está bem — afirma Britta com gentileza. — Estou aqui com você.

— Eu também. — As palavras partem de Keita, que segura minha outra mão.

E, juntos, os dois, os pilares de minha vida, me conduzem devagar e sempre ao meu destino.

É quase um choque quando não encontramos mais armadilhas ao descermos até os níveis inferiores do Olho de Oyomo, tão frios e escuros quanto o restante do palácio. Olho para todos os lados, atenta para ver se um fantasma do vale ou outro monstro do tipo vai aparecer, mas nada surge. Só há o frio agourento e o silêncio apavorante. É tão constante que, por um momento, quase me acomodo na ideia.

Então fazemos a curva e nos deparamos com o grupo de jatu e uivantes mortais Renegados em armaduras vermelhas cintilantes, todos em volta de um líder com armadura pesada cujos olhos leitosos reconheço antes mesmo de sentir a oleosidade emanando dela.

— Saudações matutinas, Deka — cumprimenta o Idugu, embora eu não saiba ao certo se é só um ou se são todos habitando o jatu enorme.

— Idugu — respondo, irritada.

Lógico que os deuses estariam aqui, no corredor de frente para a câmara. Lógico que estariam esperando enquanto eu vinha, fazendo o possível para não chamar a atenção deles. Apenas pondero por que não esperaram até que eu estivesse na própria câmara, pois lá eu teria menos chance de escapar.

— Okot — corrige o deus, dando um tapinha na atika presa ao quadril. — Só Okot.

— Seus irmãos não estão aqui? — pergunto com cuidado enquanto desembainho as atikas, preparando-me para o conflito iminente.

— Meus irmãos estão ocupados cuidando dos vales e liderando os exércitos. Eles me deixaram aqui para soar o alarme quando você chegasse.

— E você vai fazer isso?

Da última vez que vi Okot, ele tinha a total intenção de trair os irmãos e pegar o poder para si mesmo. Isso com certeza não deve ter mudado desde então.

— Não — responde Okot com simplicidade.

E então ele se mexe.

Tudo o que tenho é um vislumbre, e então os jatu e os uivantes mortais ao redor de Okot foram todos degolados, sangue e ouro jorram dos pescoços agora decepados. Logo ergo as atikas, pronta para o confronto, mas, para meu choque, Okot chega para o lado, gesticulando para que eu avance.

— Entre na câmara — incentiva ele. — Depressa, Deka. Meus irmãos vão aparecer em breve.

Enquanto ele diz isso, já sinto a pressão no ar. A pressão dos deuses assumindo a forma material.

— VÁ AGORA! — berra ele, gesticulando.

Meus amigos e eu disparamos até o fim do corredor, e lá está a porta da câmara aberta, como se nos esperando entrar.

— Espere, você está nos ajudando? — A pergunta incrédula parte de Britta, que franze o cenho, o choque visível nos olhos.

Okot não responde enquanto se agacha. Está resistindo à pressão dos outros deuses tentando emergir no corredor.

— Meus irmãos estão quase chegando — informa ele entre dentes. — Se conseguir entrar na câmara, vai estar a salvo deles. Coloquei um objeto arcano lá dentro… um que evita a criação de portas. Vai evitar que eles invadam, e as convenções divinas projetadas na câmara também. VÁ!

Ele solta outro rugido, os olhos brancos acesos, e mais uma vez sinto a pressão no ar reagindo ao comando dele.

Meus amigos correm câmara adentro, espantados, mas olho para Okot uma última vez, ainda perdida e espantada.

— Por quê? Por que está me ajudando?

O deus já está de joelhos, o corpo cedendo à pressão dos irmãos, cujos rugidos de raiva sacodem o corredor enquanto tentam emergir. Só que ele aguenta firme e olha para mim com a expressão arrependida.

— Anok. Ela veio até mim. Depois de todos esses séculos, ela voltou. Então se ajoelhou e me pediu desculpa, mostrou a verdade do que ela tinha se tornado. Do que *eu* tinha me tornado.

Ele balança a cabeça, o arrependimento parecendo preenchê-lo por inteiro agora.

— Todos esses séculos de raiva. De ódio. Eu tinha me esquecido de que antes éramos um. Uma pessoa. Uma divindade. Mas então ela me lembrou. Me mostrou a verdade: nossos dois panteões estão corrompidos a ponto de não haver salvação... e estamos fazendo o mesmo com este reino. Anok e eu escolhemos voltar ao Grande Círculo. Juntos. Mas só você pode fazer isso acontecer.

Enquanto olho, de queixo caído, para Okot, o deus que pareceu, ao longo dos últimos meses, meu maior adversário, ele me olha outra vez, determinado.

— Reivindique o que é seu, Deka. Torne-se uma deusa de novo, e então entoe a canção que eliminará os panteões antes que destruamos Otera e o restante do mundo.

36

◆ ◆ ◆

Entro na câmara assim que os deuses emergem, mas Britta está pronta e fecha a porta atrás de mim. As bordas de madeira sacodem quando uma força atroante se joga contra a porta: os Idugu tentando entrar.

— Deixe-nos entrar — comandam as vozes dos deuses em um rugido. — DEIXE-NOS ENTRAR!

Mas a porta aguenta firme.

É como Okot falou: há um objeto arcano aqui dentro que repele os deuses e evita que eles, ou qualquer um, crie portas. Eu me viro, tentando encontrá-lo, até sentir uma vibração lenta e sutil. Vem do que parece ser uma pedrinha azul embutida na parede. Deve ser o objeto arcano. A porta range e bate, um verdadeiro tufão, mas o poder do objeto a mantém de pé. Então, por fim, depois de minutos, ao que parece, o silêncio reina. O poder dos deuses se esgotou. Os sacrifícios os mantêm por um tempo limitado, e só havia poucos jatu e uivantes mortais no corredor. E, mais ainda, há muitas outras coisas das quais precisam cuidar agora. O que significa que tenho que ser rápida. Os Idugu vão voltar, disso não há dúvida. E, quando voltarem, trarão reforços.

— Hã, Deka... — chama Acalan, atraindo minha atenção. — Está vendo isso?

Quando me viro para ele, vejo para o que está apontando: o sangue. Não só mancha o chão de pedra da câmara como também a cor da água na piscina rasa que cerca a sala. Está escorrendo dos três jatu mortos no chão, sem dúvida vítimas da espada de Okot. Um som de gorgolejo me leva a um quarto jatu, que está com uma espada atravessada no peito enquanto ele cambaleia.

Quando cai, graças à ferida letal, vejo quem o atacou.

— Mãe! — Solto um arquejo, chocada.

Ela está no topo da escada que leva ao trono com uma expressão perplexa. O cabelo parece algo vivo que desce pelos degraus, cobrindo tudo no caminho.

— Mãe, você está viva! — Então franzo a testa. — Como você está viva?

— É o que eu também quero saber — comenta Britta, tanto ela quanto Keita colocando a mão sobre mim com firmeza. — Você falou que sua mãe era um fantasma preso ao Salão dos Deuses em Maiwuri.

— Então a pergunta é... Quem é aquela ali? — questiona Keita, os olhos brilhando em alerta.

Ele e Britta se colocam à minha frente, um muro de proteção. Ixa vai para a frente deles, rosnando, as orelhas a postos em medo e desafio.

Só que minha mãe se vira para mim com perplexidade no olhar.

— Deka, isso é real? — pergunta ela, parecendo estupefata. — Estou mesmo aqui, em Otera?

Estou tão desorientada, tão abalada que nem sei o que dizer. Não pode ser minha mãe... Ela morreu, virou um espírito preso a um templo em outro continente. E, ainda assim, quando entro no estado de combate, vejo a alma dentro de seu corpo, e a alma é mesmo dela.

Não há dúvida. É minha mãe. Ela está aqui de verdade.

E ainda assim não tem como estar.

Não importa o quanto eu quero que esteja, não importa quantos cenários esperançosos eu imagine, não tem como ser minha mãe. Embora o cheiro seja familiar, o aroma maravilhoso de flores e bolo que conheço tão bem... Dou um passo trêmulo até ela, só parando quando Keita e Britta ficam ainda mais rígidos, Ixa grunhindo ao lado deles.

— Mãe? — pergunto, desconfiada.

Ela assente com lágrimas nos olhos.

— Sou eu, Deka. Sei que parece estranho, mas sou eu.

Britta brande o martelo de guerra.

— Não sei quem ou o que você é — diz ela em ameaça —, mas você vai sair desse corpo agora mesmo. Vai sair deste lugar, ou vamos machucar você. Não nos obrigue a fazer isso.

Minha mãe se vira para mim depressa.

— Deka, não sei por que estou aqui, mas sei de uma coisa. Estou com a kelai. Aqui.

Quando meus amigos e eu ficamos tensos, confusos, ela se curva para a porção de cabelo aos pés. Então saca uma caixa preta familiar.

Assim que ela ergue o objeto, um oceano de poder me assola.

Se os resquícios da kelai que senti em Gar Fatu eram raios de sol, essa caixa é o próprio sol, o calor me banha e me preenche de dentro para fora. Como não senti o poder antes, não sei. É absoluto agora, como um peso físico. Dou tudo de mim para não cambalear diante do poder bruto da coisa.

— Minha kelai... — sussurro, tomada por mil emoções diferentes.

Todos os meus sentimentos de repente se entrelaçam, e não sei separar um do outro. A única coisa que fica nítida é o alívio. Depois de tudo que aguentei (as batalhas que lutei), estou enfim ao alcance da origem de meu poder. Só preciso dar alguns passos, e então estará comigo... a coisa que me transformará em deusa. Que possibilitará que eu acabe com todos os deuses e enfim instaure a paz em Otera. A coisa que vai manter a mim e meus amigos a salvo pelo infinito.

Só que meus pés não se movem.

— Deka — chama minha mãe depressa de novo, oferecendo a caixa. — Isto é seu. É tudo o que vem procurando.

Só que meu coração está martelando tanto que mal consigo respirar. Começo a suar frio, o que aumenta a perplexidade. Por que não estou indo pegar a caixa das mãos dela?

— Deka, você está bem? — sussurra Britta e me olha.

Eu me forço a confirmar com a cabeça. A acalmar os pensamentos agitados. Exalo outra vez, devagar, obrigando-me a expirar todos os pensamentos e preocupações. Quando a mente fica límpida de novo, viro-me para minha mãe. Ou melhor, para a pessoa que meu corpo não acredita ser ela.

— Explique — comando depressa. — Se você é mesmo minha mãe, vai explicar como chegou aqui.

— Foram os Idugu — responde ela sem hesitar. — Eles invadiram o Salão dos Deuses usando o vale das sombras e levaram meu espírito. Acordei aqui, com todos esses jatu ao redor. — Ela estremece quando aponta para os cadáveres. — Estavam dizendo coisas horríveis, que serviriam de hospedeiros dos Idugu, que os Idugu queriam me usar para negociar sua vida. Minha vida pela sua, era o acordo que os deuses queriam fazer com você.

Minha mãe balança a cabeça, séria, a expressão tão familiar agora que sinto um aperto no peito.

— Eles se esqueceram de que fui uma Sombra. De que eu já fui a mestra da espada. Como foram tolos. Mas é um erro que nunca mais vão cometer de novo. — Ela me oferece a caixa mais uma vez. — Pegue, depressa! Não há tempo a perder, florzinha, do contrário os Idugu vão voltar com reforços.

Ao ouvir a palavra, todo músculo em meu corpo enrijece.

— Florzinha? — repito baixinho, as suspeitas agora confirmadas.

— Quê?

A mulher diante de mim franze a testa, confusa.

— Você me chamou de florzinha. — Desembainho as atikas enquanto avanço à frente, a sensação gélida me tomando. Ela vem arrasando no papel de impostora... Indo muito bem na imitação de minha mãe. Só que o deslize foi grande demais para passar despercebido.

— Minha mãe... minha mãe de verdade... nunca me chamava assim. Mas você não é ela, é?

Quando ela fica sem reação, aponto a atika.

— Você deve estar bem desesperada para usar o corpo de minha mãe como hospedeiro, Etzli.

Para o mérito dela, a deusa nem se dá ao trabalho de negar.

Assim que profiro as palavras, a mudança acontece: a pele de minha mãe assume o brilho dourado com que fiquei tão familiarizada, os olhos virando o branco absoluto e avassalador. Quando ela volta a falar, o cabelo a circunda, da forma que as videiras de Etzli se movimentavam quando eu entrava na Câmara das Deusas em Abeya.

— Mas você não consegue abrir a caixa sozinha, né? Tem que ser eu. Ao menos, enquanto estiver viva, eu que tenho que abrir — continuo.

— Muito esperta, Deka — responde Etzli, a voz voltando à ressonância divina da qual me lembro bem. — Você sempre foi esperta demais.

— E você sempre foi gananciosa demais — rebato, atenta ao cabelo deslizando por meus pés feito videiras. — Como entrou aqui? Invadiu o corpo de minha mãe enquanto os outros estavam na guerra?

Lembro-me agora de ver apenas duas Douradas, mas três Idugu na cidade.

Dou um meneio de cabeça, entendendo.

— Você veio antes de Okot colocar a joia arcana aqui. Foi assim que conseguiu emergir aqui enquanto os outros deuses, não.

— Foi um golpe de sorte — admite Etzli. — Ou talvez eu até tenha previsto.

Há um tom vanglorioso nas palavras. Etzli sempre adorou o som da própria voz.

— Então qual era o plano? Eu abro a caixa e você rouba a kelai no momento da absorção?

A deusa inclina a cabeça.

— Isso mesmo.

— E as outras estão de boa com você fazendo isso? — Enquanto falo, olho para meus companheiros.

Eles estão todos, devagar e sempre, se afastando de mim, seguindo para cantos diferentes da sala... até Ixa, para quem agora envio instruções bem específicas mentalmente.

Todos estão se preparando.

Se não podemos usar portas aqui, temos que bolar outro plano. Improvisar. Afinal, vai levar um tempo para os Idugu voltarem com as tropas... um tempo que Etzli vai usar para impor a vontade dela. Coloco a mão atrás das costas, usando a linguagem de batalha para sinalizar as intenções aos outros.

Vamos incapacitá-la, pegar a caixa e correr, informo, enquanto mantenho os olhos em Etzli, que segue falando.

— Elas estão ocupadas me imbuindo o poder necessário para esta missão — comenta ela com arrogância.

— Quer dizer que elas estão abrindo vales e devorando todo mundo para poderem alimentar você.

Sinto o presságio correr por minha coluna. Não é de admirar que Etzli pareça tão confiante. Hui Li e Beda estão usando a batalha para alimentá-la. O que significa que é provável que ela seja a deusa mais poderosa em Otera no momento. Talvez ela nem seja afetada pelo poder da joia arcana.

A deusa dá de ombros.

— Minhas irmãs entendem a importância de minha missão.

Enquanto fala, algo passa por ela, tão ágil que mal é perceptível. Um passarinho azul. A forma noturna de pássaro. Ixa.

Continuo falando para manter Etzli distraída.

— E Anok?

O nome faz a deusa se eriçar, o cabelo arrepiando e espasmando ao redor dela. Ela já assumiu o corpo de minha mãe por inteiro a ponto de eu mal reconhecê-lo. A imagem faz minha fúria aumentar. Depois de tudo o que já me fez, Etzli tem a audácia, a pachorra, de usar o corpo de minha mãe como fantoche.

A primeira coisa que farei quando virar deusa é destruir Etzli. Sinto meu interior todo gélido quando tomo a decisão. Vou reduzi-la a cinzas diante dos olhos das irmãs, observar o desespero delas da mesma forma que eu fiquei desesperada. Mas tenho que esperar a oportunidade perfeita. Ixa ainda paira com cuidado para mais perto da caixa nas mãos de Etzli. Agir por impulso agora garantiria não só minha morte como a de todo mundo em Otera.

— Não ouse mencionar o nome daquela traidora! — brada Etzli em um sibilo, fazendo-me focá-la de novo.

— Traidora? — Tamborilo os dedos nos lábios. — Achei que ela fosse sua irmã. Se você vai alimentar as outras com a kelai, é de se imaginar que ela também vá consumir. Vai ficar tão poderosa quanto o restante de vocês.

— E de nada vai adiantar — responde Etzli com desdém. — Ela vai continuar enjaulada pela eternidade, presa dentro da própria escuridão. — Abre um sorriso cruel. — Imagine o que isso significa para uma deusa. Somos as Eternas. Somos infindáveis, imperecíveis.

— Eu jamais conseguiria imaginar tamanha crueldade.

— Crueldade ou justiça? Ela planejava o mesmo para nós.

— Ela planejava dar fim a vocês. Devolvê-las ao cosmos antes que destruíssem o mundo.

— Tolinha. Quando tomarmos seu poder, vamos construir um novo mundo. Um de total adoração, total devoção. Os adoradores nunca mais questionarão nossa existência. Vão saber desde o nascimento até a morte que somos as mães deles. E você nos concederá o poder para isso. Venha cá, Deka!

Uma mecha de cabelo avança em mim.

Enquanto me esquivo, um corpo bem azul passa por Etzli, fisgando a caixa.

— Ixa, para cá! — berro, correndo para a porta quando ele voa até mim.

Só que, antes que eu consiga chegar lá, um amontoado de cabelo me impede, as pontas ficando douradas, assim como todas as outras partes das mechas. Todas mudam por completo, e nem posso mais chamá-las de cabelo. São videiras vivas, videiras douradas, todas conectadas a Etzli.

E são instrumentos da vontade dela.

— Você não vai fugir daqui, Deka. Nem por essa porta, nem por qualquer outra.

Observo, horrorizada, a deusa cobrir a joia azul ao lado da porta com outro amontoado de videiras, protegendo-a de qualquer interferência enquanto se ergue no ar, o corpo sendo levantado por outro aglomerado de videiras.

As mechas extensas trabalham em harmonia, deslizando juntas até se tornarem indiscerníveis das videiras de devoradoras de sangue que ela usou do mesmo jeito em Abeya.

— Achou que seria fácil? — questiona Etzli, dando um tapa distraído em Kweku quando ele corre até ela brandindo a espada. Então faz o mesmo com Belcalis, que, com valentia, tenta surpreendê-la por trás.

— Vocês acham que não me preparei para seus truquezinhos?

Keita lança uma coluna de chamas em cima dela, mas o fogo morre assim que chega perto do corpo da deusa.

Etzli dá um sorrisinho.

— Não dá para queimar o que foi abençoado pelo celestial.

— A uma temperatura bem alta, dá, sim — responde Keita de maneira sinistra, o fogo queimando nos olhos.

Eu o incentivo enquanto tento correr para a porta.

— Faça churrasquinho dela, Keita! Que esta sala vire a pira de...

Uma correia de videiras se enrola em minha cintura, e mais mechas douradas envolvem meus pés e minhas mãos. São impenetráveis, não cedem, não importa o quanto eu as empurre.

— Ah, Deka... — Etzli faz um sonzinho de censura, achando graça.

— Tão sentimental, planejando um funeral para o corpo de sua mãe. Mas não enquanto eu estiver dentro dele.

— Então só temos que tirar você daí — grito de volta, rasgando as videiras douradas, que deslizam e se espalham pela sala feito cobras, em busca de meus amigos.

Britta grita quando é levantada, e as gêmeas e Li também. Só Katya, Rian, Belcalis e Acalan permanecem livres... Katya porque é rápida demais enquanto corre pelas paredes, esquivando-se das videiras, e Rian porque permanece estático no lugar, paralisado pelo medo. Belcalis, por sua vez, tenta continuar correndo, mas logo é fisgada, e

Acalan também, sendo atirado para o outro lado da sala quando tenta ajudá-la.

Enquanto isso, as videiras continuam a crescer e cobrir meus amigos. Apertando mais e mais.

— Deka — grita Britta, relutando contra as videiras. — O que fazemos?

Para cada videira que ela rasga, outra substitui.

— O que puderem! — grito para ela. — Sem hesitar!

— Beleza! — responde Britta, e então ela e Li inalam ao mesmo tempo.

Logo sinto o poder se agrupando. O solo de repente explode com um estrondo, pináculos de metal gigantes disparando em cima de Etzli. Só que a deusa não está mais ali. Está no ar, as videiras deslizam com harmonia debaixo dela, como se ela flutuasse. Quando outro pináculo de metal é lançado contra ela, a deusa se vira para Britta e Li.

— Hora do soninho — brada ela, fazendo as videiras os atacarem.

As coisas logo rastejam pela boca e pelo nariz de Britta e Li. Enquanto observo, aterrorizada, mais videiras se espalham pelos globos oculares de meus amigos.

Então o corpo deles começa a ficar dourado.

37

◆ ◆ ◆

— Não! — berro, relutando contra o aperto de Etzli. Ela os matou. Ela matou meus amigos. Lágrimas escorrem por meu rosto. — PARE! POR FAVOR, PARE!

— E por que eu deveria? — A deusa de repente fica diante de mim, flutuando em um monte de videiras douradas. — O que vai me dar se eu parar?

— O que você quer? — pergunto, sentindo tudo dentro de mim oco e sem vida.

Não faz mais sentido lutar. Britta e Li estão na quase-morte, e a maior parte de meus amigos foi capturada. Keita e Acalan estão tão presos nas videiras que nem conseguem se mexer, que dirá falar. Quando Keita tenta, as videiras cobrem sua boca, engasgando-o com mais firmeza que uma mordaça. Até as gêmeas, que continuam lançando rajadas de vento nas videiras, já foram algemadas por elas, presas contra o chão da câmara.

Só me resta negociar com Etzli para que não machuque mais meus amigos. Britta e Li podem se curar de uma quase-morte… *vão* se curar em breve, considerando a proximidade comigo: um dos dons que concedi aos meus amigos é a habilidade de se curar depressa de qualquer lesão. Só que não posso mais arriscar que Etzli os mate. Ela pode executar a morte final deles. Tirá-los de mim para sempre.

O pensamento faz o desespero tomar minha voz quando repito a pergunta:

— O que você quer?

A deusa não responde de imediato. Enquanto meus amigos relutam contra o aperto dela, Etzli forma um círculo com as videiras ao redor... uma jaula dourada.

— Sabe o que é fascinante na kelai de uma divindade, Deka? Muda a essência de tudo ao redor. *Tudo*... incluindo este corpo. — Ela aponta para si mesma, para as mudanças que provocou no corpo de minha mãe. — Este cabelo. Só que não é mais cabelo, né?

Ela fecha a mão em punho, e as videiras em volta de mim me apertam ainda mais, uma serpente me comprimindo. Solto um arquejo quando, devagar e sempre, começam a fincar em minha armadura.

Deka!, berra Ixa, começando a se transformar, mas basta Etzli girar o pulso de leve.

Ixa é lançado para o outro lado da sala, fazendo um barulho de *crac* ao cair.

— Ixa! Vá para o mais longe possível daqui!

Deka... é a resposta frágil de Ixa. Ele não vai embora. Mesmo com as costelas quebradas daquele jeito.

Ele não precisa dizer mais nada para me fazer entender isso. Ixa grunhe quando um monte de videiras o cobre, arrancando a caixa de obsidiana das garras dele.

Assim que as videiras entregam a caixa a Etzli, ela se aproxima, oferecendo-a a mim de novo.

— Sabe, estive esperando por este momento desde a última vez que vi você em Abeya, olhando para meu corpo ferido, ao lado de Anok e Fatu. Minha família traidora... — Ela balança a cabeça, fazendo "tsc, tsc". Então abre um sorrisinho. — Mas nada disso importa mais. Veja bem, você pode não querer abrir esta caixa, mas é inevitável. Assim que você morrer, vai se abrir, você querendo ou não. E aí, quando sua kelai chegar a você, vou pegá-la.

Ela flutua para mais perto.

— Como sabe, esse sempre foi um jogo de velocidade e proximidade. E, apesar do que nossos irmãos tramaram, tenho ambas as coisas.

Então vou consumir sua divindade para minhas irmãs e eu. Pelo futuro de Otera.

— Por Otera? — Dou uma risada fraca. — Que importância tem Otera para você? Não... você só se importa com o poder. Já faz séculos que é tudo o que importa. — Faço uma pausa, balançando a cabeça. — Quando deixou de ser deusa, Etzli? Quando deixou de servir às pessoas que a adoravam e começou a caçá-las em vez disso?

Etzli solta um rosnado.

— Tolinha! Não é para deuses servirem a ninguém! É para reinarmos!

Ela fecha a mão em punho outra vez, e as videiras me apertam ainda mais. Começo a ofegar, com dificuldade para respirar quando um som de rachadura ressoa. Minha armadura. Está se quebrando. Eram só escamas, afinal. E, agora que está danificada, sinto o vazio dentro de mim de novo. O vazio que precisa só de um último empurrãozinho.

— Não! — grito, relutando contra as videiras de Etzli.

Tento erguer as atikas, tento relutar, mas videiras as atiram ao chão com um baque alto. Agora estou completamente indefesa.

E enquanto isso as videiras apertam mais e mais, fincando-se em mim.

— Por favor — peço com a voz rouca quando uma parte da armadura se racha toda, deixando a pele de minha barriga exposta.

Minhas costelas estão se envergando para dentro devagar, de modo doloroso, na direção dos órgãos. Sinto-as estalando, a dor na barriga. A visão começa a turvar enquanto meu corpo, que se contorce, é tomado pela dor.

E então as videiras envolvem meu pescoço.

— Morra, Deka — profere a deusa, gesticulando.

— NÃÃÃÃO!

O grito penetrante parte de Katya, que de alguma forma escapa das videiras, uma rajada forte de vento soprando às costas. Tanto Adwapa quanto Asha já se erguem também, livres, o poder afugentando as videiras que seguem atrás de Katya quando ela pula de uma parede a outra para chegar a mim.

Quando Etzli lança outro aglomerado de videiras (desta vez contra as gêmeas), Asha as atira para longe enquanto Adwapa está focada em proteger a retaguarda de Katya, abrindo caminho para ela chegar à jaula dourada.

— ESTOU CHEGANDO, DEKA! — berra Katya, cortando as videiras que compõem a jaula. — AGUENTE FIRME, ESTOU CHE...

Um amontoado de videiras a acerta na cabeça.

O sangue escorre pelo rosto de Katya. Um bem azul, vívido em contraste com a cor vermelha de sua pele. Bem azul, da cor de sua morte final. O fim de qualquer alaki e da uivante mortal em que se transforma.

— KATYA! — O brado desesperado parte de Rian, que estivera estático no lugar, apavorado, desde o início, tão paralisado quanto todo mundo está agora, o choque do que aconteceu nos deixa impotentes.

Mas Rian, não. Ele pega a espada de um dos jatu mortos e corre até Etzli, o ataque tão inesperado que, por um momento, a deusa é pega de surpresa. Ele corta a jaula dourada com uma força que eu nem sabia que ele tinha. Só que, antes que consiga se aproximar da deusa, uma única videira golpeia. Um garrote.

A cabeça de Rian cai no chão, jorrando sangue.

— Rian... — O sussurro desolado reverbera por meu corpo, e é repetido pelos gritos dos amigos que me restam, que relutam contra as amarras que Etzli reforçou.

Belcalis é a primeira a rasgar as videiras e conseguir sair, o corpo agora todo coberto pela armadura dourada que é o dom divino dela... até os dedos, que ela alongou até virarem garras afiadas. Ela solta Acalan, Kweku e Asha antes de correr até a deusa, Ixa ao seu lado. Quando se aproxima, porém, Kweku a ultrapassa, Ixa o acompanhando.

— VOCÊ OS MATOU! — berra ele, os olhos tomados pelo luto enquanto mira a espada na deusa. — VOCÊ MATOU MEUS AMIGOS!

— KWEKU, NÃO! — grito, mas, antes de eu completar, as videiras envolvem os pés dele e de Ixa, puxando-os para a margem da água rasa da piscina que cerca o trono.

Quando Asha faz o mesmo, as videiras de Etzli a seguram também. Então a deusa sanguinária flutua até onde Kweku e Ixa estão relutando contra as amarras.

— DEIXE-OS EM PAZ! — O grito parte de Belcalis, mas a deusa só a envolve em um casulo de videiras, os tentáculos espremendo mais e mais até Belcalis virar uma trouxa dourada no chão.

Ela faz o mesmo tanto com os pés e as mãos de Acalan quanto de Adwapa, prendendo-os com firmeza. Em seguida, se vira de novo para Kweku e Asha.

— Aí está algo que não vemos sempre — comenta ela, aproximando-se dos dois. — A morte final de vocês dois é o afogamento. É o destino de vocês morrerem na água e me concederem o poder de que preciso para a missão.

Arregalo os olhos.

— Não, por favor! — imploro.

Só que Etzli gesticula. As videiras empurram tanto Asha quanto Kweku para baixo com um mero sussurro. Kweku se debate, fazendo bolhas, mas o afogamento de Asha é mais silencioso. Ela não se debate tanto, só se contorce, tentando se libertar.

— ASHA! — berra Adwapa do outro lado da câmara. — NÃO! DEIXE-A EM PAZ! DEIXE-A EM PAZ! — Ela se vira para mim, os olhos implorando. — DEKA, FAÇA ALGUMA COISA! SALVE MINHA IRMÃ!

Só que não consigo. Agora que a armadura rachou, meu corpo está se deteriorando depressa. Não consigo sequer me soltar das videiras. Contudo, tenho que tentar fazer alguma coisa... *qualquer coisa*. Entro no estado de combate, tentando encontrar as arestas do espaço, mas não estão presentes. Não há nada além dos contornos brancos de meus amigos, todos sentindo dor, morrendo.

Arfando, saio do estado de combate e me viro para Etzli, o desespero me tomando.

— Pare! — grito. — Por favor, pare!

Todo o corpo de Kweku está em convulsão enquanto a água enche seus pulmões, seus órgãos. Só que Asha está silenciosa como antes. É o que mais me apavora: Asha está em silêncio, mal se contorce, enquanto engole mais e mais água até enfim ser demais para sobreviver.

Ela fica imóvel, assim como Kweku.

Então os dois começam a ficar azuis.

Estou tremendo. Tudo em mim está fraco, cada parte minha é inútil. Não consigo me mexer, não consigo pensar... só observo a quantidade de bolhas ao redor deles diminuindo mais e mais.

À minha volta, meus amigos gritam. Adwapa tenta correr até a irmã, mas as videiras que a seguram não cedem nem saem do lugar quando uma coluna de ar a afasta das coisas. Ela está fazendo tanta força que as videiras começam a machucar sua pele.

E ainda assim Adwapa continua fazendo força, chamando o nome da irmã.

Então as bolhas enfim se esvaem. E a água fica parada.

É como se todo o ar escapasse da câmara. Todo mundo fica em silêncio, os corpos moles contra as amarras. Em todos os anos desde que começamos a lutar, em todos os anos de dificuldade, nunca vivenciamos a perda dessa forma.

Mal consigo me mexer mais de tão destruída.

Só que Etzli tremeluz, toda animada, ao se virar para mim. O corpo dela está inchado com o poder. Flores enfeitam seu cabelo, as pétalas douradas tão similares às pretas que conheço que quase vomito.

Devoradoras de sangue.

Ela criou devoradoras de sangue a partir da morte de meus amigos.

— Acabou? — Ela está quase saltitando. — Ou alguém mais quer pôr a coragem à prova? — Ela se vira, dando um sorrisinho quando vê todos os corpos azuis, e até os corpos de Britta e Li, que possuem um brilho mínimo de dourado, indicando que logo acordarão. Quando ninguém responde (nem mesmo Keita e Belcalis, que ainda estão amordaçados e presos), ela se vira para mim, parecendo quase decepcionada. — Pois bem, Deka, podemos continuar?

Ela gesticula de novo, e todas as videiras que me prendem me apertam ao mesmo tempo. A pressão é forte demais para a armadura ebiki. O objeto se racha, então a dor me acerta como um martelo.

Começo a gritar.

— DEKA! — Ouço Britta gritar ao longe, mas não consigo mais me mexer nem falar.

Só consigo gritar.

Agora, sem a proteção da armadura de Ayo, estou sozinha neste corpo. E todos os meus amigos já eram. Não há nada mais que eu possa fazer. Mais ninguém a quem recorrer. *Só...* O pensamento de repente atravessa a dor, acertando-me bem fundo.

Ixa, chamo. *Preciso de você.*

E Ixa se ergue da água.

Ixa é um deus azul brilhante quando emerge, o corpo tendo mudado graças ao tempo que passou na água. Não é mais a criatura corpulenta do tipo felina que esteve ao meu lado por todos esses anos; agora é um jovem alto de pele azul, o cabelo preto comprido se curvando ao tocar as escamas douradas que cobrem seu corpo.

— Ixa aqui — responde ele em uma voz quase humana. — Ixa ajuda.

Seja meu hospedeiro, comando, entrando no estado de combate.

E de repente estou lá, dentro do corpo dele, e nós dois saímos da água como um. Uma deusa moribunda e seu único jurado divino. As únicas criaturas que seguem de pé depois do caos que Etzli causou. De maneira conveniente, há uma atika jogada à margem da piscina. Nós a pegamos, brandindo-a com agilidade para testar o peso.

Etzli parece achar graça disso.

— Usando seu jurado divino? — Ela faz "tsc, tsc". — Que fofura, mas não vai adiantar, Deka.

Ela gesticula, e uma saraivada de videiras vem até nós. Conseguimos nos esquivar com facilidade, e o movimento é tão ágil que parece o vento soprando pela água. É como se nosso corpo e nossa mente fossem um só agora, nossos pensamentos mesclados por completo com um objetivo em comum: pegar a caixa.

Etzli estava certa: é, sim, um jogo de velocidade e proximidade. E agora tenho a velocidade, e, logo, terei a proximidade.

— Pegue a caixa, Deka! — berra Britta, já revivida da quase-morte como imaginei que aconteceria. — Só pegue a caixa e leve-a para long...

As videiras de Etzli são lançadas como uma onda, sufocando-a.

— BRITTA! — berro, mas continuo avançando.

Não vai adiantar tentar salvar ninguém. Preciso pegar a kelai.

Só que, quando sigo para o aglomerado de videiras que a seguram, elas *se deslocam*, disparando pelo chão com tamanha velocidade que sei que Etzli está depositando concentração total na ação. De qualquer forma, insisto, até enfim a caixa estar ao meu alcance. Só um pouco mais e...

— Seu corpo está morrendo, Deka.

A declaração de Etzli me faz virar para o trono no centro da sala. A deusa está sentada lá agora, com meu corpo moribundo no colo, as feridas sangrando tanto que minha pele toda parece dourada... e assim consigo identificar o azul começando a transbordar de dentro. O azul que, devagar, começa a sobrepor o dourado.

Meu corpo em combinação com o de Ixa fica pesado, e de repente não consigo me mexer.

Deka, sussurra Ixa, assustado. *Por que Ixa tão cansado?*

Não respondo porque sei a resposta. Sei por que Ixa está exausto, por que quase não consigo pensar, mal consigo me mexer. Estou morrendo, mas, como estou no corpo de Ixa, o estou levando junto.

Do outro lado da sala, Etzli enfia o dedo em uma de minhas feridas e o levanta. O azul é vibrante em contraste com a pele negra dela que emite um brilho dourado.

— A morte final. Depois de todo este tempo, enfim chegou. — Os olhos brancos brilham. — Todos os seus esforços, toda a sua luta... tudo acaba agora, Deka. Desfrute. Glorifique. Enfim você pode descansar.

Ela gesticula, e meus joelhos cedem.

Quando abaixo a cabeça, estou no chão, os músculos pesados por causa da escuridão que se aproxima. O peso imóvel. Nem consigo me mexer quando os pés em sandálias descem a escada e se colocam diante de mim.

— Vai levar seu jurado divino junto? — pergunta Etzli, ajoelhando-se ao meu lado. — Ou vai morrer lá — ela aponta — em seu corpo, corajosa até o fim?

— NÃO, DEKA! — O grito parte de Keita, que ainda reluta contra as videiras de Etzli. Ele conseguiu descobrir a boca, embora as coisas insistam em voltar ao lugar. — Fuja, Deka! Você consegue escapar, consegue lutar contra isso!

Só que não há como lutar contra isso, com certeza não com o corpo de Ixa exausto como está. Não com meus amigos sob o domínio de Etzli. Só há uma coisa a fazer.

— Prometa que vai libertá-los — digo, olhando para ela.

A deusa ri, parecendo espantada.

— Ah, Deka, você acha que está em posição de negociar?

Olho ao redor.

— Não, mas posso dificultar as coisas. Posso tentar fugir. Talvez até entregue a kelai aos Idugu. É o território deles, afinal. Presumo que haja regras que ditem as condutas de vocês quando um estiver no templo do outro? Convenções divinas e tudo mais? — contraponho.

Quando Etzli faz cara feia, confirmo com a cabeça. Então eu estava correta quando pensei que as convenções divinas mencionadas por Okot afetariam os outros deuses também. — Mas se deixá-los em paz, não vou mais relutar.

— Uma derrota graciosa — responde Etzli, parecendo ponderar.

— Isso. Então vai deixá-los em paz?

— Pois bem.

Etzli está quase fazendo um biquinho ao gesticular, distraída.

E de súbito todas as videiras se afrouxam, e todos os amigos que me restam ficam livres. Estão arfando e olhando para mim, desolados.

Adwapa é a primeira a se mexer. Ela corre para perto da irmã e tira o cadáver da água, com um pranto tão alto que abafa qualquer outro barulho. Ela parece nem notar mais nada ao redor.

Contudo, Britta se vira para mim, o corpo cambaleante por ter se revivido agora há pouco.

— Deka, não. Não precisa fazer isso. Podemos lutar, ainda podemos vencer...

Balanço a cabeça.

— Vocês têm que ir.

— Não vou deixar você — afirma Keita, correndo à frente sem ligar quando as videiras sibilam e tentam abocanhá-lo.

Ele se aproxima de mim e Ixa e pega nossa mão, nossa pele azul em contraste com a pele negra dele.

Já Belcalis não diz nada ao se aproximar. Ela só se ajoelha ao meu lado, calada, e Acalan também.

Balanço a cabeça (de Ixa) enquanto os observo.

— Vocês têm que ir. Estou morrendo e não consigo mais lutar.

Olho para o cadáver de Katya no chão. O de Rian. O de Kweku. O de Asha. Tanta perda. Tantas vidas que se foram de forma tão dolorosa. E para quê? Nunca teríamos vencido.

Nunca fomos deuses.

— Lutamos com coragem — continuo, voltando a atenção aos meus amigos. — Só que não temos mais força. *Eu* não tenho mais força. Só o que posso oferecer a vocês é a chance de saírem daqui. A chance de escolherem como querem morrer. De estarem juntos no fim.

Keita parece desolado com minhas palavras.

— E você e eu? — Há lágrimas nos olhos dele. — E eu, Britta, Li e Belcalis? Você prometeu ficar do nosso lado.

— Pela eternidade, você falou — lembra Britta.

Desvio o olhar deles, o peso se intensificando mais no corpo de Ixa.

— Eu menti. Então vão — sussurro. Quando ninguém se mexe, aplico o máximo de poder possível na palavra: — Vão! E levem Ixa com vocês.

Começo a entrar no estado de combate de novo.

Não, reclama Ixa dentro de nossa mente. *Ixa fica com Deka!*

Mas já estou voltando para meu corpo, já me assentando nele. Agora a dor familiar está me assolando, um oceano de dor, mas a ignoro enquanto observo meus amigos irem embora, todos rígidos, os corpos sem conseguir desobedecer à ordem graças à quantidade de poder bruto que apliquei à voz. Nenhum deles está mais usando a armadura infernal, então não podem ir contra. Não podem ir contra qualquer habilidade que eu use neles.

Enquanto Keita abre a porta, vira-se para mim uma última vez, e vejo o sentimento de traição no olhar dele. Contudo, ele obedece ao meu comando e sai, arrastando o corpo de Ixa atrás de si.

Não! Deka não deixa Ixa!, brada Ixa em prantos, relutando. Então Britta o segura e o joga por cima do ombro, e é isso.

Ixa pode ser forte, mas Britta é mais.

Ela está com lágrimas nos olhos ao sair, uma abundância de agonia no olhar. E raiva também, porque mais sinto do que vejo quando ela dá um murro na parede, destruindo a base da porta e a joia ali dentro.

A mão fria de Etzli acaricia minha testa. Ela voltou ao trono e está me colocando em seu colo de novo.

— Viu, não foi tão difícil — afirma ela com o tom de voz carinhoso.

— Só precisava ceder. Agora está sozinha. Tão sozinha quanto estava ao entrar neste reino. Essa é a questão com mortais, sabe. Todo mundo aprende em algum momento.

— Só que não sou mortal — respondo. Quando Etzli franze as sobrancelhas, pequenas tempestades de vento se formam ao redor da cabeça, marcando sua confusão. — E eu não estava sozinha quando vim para cá.

As lembranças me tomam, recobrando a vida que tive. Foco uma lembrança em específico. Uma bela canção que se ergueu aos céus enquanto eu caía. A canção dos ebiki, todos eles cantando em harmonia.

— Os ebiki estavam lá — sussurro, e uma lágrima escorre por minha bochecha. — Estavam lá e cantaram para mim. — E não estavam sozinhos. Agora vejo um universo de cores, de aromas passando por mim. — O mundo inteiro cantou.

E agora ouço o canto.

Como pude esquecer?

Imagino que venho estado há tanto tempo neste corpo que ele passou a me confinar. O que foi que o Ser disse sobre a pele e a corporalidade? Ah, sim, que nos restringem. Fazem com que nos esqueçamos de como é se conectar. De como é ser parte... não apenas de outras pessoas, como do próprio mundo. Do universo.

Consigo ouvir a canção de novo se eu quiser. A rainha Ayo me prometeu isso. Só preciso comunicar.

Então é o que faço.

Cruzo a distância com cada parte de meu ser, pela cidade, pelos continentes, pelos próprios oceanos. O canto é algo resistente. Pode percorrer o tempo e o espaço, dada a oportunidade. Mas só preciso atravessar um oceano.

Quando uma porta se abre na câmara, Etzli olha ao redor, preocupada. Ela se levanta, então olha para mim.

— O que é isso? O que está fazendo? Não era para você conseguir fazer isso, a joia...

Quase me delicio com a expressão no rosto dela quando olha para a porta e percebe: a joia não está mais lá.

— Britta a quebrou — respondo com a voz rouca, com o resquício de fôlego. — Ela fez isso quando você deixou os outros irem embora. Então nunca estive sozinha. Nem na época e com certeza não agora. Quase me esqueci disso. Ou melhor, eu estava com medo. Não é engraçado? Você me fez temer meu poder.

— O que está tagarelando aí? — Etzli parece quase histérica. Ela se vira quando a porta na câmara se abre mais e mais, o tamanho imitando as outras que se abrem pela cidade toda agora. — Pare com isso! Ordeno que pare!

— Não vou parar — respondo baixinho e indico a porta com a cabeça. — Etzli, eu lhe apresento a rainha Ayo.

É tudo o que consigo dizer antes que uma forma reptiliana enorme acerte Etzli. De repente, a deusa vira uma boneca gritante enquanto a rainha ebiki, bem menor que o normal, a pega e a atira pela sala. A parede se racha quando a deusa aterrissa nela, mas nem pisco de susto. Quero aproveitar cada momento.

As videiras de Etzli se erguem, tentando protegê-la do próximo golpe de Ayo, mas não são páreo para a monarca antiga, que as rasga como se fossem papel antes de acertar a deusa de novo. Enquanto Ayo encurrala Etzli, ouço passos familiares subindo a escada até o trono.

— Deka! — exclama Britta, aproximando-se com Keita, Belcalis e Acalan ao lado.

Não vejo Adwapa, mas ela levou o cadáver da irmã ao sair, então imagino que não vá voltar.

Um rio de dor me assola com o pensamento. Asha, Katya, Rian e Kweku. Tanta perda. Mal consigo respirar de tantos sentimentos ao mesmo tempo.

— Você está bem? — pergunta Keita agitado.

— Sobrevivendo — respondo entre dentes. Então foco Britta. — Obrigada por quebrar a joia, aliás.

— Mas lógico — retruca ela.

Outro grito me faz voltar a atenção à batalha, e lá a rainha Ayo usa o corpo todo para espremer Etzli na parede, sem nem se mexer enquanto as videiras tentam prendê-la pela cintura.

— DEKA! — grita Etzli em pânico. — DEKA, PARE COM ISSO!

— Só que não sou eu — aponto. — É a rainha Ayo, uma de minhas juradas divinas.

— É... nosso prazer... servi-la — responde a rainha ebiki com um grunhido antes de ir para cima de Etzli de novo.

Contudo, desta vez a deusa tem uma carta na manga. Ela gesticula, e uma porta se abre, uma que se conecta à batalha fora dos portões de Hemaira. Há uma pausa nas areias quando os soldados próximos ficam estáticos no lugar, já incomodados, sem dúvida, com as hordas de ebiki acabando com os exércitos dos deuses.

Então algo passa por cima deles. Uma figura alada coriácea familiar.

— Não toque nela! — grita Melanis enquanto avança para dentro da câmara, com gotas de ouro pingando pelo caminho.

Ela está tão ferida que sangra por toda parte.

Melanis tenta acertar Ayo, mas é jogada de lado por Mãos Brancas, que passa pela porta que agora se fecha, Sayuri ao seu lado. Quando Melanis grita, enfurecida pela interferência, Mãos Brancas estende a mão e comanda aos sussurros:

— Às cinzas — ordena a Primogênita.

Quando Melanis cai no chão, uma das asas dela se reduz a pó.

Atrás das duas, Sayuri pega a lança como se nem visse Ayo e Etzli lutando.

— Minha vez — murmura ela, e, então, enquanto Melanis se debate ainda aos gritos, ela apunhala a outra asa, rasgando-a em pedacinhos.

Mãos Brancas sai do caminho, então faz um gesto para Melanis se levantar.

— Minha vez de novo — comenta minha antiga mentora com o tom de voz sombrio, se colocando à frente da irmã.

Melanis se força a levantar com uma expressão odiosa.

— Duas contra uma. Quanta justiça.

— Nunca foi sobre justiça — responde Mãos Brancas com calma enquanto Sayuri para ao seu lado.

As duas olham para Melanis quando começam a falar:

— Melanis, a Luz, segunda filha das Douradas — declaram as duas em uníssono. — Pelos crimes contra suas irmãs e contra este reino, vamos acabar com você agora.

— E como? — brada Melanis. — Vocês nem sabem minha morte final. Vocês...

O soco de Mãos Brancas acerta Melanis ao mesmo tempo em que a lança de Sayuri perfura a barriga dela. Escuto as ligeiras palavras "às cinzas", e a alaki antiga se reduz a cinzas no chão da câmara.

A lança cai no topo do montinho que restou, um baque solitário sendo o único som que marca a morte de Melanis, a Luz, a outrora mais amada de todas as filhas das Douradas.

Mãos Brancas estala a língua dentro da boca.

— Lógico que sabemos sua morte, querida irmã. Sempre soube-mos. Só esperávamos que você parasse de ser abominável antes que precisássemos usá-la. — Ela se vira para mim. — Saudações, Deka. Ainda nessa?

— Só começando a resolver agora.

— Antes tarde do que nunca — responde ela com calma.

Enquanto olho para Mãos Brancas, um movimento me chama a atenção ao lado. Meus companheiros estão se reunindo. Keita segura algo: a caixa.

— Aqui — informa ele baixinho. — O que quer fazer agora?

— O que eu quero? — repito. Penso a respeito até um barulho soar em minha garganta... um familiar. Fico um tanto surpresa ao continu-ar: — Estou morrendo.

Vim morrendo todo este tempo, e ainda assim meus momentos fi-nais ainda causam uma espécie de choque.

— Ah, Deka — murmura Britta com lágrimas nos olhos, e aperta minha mão.

Keita faz a mesma coisa, e a mão escorrega por causa da quantidade de sangue que escorre por meus dedos. Estou com frio. Muito frio. Todos os sons ficam abafados. Nem mesmo consigo ouvir a luta acon-tecendo ao redor.

Não que importe. Ayo dominou Etzli, e, o mais importante, não tenho mais medo dela. Não tenho mais medo de nenhum dos deuses. Todo este tempo, temi o poder deles, esquecendo-me do meu.

E eles não podem tomar o que não era deles de início. Eu tinha que dar a eles. Por isso fizeram tudo o que fizeram. Por isso mentiram tanto para mim. Para que eu ficasse com tanto medo, ou pior, tão grata que daria tudo de mim a eles.

E o pior é que quase fiz isso.

Quase acreditei nas mentiras, até o final.

Pisco, sem mais enxergar, quando um peso quentinho se aninha ao meu corpo. Ixa, na forma de filhote outra vez. *Ixa aquece Deka de novo*, diz ele com melancolia, tentando compartilhar o calor do corpo.

Mas é tarde. Tarde demais.

Eu o agradeço de qualquer forma. *Obrigada, Ixa*, sussurro. *Eu te amo*.

Então me viro para Keita e aperto sua mão.

— Amo você. — Não consigo mais ver o rosto dele nem o de Britta, nem o de Belcalis, nem o de mais ninguém, os outros que agora são figuras brancas tremeluzentes ao longe, apesar de eu não estar no estado de combate. — Amo todos vocês. Sempre amei, desde que nos conhecemos em Warthu Bera.

— Também te amo, Deka — responde Keita em um sussurro longínquo, cheio de pesar.

A voz de Britta tem o mesmo tom.

— Você não está sozinha, Deka — sussurra ela, a voz também se dissipando ao longe. — Não importa o que aconteça, você é nós, e nós somos você. Sempre foi assim. Sempre será. Leve isso com você ao partir.

Somos você. Assim como você é nós. O pensamento me envolve enquanto o mundo vai se esvaindo, uma reafirmação. Tudo é um, como sempre foi. É como o Ser me disse, como Myter e até Anok falaram. Tudo é um.

A escuridão se aproxima, um fio lento e trêmulo.

Mas não me incomoda. Nada me incomoda enquanto me ergo, meu espírito seguindo para a luz. Vejo meus amigos lá embaixo, balançando meu corpo imóvel. Chorando como se estivessem de coração partido.

— DEKA. DEKA! — grita Britta, mas não a ouço mais.

Em vez disso, viro-me para a caixa, a que se abria devagar enquanto todo mundo estava distraído. Uma luz está emergindo dela. Mil cores, todos os tons que nunca nem vi, cada um entrelaçado com sons: asas de pássaros; ondas quebrando; buracos de minhoca afundando os lamentos mais pesarosos. Todos juntos formando um nome. Meu nome. O que não poderia proferir quando estava em meu corpo, revestida em pele. Limitada pela jaula que era a mortalidade.

Estendo a mão. Estendo a mão para meu nome, cantando alto no céu.

E o universo me acerta.

Uma estrela passa por mim. Outras milhões. Bilhões. Sou a expansão agora, o olho sempre atento. Continuo onde estou, uma testemunha maravilhada enquanto planetas nascem e morrem, galáxias colidem umas com as outras, formando novas... uma nova vida. Deuses se formulam, crianças com um brilho imensurável enviadas pela Mão Divina para cuidar de cada mundo. Eu me vejo como era no início, a Singular, uma massa brilhante entrelaçada com outros que viriam a se chamar de deuses de Maiwuri e deuses de Otera (as Douradas, os Idugu, os maiwurianos), todos entremeados juntos, o mundo que é Kamabai se formando dentro de nós, assim como nós nos formamos dentro dele. Todos nós ligados de maneira indissolúvel... um organismo, e ainda assim seres separados.

Só que, em algum momento, alguns poucos (as Douradas e os Idugu) pararam de ver isso. Penderam tanto ao que pensavam ser a humanidade que se excluíram da ordem natural, e, ao fazerem isso, destruíram tudo o que era para serem, tudo o que já eram. Observo o branco e verde da corrupção se infiltrar neles, infectando nosso panteão, espalhando-se até nossos irmãos em Maiwuri nos isolarem, dividindo o mundo em dois. Só que continuo por perto, uma testemunha silenciosa. Um espelho esperançoso que nunca conseguiu refletir aos outros o que deveria.

E agora?

O pensamento me atravessa, uma reverberação por universos.

Agora olho para Otera, o olhar focando o que está mais perto: Etzli, o corpo tomado pelo medo enquanto olha para mim, vendo a maravilha, a magnificência, do que sou. O medo a consome, um branco doentio... matizado de roxo, penhascos despencando em cima de si mesmos.

Ela ainda está no corpo de minha mãe mortal, e a coisa é tão abominável que o cinza talhado faz com que eu me contorça em desagrado.

Etzli parece sentir minha raiva, porque se debate em desespero do ponto em que segue encurralada pela garra da rainha ebiki.

— Você não gosta de me ver neste corpo? — pergunta ela, um som cheio de adulações e quase humano. — Vou me retirar daqui.

Ela se mexe, e, dentro de instantes, deixa a pele hospedeira.

A Etzli de que me lembro flutua diante de mim mais uma vez, uma silhueta preta cintilante entrelaçada a videiras. Ela já foi a responsável por cuidar das coisas que cresciam, mas as árvores, as montanhas e os campos que outrora formavam o ser dela desapareceram. Só o que resta é um aglomerado de videiras serpentinas, cada uma esmirrada, assim como o espírito dela ficou.

Ela se prostra diante de mim, um gesto tão humano que chega a ser profano, e outro tremor de desagrado me atravessa, apagando as estrelas em galáxias próximas.

Ela está prestes a implorar pela própria vida.

Você não precisa fazer isso, suplica ela. *Podemos ser aliadas. Você disse que não queria ficar sozinha. Não quer fazer parte de um panteão de novo? Minhas irmãs e eu podemos ficar com você, ajudá-la a moldar Otera à sua imagem. É o que você quer, não?*

Eu me oriento para mais perto, balançando as nuvens que se formam ao redor do que em um corpo humano seria minha cabeça em negação. *Eu quero servir ao reino em que fui alocada. Quero proteger a ordem natural, ajudar aqueles a quem sirvo a entenderem o divino dentro de si. É esse nosso propósito.*

As palavras me trazem nitidez. Todos esses anos buscando, tentando compreender. E ainda assim a resposta sempre esteve dentro de mim. Como sempre esteve dentro de todo mundo. Todos nós somos parte da ordem natural, todos nós somos partes do divino... cada pessoa, cada coisa, parte da grande roda que é o universo, que é a glória da vida e ainda da Não Vida.

Os propósitos podem mudar, argumenta Etzli. *Tentamos ajudar os oteranos, mostrar o que eles não conseguiam ver. Até demos à luz filhos com esse propósito, mas todos estavam com a visão anuviada. A mortalidade faz isso. Até um resquício da coisa é o suficiente para romper com a compreensão superior.*

E ainda assim você foi vítima de tais falácias, contraponho.

Acontecerá com você também. Etzli está com raiva, e a frustração brilha ao redor em tons de laranja queimado. *Você acha que sabe de tudo porque está renovada, mas não sabe de nada, não entende nada.*

Pondero as palavras dela.

Sei o que é a dor, respondo. *O que é o sofrer, relutar contra um destino que não vê. Sei o que é ser humana. O que é ser alaki. Sei o que é ser a Nuru de vocês. E logo saberei o que é ser a Angoro de vocês.*

Minhas palavras só intensificam a raiva de Etzli, um vulcão de ira, mas não sacode o cosmos como teria feito. Etzli está silenciada. Quase humana agora... assim como as irmãs, como os Idugu. Todos eles ruíram muito. A tristeza disso faz o lago próximo congelar. Eu o retorno à temperatura normal, reavivando os peixes arrebatados pelo ataque.

Todas as pessoas a quem você acha que serve, todos os amigos que buscou proteger... O que acha que vai acontecer agora que é o que é?, Etzli debocha, com escárnio. *Logo você vai se esquecer da vida mortal e das emoções mortais, e vai ser como era. Como éramos.*

As palavras causam uma agitação dentro de mim, montanhas de gelo se moldando e se consolidando em oceanos distantes. Olho para ela. *Suas palavras são ofensivas. Cesse.*

São a verdade, brada Etzli. *Acabe com a gente se quiser, e logo vai ser como nós. Uma deusa sozinha não continua deusa por muito tempo. Até nós, as Eternas, podemos sofrer os efeitos da solidão.*

Enquanto pondero as palavras, olho para Anok, presa nas pedras debaixo de Abeya. Separada das irmãs e ainda assim parte delas como sempre. Etzli tenta me seguir, mas gesticulo, prendendo-a onde está.

Isso a enfurece. *Não me ignore, Deka! Não me dê as costas.*

Quanto barulho... Continuo seguindo, pisando na cela de pedra, que brilha com a escuridão infindável que é a essência de Anok. Com um toque sutil, a pedra explode, libertando a deusa, que se remolda e faz uma reverência para mim em respeito, outro gesto humano.

Chegou a hora, anuncio. *Estou aqui para cumprir o voto que lhe fiz.*

E já não era sem tempo. O verde da corrupção a cerca, restringindo-a. Como ela permaneceu consciente por tanto tempo, não sei.

Fico grata, responde Anok. *Embora eu precise confessar que não sei como lhe chamar agora. Filha, irmã, filho, irmão, criança, ser. Você é todas essas coisas para mim. Então como devo lhe chamar? Não sei mais seu nome verdadeiro. E você não deve me dizer, não considerando como estou agora.*

Pondero a pergunta até enfim chegar a uma resposta. *Deka*, retruco com firmeza. *Sou tudo o que falou e mais, mas vejo que me afeiçoei a esta identidade. Deka.*

Anok ri. *Nossa Angoro, nossa matadora.*

De fato. Está pronta? Não sei por que ofereço tal gentileza a ela, só que, de todas as deusas oteranas, ela é a única que tentou continuar se atendo ao propósito. A mera tentativa é suficiente.

Anok abaixa a cabeça. *Peço um momento.*

Nós pedimos um momento. Eu me viro e vejo Okot esperando atrás de mim, a essência dele tão marcada pela corrupção quanto a de Anok. E, ainda assim, como ela, ele retém parte do propósito. Vejo agora, como ele guiou Myter até nós em Gar Nasim depois que escapamos do vale das sombras. Elu ficou esperando lá por semanas, mas foi só quando o deus ê conduziu que Myter conseguiu nos encontrar.

Não foi apenas isso que ele fez para nos ajudar, embora eu não tenha percebido na época. Ele também fingiu nos capturar em Irfut para que fôssemos levados à busca em Gar Fatu, outra ação que parecia maléfica e que, ainda assim, nos auxiliou na jornada.

Fico perplexa. *Por quê? Por que nos ajudou? Mesmo enquanto nos perseguia, você nos ofereceu auxílio.*

Eu não percebia na época, mas me sentia culpado, confessa Okot. *Uma emoção humana. Eu queria que acabasse, embora não soubesse como. Então Anok foi presa, e comecei a conversar com ela em segredo.*

Tínhamos nos esquecido de que éramos um, continua Anok, flutuando para perto do irmão. *Mas, depois de sermos relembrados, chegamos a um acordo. Faríamos o possível para lhe ajudar.*

E eu fingiria ameaçar você o tempo todo, para o caso de meus irmãos ficarem sabendo. Por sorte, isso não aconteceu. E agora estamos aqui. Okot se vira para Anok, sorrindo, mil flores brotando graças à expressão dele. *Se chegou nossa hora, que estejamos juntos. Já fomos um antes. Nestes últimos momentos, que sejamos o que éramos.*

Anok sorri. *Isso mesmo.* E são as últimas palavras dela.

Observo, algo parecido com o maravilhamento se espalhando por mim, enquanto Anok estende a mão para Okot, que faz o mesmo. A forma dos dois se mescla, transformando-se em uma escuridão, um universo de sombras, para sempre atrelados. Não preciso dizer os nomes deles, não preciso cantar até que sua existência se finde, porque, sob a minha vista, eles cantam juntos, uma última melodia abençoada que ecoa pelo universo de céus.

E então desaparecem.

E agora restam os outros seis, todos aninhados, com tons diferentes de medo e desafio nos corpos, que se mesclam em um arranjo doentio de tempestades assolando a terra chamada Otera.

Embora eu já saiba a resposta, de qualquer forma pergunto: *Querem que eu cante a canção da dispersão de vocês, ou preferem fazê-lo?*

Quando os deixo falar, destapando a boca de cada um, um montão de reclamações e súplicas me assola. E, em nenhum lugar, de forma alguma, há remorso.

Então me oriento para mais perto e começo a cantar. Um reino inteiro se junta a mim enquanto entoo a canção de Etzli e Etal, de Hui Li e Hyobe, de Beda e Bekala. Canto os arco-íris e as tempestades deles, as gotas de orvalho passando pela superfície de vulcões, as estrelas cortando universos rumo à luz. Canto todas as coisas que são e todas as coisas que foram, e, enquanto canto, eles começam a brilhar, a luz atravessando os seres, afugentando os vestígios de verde, de branco, de tudo maléfico, até logo não serem mais nada além da luz, nada além de partículas, poeira no universo.

Estrelas, que logo renascerão.

Com eles vão os vales, as fissuras se fechando, consertando-se como se nunca tivessem existido. Desloco os humanos dentro deles para as próprias casas, para os entes queridos, os que ainda restaram; quanto as criaturas (os fantasmas do vale e as sombras menores), reúno todas em um novo mundo, um lugar escuro e frio bem longe deste. Elas não tiveram autonomia quanto à própria criação. Assim sendo, por que devo ser a responsável por sua destruição? Melhor que eu as mande para um lugar onde possam evoluir, e talvez um dia desenvolvam senciência e deem à luz os próprios deuses.

Já as outras monstruosidades e maravilhas que o antigo panteão aplicou a Otera, mando para as partes mais remotas do reino, longe o bastante para as criaturas mais sencientes ficarem a salvo do instinto predatório delas e para que elas, também, estejam a salvo do restante das criaturas.

Volto a atenção aos campos de batalha, os exércitos divinos desorientados pela perda dos criadores deles, os exércitos oteranos se preparando para qualquer novo conflito que surja.

Voltem para casa, sussurro na mente de todos os soldados. *A guerra acabou. Vocês já tiveram muitas perdas.*

E, um a um, os soldados começam a recolher as armas, os feridos e os mortos, então se dispersam dos campos e das areias, de volta às casas das quais partiram, um êxodo lento, mas constante.

E, mais uma vez, fico sozinha no silêncio. Sinto o peso de minhas ações. Não é uma tristeza, não uma emoção tão humana. Só silêncio. Imobilidade. Terminei. Dispersei meus irmãos, os antigos membros do panteão. O que devo fazer em seguida?

Eu a sinto antes de vê-la, a luz pacífica brilhando sobre mim. O Ser tão enorme que me sinto engolida por ele e ao mesmo tempo igual.

Todos e ainda assim um.

— Pois bem? — pergunta, flutuando até mim. — Terminou.

— Terminou. Eles se foram. Mas por que não poderia você acabar com eles?

É uma pergunta que vem me atormentando desde que aceitei a existência do Ser. Sua benevolência.

A pergunta balança os universos que formam sua cabeça.

— Somos a ordem natural. Somos a mão divina. Somos todas as coisas... até você. O que você executa, nós executamos.

— Sou seu processo — respondo, enfim entendendo. — Sou seu equilíbrio.

— Essa é a natureza da Angoro. — O Ser me observa. — Pois bem, o que decidiu? Vamos acabar ou refazer o mundo?

Considero as opções, pondero todas. Levo séculos, e levo um só momento.

— Nós éramos todos. E, ainda assim, um — declaro.

— É a ordem das coisas — concorda o Ser.

— Somos todos deuses. E somos todos parte da ordem divina.

— Isso mesmo.

— Até mesmo eles.

Olho para meus amigos, que carregam meu corpo para fora da câmara. Em seguida observo todos os exércitos jogando as armas no chão.

Os deuses se foram. E todo o restante virou um caos. Os mortos, os feridos... sofrendo. Tanto sofrimento... ressoa com o universo, uma sinfonia de dor.

— Até mesmo eles — confirma o Ser, olhando para meus amigos, que no momento saem para o jardim.

O Ser já compreende minha intenção, mas, no fim das contas, sempre compreendeu.

— Quero compartilhar minha divindade — afirmo. — Quero que eles ascendam também.

— Todos?

— Não.

Observo meus amigos, tentando entender. Quem entre eles deveria ascender e quem deveria ficar como está?

Então me ocorre: a decisão não cabe a mim. Tudo é uma escolha. Foi assim que meus predecessores se perderam.

Só que não vou cometer os mesmos erros.

Eu me oriento para baixo.

— Vou perguntar a eles — aviso, ainda os observando. — Mas, antes, tenho uma última coisa a fazer.

39

◈ ◈ ◈

O corpo de minha mãe parece em paz no escuro. Agora que não está mais ocupado por Etzli, o cabelo voltou à forma original, com cachinhos fechados ao redor. Ela parece estar dormindo de novo, mas sei que não é o caso. Não é minha mãe, é um recipiente vazio, um que não contém mais nada dela. E, ainda assim, a imagem tem tanto peso que um iceberg nas regiões nortistas racharia sob a pressão.

Enquanto flutuo até lá, uma presença toca a minha. Bala.

O deus das rotas está aqui, Myter ao lado, como de costume.

— É difícil desapegar de anseios mortais? — pergunta ele com curiosidade.

— Imagino que sim — respondo. — Acabei de me remoldar, grande parte de mim ainda é mortal. E não quero destruir essa minha parte. Quero permanecer assim para sempre.

— Sempre é bastante tempo — comenta Bala.

— De fato, jovem divindade — concorda Sarla, divindade da sabedoria, flutuando para dentro da conversa, assim como todos os deuses de Maiwuri, que se erguem dos tronos para me olhar agora que voltei à câmara deles.

Minha mãe também está aqui, e coloco seu cadáver aos pés dela.

Quando ela o vê, arregala os olhos. Então me olha, a pequena parte de mim que está visível a ela agora que sou deusa. E a pequena parte é suficiente para fazê-la cair de joelhos.

403

— Deka! — Ela começa a ofegar, ainda de olhos arregalados. — Você...

— Estou restaurada? — Inclino a cabeça. — De fato. Sou divina de novo.

Minha mãe assente, parecendo quase triste, embora tente não demonstrar. Mas posso ver os azuis da melancolia emanando de seu espírito.

— Então é hora de eu ir — murmura ela baixinho.

— É, sim. — Eu me aproximo e seguro sua mão. Está quentinha, mas é porque estou tocando a essência dela, a parte mais verdadeira de seu espírito. — Você já fez o suficiente, mãe. É hora de descansar.

Ela abre um sorriso pesaroso.

— É o que eu mereço depois de todos esses anos, não é?

— É. — Coloco a mão na bochecha dela, maravilhada com sua delicadeza e com a fragilidade de sua existência. — Mais do que qualquer um, você merece descanso.

Ela olha ao redor.

— Para onde vou?

— Para um lugar onde todos os seus problemas vão parecer uma lembrança distante — informo, seguindo atrás de Bala, que já abre as rotas. Um calor dourado se projeta pelo templo, a canção dos pássaros ecoando ao longe. — Vou lhe acompanhar por todo o caminho.

— Vou gostar da companhia. — Minha mãe sorri. — Sabe, quando você era criança, ficava andando atrás de mim, dizendo exatamente isso quando eu tentava pegar você no colo. Era bem teimosa.

— Posso até imaginar...

Minha mãe não diz mais nada. Atrás de mim, o corpo dela está girando, cada parte dele virando luz estelar. Voltando à glória de onde veio.

E então estamos lá, na cabana de madeira na extremidade da floresta que contém as lembranças de minha mãe do período mais querido de sua vida. A porta se abre, e meu pai enfia a cabeça para o lado de fora, uma criança ao seu lado. Eu, embora uma versão de mim que morreu quando renasci deusa. A versão de mim que nunca entenderá o que sou agora.

Ela também merece felicidade, e sorrio quando ela chama pela minha mãe, ansiosa.

— Depressa, Umu — diz meu pai, também a chamando. — Acabei de abater um cervo com chifres no lago. Um grandão. Devia ver quanta carne tem nele! Já coloquei para assar.

Minha mãe limpa as mãos nas vestes, a animação brilhando nos olhos. Ela olha para meu pai e para a criança como se os visse pela primeira vez.

— Imagino que eu deva correr para ajudar, né? — responde ela.

— Ou pode só continuar aí me elogiando — sugere meu pai... a coisa favorita dele. — "Ah, Elrond, que assado maravilhoso que está preparando" — imita com uma voz estridente quando começa a fechar a porta atrás de si.

Minha mãe me olha, abre um último sorriso, então some.

Um sentimento se espalha por mim... não bem tristeza, mas algo próximo. Vejo minha família através da janela da cabana enquanto vai se esvaindo.

— Eles parecem felizes — comento.

— E estão. É para isso que servem as Terras Abençoadas.

— E a garota?

— Somos todos — lembra Bala.

— E somos um — concluo. Então olho para ele. — Pode me acompanhar até um último lugar? Confesso que estou nervosa.

— Nervosismo... outra emoção humana — comenta Bala. — Como é? Já tive um gostinho por meio de Myter, mas nunca senti por mim mesmo.

— É como os primeiros ruídos de um vulcão recém-nascido. Ou como ter uma colmeia na barriga.

— Tenho que experimentar qualquer dia — declara Bala, as mechas de cabelo já se alongando para criar outra rota.

40

◈ ◈ ◈

O terreno do palácio é um lugar diferente do que deixei. Talvez seja porque, assim que apareço, flores brotam em meu rastro, o sol foca o raio mais gentil em mim. Ou talvez eu seja o raio, abrindo caminho pela grama até meus companheiros, que se ajoelham ao redor de meu antigo corpo, os olhos todos lacrimosos, os corpos marcados pelo luto. Ixa se aninha ao meu redor na forma de filhote que tanto amo, seu luto uma coisa viva... uma ecoada pela mãe dele e os outros ebiki, que seguem a procissão solene nas formas humanoides. Todos liberam o pranto e choram lágrimas tão amargas quanto o sangue que agora salga a terra de Otera.

E ainda assim estou aqui. Estou como sempre fui, e de alguma forma sendo mais. É o dilema da divindade. Pondero se um dia vou me acostumar.

Ixa é o primeiro a me notar. *Deka?*, diz ele, erguendo-se, o olhar maravilhado. Uma coisinha fofa vindo até mim. *Deka volta?*

De certa forma, respondo, sorrindo, quando ele chega.

O movimento alerta Britta, que solta um arquejo, arregalando os olhos, diante de minha nova forma. Enquanto antes eu era carne e osso, agora sou escuridão e luz do sol interligados. Sou o fogo de mil vulcões, o ardor de mil lâminas. Sou o pranto de soldados moribundos, o choro de bebês recém-nascidos. E sou a suavidade do toque de uma mãe, o calor do amor de genitores. Sou todas essas coisas e mais.

Sou a própria Otera, os desejos de um reino agonizante no processo de renascer pouco a pouco.

— Deka? — pergunta Britta, cambaleando para ficar de pé. — Deka, é você mesmo?

Os outros acompanham o olhar dela, de olhos arregalados, esticando as mãos como se para me tocar. E, ainda assim, ao fazerem isso, as mãos me atravessariam. Assim como o corpo de Ixa faz, embora ele continue tentando.

Confirmo com a cabeça, um gesto bem humano, e a grama ondula em harmonia com meu movimento.

— Sim. E não. Estou mudada. — Repito o mesmo a Ixa em pensamento, demonstrando o que sou agora para que ele entenda.

Quando ele faz "humpf" e se deita na grama, sorrio. Ixa não está tão impressionado assim, mas é a prerrogativa dele como meu primeiro jurado divino. Volto o olhar a Britta, que segue de queixo caído, girando em torno de mim.

— Você agora é deusa — murmura ela daquele jeito mortal engraçado de transformar perguntas em afirmações.

— Sou.

— Então consegue ressuscitar Asha? — questiona Adwapa, os olhos vermelhos pelas lágrimas enquanto se aproxima, ainda segurando o cadáver da irmã. — Consegue ressuscitar todo mundo?

Balanço a cabeça.

— Não posso.

— *Por quê?* — berra Adwapa, golpeando-me como se as mãos conseguissem me acertar de fato. — Você é deusa! Por que não pode ressuscitar minha irmã?

— Iria contra a ordem natural.

— Que se lasque a ordem natural! É de Asha que estamos falando!

— Sim, estamos, e por isso tenho algo a lhe mostrar. — Aponto. — Olhe.

Lá, ao longe, estão Asha, Katya, Rian e Kweku, diante de um campo dourado, onde torres se erguem ao longe. Adwapa arregala os olhos.

— O Além?

Confirmo com a cabeça.

— É real?

— Para aqueles que o desejam — explico. — Criamos um Além próprio até estarmos prontos para renascer. Assim é a natureza do Grande Círculo.

— Adwapa! — exclama Asha, feliz, chamando a irmã do campo dourado. — Você me acompanha? Vou lá ver nossos pais.

— E os meus — adiciona Kweku, alegre.

— Estávamos pensando em enfim nos casarmos — conta Katya, tímida, sorrindo para Rian.

Embora ela seja humana agora, ainda é mais alta que ele. Não lembro se sempre foi assim, ou se ela e Rian fizeram essa escolha. Esse é o efeito das Terras Abençoadas: você atinge o ápice de sua essência.

— Então, você vem? — questiona Asha.

Adwapa assente com os olhos marejados.

— Pelo tempo que quiser.

— Eu também — afirma Belcalis com solenidade. — Quero ir lá com vocês.

— E eu junto — adiciona Britta, também com lágrimas nos olhos.

— E eu junto — dizem Li e Acalan ao mesmo tempo.

— Então vamos — chama Asha, adentrando o campo.

A irmã a segue, junto de Britta, Belcalis, Li e Acalan. Não me preocupo quando eles entram no campo juntos. Afinal, eles têm uma visão da coisa, o máximo que a mente viva deles consegue compreender. Adwapa segura as mãos da irmã, as lágrimas escorrendo pelo rosto durante todo o caminho.

Então ficamos só Keita e eu no jardim, Ixa abocanhando as borboletas que agora retornam às árvores que florescem.

Ele esteve calado todo este tempo, só me olhando, como se tentasse compreender.

— Qual é a sensação? — pergunta ele enfim.

Olho para minhas próprias mãos, ponderando a respeito.

— Eu sou tudo. Sou uma. Como todos somos.

— Isso significa que nunca mais vou ver você? — Ele desvia o olhar depois de perguntar, como se não pudesse suportar minha resposta.

— Seu coração está se partindo — declaro, flutuando até estar diante dele. Coloco a mão perto de seu peito. — Você acha que o estou deixando. Que agora estou acima de você, fora de alcance.

Os pensamentos dele se infiltram com facilidade para dentro de minha consciência, um emaranhado de emoções e desejos. A mortalidade é tão frágil... graças à brevidade, tudo é frágil, todo sentimento é aguçado.

— É a natureza do divino. — A resposta parte de Mãos Brancas, que, com a irmã Sayuri ao lado, agora chega ao jardim.

Os pensamentos dela fluem por mim com facilidade, então me viro para ela.

— Não vou virar uma tirana. É seu maior medo.

— Tenho muitos medos — responde Mãos Brancas.

Eu os vejo nela. Tantos, para se equiparar ao conhecimento que tem. A sabedoria da idade... da imortalidade. A sabedoria que desafia a de um deus.

— Mas você enfrentou todos — declaro em uma admissão. — E vai continuar fazendo isso.

— Não é de minha natureza me esquivar do que temo.

Ela olha para o longe, para onde as cinzas de Melanis se espalham, a alaki outrora orgulhosa que virou poeira ao vento.

Faço uma oração breve para que, quando ela renascer, o mundo seja um lugar mais gentil. Que eu o tenha transformado em um lugar mais gentil. Mas tudo o que sou depende dos desejos daqueles a quem sirvo. No fim, são eles que determinarão em que Otera se transformará.

— O que planeja fazer? — pergunta Mãos Brancas.

— Já fiz. Dispersei meus predecessores, curei os vales e enviei as criações deles a um mundo mais adequado... um onde podem evoluir. Eles também foram inocentes na situação.

— Você tem pena de monstros?

— Tenho empatia por qualquer um que foi criado para uma missão que nunca pediu para executar.

Enquanto Mãos Brancas pensa a respeito, viro-me para os campos dourados. Os outros estão voltando. Assim como em qualquer templo dos deuses, o tempo lá é diferente do desta existência. É certo que eles viveram várias vidas durante os momentos em que ficaram fora. Não é o suficiente para recuperar o que perderam, mas, com esperança, deve bastar.

Espero até que estejam reunidos ao meu redor antes de voltar a falar.

— Tenho uma pergunta a vocês todos — declaro, olhando de um para o outro. — Uma proposta, se quiserem.

— O quê? — Belcalis parece mais curiosa do que desconfiada.

Ela aceitou minha nova existência com uma compostura notável. De qualquer maneira, ela sempre foi uma alma notável. Ferida, mas não derrotada. Compassiva, mas não fraca.

Ela vai ser uma imperatriz maravilhosa.

Mesmo ao pensar nisso, vejo: o destino dela se desenrolando diante de mim. Tantos fios diferentes, mas, para ela, todos levam à mesma direção: ao trono.

Os dos outros, entretanto, ainda serão formados. Então faço a pergunta que voltei para fazer:

— Quem entre vocês quer se juntar a mim? Quem ascenderá ao novo panteão de Otera?

Por um momento, só há silêncio, então meus companheiros começam a falar.

— Você quer que nos juntemos a você — cometa Britta, sem piscar enquanto tenta compreender o que digo. — Que viremos deuses, infindáveis?

— Eternos — concordo.

Britta empalidece.

— A eternidade é um longo tempo.

Eu me oriento para mais perto dela.

— Você não precisa se explicar mais, amada Britta. Sei de seus sentimentos, e dos de Li também.

Eu me viro para onde ele está, tendo se aproximado para segurar a mão da namorada.

Britta sorri.

— Sabia que entenderia, embora seja uma deusa agora. A eternidade não nos serve. Queremos nos casar e tal. Não agora, veja bem, mas daqui a alguns anos...

— Será uma bela cerimônia — concorda Li. — No estilo tradicional do Leste.

— Não, do Norte — corrige Britta.

— Nos dois — cede Li depressa. — Vamos fazer os dois.

— E então vamos ter uma família, filhos... — adiciona Britta. — Os deuses não são os melhores com filhos, você entende.

Confirmo com a cabeça, pensando nos alaki e nos jatu, ambos filhos que meus predecessores negligenciaram.

— Não, não são — concordo. — E sim, entendo.

Eu me viro para os outros.

— E vocês? O que querem fazer?

Acalan logo balança a cabeça.

— Estou pensando em visitar Maiwuri. Talvez até encontre Lamin, se estiver tudo bem para você.

— Lógico — respondo.

Já faz um tempo que perdoei meu antigo companheiro, que fez apenas o que achou ser justo.

— Não — responde Adwapa, curta e grossa, balançando a cabeça quando me viro para ela. — Para mim já deu de deuses.

Até de mim. A última parte fica implícita, mas ouço bem no fundo dela. Sinto... a raiva que permanece. A dor. É difícil se tornar um indivíduo quando se passou a vida toda sendo um par.

Abro uma porta e aponto.

— Mehrut está lhe esperando lá. Ela vai ficar feliz em ver você.

Adwapa assente com brusquidão e some. Não me incomodo com toda a natureza da partida; com o tempo ela entenderá.

Os únicos que permanecem são Belcalis, Keita e Mãos Brancas. Sayuri já sumiu, indiferente aos pormenores dessas coisas, como de costume.

Belcalis abre um sorriso irônico.

— Percebo que você não está nem olhando para mim.

Inclino a cabeça.

— Nós duas sabemos que você tem outro destino em mente. Embora sempre tenha guardado isso bem lá no fundo.

— As melhores surpresas são assim — admite Belcalis. — Surpresas.

— São mesmo — respondo, então me viro para Keita e Mãos Brancas, cada um pensativo. — Bom, e vocês dois?

Mãos Brancas confirma com a cabeça.

— Não sei você, jovem jatu, mas sempre quis ver o universo. Essa é uma chance das boas.

Ela segura a mão que estendo a ela.

— E você? — pergunto a Keita, já sabendo a resposta.

— Você e eu, sempre e para sempre — responde ele, sorrindo.

— Pela eternidade — declaro.

— Pela eternidade — sussurra ele.

E, assim, ele segura minha outra mão, e nós três seguimos para a escuridão das estrelas juntos.

EPÍLOGO

Eu costumava pensar que o destino era inevitável, um plano que os céus elaboravam para cada indivíduo.

Só que isso foi quando eu era mortal.

Agora que sou deusa, percebo que o destino não acontece só graças a uma divindade remota guiando um pobre mortal para o desfecho que tal divindade deseja. O destino também tem a ver com o indivíduo guiando a si mesmo, organizando os percursos do universo de acordo com a própria vontade.

Olhe só para Britta e Li.

Arco-íris emergem quando os vejo lá, aproximando-se um do outro de lados opostos do pavilhão na beira do lago em que a família e os amigos deles se reuniram para vê-los enfim se casar. Quase uma década atrás, eles eram apenas uma alaki e seu uruni, forçados a formar uma parceria para sobreviver em um campo de treinamento brutal e letal. Agora estão aqui, nesse pavilhão, iniciando os ritos matrimoniais.

Pétalas de um cor-de-rosa vívido passam pelas vestes deles, a brisa da primavera, que Mãos Brancas, Keita e eu invocamos, banhando-os com flores das árvores próximas. A natureza em sua totalidade se rejubila com o momento.

Eu também.

Se eu fosse mortal, lágrimas estariam escorrendo por meu rosto. Só que tudo o que faço é entrelaçar a mão à de Keita enquanto pairamos sobre a cerimônia, como guardiões tremeluzentes silenciosos, fazendo chover bênçãos sobre o casal.

Você é a noiva mais linda que já vi, Britta, sussurro palavras que só ela consegue ouvir quando para diante de Li.

Ah, Deka, sussurra ela de volta, as lágrimas escorrendo pelo rosto.

Elas deixam manchinhas no belo vestido vermelho que usa para a ocasião, mas evito removê-las: Britta quer estimar cada mínima parte dos ritos matrimoniais... até as lágrimas. Afinal, ela e Li levaram muitos anos para chegarem até aqui, com todo o caos que assolou Otera depois que Mãos Brancas, Keita e eu ascendemos.

Os jatu, alaki e sacerdotes não conseguiram acreditar que os deuses a quem tinham dedicado a vida tinham sumido. Eles se rebelaram por anos, um lutando contra o outro. Então a primeira uivante mortal se reverteu, retomando a forma alaki.

Observei, de mãos dadas com Keita, enquanto em questão de dias o corpo de Sayuri se encolheu para uma forma mais humana, e as garras se transformaram em unhas de novo. Ela até se tornou mortal, como muitos alaki estão escolhendo. Por mais que todos os filhos dos deuses que quisessem continuar imortais fossem capaz de continuar assim, a imortalidade é solitária e deturpa a mente, então muitos optaram pelo contrário.

Os dias dos imortais estão quase chegando ao fim.

Assim como todas as guerras divinas remanescentes... que é o motivo de Britta e Li enfim oficializarem os votos. Até usaram vestes que refletem a recém-instaurada conciliação de Otera. Enquanto o vestido vermelho de Britta é no estilo do Leste, as vestes de Li são brancas para celebrar o legado nortista dela. Ambos, no entanto, usam as meias-máscaras douradas delicadas que Belcalis criou para a ocasião, o sangue dos dois misturado em ambas para simbolizar a união.

Como a imperatriz do Reino Único encontrou tempo para criá-las enquanto também governava o reino, não compreendo, mas há um motivo para Belcalis ter ascendido à posição no curto período que se passou desde que destruí o antigo panteão.

Lá está ela agora, sentada bem na frente do pavilhão, ao lado dos conselheiros mais confiáveis: Acalan, lorde e lady Kamanda e os generais, ex-karmokos. Alguns dignitários maiwurianos ainda os acompanham.

Agora que tanto o panteão maiwuriano quanto Mãos Brancas, Keita e eu destruímos a barreira entre os dois impérios, ambos os lados de Kamabai, este belo mundo, estão conectados de novo.

Pondero a glória disso enquanto Britta e Li apertam bem as mãos um do outro e se viram para Belcalis. A imperatriz gesticula, e o sangue nas máscaras escorre, envolvendo as pulseiras douradas idênticas nos pulsos dos dois... uma promessa e uma admissão.

Britta e Li são parceiros iguais e permanecerão assim enquanto viverem. Não há superior nem inferior. Não há marido dominante e esposa inferior. Só há eles. Juntos.

E, quando se beijam, selando os votos que unem suas almas pela eternidade, Ixa irrompe da água em sua forma enorme e verdadeira junto a outros ebiki jovens, um ato de demonstração de afeto e amor pelos noivos. *Meu* afeto e amor por eles.

O amor ainda ressoa dentro de mim quando sigo Britta, Li e Adwapa pelo mercado em Golma dias depois, Ixa invisível em meu ombro. Depois de passar tanto tempo comigo e com os outros, Ixa virou algo mais que um ebiki, por certo, com a habilidade recém-descoberta de abrir portas e viajar pelo mundo de maneira invisível.

A Serpente Divina, é como o chamam agora. É um título que o enche de orgulho e amacia o ego sempre crescente.

O mesmo acontece com Braima e Masaima, conhecidos como Lordes Cavalos Divinos. Como sempre, acompanham Mãos Brancas, que resolveu andar com a gente hoje. Enquanto caminhamos, uma garotinha de repente corre até Britta e Li, sem nos notar enquanto olha para o casal, ainda trajando as cores dos adornos do casamento. Vão usar roupas vermelhas e brancas por semanas para que todo mundo que os vir saiba que estão casados agora.

Volto a atenção à garotinha. É uma coisinha minúscula, com pele negra, cabelo cacheado comprido e olhos levantados. Ela oferece uma

flor a Britta, uma chama de ascensão, que é o nome dado à flor cor-de-
-rosa pequena que brotou após minha ascensão à divindade.

— Foram vocês que se casaram, né? — pergunta a garota com o sotaque cadenciado das províncias do Norte.

— Fomos — confirma Britta, aceitando a flor. — Obrigada pela flor.

— Eu desejo bênçãos e sorte a vocês em nome das Três Divinda-des — entoa a criança com solenidade, usando o título que os mortais deram a nós.

Eles acham que só há três de nós. Mal sabem que há inúmeros deu-ses, uma quantidade indizível de divindades esperando para nascer em resposta aos desejos e anseios deles.

Enquanto Keita, Mãos Brancas e eu nos entreolhamos, achando graça, uma mulher atormentada corre atrás da menina.

— Asha! Asha, você vai se atrasar para a aula. — Ela pega a menina no colo e olha para meus amigos. Então declara em respeito: — Peço mil desculpas. Espero que minha filha não tenha incomodado vocês.

Britta nega com a cabeça.

— Não, ela foi um amor. Ela me deu uma flor.

Só que os olhos de Adwapa estão fixos na garota e vidrados com algo que se parece muito com lágrimas.

— Como você disse que se chama sua filha?

A garota esfrega a lateral do corpo, toda preguiçosa.

— Asha. Meu nome é Asha, e vou ser uma guerreira — anuncia a menina.

— Não uma estudiosa? — incentiva Li, achando graça.

A garota torce o nariz.

— Não ligo pra livros, como meu gêmeo. Ele passa o dia todo com a cara enfiada nos livros. Então vou ter que cuidar dele. Implicam com ele fácil, fácil — adiciona ela em um sussurro bem alto.

Então aponta com a cabeça para um garotinho magrelo a alguns pas-sos dali, espiando pergaminhos na barraca de um vendedor de livros.

Adwapa não responde, mas está piscando bem rápido.

— O que houve? — pergunta a garotinha chamada Asha. — Foi cisco?

Adwapa abre um sorriso todo abalado.

— Só lembrando... Eu também era gêmea. Muito tempo atrás.

— O que aconteceu com ele?

— Era ela. Ela morreu na Guerra dos Panteões.

— Isso já faz quase dez anos — explica a mãe para a menina. — O mesmo ano em que você nasceu.

Asha arregala os olhos.

— Você esteve em uma guerra?

— Todos nós estivemos — corrige Britta.

— E mataram alguém?

— Posso contar depois, se um dia visitar Hemaira — responde Adwapa. — Tenho uma escola lá. Uma escola para guerreiros. Talvez um dia você possa treinar com a gente.

— Como é o nome?

— Warthu Bera.

E, enquanto a mãe de Asha a leva embora, eu me viro para meus companheiros, o coração transbordando com uma emoção que me lembro de se chamar felicidade.

— Tivemos êxito, não foi?

— Mais do que isso, meu universo — responde Keita, entrelaçando os dedos nos meus.

— Olhe para ela — comenta Mãos Brancas, sorrindo para a garotinha. — Ela pode ser quem quiser. Todos eles podem.

Chega de papéis pré-estabelecidos. Chega de falsos livros sagrados. Chega de seguir regras arcanas só porque se tem uma aparência específica. Agora todos em Otera podem ser quem quiserem. Quem são por dentro. E isso é tudo o que sempre desejei.

— Vamos voltar para a morada — digo para Keita.

— Vamos, meu universo — concorda ele.

Só que Mãos Brancas fica para trás.

— Vou andar mais um pouco — informa ela, seguindo para o horizonte.

E, enquanto ela e os equus prosseguem, silhuetas na vastidão, aperto a mão de Keita. Juntos, andando ao lado de nossos amigos mortais enquanto pudermos, seguimos para a eternidade.

AGRADECIMENTOS

À minha mãe, obrigada por me mostrar, por meio da coragem e da determinação inabalável, que tudo é possível, mesmo para uma menininha de Freetown, Serra Leoa.

Às minhas editoras incríveis, Hannah Hill e Sarah Stewart. Muito obrigada por estarem comigo nas trincheiras e, acima de tudo, por não hesitarem quando a contagem de palavras no editor de textos ia subindo mais e mais. Obrigada também pelas palavras de apoio quando mandei o primeiro rascunho, um evidente lixo, mas o melhor que consegui fazer na época. Obrigada por transformarem lixo em luxo. E muito obrigada pela paciência de modo geral. O ano foi difícil, mas vocês o tornaram bem melhor.

À minha agente, Jodi, muito obrigada pelo apoio ao longo deste período. Por me ajudar a esculpir o espaço necessário para que eu fizesse a melhor versão possível do livro.

À minha irmã, Fatu, muito obrigada pelo apoio inabalável do livro e da minha carreira na escrita como um todo.

À minha melhor amiga, Loretta, obrigada por todas as observações enviadas às seis da manhã e pelo apoio ferrenho e sempre alegre.

À minha parceira crítica e superamiga, PJ, obrigada por aturar as ligações cheias de pânico e os momentos de "não sei o que estou fazendo!!!!". Eu não teria conseguido sem você.

À minha grande amiga, Melanie, obrigada por ser meu ponto de força e minha ouvinte fiel, e por sempre tentar fazer o que é melhor no mundo.

A Aissatou, obrigada por ser um exemplo vivo do feminismo negro em toda a glória e por fornecer a visão do que é possível.

A _____, obrigada por estar por aí. Você sabe quem é. Um dia vou saber também.

Este livro foi composto na tipografia Minion Pro,
em corpo 11,5/15,65, e impresso em papel off-white,
no Sistema Cameron da Divisão Gráfica
da Distribuidora Record.